U0092217

傅錫王 注譯
張孝裕 注音

新譯楚辭讀本

三民書局

刊印古籍今注新譯叢書緣起

劉振強

人類歷史發展，每至偏執一端，往而不返的關頭，總有一股新興的反本運動繼起，要求回顧過往的源頭，從中汲取新生的創造力量。孔子所謂的述而不作，溫故知新，以及西方文藝復興所強調的再生精神，都體現了創造源頭這股日新不竭的力量。古典之所以重要，古籍之所以不可不讀，正在這層尋本與啟示的意義上。處於現代世界而倡言讀古書，並不是迷信傳統，更不是故步自封；而是當我們愈懂得聆聽來自根源的聲音，我們就愈懂得如何向歷史追問，也就愈能夠清醒正對當世的苦厄。要擴大心量，冥契古今心靈，會通宇宙精神，不能不由學會讀古書這一層根本的工夫做起。

基於這樣的想法，本局自草創以來，即懷著注譯傳統重要典籍的理想，由第一部的四書做起，希望藉由文字障礙的掃除，幫助有心的讀者，打開禁錮於古老話語中的豐沛寶藏。我們工作的原則是「兼取諸家，直注明解」。一方面熔鑄眾說，擇善而從；一方面也力求明白可喻，達到學術普及化的要求。叢書自陸續出刊以來，頗受各界的喜愛，使我們得到很大的鼓勵，也有信心繼續推廣這項工作。隨著海峽兩岸的交流，我們注譯的成員，也由臺灣各大學的教授，擴及大陸各有專長的學者。陣容的充實，使我們有更多的資源，整理更多樣化的古籍。兼採經、史、子、集四部的要典，重拾對通才器識的重視，將是我們進一步工作的目標。

古籍的注譯，固然是一件繁難的工作，但其實也只是整個工作的開端而已，最後的完成與意義的賦予，全賴讀者的閱讀與自得自證。我們期望這項工作能有助於為世界文化的未來匯流，注入一股源頭活水；也希望各界博雅君子不吝指正，讓我們的步伐能夠更堅穩地走下去。

自序

一

《楚辭》與《詩經》二書已經成為我國詩壇上的南北雙璧，而對後世的影響，至深且廣，至巨且久的尤推《楚辭》。《詩經》的影響，至秦漢已微；而漢代執文壇牛耳之辭賦，則是《楚辭》的嫡系，降及魏、六朝、唐，以至宋、元、明、清，也幾乎沒有一種文體不受到《楚辭》的薰陶及感染。因為它包含了一位歷代詩人中最偉大的詩人——屈原為開山祖。由於屈原有忠貞芳潔，超卓凡俗的志節與人格；更由於他的作品也篇篇瓌瑋，字字珠璣。所以自二千年前屈平滿懷著沸騰的熱血與無訴的委屈沉冤在汨羅江的玄淵後，他的作品，就引起廣大詩人的同情與愛好，於是研究《楚辭》早就成了一門學問。

二

漢代研究《楚辭》的風氣最熾，但流傳至今的注疏，卻只有一部王逸的《楚辭章句》。唐、宋、明、清歷代研究《楚辭》的學者更多，著述更夥。民國以後《楚辭》學者更是人才輩出，成績斐然，他們運用了科學方法來治學，掃除了很多魔障，使讀者已更易於看清《楚辭》的真面目。我們檢討這二千年來的變遷，不難發現我們仍缺少一項對《楚辭》作全盤性深入而淺出的介紹工作。目前雖然也有一些作淺明易曉的《楚辭》注釋的好書，只可惜都不成部帙。所以我才敢憑著一己疏淺的學識，想藉一種新的方式來重新處理這部文學巨著，希望能掃除一些讀者在時代變遷中所引起文字上的隔閡，希望屈原的一分含冤莫白的熱愛，能更易於為後人所接受，希望《楚辭》這種詩體所表現的一分靈性能引起後人的共鳴。

對《楚辭》這種詩體作新注新譯，本是件困難且吃力不討好的工作，但我並不能因為困難而放棄這種理想，如果我的新譯失敗了，那原因完全在於我個人學識不足，並不代表理想的破滅。

三

為了近乎於事實的存真，本書所謂的「楚辭」以王逸《楚辭章句》中所收錄的十七題為範圍。計有〈離騷〉、〈九歌〉、〈天問〉、〈九章〉、〈遠游〉、〈卜居〉、〈漁父〉、〈九辯〉、〈招魂〉、〈大招〉、〈惜誓〉、〈招隱士〉、〈七諫〉、〈哀時命〉、〈九懷〉、〈九歎〉、〈九思〉等。而所用版本則以藝文印書館影印「惜陰軒叢書」王逸《章句》洪興祖《補注》本為底本，底本有顯著脫誤之處，則在原文上逕加改訂，並於注中說明。而有其他不甚重要之異文則於注中說明之，同時各篇均用新式標點以斷章逗句，以便於閱讀。原文旁注國語音讀，惟在叶韻處偶有注古音以為叶韻者。全書之前列「導讀」一章，介紹《楚辭》的名義、緣起、藝術技巧，對後世文學之影響、注家簡介等節，供初學者便於明瞭《楚辭》的淵源及其在文學史上的價值之用。各題若係彙集諸篇以成章者，如〈九歌〉、〈九章〉，則前添列「總論」，而每篇中再分為「注釋」、「語譯」、「作者」、「研析」、「韻譜」各項。其中「注釋」力求淺易，所採舊注多不言出處，有重要者偶於注文後，用括弧注作者名。「語譯」則用叶韻自由詩表達，然偶也有不入韻之句，旨在保存自然韻律，以減少釋詩的彫琢痕跡。「作者」以簡明扼要敘述為原則，或可助於詩篇時代背景之瞭解。「研析」除疏解題義，評析文章外，並偶論及作品之真偽。「韻譜」可分成二部，〈大招〉之前各篇悉以董同龢先生所分古韻二十二部為準。〈惜誓〉以後諸篇依羅常培、周祖謨合著之《漢魏晉南北朝韻部演變研究「兩漢詩文韻譜」》為據。

《楚辭》涵蘊之博大，詩人情性之真摯，決非藉區區本書之語譯、析評可以傳達其神韻於萬一，也決非我一人的體會能窺探其真象於萬一。而且本書又在催稿聲中交卷，錯誤與不當之處，尚祈碩聞宏達，多所匡正，則是我深為感激的。

傅錫壬

民國六十三年六月於淡江

新譯楚辭讀本　目次

導讀

一、《楚辭》釋名

「楚辭」一詞，據文獻的記載，最早見於《史記》與《漢書》。《史記・酷吏列傳》說：「朱買臣，會稽人也。讀《春秋》，莊助使人言買臣，買臣以『楚辭』與助俱幸侍中。」《漢書・嚴朱吾丘主父徐嚴終王賈傳・朱買臣》也說：「會邑子嚴助貴幸，薦買臣，召見，說《春秋》，言『楚辭』，帝甚悅之。」又同書〈嚴朱吾丘主父徐嚴終王賈傳・王褒〉說：「宣帝時修武帝故事，講論六藝群書，博盡奇異之好。徵能為『楚辭』九江被公，召見誦讀。」（又見《七略》佚文）同書〈地理志〉也說：「始楚賢臣屈原被讒放流，作〈離騷〉諸賦，以自傷悼。後有宋玉、唐勒之屬，慕而述之，皆以顯名。漢興，高祖王兄子濞於吳，招致天下之娛遊子弟，枚乘、鄒陽、嚴夫子之徒興於文、景之際。而淮南王安亦都壽春，招賓客著書。而吳有嚴助、朱買臣貴顯漢朝，文辭並發，故世傳『楚辭』。」若就文獻之時代考之，司馬遷《史記》初稿完成於武帝征和二年(西元前九一年),則可推知西元前九一年已有「楚辭」的專名;但若依文獻中所敘述的時代考之,則「楚辭」一詞最早當在文帝(西元前一七九~前一五七年)已成專名,而在武帝(西元前一四〇~前七四年)、宣帝(西元前七三~前四九年)之世,「楚辭」之學已成顯學,與六藝之文並重,而且誦讀的方法也成專業。

前所言「楚辭」皆指文體而言,而《楚辭》一書的編輯成書則始於劉向(西元前七七~前六年)。據《四庫提要》載:「裒屈、宋諸賦,定名『楚辭』,自劉向始也。初向裒集〈離騷〉、〈九歌〉、〈天問〉、〈九章〉、〈遠游〉、〈卜居〉、〈漁父〉。宋玉〈九辯〉、〈招魂〉。景差〈大招〉,而以賈誼〈惜誓〉,淮南小山〈招隱士〉,東方朔〈七諫〉,嚴忌〈哀時命〉,王褒〈九懷〉及向所作〈九歎〉,共為《楚辭》十六篇,是為總集之祖。」(王逸《楚辭章句》序,晁公武《郡齋讀書志》也俱有言)自此「楚辭」才有專書。但是劉向當時所編集的本子已亡佚,今傳世最古的注《楚辭》本子為王逸的《章句》,雖然王書序中明言他是根據劉向本所定,但是篇次已多所竄改、增訂,恐怕已非舊觀。及至宋朱熹的《楚辭》出,則又增廣漢、宋人擬作,錄荀子的〈成相〉至宋呂大臨的〈擬招〉,共五十二篇,於是「楚辭」一書內容就更形龐雜。

何以屈、宋以及漢人諸擬作,要命題謂「楚辭」?據《隋書・經籍志》序說:「『楚辭』者,屈原之所作也。……蓋以原楚人也,謂之『楚辭』。」但是「楚辭」成書之時已非僅收錄屈原一人的作品。像東方朔是平原厭次人,即今之山東省;王褒是蜀人,即今之四川省。都不是楚人,而他們的作品都已收錄,所以以楚人的作品而逕稱「楚辭」是不通的,想必是另有原因，那必是指體裁的緣故。而前人替「楚辭」一詞作注釋的，當以宋黃伯思較為近是。他的《翼騷》序說：「屈、宋諸騷皆書楚語，作楚聲，紀楚地，名楚物，故可謂之『楚辭』。若『些、只、羌、誶、蹇、紛、侘傺』者楚語也；悲壯頓挫，或韻或否者楚聲也；沅、湘、江、澧、修門、夏首者楚地也；蘭、茝、荃、藥、蕙、若、芷、蘅者楚物也。」（見陳振孫《直齋書錄解題》引）所以「楚辭」實代表楚地特定的體式。「楚辭」也者，乃文人以楚地特有的音律、詞彙、事物，藉以抒發個人情感的詩歌。

二、《楚辭》緣起

(一)《楚辭》與詩的關係

(1)與北方《詩經》的關係

(A)就歷史背景看

據《史記‧楚世家》的記載，楚國的祖先出自帝顓頊高陽，高陽是黃帝之孫，於是楚國也是黃帝的後裔。楚國的始祖鬻熊還是文王之師。熊繹在周成王時被封於楚。凡此種種恐怕都是傳說，不足為信。因為我們從北方的代表文學《詩經》中看，早期的楚國與北方似乎沒言體是相似的。

②「成禮兮會鼓，傳芭兮代舞。」（〈九歌・禮魂〉）若除去句中的「兮」字，仍與《詩經》中之四言體相似。

③「后皇嘉樹，橘徠服兮。受命不遷，生南國兮。」（〈九章・橘頌〉）此類形式保存在〈九章〉的亂辭之中為最多，與《詩經》的〈野有蔓草〉所載：「野有蔓草，零露漙兮，有一美人，清揚婉兮，邂逅相遇，適我願兮。」的句式是完全相同的。

④「滔滔孟夏兮，草木莽莽。傷懷永哀兮，汨徂南土。眴兮杳杳，孔靜幽默。鬱結紆軫兮，離慜而長鞠。」（〈九章・懷沙〉）此類句式以〈九章〉中最多，刪去了兩四字句中的「兮」字就依然是四言體。而且其中短促的句式「眴兮杳杳」句與《詩經・鄭風・籜兮》：「籜兮，籜兮，風吹其女，叔兮伯兮，倡予如女。」的形式是相似的。

⑤「帝高陽之苗裔兮，朕皇考曰伯庸。」（〈離騷〉）此類形式是成熟的「楚辭體」，它已完全脫離《詩經》，有了音律上的自由變化。（以上「楚辭體」發展的步驟依近人游國恩《楚辭概論》說）所以從文體的演變過程看，早期的「楚辭體」形式是深受《詩經》的影響的。

(2)與南方詩歌的關係

在時代上略晚於《詩經》的有關南方性詩歌，在劉向的《說苑》裡載了兩首最古的楚詩——〈子文歌〉和〈楚人歌〉。它大概是西元前五世紀的產品，但這兩首歌的體裁單調，與《詩經》中的四言詩是極相近似的，相信它對《楚辭》沒產生多大的影響。我們再看在西元前四世紀左右，《說苑》裡收集了一首中國最古的譯詩——〈越人歌〉。它原來是用越語唱的，後來被譯成了楚歌，它的歌辭被翻譯後是：「今夕何夕兮，搴中洲流？今日何日兮，得與王子同舟？蒙羞被好兮，不訾詬恥。心幾煩而不絕兮，得知王子。山有木兮木有枝，心悅君兮君不知！」與《楚辭》中的〈九歌〉等篇已具有了同等的藝術價值。在稍後不久，劉向的《新序・節士》篇裡有一首〈徐人歌〉，歌辭是：「延陵季子兮不忘故，脫千金之劍兮帶丘墓。」雖是首敘事兼贊歎的民歌，已然是「楚辭體」的運用。如果《說苑》與《新序》二書中的二首詩，若非經過劉向修飾的話，這種成熟的藝術造境，想必是《楚辭》的前身。再稍後五十年，《論語・微子》篇裡載了一首楚狂接輿所唱的歌。歌辭是：「鳳兮！鳳兮！何德之衰？往者不可諫，來者猶可追。已而！已而！今之從政者殆而！」在《孟子・離婁》篇裡也載了一首孺子所唱的歌。歌辭是：「滄浪之水清兮，可以濯我纓，滄浪之水濁兮，可以濯我足。」接輿之歌雖然出於楚人之口，但卻是散文中感慨的成分居多。至於孺子之歌全首均為〈漁父〉篇所引用，其影響於《楚辭》是必然的了。所以以上所舉的幾首南方早期詩歌，想必是「楚辭體」的前身。

(二)《楚辭》與散文的關係

(1)與南方散文的關係

春秋以前的南方文學，如今不易知。而《老子》一書則是春秋時（或疑戰國）代表南方的一部最早著作。據《史記・老子韓非列傳》的記載：老子是楚國、苦縣、厲鄉、曲仁里人。見到周室的衰微，去而之關，關令尹喜請他著上下二篇言道德之意，凡五千言，即世所謂《老子》書。而此書中也含有濃厚的「騷體」風味。例如：第十五章說：「豫焉若冬涉川，猶兮若畏四鄰，儼兮其若容，渙兮若冰之將釋。」又第二十章說：「荒兮其未央哉！……我獨泊兮其未兆，……儽儽兮若無所歸。……沌沌兮俗人昭昭。……澹兮其若海，飂兮若無止。」第三十四章說：「大道氾兮其可左右。」像此類的「騷體」句子，在《老子》一書中多見，和〈九章〉中的「眴兮杳杳」以及〈九歌・山鬼〉：「怨公子兮悵忘歸，君思我兮不得閒。」等句式是相同的，所以「楚辭體」的形成實在《老子》之後，想必也受到了《老子》書的影響了。

(2)與北方散文的關係

春秋戰國時代是一個以散文為主潮的時代，尤其戰國時代，散文發展到了空前燦爛的高潮，它的文字技巧是圓熟的；它的思想內容是奔放的。而屈原生在這百家爭鳴的時代，當然不會脫離時代所給予他的潤澤。所以屈原作品中想像力豐富，文筆的熱情洋溢，全然是接受了諸子散文的沾潤，自不待言。所以就文字的形式上看，《楚辭》也是脫胎於散文的。諸如《論語》、《孟子》二書之為北方散文，固無可疑，而此二書的用字造句也與《楚辭》有可通之處。例如《論語・為政》篇說：「君子周而不比；小人比而不周。」的句式和〈離騷〉的「蘭芷變而不芳（兮），荃蕙化而為茅。」句中如果省略掉「兮」字是相近似的。又如《孟子．公孫丑》篇說：「管仲以其君霸，晏子以其君顯。」與〈九章．抽思〉的「憍吾以其美好（兮），覽余以其修姱。」的句式如果省略掉「兮」字，也是相近似的。所以一般研究《楚辭》的學者，把注意力全集中在《楚辭》的韻文形式，而忽略了《楚辭》的散文性特色。所以《楚辭》之所以偉大，在於它是《詩經》和先秦散文的融合。它是散文的詩歌化，也是詩歌的散文化，其藝術成就是很高的，它拓展了中國文學上一條新的道路。

(三)《楚辭》與楚國的關係

楚國的文化是深具特性的，所以在這濃郁鄉土氣息薰陶產生的文學代表——《楚辭》，也就具備了它的特性，今分述於下：

(1)民俗的陶冶

由卜辭上考知，殷人是最迷信的。《禮記．表記》篇也說：「殷人尊神，率民以事神，欲以獲福助，先鬼而後禮。」他們在祭祀中除了天帝祖宗之外，更泛及日、月、風、雲、山、川諸神靈。而楚國與直接保存殷商文化的宋國相近，於是迷信的色彩也為楚人接受。據《漢書．地理志》下的記載：「楚人信巫鬼，重淫祀。」所謂巫者的職業與其作用，據《國語．楚語》說：「古者神民不雜，民之精爽不攜貳者，而又能齋肅中正。……如是神明降之，在男曰覡，在女曰巫。」韋昭注：「覡，見鬼者也。《周禮》：男亦曰巫。」《說文》載：「巫，祝也；女能事無形以舞降神者也。」又說：「覡能齋肅事神明者。」所以巫、覡是在迷信時代中被認為能溝通人神兩界的媒介；除此以外還能祈福、免凶災。而這種「巫風」在戰國時代的楚國是很盛行的。《漢書·郊祀志》下載：「谷永說上曰：楚懷王隆祭祀，事鬼神，欲以獲福助，卻秦師，而兵挫地削，身辱國危。」王逸《楚辭章句·九歌序》也說：「昔楚國南郢之邑，沅湘之間，其俗信鬼而好祠。其祠必作歌樂鼓舞以樂諸神。屈原放逐，竄伏其域……出見俗人祭祀之禮，歌舞之樂，其詞鄙陋，因為作〈九歌〉之曲。」所謂祭祀必用歌辭，這就是文學的起源。所以迷信風氣愈盛，文學的材料愈豐，於是在文學宗教揉合的時代，楚國首先產生了保存濃厚民俗氣息及離奇詭麗的神話詩篇。

(2)南音的薰染

楚國的音樂本自成特色，即所謂「南音」，也叫做「南風」。《左傳》成公九年載：「晉侯觀於軍府，見鍾儀，問之曰：『南冠而縶者，誰耶？』有司對曰：『鄭人所獻楚囚也。』……使之與琴，操南音。……文子曰：『楚囚君子也，樂操土風，不忘舊也。』」又同書襄公十年載：「晉人聞有楚師，師曠曰：『不害。吾驟歌北風，又歌南風。南風不競，多死聲，楚必無功。』」這所謂「南音」或「南風」的樂調，在漢、隋之時已經成了專門的技巧。所以《漢書·嚴朱吾丘主父徐嚴終王賈傳·王褒》說：「宣帝時修武帝故事，講論六藝群書，博盡奇異之好。徵能為『楚辭』，九江被公召見誦讀。」《隋書·經籍志》載：「隋時有釋道騫，善讀之，能為楚聲，音律清切。至今傳《楚辭》者皆祖騫公之音。」所以南音的音律是格外的變化曲折，淒切纏綿的，而且含蘊了濃郁的地方色彩。《呂氏春秋・仲夏紀・侈樂》篇說：「楚之衰也，作為巫音。」這巫音就是楚國音樂的根柢，也就是《楚辭》韻律的基調，它是充滿了神祕色彩與豐富的想像力量。

(3)地域的蘊育

地域背景對文學的影響，大致可分二途：(一)因地方的風土氣候及經濟狀況之不同而影響作家的氣質、情感與思想，使作品風格隨之而異。(二)因自然界的各種山水形勢及花木種類不同，影響作家選用的材料，而使作品表現的情調也異。而楚國的地理環境及風土氣候均有其獨具的特色，它有九嶷、衡嶽的高山；有江、漢、沅、湘的長流；有九百里方圓的雲夢大澤；有拆吳、楚，浮乾坤的洞庭湖；森林、魚鱉、崖谷、汀洲、鶴唳猿啼，水流花放，無一不是絕好的文學資料。誠如王夫之《楚辭通釋》所說：「……楚澤國也，其南沅、湘之交；抑山國也，疊波曠宇，以蕩遙情。而迫之以崟嶔戌削之幽苑，故推宕無涯，而天采矗發，江山光怪之氣，莫能揜抑——。」也可見地域背景對作家影響之深。其中道理，劉勰見得最為精審，他在《文心雕龍・物色》篇說：「若乃山林皋壤，實文思之奧府，略語則闕，詳說則繁。然屈平所以能洞鑒風、騷之情者，抑亦江山之助乎！」

(四)《楚辭》與屈原的關係

(1)哲學思想轉變的衝突

《論語》一書是儒家中庸哲學的代表。孔子極力想藉此以保持社會思想的平衡，但結果卻被戰國時諸子學的百家爭鳴所粉碎。所以《論語》說：「子曰：中庸之為德也，其至矣乎？民鮮久矣。」孟子是孔子思想的繼承人，他也早見於此，故〈滕文公〉篇說：「聖王不作，諸侯放恣，處士橫議，楊朱、墨翟之言盈天下。天下之言，不歸楊，則歸墨。」又說：「楊、墨之道不息，孔子之道不著。」「能拒楊墨者，聖人之徒也。」從此就掀起了平衡時代與驚異時代之爭的哲學體系不同的衝突。所以孟子曾激動的說：「楊氏為我，是無君也；墨子兼愛，是無父也；無君無父，是禽獸也。」但時代的巨輪仍是無情的把它輾過，終於在時代的衝擊下，楊朱、墨翟的偏激思想，仍打破了折衷之道，而喚起了整個時代的苦悶。

於是思想界成了利己（楊朱）、利人（墨翟）兩派的衝突。《列子・楊朱》篇引楊朱的話說：「古之人損一毫利天下不與也，悉天下奉一身不取也。人人不損一毫，人人不利天下，天下治矣。」又說：「忠不足以安君，適足以危身，義不足以利物，適足以害生。安上不由於忠，而忠名滅焉，利物不由於義，而義名絕焉。君臣皆安，物我兼利，古之道也。」這種利己無君，棄仁義於不顧的思想與墨子兼愛、非攻的利他主義是截然不合的。自此以後思想界就成了莫衷一是的動盪局面，楊朱歿時屈原正當八歲（依錢穆《先秦諸子繫年》所考定之楊朱歿年）。屈原的思想主流是儒家，所以他終一生追求的是美政。但他正趕上了儒學的崩潰尚未匡復，墨翟的利他主義與楊朱的利己主義嚴重衝突之時；加上縱橫說客辯士以一己利益置國家於不顧的混亂局面，舊有維繫人心的哲學體系被推翻，而新的又尚未建立。這本是全時代的悲哀，也是屈原個人的苦悶。我們試看他作品中所表現出強烈的去從抉擇，而把他激底的沉溺在痛苦之中。這是屈原的生不逢時，這也是《楚辭》的特色。

⑵政治勢力消長的對峙

屈原生當楚、齊、秦三強對峙之時，於是他的政治生命就隨著楚國的外交政策而改變，也即隨著親齊派與親秦派勢力的消長而浮沉。屈原是親齊的，也即主張合縱的。《史記・屈原賈生列傳》說：「屈平既疏，不復在位，使於齊。」〈楚世家〉也說：「屈原使從齊來。」劉向《新序・節士》篇說得更為詳細：「秦欲吞滅諸侯，并兼天下，屈原為楚東使於齊，以結強黨。」屈原的使齊目的，就在於聯齊以抗秦，所以楚懷王十一年時懷王是縱約長，屈原在宦途上也就最為得意。《史記・屈原賈生列傳》所載：「入則與王圖議國事，以出號令；出則接遇賓客，應對諸侯，王甚任之。」此時屈原方二十六歲，親齊派在楚國也最為得勢。不久懷王的外交政策受到張儀以財貨賄通的楚國親秦派大臣上官大夫、靳尚之屬以及令尹子蘭，夫人鄭袖之讒言，貪張儀詐許的六百里地，而絕齊，也就疏放了屈原。所以屈原的二次被讒見逐都是在親秦派得勢之時，這都是楚國政治的背景所致。於是屈原表現在作品上的情感是：

「豈余身之憚殃兮，恐皇輿之敗績！」「余固知謇謇之為患兮，忍而不能舍也。」「曾歔欷余鬱邑兮，哀朕時之不當。」「世幽昧以昡曜兮，孰云察余之善惡？」（〈離騷〉）所以他的情緒是悲憤激烈的。楚國政治勢力中親齊、親秦二派的消長，對屈原而言，是他的悲劇，然而對作品的成熟與欣賞他的作品的後人而言，這卻又是幸運，沒有了屈原這分政治上的失意，我們或也就失去了欣賞那些用血淚煎熬濃製的詩篇。

(3)人格高潔對濁世的不容

只要你看過《楚辭》，你必會承認屈原人格的高潔無瑕，〈九章・橘頌〉篇就是他早年以自況高潔人格，堅貞不移理想的作品。〈離騷〉中更剖露了他特異的秉賦。他說：「帝高陽之苗裔兮，朕皇考曰伯庸。攝提貞于孟陬兮，惟庚寅吾以降。皇覽揆余于初度兮，肇錫余以嘉名：名余曰正則兮，字余曰靈均。紛吾既有此內美兮，又重之以修能。扈江離與辟芷兮，紉秋蘭以為佩。」又說：「余既滋蘭之九畹兮，又樹蕙之百畝。畦留夷與揭車兮，雜杜衡與芳芷。」又說：「高余冠之岌岌兮，長余佩之陸離；芳與澤其雜糅兮，唯昭質其猶未虧。」凡此諸句已足可看出屈原人格之聖潔。所以「〈國風〉好色而不淫，〈小雅〉怨悱而不亂。若〈離騷〉者可謂兼之，蟬蛻濁穢之中，浮游塵埃之外，皭然泥而不滓，推此志，雖與日月爭光可也」。（班固引淮南王安敘〈離騷傳〉語）用之稱屈原作品固可，用之贊其人格的偉大尤為恰當。王逸〈離騷序〉也說：「其辭溫而雅，其義皎而朗，凡百君子莫不慕其清高，嘉其文采，哀其不遇，而愍其志焉。」固知凡是天才的個性都是耿介的，這種個性在他的事業上是莫大的阻礙。所以屈原不能見容於濁世，因為當時的社會是「變白以為黑兮，倒上以為下。鳳皇在笯兮，雞鶩翔舞。同糅玉石兮，一槩而相量。」（〈九章・懷沙〉）的濁世，所以屈原徒具「懷質抱情，獨無匹兮。伯樂既沒，驥焉程兮」的悲痛，而下定了「知死不可讓，願勿愛兮，明告君子，吾將以為類兮」的決心。所以屈原耿介的個性不容於濁世，是屈原生命中的悲劇。然而作品因而洋溢出生命的熱望，卻又是後人欣賞《楚辭》的眼福。

(4)博學而蹇困的苦悶

屈原的博學多識，《史記・屈原賈生列傳》中已說得明白。說他：「博學彊志，明於治亂，嫺於辭令。」所以懷王才會委以起草國家憲章的重任，也就因為他才高而遭致讒人群小的嫉妒，以致於被懷王所疏放，而步上蹇困多艱的命運。此種情感在他的作品中也時時被提及。例如〈九章・惜往日〉載：「惜往日之曾信兮，受命詔以昭詩。奉先功以照下兮，明法度之嫌疑。國富強而法立兮，屬貞臣而日娭。」所謂「昭詩」「立法」就是指本傳中所說的起草憲章，這都是屈原博學的明證。但是同文後段接著又說：「心純庬而不泄兮，遭讒人而嫉之。君含怒而待臣兮，不清澈其然否。蔽晦君之聰明兮，虛惑誤又以欺。弗參驗以考實兮，遠遷臣而弗思。信讒諛之溷濁兮，盛氣志而過之。何貞臣之無辠兮，被離謗而見尤。」博學能幹的結果卻是招致到讒人的嫉妒而遭無辠見尤，終被遠遷。這正是博學而蹇困的苦悶。再就屈原的作品看，大凡神話（見〈離騷〉、〈天問〉、〈遠游〉諸篇）民俗（見〈九歌〉、〈招魂〉諸篇）法律（見〈九章・惜往日〉）歷史（見〈離騷〉、〈天問〉諸篇）諸知識無不博覽遍觀，而且他的思想也兼及儒（見〈離騷〉）道（見〈遠游〉）法（見〈惜往日〉）諸家之長。像如此博學之士，竟屢遭小人所嫉，二度遠放，不得見用於仕途，他內心中的苦悶是難以壓抑的。誠如〈離騷〉篇中女嬃的對白：「汝何博謇而好脩兮，紛獨有此姱節？薋菉葹以盈室兮，判獨離而不服。」正是此種心情的寫照。所以我們可以肯定的說：如果屈原生命旅程中沒有這些阻礙和矛盾所衝激而起的火花，《楚辭》也就沒有今日如此可觀的面目。所以屈原的不幸，卻是《楚辭》得以照耀千古的大幸。

三、《楚辭》的藝術技巧

屈原的作品所以能赫然光耀千古，屈原的人格所以能懿然垂範萬世，都在於他的文學創作在藝術生命中有輝煌的成就。所以《楚辭》在文學上的價值是不朽的。今就其藝術技巧討論於下：

(1)詩律的自由

「楚辭體」的詩歌能從《詩經》的形式下，創造出獨立發展的詩律美，是藝術上的創舉。四言為主體的《詩經》，到戰國時，因為太規則，太束縛了，無論在言情、體物方面都不能自由表現。所以發展到了南方的「九歌體」，句式可以長短不齊；押韻可以或韻或否，完全建立了一種新的體裁，這種文體當成熟的表現在《楚辭》中時，它就成了散文與詩歌的融和，它兼具了散文的靈活性和詩歌的韻律美。更能在「兮」字的運用上廣求變化。加上方言的適切配合及南方歌謠獨具的天籟之聲，於是自由體的偉大詩篇遂告成熟。例如：《詩經・王風・采葛》：「彼采葛兮，一日不見，如三秋兮！」已經是一首很成功的情詩，但比起〈九歌〉中的〈少司命〉：「入不言兮出不辭，乘回風兮載雲旗。悲莫悲兮生別離，樂莫樂兮新相知。」所描寫的音調和情緒而言，就遠不如〈少司命〉的纏綿悱惻，委婉動人。又如《詩經・王風・大車》：「大車檻檻，毳衣如菼。豈不爾思？畏子不敢。」已是一首刻劃思念情懷的佳作，但比起〈九歌・湘夫人〉：「鳥何萃兮蘋中？罾何為兮木上？沅有茝兮醴有蘭，思公子兮未敢言。」來看，又遠不如〈湘夫人〉篇的悲涼幽怨。所以二者有如此顯著的不同，就在於《楚辭》音律變化較自由而產生的效果。

(2)詩風的轉變

《楚辭》雖然略受到《詩經》的影響，但其內容與風格則與《詩經》仍成強烈的對比，也就是說《楚辭》的詩風已起了莫大的改變。因為《詩經》多取材於現實社會生活，表現出了社會的普遍性，風格和手法都是樸質而寫實的；而《楚辭》則是個人情感的抒發與幻想，風格和手法皆是浪漫而鋪張的。（雖然《詩經》中也有個人主義色彩之詩歌，但究竟缺乏幻想的素質。）所以《楚辭》中所窺見的是超現實的神祕世界；不但人的思想情感業已美化，竟連鬼神也蒙上了五色彩衣，諸如〈九歌〉、〈離騷〉篇中所敘及的神話便屬此。劉勰《文心雕龍・辨騷》篇說：「至於託雲龍，說迂怪。豐隆求虙妃，鴆鳥媒娀女，詭異之辭也；康回傾地，夷羿彃日，木夫九首，土伯三目，譎怪之談也；依彭咸之遺則，從子胥以自適，狷狹之志也；士女雜坐，亂而不分，指以為樂，娛酒不廢，沉湎日夜，舉以為歡，荒淫之意也。摘此四事，異乎經典者也。」這些班固、劉勰等人眼中所以為的詭異、譎怪、狷狹、荒淫的異乎經典之事，也正是《楚辭》風格的特色。再加上《楚辭》的主要作者屈原的不幸身世，於是發之於詩中的失意、矛盾、苦悶、衝突等強烈個人浪漫主義的色彩，與《詩經》所表現的社會寫實路線的風格是迥然不同的。

(3)神話的活用

今世各民族無論其為野蠻或文明，都各具其神話與傳說。所以凡一個民族的原始時代的生活狀況、宇宙觀、倫理思想、宗教思想以及早期的歷史，都混含在這個民族的神話與傳說之中。所以就文學的觀點看，神話就是先民文學的雛形，迨及漸近文明，它又成為了民族文學取材的源泉。而在先秦，最能活用神話素材的天才就當首推屈原和他的作品——《楚辭》。

我國神話何以獨盛於南方？劉師培說：「大抵北方之地，土厚而水深，其間多尚實際。南方之地，水勢浩洋，民生其地，多尚虛無。」北方人太過崇實，於是對神話不感興趣，以致一入歷史時期，神話就銷歇。而楚國在江淮流域一帶，土壤肥沃，物產富饒，風景秀麗。故物質生活較優，精神方面自然也易趨於玄虛，加之雲夢大澤，煙波嫋繞，九嶷衡山，聳入雲霄，無一不是蘊藏神話的境域。所以我們不但能在《楚辭》中知道了許多已衰歇的古代南方神話、傳說，並且從《楚辭》中也學會了活用神話的技巧。大凡《楚辭》的運用神話，是超現實與現實的混合，不是單把神話予以敘述，而是作者的參與，所以屈原的運用神話，在使作品與神話人物在同時而融合出現，我們不會覺得有人神的隔閡，也不察覺有時間上的差距，這種巧妙的運用，是《楚辭》獨創而不可磨滅的藝術價值。

(4)比、興的運用

比、興的手法，本是任何詩歌中貫用的創作技巧，如朱熹作《詩集傳》時就注意到比、興手法的探討。但是《詩經》仍然是兼用了賦、比、興的手法。而《楚辭》中大量的運用比、興手法而使它成為文學作品創作的主力，則是獨創。王逸注《楚辭》已有所見，他的《章句・離騷序》說：「〈離騷〉之文，依詩取興，引類譬喻。故善鳥香草以配忠貞，惡禽臭物以比讒佞，靈修美人以媲於君，虙妃佚女以譬賢臣，虬龍鸞鳳以託君子，飄風雲霓以為小人。其辭溫而雅，其義皎而朗，凡百君子，莫不慕其清高，嘉其文采，哀其不遇，而愍其志焉。」劉勰《文心雕龍・比興》篇也說：「楚襄信讒，而三閭忠烈，依詩製騷，諷兼比興。」

就因為比、興手法的純熟運用，使《楚辭》中所表現出一意忠君的意念，不顯得枯燥單調；使屈原滿腔愛國的怨憤苦悶不失其溫柔敦厚，這就是在藝術技巧的成功。

四、《楚辭》對後世文學的影響

《楚辭》這中國文學上的奇珍瑰寶，由於屈原崇高聖潔人格的感動，與作品本身藝術性的純熟完美，至今已經受到文人將近二千年的垂愛。在漢代研究《楚辭》，模仿《楚辭》都已經成之風氣。太史公在《史記・屈原賈生列傳》中說：「其文約，其辭微，其志潔，其行廉，其稱文小而指極大，舉類邇而見義遠。其志潔，故其稱物芳；其行廉，故死而不容自疏。濯淖汙泥之中，蟬蛻於濁穢，以浮遊塵埃之外，不獲世之滋垢，皭然泥而不滓者也。推此志也，雖與日月爭光可也！」已可見它在西漢時在文人心目中神聖的地位了。所以在同文中太史公又說：「屈原既死之後，楚有宋玉、唐勒、景差之徒者，皆好辭而以賦見稱；然皆祖屈原之從容辭令，終莫敢直諫。」《漢書・地理志》也說：始楚屈原作〈離騷〉諸賦後，有宋玉、唐勒、枚乘、鄒陽、嚴夫子之徒；而吳有嚴助、朱買臣貴顯漢朝，文辭並發，故世傳《楚辭》。所以在漢代研究屈原，模仿屈作已經造成了一股浪潮，一陣風氣。

自漢代以降至於魏、晉、南北朝、隋、唐、兩宋、元、明、清以迄今，凡為文人皆從《楚辭》中擷取精華。正如《文心雕龍・辨騷》篇所說：「故枚、賈，追風以入麗，馬、揚，沿波而得奇，其文被辭人非一代也。故才高者苑其鴻裁，中巧者獵其豔詞，吟諷者銜其山川，童蒙者拾其香草。若能憑軾以倚雅頌，懸轡以馭楚篇，酌奇而不失其貞，玩華而不墜其實，則顧眄可以驅辭力，欬唾可以窮文致，亦不復乞靈於長卿。假寵於子淵矣。」《楚辭》潤澤於詩人的靈思，可謂至廣且深。時至今日文人仍以「騷人」自居。現略述《楚辭》對後世文學之影響於下：

⑴促成辭賦的發展

《文心雕龍・詮賦》篇說：「賦也者，受命於詩人，拓宇於《楚辭》也。於是荀況禮、智，宋玉風、釣，爰錫名號，與詩畫境，六義附庸，蔚成大國。」再經漢代辭賦作家們的熱烈摹擬仿作，終於激起了漢代文學新體制——賦的盛況。據《漢書・藝文志》所載，自屈原至王褒賦者有二十家，三百六十一篇；自陸賈至朱宇賦二十一家，二百七十五篇；自孫卿至路恭賦二十五家，一百卅六篇；自客主賦至隱書、雜賦十二家，二百三十二篇。則為賦共七十八家，一千零四篇。而尚有作品不計算在內。漢賦鼎盛的狀況已可想見。明徐師曾《文體明辨》一書更以為辭賦凡分四體：㈠古賦（即〈離騷〉賦），㈡俳賦（即不純粹的駢體賦），㈢文賦（即散體賦），㈣律賦。而他又以〈離騷〉至〈九辯〉為古賦之祖，而以司馬相如〈長門賦〉等屬之。〈卜居〉、〈漁父〉為文賦之祖，而以揚雄〈長揚賦〉等屬之。然我等又熟知俳賦出於古賦，律賦出於俳賦。然則《楚辭》之為辭賦的始祖，已無疑問。至於如漢代賦體中貫用的規諷之旨，鋪張手法以及聯綿詞的使用，設問對答的形式等等特色，也無不於《楚辭》中得見。（參游國恩《楚辭概論》說）

⑵促成駢文的發展

駢文是我國文字所特有的美文形式，在文學史上自有其不可磨滅的價值。駢文首重對仗、俳偶，而先秦古籍中雖也間用俳偶的句子，但大抵質樸無華，直到《楚辭》文體出，才有清華朗潤的駢體詞句。例如〈九歌・湘君〉：「采薜荔兮水中，搴芙蓉兮木末，心不同兮媒勞，恩不甚兮輕絕！」又如〈大司命〉：「令飄風兮先驅，使凍雨兮灑塵。」等句子就是劉勰在

《文心雕龍・麗辭》篇中所說的「言對」。又如〈離騷〉篇：「呂望之鼓刀兮，遭周文而得舉；甯戚之謳歌兮，齊桓聞以該輔。」就是劉勰所謂的「事對」。又如〈東皇太一〉篇：「蕙肴蒸兮蘭藉，奠桂酒兮椒漿。」就是洪邁《容齋隨筆》中所謂的「當句對」。所以《楚辭》中這些絕佳的駢詞儷句都是駢儷文所推崇為不祧之祖。（參游國恩《楚辭概論》說）

(3)促成七言詩的發展

七言的詩句在《詩經》中已間或用之，到了《楚辭》中就漸漸增多。如〈離騷〉說：「汨余若將不及兮，恐年歲之不吾與。」等七言的句子，也屢見於他篇，是「楚辭體」成熟期的通常句式之一。至於早期的七言詩，如漢高祖的〈大風歌〉、李陵的〈別歌〉、漢昭帝的〈淋池歌〉和張衡的〈四愁詩〉，雖然是醞釀時期，但作品大都是七言的「騷體」。今舉〈大風歌〉為例：「大風起兮雲飛揚，威加海內兮歸故鄉，安得猛士兮守四方。」如果刪除其中「兮」字也就成了七言詩。又如東漢張衡之〈四愁詩〉：「我所思兮在太山，欲往從之梁父艱。側身東望涕沾翰，美人贈我金錯刀，何以報之英瓊瑤。路遠莫致倚逍遙，何為懷憂心煩勞。」（此第一段，下仍有三段）每段第一句的第四字仍用「兮」字。仍然沒有脫「離騷體」而獨立。雖然說七言詩成熟於曹丕的〈燕歌行〉之作，但唐人的七言詩裡還脫離不了用「兮」字呢？如李白的〈夢遊天姥吟留別〉有云：「熊咆龍吟殷巖泉，慄深林兮驚層巔。雲青青兮欲雨，水澹澹兮生煙。」就是唐詩也受騷體影響的顯例。所以《楚辭》之影響七言詩的成熟是無疑的。

(4)開闢了鄉土文學的先路

前文已經敘及，《楚辭》此文體最大的特色之一是富有地方性的色彩。《楚辭》是以楚地特有的音律、詞彙、事物所譜成的詩歌。在拙著〈楚辭方言考辨〉一文（載《淡江學報》第九期）中曾考定，《楚辭》一書（僅指屈、宋作品）中所用的楚地方言詞，計用為名詞者廿四條，用為動詞者十七條，用為形容詞者十六條，用為副詞者五條，共計六十四條之多。而且《楚辭》又是用「悲壯頓挫，或韻或否」的楚聲讀的。在漢武帝時的朱買臣以「能言楚辭」而被寵；宣帝時九江（今安徽省壽縣一帶）地方的被公是專讀《楚辭》的專家。隋代的高僧道騫有《楚辭音》的專著。凡此所言，都可以看出《楚辭》的鄉土化，再加上了產生此文體的地域背景、民俗背景（見前文）都處處表現了濃郁的楚國獨具的鄉土氣息，所以它不但獲得了楚人廣大的愛好，也開闢了中國文學史上鄉土文學的先路。

(5)播撒下浪漫譎怪文學的種子

前文曾經提及，由於詩人屈原的善於幻想的馳騁，使〈離騷〉、〈九歌〉、〈天問〉、〈招魂〉諸詩篇都蘊藏了豐富的神話素材，神祕詭怪的情調，浪漫的色彩。所以這種獨創的詩風播撒下了中國文學園地中浪漫、譎怪文學的種子。所以像漢代司馬相如賦〈大人〉以諷諫武帝，反使皇帝更加有飄飄然欲仙的感覺，其作用即在於此。至如魏代曹操的〈氣出唱〉、〈精列〉、〈秋胡行〉、〈陌上桑〉諸篇所表現的仙人、玉女、蓬萊、崑崙、赤松、王喬的字跡和人生幻滅與遊仙的思想，都得自《楚辭》。再後者像曹植的〈苦思行〉、〈升天行〉、〈仙人篇〉、〈遠遊篇〉諸詩中對遊仙的追戀，晉代何劭、郭璞諸家的遊仙詩，以及盛唐詩人李白的〈蜀道難〉、〈夢遊天姥吟留別〉，杜甫的〈乾元中寓居同谷縣〉作歌七首，俱與《楚辭》的浪漫性有關。至於漢、魏以後的志怪小說，如《山海經》、《穆天子傳》、《神異志》、《十洲記》、《漢武故事》、《漢武洞冥記》、《搜神記》……等作品的問世，或多或少都受到《楚辭》播下的譎怪思想的影響。即如《淮南子》、《列子》中的神話思想也都是從《楚辭》而來。

(6)賦予詞曲新的素材

由於屈原生命旅程中的屢遭不幸，更由於詩人偉大情操及瑰麗詩篇的感召，宋、元、明、清的詞、曲作家們，更把《楚辭》借為抒發個人感懷的珍寶。在詞方面，北宋詞人如蘇軾、晁補之、晏幾道、李清照等，都是隱栝或剪裁《楚辭》文句入詞，或活用《楚辭》文體的作家。尤以南宋以後，政治形勢在主戰與主和兩派的紛爭中日益衰微，一些愛國詞人，報國有心，而請纓無路，便把滿腔的悲憤藉活用《楚辭》以為發洩。其中最突出的詞人當屬辛棄疾，因為他的身世抱負多少與屈原有相似之處。據拙著《稼軒與楚辭》(見《文史季刊》第二期，廣文書局)一文所載，辛氏引用《楚辭》文句有一百零五見之夥。他的詞中有〈水龍吟〉一首全用帶「些」字的〈招魂〉體，〈木蘭花慢〉一首也全仿〈天問〉體。今錄二首於下：

〈水龍吟〉：「聽兮清珮瓊瑤些，明兮鏡秋毫些。君無去此，流昏漲膩，生蓬蒿些。虎豹甘人，渴而飲汝，寧猿猱些。大而流江海，覆舟如芥，君無助，狂濤些。路險兮山高些。塊予獨處無聊些。冬槽春盎，歸來為我，製松醪些。其外芳芬，團龍片鳳，煮雲膏些。古人兮既往，嗟予之樂，樂簞瓢些。」又如：

〈木蘭花慢〉：「可憐今夕月，向何處，去悠悠？是別有人間，那邊纔見，光影東頭？是天外，空汗漫，但長風浩浩送中秋？飛鏡無根誰繫？姮娥不嫁誰留？謂經海底問無由，恍惚使人愁。怕萬里長鯨，縱橫觸破，玉殿瓊樓。蝦蟆故堪浴水，問云何玉兔解沉浮？若道都齊無恙，云何漸漸如鉤？」其他如：「天涯芳草無歸路」（〈摸魚兒〉），「如今憔賦招魂」（〈阮郎歸〉），「靈均千古懷沙恨」（〈賀新郎〉），「絃斷招魂無人賦」（同上），「蒼梧雲外湘妃淚」（〈最高樓〉）等都是仿「楚辭體」而作的名句。

其他南宋詞人，如高似孫、史達祖、魏了翁、劉克莊、方岳、馬廷鸞、陳人傑、周密、劉辰翁、張炎、蔣捷等家，無不有自《楚辭》中取材活用的作品。再就曲方面說，元代以後劇本取材於《楚辭》的有十種以上。如元代睢景臣、吳弘道二人都有屈原投江劇本，明代汪道昆著〈高唐夢〉，袁于會著〈汨羅記〉，徐應乾著〈汨羅〉；清代鄭瑜著〈汨羅江〉，嵇永仁著〈續離騷〉，張堅著〈懷沙記〉，尤侗著〈續離騷〉，丁澎著〈演騷〉，周文泉著〈紉蘭佩〉，吳藻著〈飲酒讀離騷圖〉。（見黃昜吾〈屈原與楚辭〉文引，《南洋學報》）則詞曲受《楚辭》影響之情形可知。

五、《楚辭》的注家

漢代摹擬《楚辭》的風氣最盛，注疏《楚辭》的著述也自應最夥。但是現在流傳下來注《楚辭》最早的著述，當首推東漢順帝時王逸的《楚辭章句》。而王逸以前的注家，今可考者只有六人：劉安有《離騷傳》（據《漢書》本傳），劉向有《天問解》（據王逸〈天問敘〉），揚雄有《天問解》（據王逸〈天問敘〉），賈逵有《離騷章句》（據王逸〈章句敘〉），班固有《離騷章句》（據王逸〈章句敘〉），馬融有《離騷注》（據《後漢書》本傳），但已皆成佚籍，其文字散見於他書，可略窺見一二。

自王逸《楚辭章句》而後以至於今，有關研究《楚辭》的專書及論文何止千種，而且目前還有無數的學者在繼續鑽研探討，所以我們不可能、也不必要去讀遍所有《楚辭》論著，所以此處想約略介紹幾本最基本而又重要的參考書。欲知詳細的「楚辭學」書目，自有饒宗頤先生的《楚辭書錄》及姜亮夫先生的《楚辭書目五種》可供參考（其中近人作品未收的仍然很多）。

據近人游國恩的《楚辭概論》一書所敘，自漢至清代的《楚辭》注家，他共分四類：㈠訓詁派，王逸可為代表。㈡義理派，朱熹、王夫之可為代表。㈢考據派，吳仁傑、蔣驥可為代表。㈣音韻派，陳第、江有誥可為代表。他又補充說：「其中也有以義理派而兼考據的，如朱子、黃文煥等是。也有以考據兼訓詁的，如戴震等是。也有以考據兼音韻的，如屠本峻、蔣驥等是。」現在姑且介紹幾部基本要籍於下：

(1)王逸《楚辭章句》十七卷

王逸字叔師，東漢南郡宜城（今湖北）人，生平事略見本書〈九思〉篇作者小傳。其十七卷本《楚辭注》篇目是本於劉向所編集的十六卷本再加上己作〈九思〉而成。而〈九思〉的注釋則是出於他的兒子王延壽（據洪興祖注）。王逸是東漢的經學家，經學家注書，好以五經立義，並且特別重視訓詁，所以他的《章句》是功過互見的。他的價值，可在《四庫全書總目提要》的批評中見出。《提要》說：「逸注雖不甚詳賅，而去古未遠，多傳先儒之訓詁，故李善文選注，全用其文。」所以《章句》是目前存書中最古的《楚辭》注本，在保存東漢以前的《楚辭》注釋上，其功勞不可磨滅。如果沒有他的整理，《楚辭》這偉大的詩篇或恐有被湮沒的危險。至於他的荒謬之處是在於太拘泥於屈原忠貞愛國的個性以為立意，也太相信於比、興手法的運用在《楚辭》上是為主要技巧。把〈九歌〉諸篇本是美妙而富於情意的詩歌，解釋得全與思君念國拉上了關係，反失去了〈九歌〉文學的生命，現姑舉例以見之。如：〈九歌・山鬼〉：「怨公子兮悵忘歸。」《章句》說：「公子，謂公子椒也。言己（屈原）所以怨公子椒者，以其知己忠信而不肯達，故悵然失志而忘歸也。」又如：〈山鬼〉：「君思我兮不得閒。」《章句》說：「言懷王時思念我，顧不肯以閒暇之日，召己謀議也。」把詩篇解釋的完全離譜，反成了注釋的魔障。諸如此類以〈九歌〉篇所見為多，這完全是對〈九歌〉

的看法與後世學者不同之故。把〈九歌〉看成是沅湘一帶祭神的詩篇，是王逸決不曾意料得到的。但是《章句》的價值並不能因「一眚而掩大德」，它仍然是研究《楚辭》的權威著作，到了宋代洪興祖、朱熹的注釋仍然多數本於王注，就此一點就可看出《章句》的價值是不可低估的了。

(2)洪興祖《楚辭補注》十七卷　《考異》一卷

洪興祖字慶善，宋丹陽人。北宋徽宗政和年間進士，為人剛正，後因得罪秦檜被貶，悲憤而卒。興祖有見於漢人注書，大抵簡質。往往單舉訓詁，而不詳其考據。所以《補注》本的最大特色是列王逸注在前，而一一疏通證明，補注於後。對於王注多所闡發，都用「補曰」二字與王注分開。《補注》勝於王注的地方是標示了注釋和典故的原書出處。而另一特色是洪氏用力最深的《考異》部分。據陳振孫《直齋書錄解題》所說：「興祖少得《東坡手校楚辭》十卷，凡諸本異同，皆兩出之。後得洪玉父而下本，十四、五家參校，遂為定本，始補王逸《章句》之未備者。書成，又得姚廷輝本作《考異》，附古本釋文之後。其末又得歐陽永叔、孫莘老、蘇小容本校正，以補《考異》之遺。」所以宋以前的《楚辭》板本、異文以洪氏所見最為完備，此為《補注》的最大價值。

(3)朱熹《楚辭集注》八卷　附《辯證》二卷　《後語》六卷

朱熹字元晦，一字仲晦，晚號晦翁，又號雲谷老人、滄洲遁叟及遯翁。父親朱松，原是徽州婺源人，後移家福建尤溪，生朱子。《集注》本八卷之前五卷收錄有〈離騷〉、〈九歌〉、

〈天問〉、〈九章〉、〈遠遊〉、〈卜居〉至〈漁父〉凡七題廿五篇以為屈原作。後三卷收錄有〈九辯〉、〈招魂〉、〈大招〉、〈惜誓〉、〈弔屈原〉、〈服賦〉、〈哀時命〉至〈招隱士〉凡八題十六篇定為〈續離騷〉。與王逸的《楚辭章句》篇（《補注》同）相較，計增〈弔屈原〉、〈服賦〉二篇，而刪去〈七諫〉、〈九懷〉、〈九歎〉、〈九思〉四篇。但是他的《楚辭後語》，卻收錄了荀子〈成相〉以至呂大臨之〈擬招〉共五十二篇，使《楚辭》的範圍更形龐雜。

此書成於朱子晚年，也即慶元退歸之後，以寄寓趙汝愚的貶死。汝愚死在慶元二年春正月（西元一一九六年），而朱子在是年削官，六年三月卒。據日本國大正三年內閣目所載，《集注》最早刻本流傳在慶元四年戊午，然則朱熹《集注》的成書，僅僅費時一年餘，實在為時過於倉促。所以依我的整理，在訓詁方面，《集注》突過王注的論見並不多，幾處的增刪也是「後來居上」應有的成績。（參拙著〈朱熹楚辭集注與王洪二家注的比較及其價值重估〉，《淡江學報》第十一期）而此書的弊病，誠如游國恩所說：「〈天問〉一篇闕疑頗多，〈九歌〉諸解，尤多附會。例如〈湘君〉：『桂櫂兮蘭枻』一節，意義本極明顯，他偏要說：『此章比而又比，蓋此篇本以求神而不答比事君之不偶，而此章又別以事比求神而不答也。』他這樣繞大圈兒來解釋，是極不妥當的。書中凡談到義理方面，往往免不了此病。」這完全是朱子把注《詩集傳》的方法用在注《楚辭》上而又拘泥不變的緣故。

(4)王夫之《楚辭通釋》十四卷

王夫之字而農，號薑齋，清衡陽人。明崇禎舉人，原居衡陽的石船山，致力著述，後來吳三桂僭號衡陽，他便息影深居，卒年七十二。他論學以漢儒為門戶，以宋儒為堂奧；尤深契張載正蒙之說。他的《通釋》刪去了王逸《章句》的〈七諫〉以下五篇，而加入了江淹〈山中楚辭〉、〈愛遠山〉兩篇以及己作〈九昭〉共四十四篇。這種增刪都是憑一己之好惡，沒有多大意義的，因為王逸《章句》選錄作品僅及漢代，自有他的體系。《通釋》每篇分段立釋。〈遠游〉篇則采方士鉛汞之談，書中說到義理處也多附會。但是他也有可貴處，例如對〈九歌〉的見解說：「〈九歌〉以娛鬼神，特其悽悱內儲，含悲音於不覺耳。横摘數語，為刺懷王，鬼神亦厭其瀆矣。」他並以〈九歌．禮魂〉一章為前十章所通用，以「終古無絕」一語，知為送神曲。

(5)林雲銘《楚辭燈》四卷

林雲銘字西仲，清福建侯官人。年輕時好讀書，常和服入浴，被里人呼為書痴。順治戊戌進士。這書單取屈原所作加〈招魂〉、〈大招〉二篇，逐句詮釋，每篇各為總論，詞旨淺近。《四庫提要》說：「蓋鄉塾課蒙之本。」所以民國六年北京石刻本，稱之「楚辭易讀」。此書在〈九章〉的篇次上與舊本不同。改為〈惜誦〉第一，〈思美人〉第二，〈抽思〉第三，〈涉江〉第四，〈橘頌〉第五，〈悲回風〉第六，〈惜往日〉第七，〈哀郢〉第八，〈懷沙〉第九，與本傳以配合。這種說法本於黃文煥《楚辭聽直》，並非獨創。〈招魂〉篇則據〈屈原列傳〉定為屈作，並以杜子美〈彭衙行〉的剪紙自招定為屈原自招。

(6)蔣驥《山帶閣注楚辭》六卷　附《卷首》一卷　《餘論》二卷

蔣驥字涑塍，清武進人。他在此書後序中提到注《楚辭》的動機說：「余老於諸生逾卅年，場屋之苦，下第之牢愁，殆與身相終始，年二十三得頭目之疾，畢生不痊，畏風若刀鋸。凡春花秋月，人世嬉戲之事概不得與，目力久乏，又不能縱情書史……生平詩、古文、詞時有論撰，經史子集之書評注者也不少，率以束於舉業，牽於疾病，未獲成編，獨於〈離騷〉功力頗深，訂詁之外，益以餘論，說韻若干卷……。」可見他注《楚辭》是有感而發的。這書又稱「三閭楚辭」，所採參考書籍多達六百四十餘種。可見蔣驥治學之勤奮，此書資料收集之廣博。《四庫提要》說：「注前冠以《史記・屈原傳》，沈亞之《屈原外傳》，〈楚世家〉節略。次列《楚辭》地理五圖。（首總圖、次〈抽思〉、〈思美人〉路圖、〈哀郢〉路圖、〈涉江〉路圖、〈漁父〉、〈懷沙〉路圖。）《餘論》二卷。駁訂舊注。《說韻》一卷，每部列通韻叶韻，同母叶韻三例。」《提要》所說均為此書的特色。蔣氏能稽考屈原的生平，定作品的時地，實事求是，考據精確，較之以前諸注家為勝。

(7)戴震《屈原賦注》七卷 《通釋》二卷 《音義》三卷

戴震字東原，清休寧人。乾隆舉人，最精於小學訓詁，卒年五十四。本書取材僅及王逸《章句》所錄〈離騷〉以下迄〈漁父〉二十五篇，取《漢書・藝文志》之例定為《屈原賦》。《通釋》上卷疏山川地名，下卷疏魚蟲草木。《音義》則定其音讀，並列舉別本異文，博引繁徵，足資考證。據段玉裁撰《戴先生年譜》說：「乾隆十七年壬申三十歲，是年注屈原賦成。先生嘗語玉裁云：『其年家中乏食，與麪鋪相約，日取麪為饔飧，閉戶成屈原賦注。』蓋先生之處困境而亨如此……廿五年庚辰，三十八歲，是年冬《屈原賦注》刻成。」盧文弨序說：「微言奧旨，具見疏扶……指博而辭約，義創而理確。」雖不無溢美，但此書注釋勝於舊注處也不少。例如〈離騷〉：「夏康娛以自縱」，謂「康娛」二字連文，篇中凡三見，不應以為夏太康。以本文文例為證，足見其高明。

(8)江有誥《楚辭韻讀》附《宋賦韻讀》一卷

江有誥字晉三，清歙縣人。江氏精通音韻之學，而且彼時古韻分部的研究已告成熟。他的《楚辭韻讀》附在《音學十書》中（已刻者有《楚辭韻讀》、《群經韻讀》、《詩經韻讀》、《先秦韻讀》、《唐韻四聲正》、《諧聲表》、《入聲表》、《等韻叢說》等八種）。在研究《楚辭》押韻現象而言，此書為必讀參考書。但江氏把例外押韻現象，常以「合韻」、「借韻」、「通韻」加以解釋，有不甚精密之處。

總之，以上所述參考要籍，僅研究「《楚辭》學」要籍中之九牛一毛而已，所敘述者也僅及目前書店中可購得之書。至於近人在《楚辭》方面的專著，有遠勝過前人的。但為避免落入標榜今人之嫌，故介紹僅及清代為率。

六、屈　原

屈原名平字原，生於楚宣王二十七年，即周顯王二十六年（西元前三四三年），其卒年不詳。唯據近人的考知，或在頃襄王二十二年左右（西元前二七七年？）。據他的作品〈離騷〉所載，他名正則，字靈均。父親是伯庸，或許還有個姊姊叫女嬃。究竟有無兄弟、子女就不可得知了。他是楚國同姓宗室，為懷王左徒時，大概才二十六歲。《史記・屈原賈生列傳》說他「博學彊志，明於治亂，嫻於辭令」。所以懷王很信任他，因此委以重任，「入則與王圖議國事，以出號令；出則接遇賓客，應對諸侯」，懷王叫他造為憲令，使得同列的上官大夫，靳尚之屬大為嫉妒，而心害其能。趁著屈原憲令的草稿尚未擬定，上官大夫見了就想搶，屈原不給。於是他們藉機進讒言於懷王說：「王使屈平為令，大家沒有不知道的。每一次擬成了後，他就自誇功勞。說：『除我屈原外，是沒人能幹得了的。』」結果懷王大怒，把屈原疏遠了。這事大概在懷王十四年間，屈原才二十九歲。屈原的另一才幹是辦理外交。劉向《新序・節士》篇說：「秦欲吞滅諸侯，并兼天下，屈原為楚東使於齊，以結強黨。」那事應該在懷王十二年，屈原才二十七歲，這是他第一次出使齊國。後來屈原遭疏遠，而《史記》本傳上說：「其後秦欲伐齊，齊與楚從親，惠王患之，乃令張儀佯去秦，厚幣委質事楚。曰：秦甚憎齊；齊與楚從親，楚誠能絕齊，秦願獻商於之地六百里。」楚懷王竟然貪利而相信了張儀的話而與齊國絕交，結果是受了張儀的騙術。於是興師伐秦，秦發兵擊之，楚國在丹淅打了個大敗戰，連楚將屈匄也被擄，漢中之地也被侵佔。於是懷王下令全國總動員，深入擊秦，戰於陝西藍田，魏國趁勢襲楚至鄧。楚兵恐懼，自秦歸，而齊國也怒而不救，楚兵大困，明年秦國就割漢中地與楚講和。所以可以想見此時懷王必大為悔悟，復用屈原，派他去齊國修舊好。據近人推測大概是在懷王十七年，時屈原三十二歲。當和議達成之初，懷王恨張儀入骨，寧棄地而殺張儀。但是當時朝廷昏潰，靳尚被賄賂買通，竟利用寵姬鄭袖的關係把張儀放了。屈原當時正出使齊國，趕回國進諫，必殺張儀，但是已經來不及了。

自此以後，楚國外交失策，時而聯齊，時而聯秦。懷王二十四年又背齊而合秦，時秦昭王初立，厚賂於楚，楚往迎婦。（又見〈楚世家〉）此時屈原必定懇切諫阻，得罪了懷王，把他放逐到了漢北。〈九章・抽思〉說：「有鳥自南兮，來集漢北。」即指此。屈原這時是三十九歲左右。

到懷王二十九年，秦又攻楚，楚將景缺陣亡，懷王才使太子為質於齊以求和。此時想必屈原已被召回以充當使臣的職務；所以懷王三十年時，秦昭王與楚婚，欲與楚王會，懷王欲往，屈平進諫說：「秦虎狼之國，不可信，不如無行。」（此據《史記》本傳，〈楚世家〉作昭睢語。）但是懷王聽信了幼子子蘭的話，而入了秦國，剛進入武關，秦國的伏兵絕了他的後路，拘禁了懷王，威脅割地，懷王不聽，逃到了趙國，趙不接納，又入秦，過了三年竟死在秦國。那時長子頃襄王已立了三年，（西元前二九六年）以少子子蘭為令尹。楚國人都懷怨子蘭的勸懷王入秦，而贊美屈原的明見，於是子蘭大怒，使上官大夫讒言害屈原，於是頃襄王把屈原再次放逐到了江南。就〈九章・哀郢〉的文字看：「民離散而相失兮，方仲春而東遷。」時間大概是在二月。而且此次流放的路程，據〈哀郢〉、〈涉江〉兩篇的記載，想必是從郢都出發，沿江東行，經夏浦而至陵陽。所以〈哀郢〉篇有「發郢都而去閭兮」、「上洞庭而下江」、「背夏浦而西思兮」、「當陵陽之焉至兮」諸句。再折而西南行，從鄂渚入洞庭，濟沅水至辰陽，入溆浦。故〈涉江〉篇有：「旦余濟乎江湘」、「乘鄂渚而反顧兮」、「乘舲船余上沅兮」、「朝發枉陼兮，夕宿辰陽」、「入溆浦余儃佪兮」諸句。復東南行至長沙。屈原第二次的放逐在頃襄王幾年，也無法實徵。他在長沙，書絕命〈懷沙〉後自投汨羅而死。〈懷沙〉的寫作當在四月，因為文中說：「滔滔孟夏兮，草木莽莽。」孟夏為四月，據傳言屈原死於五月五日的日子相近。

卷一 離騷

一

帝高陽之苗裔兮，朕皇考曰伯庸❶。攝提貞于孟陬兮，惟庚寅吾以降❷。皇覽揆余于初度兮，肇錫余以嘉名❸：名余曰正則兮，字余曰靈均❹。紛吾既有此內美兮，又重之以修能❺。扈江離與辟芷兮，紉秋蘭以為佩❻。汩余若將不及兮，恐年歲之不吾與❼。朝搴阰之木蘭兮，夕攬洲之宿莽❽。日月忽其不淹兮，春與秋其代序❾。惟草木之零落兮，恐美人之遲暮❿。不撫壯而棄穢兮，何不改乎此度⓫？乘騏驥以馳騁兮，來吾道夫先路⓬！

【注　釋】❶高陽，顓頊有天下的稱號，或說是所興時的地名。顓頊娶騰隍氏女而生老僮，是楚的祖先，他的後人熊繹事周成王，封為楚子。傳國到楚武王熊通，求尊爵於周不成，就自僭稱王。武王子瑕，受屈為客卿，因以為氏。苗裔，猶遠末之孫。即今言後代。屈原是顓頊的後人，所以稱苗裔。兮，詩歌的餘音，或在句中，或在句末，作音節延長的符號。朕，我。古時尊卑共用，秦天子猶以為稱。（蔡邕《獨斷》）皇，美。父死稱考。伯庸，屈原父親的字。❷攝提，王逸引《爾雅》說：「太歲在寅曰攝提格。」「攝提貞于孟陬」是說攝提之年，當孟春之月。朱熹則說：「攝提星名，隨斗柄以指十二辰者也。」貞，正；當。孟，始。陬，隅。孟陬，即正月（夏曆正月是寅月）。下句庚寅是干支相配所紀的日。如用王逸說，屈原生於寅年，寅月，寅日。後人考訂是楚宣王廿七年正月庚寅日（即周顯王廿六年，西元前三四三年）。若依朱熹說，則屈原不一定生在寅年，所以又有人以為屈原生於楚威王五年正月七日（庚寅日），屈原生年的爭論皆因此而起。降，古音洪。降生。❸皇，皇考。覽，觀。揆，度，猶今言估量、測度。初度，言始生時的器度。肇，始。或說肇為兆的借字。卜兆所示。錫，同「賜」。嘉，善。❹正則，是隱括平字的意思。靈均，是隱括原字的意思。王船山說：「靈者善也。平者正之則也。原者地之善而均平者也。隱其名而取其義以屬辭。賦體然也。」也就是今之化名，筆名。❺紛，盛貌。內美，內在美，指忠貞。朱熹說：「美質於內也。」重，增益。修能，朱熹說：「修，長也。能，才也。」即長才。能，一作態。修態，謂容儀之美。❻扈，被，楚方言。離，一作蘺。江離，香草名。即川芎。蘺生於江中所以叫江離。辟，同「僻」。幽。芷，同「茝」。即白芷，香草名。生在幽僻地方，所以叫辟芷。紉，猶貫。《方言》：「續，楚謂之紉。」蘭，香草名。秋天開花，所以叫秋蘭。佩，繫在衣帶上的飾物。❼汩，水流迅速貌。此喻年光的消逝。《方言》：「疾行也，南楚之外曰汩。」與，待。不吾與，猶言不待我。❽搴，拔取。字也作攓。阰，王逸以為山名。戴震說是南楚語，大阜叫阰。戴說可信。木蘭，香木，狀似柟，皮似肉桂。攬，一作擥，采。洲，水中可居之地。宿莽，草冬生不死，楚人叫宿莽。或說是卷施。❾忽，一作曶。倏忽，速疾貌。淹，久留。

代，更。序，次。代序，猶言代謝，古謝與序通（參《日知錄》）。❿惟，思。零落，謂飄落。零、落，皆墮。美人，王逸《章句》說：「懷王。」洪補、朱子、錢杲之《離騷集傳》俱以為喻君。清朱冀《離騷辨》以為屈原自喻。朱駿聲《離騷補注》，馬其昶《屈賦微》則以為泛指賢士。戴震《屈原賦注》以為指壯盛之年。就文義看，疑戴說近是。遲，晚。遲暮，謂晚暮。⓫不，《文選》無此字，王逸注：「言願令君甫棄遠讒佞。」知無「不」字為是（劉永濟《屈賦通箋》說）。撫壯與棄穢相對為文。壯，指盛壯之年。穢，指穢惡之行。改，更。度，態度。⓬騏驥，駿馬，以喻賢智。來，招徠之詞。道，同「導」。先路，猶前驅。

【語譯】我原是古帝高陽氏的後裔，先父的號叫伯庸。太歲在寅那一年的正月，庚寅的那一天我降生。先父看到我初生時不凡的器度，於是替我取了相應的美名：替我取名叫正則，替我取號叫靈均。我既有紛盛的內在美質，又加上了外在的才能。披帶著江離和辟芷的鮮花，串綴著秋蘭織成的佩飾。我匆忙地像趕不上，唯恐年歲不待我就飛逝。清晨我攀折山上的木蘭，傍晚又採摘洲畔的宿莽。日月倏忽地不稍停留，春秋不時地更迭代謝。想到草木的時刻凋落，恐怕美人也隨將晚暮。怎不趁著壯年時棄去惡穢，為什麼不改變這種態度？我駕著駿馬正想奔馳，來吧！我在前驅引路。

二

昔三后之純粹兮，固眾芳之所在❶；雜申椒與菌桂兮，豈維紉夫蕙茝❷？彼堯舜之耿介兮，既遵道而得路❸；何桀紂之猖披兮，夫唯捷徑以窘步❹！惟夫黨人之偷樂兮，路幽昧以險隘❺。豈余身之憚殃兮，恐皇輿之敗績❻！忽奔走以先後兮，及前王之踵武❼。荃不察余之中情兮，反信讒而齌怒❽。余固知謇謇之為患兮，忍而不能舍也❾。指九天以為正兮，夫唯靈修之故也❿！曰黃昏以為期兮，羌中道而改路⓫。初既與余成言兮，後悔遁而有他⓬；余既不難夫離別兮，傷靈修之數化⓭。

【注釋】❶后，君。三后，王逸謂禹、湯、文王。王船山謂鬻熊、熊繹、莊王。戴震謂楚之先君，賢而顯者，故徑省其辭以國人共知之也。其熊繹、若敖、蚡冒三后乎？按王逸與戴震說為近是。至美曰純，齊同曰粹。眾芳，喻群賢。❷雜，猶集、兼。申椒，即大椒，香草名。菌，應作箘。箘桂，即肉桂。豈維，豈只；寧只。蕙，一名薰，即零陵香。茝，同「芷」。即白芷。蕙茝，喻賢者。❸耿，光。介，大。耿介，光明正大。遵，循。道，路。以喻治國的大道。❹猖披，舊說衣不帶之貌。王闓運引申之以為有自恣之意。夫，句首語氣詞，猶彼。捷，疾。徑，小路，猶邪出的小路。以，而。窘，急。窘步，步履蹙迫，猶言寸步難行。❺黨，朋。黨人，指結黨營私的小人。蔣驥說是靳尚、上官、子蘭、鄭袖等人。偷樂，苟且偷安。幽昧，幽暗不明。險隘，危險狹隘。❻憚，畏懼。殃，咎。皇，君。輿，君的車乘。皇輿，以喻國家。績，功。大崩叫敗績。本指軍隊大敗，兵車覆亡。此喻國家遭破亡之禍。❼忽，疾貌。奔走先後，王逸說：「四輔之職。」（在車的前後左右幫忙推挽照料的人。）此指己為國家輔翼之臣。前王，即上言的三后。踵，足跟。武，跡。❽荃，字也作蓀，香草以喻君。中情，猶內情，本心。齌，《說文》：「炊餔疾也。」齌怒，疾怒。或讀如懠（戴震說）。《爾雅・釋言》：「懠，怒也。」❾謇謇，忠貞貌，或直言貌。舍，止。❿指，語。九天，天有九重，故稱九天。〈天問〉：「圜則九重，孰營度之?」正，證。靈修，王逸說：「靈，神也。修，遠也。能神明遠見者，君德也。」朱熹說：「言其有明智而善脩飾，蓋婦悅其夫之稱。亦託詞以寓意於君。」戴震說：「靈，善也，脩即好脩，靈脩相謂之美稱。篇內借以言君也。」靈修一詞，眾說紛紜，要之皆喻君。⓫按此二句是後人誤加的衍文，應刪去（參洪興祖《補注》）。⓬成言，朱熹說：「成其要略之言。」猶約言，定言。悔，反悔。遁，遷移。有他，有他心。⓭難，憚；畏懼。數，屢次。化，變化。數化，猶變易無常。

【語　譯】古時三王有純粹的美德，當然就群芳畢集；兼用了申椒和菌桂，何止僅限於串結蕙草和白芷？想那堯、舜真是光明正大，已經遵循天地之道的正途；而桀、紂也太自恣猖狂，總愛貪圖捷徑而致步履艱苦。結黨營私的小人只圖苟且偷安，道路就自然幽暗而且險阻。我倒不怕己身遭到禍殃，而唯恐君王的乘輿毀敗覆亡！我匆忙地奔走在您的前後左右，想輔助您追趕上先王的步武。您既不明白我的內情，反聽信讒言而對我惱怒。我誠然知道直言忠諫必惹麻煩，可是想忍耐而又自制不住。指告蒼天以為我的證人，一切都是為了靈修的緣故！當初您已經和我約定，後來您竟反悔而有了他心；我並不怕被疏遠而離去，只歎息您的無常變易。

三

余既滋蘭之九畹兮，又樹蕙之百畝❶。畦留夷與揭車兮，雜杜衡與芳芷❷。冀枝葉之峻茂兮，願竢時乎吾將刈❸；雖萎絕其亦何傷兮，哀眾芳之蕪穢❹！眾皆競進以貪婪兮，憑不猒乎求索❺。羌內恕己以量人兮，各興心而嫉妒❻。忽馳騖以追逐兮，非余心之所急❼。老冉冉其將至兮，恐脩名之不立❽。朝飲木蘭之墜露兮，夕餐秋菊之落英❾。苟余情其信姱以練要兮，長顑頷亦何傷❿！擥木根以結茝兮，貫薜荔之落蕊⓫。矯菌桂以紉蕙兮，索胡繩之纚纚⓬。謇吾法夫前修兮，非世俗之所服⓭；雖不周於今之人兮，願依彭咸之遺則⓮！

【注　釋】❶滋，栽培。畹，班固說是二十畝。王逸說是十二畝。許慎說是三十畝。未知孰是。樹，種植。❷畦，本作田隴，此處用為動詞是隴種。猶分區種植。留夷，香草名。即辛夷，或謂即芍藥。揭車，香草名。一名乞輿，開白花，有辛味。衡，一作蘅。杜衡，似葵而香，形狀如馬蹄，俗稱馬蹄香。❸冀，希望。峻，高大。茂，茂盛。竢，同「俟」。等待。時，指眾芳峻茂之時。刈，穫。本義是割草，此用如「收穫」。❹雖，縱使。萎，草木枯死。絕，落。萎絕，即枯落，黃落。何傷，猶何妨，此句謂己之芳潔修行雖不見用，窮困而死，倒也何妨！蕪，荒。穢，惡。此句謂哀痛眾賢士的失所。❺眾，指楚國的小人。競，並逐。競進，猶爭著求進。婪也貪。憑，滿。猒，滿足。索，求。❻羌，句首語氣詞。恕，王逸說：「以心揆心為恕。」量，度。恕己量人，是以己心去揣度別人。興，生。興心，猶萌生了念頭。嫉妒，王逸說：「害賢為嫉，害色為妒。」❼忽，急。馳，直奔。騖，亂馳。馳騖，指馬奔跑貌。此言群小的追逐權勢。所急，指屈原所急欲求得的美政。❽冉冉，漸漸。脩名，美名，或修潔之名。立，成；樹立。❾飲，啜。墜，墮。餐，吞。落英與墜露為對文。英，花。落英，猶落花。林雲銘說：「曰墜，曰落，皆已棄之餘芳。」或如洪補意謂「秋花無自落」訓落為始（《爾雅》）。落英，猶初生之花，可備一說。❿苟，誠。信，實。姱，美好。信姱，猶誠美。練要，精練要約（戴震說）。或說：練，精。要，指操守堅定（陳本禮說）。練要，猶言精誠專一。顑頷，食不飽面色萎黃貌。⓫擥，同「攬」。持。木根，洪補引《荀子》說：「蘭槐之根是為芷。」注：「苗名蘭槐，根名芷，然則木根與芷，皆喻本也。」陳本禮說：「木蘭根鬚，可緝為絲。」二說存參。結，繫。貫，穿。薜荔，香草名。緣木而生。或說即今之當歸（朱駿聲說）。蕊，同「蘂」。實。⓬矯，舉，猶取用。一說矯，直。索，《說文》：「草有莖葉，可作繩索。」此用為動詞，意謂把胡繩搓成繩索。胡繩，香草名。蔓生，有莖，葉可做繩索。纚纚，索好貌（王逸）。長垂貌（蔣驥）。⓭謇，句首語氣詞。法，效法。前修，前代修習道德的賢人。服，用。⓮周，合。彭咸，相傳為殷時賢大夫，諫其君不聽，自投水而死（王逸說）。遺，餘。則，法。遺則，遺留下的法則。

【語 譯】我已經栽培了九畹的蘭花，又種植了百畝的蕙草，再分種了留夷與揭車，更夾雜著杜衡和芳芷。希望它們的枝葉峻茂，到時候便要加以收割；縱然我的香草枯萎了算不了什麼，可悲的是所有的芳草都將荒蕪。大家都在爭進而貪饞，飽滿了仍不饜足於求索。憑自己的想法去揣度別人，於是嫉妒的心眼就橫生。瘋狂地追逐著權勢，那些都不是我心中所急。老境已漸漸的降臨，我恐怕美名不能樹立。清晨我啜飲著木蘭的墜露，傍晚我餐食著秋菊的落英。誠然我的內情是美好而且專一，就是長久地形容枯槁又有何妨！高舉著木根結繫上白芷，又貫穿了薜荔花的蕊實。高舉起菌桂而纏縛上蕙草，把胡繩的葉搓成了長垂的繩索。我效法著前代的賢人，這一切都不為世俗所慣用；雖然不容於現世的人心，但我仍願仿傚彭咸的餘風。

四

長太息以掩涕兮，哀民生之多艱❶；余雖好修姱以鞿羈兮，謇朝誶而夕替❷。既替余以蕙纕兮，又申之以攬茝❸；亦余心之所善兮，雖九死其猶未悔❹！怨靈修之浩蕩兮，終不察夫民心❺。眾女嫉余之蛾眉兮，謠諑謂余以善淫❻。固時俗之工巧兮，偭規矩而改錯❼。背繩墨以追曲兮，競周容以為度❽。忳鬱邑余侘傺兮，吾獨窮困乎此時也❾。寧溘死以流亡兮，余不忍為此態也❿！鷙鳥之不群兮，自前世而固然⓫。何方圜之能周兮，夫孰異道而相安⑫？屈心而抑志兮，忍尤而攘詬⑬；伏清白以死直兮，固前聖之所厚⑭。

【注釋】❶太息，即歎息。掩涕，擦抹眼淚。民，即人。民生，即人生。此是屈原自歎遭遇多艱（蔣驥說）。❷雖，同「唯」。王念孫說：「言余唯有此修姱之行，以致為人所係累也。唯字古或作雖，〈大雅·抑〉篇曰：汝雖湛樂從，弗念厥紹。言女唯湛樂之從也。」（《讀書雜志餘論》）好，清臧庸《拜經日記》說：「修上不宜有好字。王注云：已雖有絕遠之志，姱好之姿。絕遠之志釋修字，姱好之姿釋姱字，不言好修。余雖修姱以鞿羈與上文余情其信姱以練要兮同一句法，舊本好字因下文好修而衍。」按王、臧二氏說是。鞿羈，以馬自喻。韁在口叫鞿，革絡頭叫羈。言為人所係累（王逸說）。或說：言自繩束，不放縱（朱熹說）。即恪守古代禮法。誶，諫。替，廢。朝誶夕替，謂早晨進諫傍晚即遭廢棄。❸纕，佩帶。蕙為之故叫蕙纕。或說纕借為囊。申，重；加。攬，持。按此二句以裝飾喻修身，以香草喻美德。且以既、又為加合關係的關係詞，故不取王逸說。❹善，愛好。九死，猶九死一生，言其極。悔，恨。❺浩蕩，無思慮貌（王逸說）。一說：放肆縱恣貌，法度壞貌（五臣說）。猶今言胡塗（章太炎說）。民心，猶人心。指屈原的用心。❻眾女，喻眾小人。蛾眉，美好貌。喻己所具的賢才。謠，毀謗。諑，讒誣。善淫，猶好淫。❼工巧，精於取巧。偭，背。正圓之器為規，正方之器為矩。規矩，猶法度。改，更。錯，置。❽背，違。繩墨，本是取直的工具，此指正道。追，猶隨。追曲，追隨邪曲。周容，苟合取容。度，法則。❾忳，憂貌。鬱邑，憂愁、苦悶、煩惱。余，而。侘傺，失意貌。窮困，猶言走投無路。❿溘，奄忽。溘死，忽然死去。猶言一死。流亡，流放而亡身。此態，指群小讒佞的態度。⓫鷙鳥，性情猛烈的鳥，如鷹隼之屬。鷙鳥不群，喻剛強正直之士不能與邪曲小人同流合汙。前世，猶先世。⓬方，喻君子端正的行為。圜，同

「圓」。喻小人的圓滑讒佞。周，合。⓭屈心，委屈己心。抑志，抑按己志。忍，容忍。尤，過。攘，含。詬，辱。意謂容忍其尤，含藏其垢（參朱駿聲，蔣驥說）。⓮伏，同「服」。猶言保持。此言保持清白之身以死於正道。厚，重視；嘉許。

【語譯】我長聲歎息而悲泣，哀痛人生的艱鉅。我只是愛好修潔而自知約束，可是清晨直諫，傍晚就遭到廢棄。既讒毀我以蕙草為香囊，更重斥我不該手持芳茝。但這一切都是我的嗜好，縱然因此而九死也不悔傷。我怨恨您靈脩太沒思想，始終不了解我的衷腸。眾女嫉妒我的美貌，以謠言詠傷我是生性淫蕩。本來時俗就工於取巧，違背了規矩而任意改換。拋棄了繩墨去追隨邪曲，競爭著苟且取容以為常。煩悶！憂慮！失意啊！我孤獨地走投無路。寧可一死或流亡，也決不肯做作這種醜陋的態度！鷙鳥的不合群，自古以來就這樣。方和圓怎麼能相合？異道的人又怎麼能相安？委曲心志，抑制情懷；容忍譴責，含藏詬恥，保持著清白之身為正道而死，本就是前代的聖人所嘉許。

五

悔相道之不察兮，延佇乎吾將反❶。回朕車以復路兮，及行迷之未遠❷。步余馬於蘭皋兮，馳椒丘且焉止息❸。進不入以離尤兮，退將復修吾初服❹。製芰荷以為衣兮，雧芙蓉以為裳❺。不吾知其亦已兮，苟余情其信芳❻！高余冠之岌岌兮，長余佩之陸離❼。芳與澤其雜糅兮，唯昭質其猶未虧❽。忽反顧以遊目兮，將往觀乎四荒❾。佩繽紛其繁飾兮，芳菲菲其彌章❿。民生各有所樂兮，余獨好修以為常⓫！雖體解吾猶未變兮，豈余心之可懲⓬？女嬃之嬋媛兮，申申其詈予⓭。曰：「鯀婞直以亡身兮，終然殀乎羽之野⓮。汝何博謇而好修兮，紛獨有此姱節⓯？薋菉葹以盈室兮，判獨離而不服⓰。眾不可戶說兮，孰云察余之中情⓱？世並舉而好朋兮，夫何煢獨而不予聽⓲？」

【注釋】❶相，視；看。道，路。察，明審。此句是說屈原追悔前日視察道路未能明審。延，引頸長望。反，同「返」。❷復，回返。復路，回返舊路。及，趁。❸步，徐行。皋，澤曲。猶今言水灣兒。其中有蘭，所以叫蘭皋。或說，皋是水邊高地。椒丘，植有椒的小丘。焉，於是；於此。止息，休息。❹進，指進謁其忠誠於君前。不入，不為君所用。離，遭遇。尤，過失。離尤，猶獲罪。退，離去。初服，初始清潔之服。謂宿志。❺製，裁製。芰，菱。荷，荷葉。雧，古集字。合；積聚。芙蓉，蓮花。此衣裳喻修身，香草喻美德。上稱衣，下為裳。❻已，止。猶今言罷了。❼高、長二字都作動詞的使動用法，是使之高，使之長的意思。岌岌，高貌。陸離，分散貌，或美好貌，或長貌，或燦爛貌。但都是指佩的美好。此二句喻自己的秉賦之美。❽芳，指香草的芬芳。澤，指玉佩的潤澤（朱熹說）。或說，澤，垢膩（王船山）。按此二句說「雜糅」「未虧」似皆指二芳、臭之物混雜而言。或澤為殬的借，殬為腐臭之物。昭質，昭明的本質。虧，歇損。❾遊目，猶流觀。觀，示（陳本禮說）。四荒，四方荒遠之地。此二句謂忽然我反顧流觀，打算到四方去顯示一下自己的才幹。❿繽紛，盛貌。繁，眾。菲菲，猶勃勃，芬香貌。彌，益。章，同「彰」。明。⓫民生，猶人生。好修，好修潔。常，常行。⓬體解，猶肢解。懲，艾；怨艾（王逸說）。⓭女嬃，大致有二說。一、王逸說：「女嬃，屈原姊也。」洪興祖《補注》引《說文》賈侍中說：「楚人謂姊為嬃。」為附益。二、《文選集解》說：「嬃者，賤妾之稱。」後遂有侍女，侍妾，保姆，女伴諸說。大概都衍於此二說。嬋媛，眷戀牽持貌（朱熹說）。或說：嬋媛是「嘽咺」的假借字。《說文．口部》：「嘽，喘息也。」揚雄《方言》：「凡恐而噎噫謂之脅閱，南楚、江、湖之間曰嘽咺。」意即喘息，指呼吸急促而言（參姜寅清說）。申申，重。猶今言反反覆覆。詈，責罵。⓮鮌，即鯀，堯臣，夏禹的父親。婞，同「悻」。婞直，猶剛直。亡，通「忘」。殀，死。羽，即羽山。今山東省蓬萊縣東南。據〈天問〉，鯀遷羽山，三年然後死。⓯博謇，廣博而忠直。紛，盛貌。姱節，姱美的節操。朱駿聲以為節當作飾，以備一說。⓰薋，王逸說是蒺藜，恐非是，姜寅清說：「薋與積通，積也，字也借茨為之，《廣雅》：『茨，積也。』屈賦別本作茨，即緣其訓積而不緣于蒺藜。」徐鍇《說文繫傳》：「薋猶積也。」菉，王芻。即今淡竹葉。葹，蒼耳。菉、葹皆惡草，以喻讒佞小人。判，猶判然，分別離散貌。服，用。⓱戶說，挨戶而說。猶偏說。余，複數，指我們。稱代女嬃與屈原。⓲並舉，並相薦舉。朋，古鳳字，引申為朋黨字。煢獨，孤獨。

【語　譯】我追悔前時觀察道路未能明審，於是引頸四顧想要回轉。回轉我的車到舊路吧，趁著迷失還不太遠。讓我的馬徐行在蘭皋，馳騁到椒丘而暫且休息。既然進身不得而反遭禍殃，不如退下來修飾我的初服。裁製芰荷的葉做上衣，綴集芙蓉的花成下裳。不了解我也就罷了，誠然我的內情是真正的芬芳！增高頭上的帽子巍峨聳立，加長身上的佩帶美好燦爛。芬芳與垢膩雖然糅雜，唯有我昭明的本質依然。我忽然回顧四望，打算到四方荒遠的地方去顯示才幹。佩飾依然繽紛繁盛，芳香勃勃而益發彌彰。人生各有所好啊！我獨愛好修潔成了習慣。縱使把我肢解也不會改變，難道我還會自艾自怨？女嬃時時的為我焦急牽掛，一次又一次的把我責罵。她說：「鯀的個性太過剛直竟忘了己身的安危，終於死在羽山的郊野。你為什麼廣博忠直而又好修潔，獨具這麼多姱美的盛節？室中積聚滿了惡草王芻、蒼耳，你卻與眾不同而不肯佩用。我們既不能家家戶戶去說明，誰又會明白我們內心的真情？世人都相互推舉而結黨，你為什麼孤零零而好話不聽？」

六

依前聖以節中兮，喟憑心而歷茲❶。濟沅湘以南征兮，就重華而陳詞❷。啟〈九辯〉與〈九歌〉兮，夏康娛以自縱❸；不顧難以圖後兮，五子用失乎家巷❹。羿淫游以佚畋兮，又好射夫封狐❺；固亂流其鮮終兮，浞又貪夫厥家❻。澆身被服強圉兮，縱欲而不忍❼；日康娛而自忘兮，厥首用夫顛隕❽。夏桀之常違兮，乃遂焉而逢殃❾；后辛之菹醢兮，殷宗用而不長❿。湯禹儼而祗敬兮，周論道而莫差⓫。舉賢而授能兮，循繩墨而不頗⓬。皇天無私阿兮，覽民德焉錯輔⓭。夫維聖哲以茂行兮，苟得用此下土⓮。瞻前而顧後兮，相觀民之計極⓯；夫孰非義而可用兮，孰非善而可服⓰？阽余身而危死兮，覽余初其猶未悔⓱。不量鑿而正枘兮，固前修以菹醢⓲。曾歔欷余鬱邑兮，哀朕時之不當⓳；攬茹蕙以掩涕兮，霑余襟之浪浪⓴。

【注釋】❶前聖，前代聖賢。節中，節制中和（王逸說）。或說，節讀為折。節中，猶折中（朱駿聲說）。指行為標準。喟，歎。憑，憤懣。憑心，猶憤懣之心。歷，至。茲，此。歷茲，猶至此，至今。或訓茲為年，歷茲猶歷年，也通。❷濟，渡。沅、湘，皆水名。在今湖南省，注入洞庭湖。征，行。就，近。重華，舜名。敶，同「陳」。陳詞，陳述言語。❸啟，夏啟。禹的兒子，繼禹為君。〈九辯〉、〈九歌〉皆天帝樂名，《山海經・大荒西經》：「夏后開（啟）上三嬪於天，得〈九辯〉、〈九歌〉以下。」夏康，王逸以為啟子太康。恐非是。按康娛二字連用，篇中凡三見，夏當與啟為互文，指夏代。戴震說：「夏之失德也。康娛自縱，以致喪亂。」為是。康，安。娛，樂。康娛，猶安樂。縱，放。❹難，患。不顧難，不顧後患。圖，考慮。圖後，謀及子孫。五子，有二說：一說：禹子，太康兄弟五人。《史記・夏本紀》：「帝太康失國，昆弟五人，須于洛汭，作五子之歌。」一說：五子既五觀，或作武觀。啟的幼子。《國語・楚語》載：「堯有丹朱，舜有商均，啟有五觀，湯有太甲，文王有管蔡。是五王者皆元德也，而有姦子。」《逸周書》：「五子忘伯禹之命，胥興作亂。」《竹書紀年》：「帝啟十一年，放王季子武觀於西河，十五年，武觀以西河叛。」知五觀之叛，起因於啟的康娛自縱。所以次說為佳。用失乎，據王引之《讀書雜志餘論》考證，「失」為衍文。用乎，猶用之，即今語因而，於是乎。巷，讀為鬨，鬭。家巷，猶家門，即今語內鬨。❺羿，后羿。相傳為夏時諸侯有窮氏，善射。淫，過度。佚，同「逸」。樂；蕩。畋，獵。封，大。封狐，大狐。或說狐當作豬，〈天問〉有：「封狶是䠶。」或說是泛指大的動物。❻亂流，猶言淫亂之輩。鮮終，少有好結果。浞，即寒浞，羿的相。厥，其。家，婦謂之家。即今家室，指羿的妻室。相傳寒浞貪戀羿妻，使家臣逢蒙射殺羿，據其妻為己有。❼澆，即奡。寒浞子。被，也訓服。被服，猶常居處其中（近人引《漢書》顏師古注）。強圉，強壯多力。忍，自制。❽自忘，忘己身之危。厥，指澆。顛隕，墜落。❾常違，言常背天違道。遂焉，猶終然。或說遂，地名，即畛遂（朱駿聲說）。❿后，君。辛，紂王名。菹，醃的酸菜。醢，肉醬。此處菹醢二字用為動詞。指殺比干、梅伯等而言。宗，宗祀。而一本作之。用而，猶因之，因而。⓫儼，一作嚴。畏；矜莊。祗，敬。周，兼指周文王，武王言（洪興祖說）。論道，議論道德。差，過。⓬循，遵守。繩墨，喻法度。頗，偏邪。⓭阿，偏袒；庇護。焉，於是。錯，同「措」。置。輔，佐；助。⓮維，同「惟」。只。茂行，盛美的行為。苟，尚；庶幾（王引之《經傳釋詞》說）。用，享用。下土，指天下。⓯瞻，前觀。顧，後視。相，也訓觀。相觀，猶觀察。計，謀。極，窮。此句猶言看透了萬民的計慮、心思。或說，計，計算。極，標準。民之計極，猶言萬民衡量事物的標準。也通。⓰服，與上句用為互文，也訓用。⓱阽，臨危，猶今言挨近危險。危死，幾死。⓲量，度。鑿，指斧上插柄的孔。正，往入之（姜寅清說）。枘，斧柄的一端，削木以入孔之處。前修，前代修德之人。⓳曾，同「增」。累。歔欷，哀泣之聲。余，而。鬱邑，憂。猶抑鬱，悒悒。當，值。不當，猶言生不逢時。⓴茹，柔軟。霑，濡，濕潤。浪浪，淚流貌。

【語譯】我依循前代聖賢的遺法以節制中情，卻感歎憤懣而遭此等逆境。渡過了沅水、湘水而南行，走向重華去陳訴我的衷情。啟從天上得到了〈九辯〉、〈九歌〉，夏代因之安於逸樂而自恣放縱；不顧慮後患而謀及子孫，他的幼子五觀就起了內鬨。后羿淫佚於遊戲和田獵，又喜好射獵大狐；本來淫亂之輩就少有好的下場，他的相臣寒浞便佔有了他的妻室。澆天生秉賦就強壯多力，放縱情慾而不知自制；天天歡樂的忘了自身所處，他的首級終於因而落地。夏桀時常違背天道，終於遭到了禍殃；后辛把忠良剁成肉醬，殷代的命脈因而不得久長。湯和禹既矜莊而又虔敬，周文、武王議論的道德絕無差錯。舉用賢才而授政能人，遵循著法度而不偏差。皇天公道無私絕不偏袒，看到了有德行於民的國君才能幫忙，因為只要德行高超的聖哲睿智，才能夠統治這個寰宇。瞻望前代又回顧後世，把萬民的心思已看得清清楚楚；那有不義的人而被信任？那有不善的事而被採行？我雖然臨於危險和死亡的邊緣，但是，回顧自己的初志仍不反悔。不度量鑿的方圓而只想正枘，當然前代的賢人就被剁成了肉醬。我一再的哀泣而憂慮，悲哀我降生的時辰不當；我拿起柔軟的蕙草來掩住眼淚，但滾滾而下的淚水已經濕透了我的衣裳。

七

跪敷衽以陳辭兮，耿吾既得此中正❶。駟玉虬以乘鷖兮，溘埃風余上征❷。朝發軔於蒼梧兮，夕余至乎縣圃❸。欲少留此靈瑣兮，日忽忽其將暮❹。吾令羲和弭節兮，望崦嵫而勿迫❺。路曼曼其修遠兮，吾將上下而求索❻。飲余馬於咸池兮，總余轡乎扶桑❼。折若木以拂日兮，聊逍遙以相羊❽。前望舒使先驅兮，後飛廉使奔屬❾。鸞皇為余先戒兮，雷師告余以未具❿。吾令鳳鳥飛騰兮，繼之以日夜⓫；飄風屯其相離兮，帥雲霓而來御⓬。紛總總其離合兮，斑陸離其上下⓭。吾令帝閽開關兮，倚閶闔而望予⓮。時曖曖其將罷兮，結幽蘭而延佇⓯。世溷濁而不分兮，好蔽美而嫉妒⓰。

【注釋】❶敷，布；展開。衽，衣襟。耿，光明。中正，指中正之道。即上文聖智讒佞，各食其報，皇天無私，用義服善諸義。❷駟，動詞。以四馬駕車。虬，沒長角的龍。玉虬，指以虯為馬，用玉來裝飾鑣勒。椉，騎。鷖，鳳凰別名，有五色羽毛，體形甚大。溘，一解掩，猶言乘著。一解奄忽。猶言忽然。埃，塵。征，行。❸軔，放在車輪前，支持輪子的橫木，出發時，把橫木去掉。發軔，猶言起程，動身。蒼梧，地名。即九嶷山。舜葬在此。縣圃，一作玄圃，神話中的地名。相傳崑崙山有三級：樊間（板桐）、玄圃（閬風）、層城（天庭）。❹瑣，宮殿門上彫鏤的花紋。靈瑣，指神靈所居的宮門。或說瑣讀如藪。靈藪，指前文的玄圃。忽忽，去速貌。❺羲和，神話中的人物，太陽的母親（見《山海經》）。或說，替太陽駕車的神（王逸說）。弭，按止。節，指行車的節奏。弭節，猶言駐車。崦嵫，山名。神話中相傳為日落之處。迫，近。❻曼曼，同「漫漫」。長貌；修；長。索，也訓求。求索，尋求。尋求的對象，或以為同志（王逸說）。或以為賢君（朱熹說）。或以為天帝之所居（王邦采說）。❼咸池，神話中的水名。相傳是太陽洗浴的地方。總，結繫。轡，馬韁繩。乎，於。扶桑，神話中的樹名。相傳日出於暘谷（湯谷），浴於咸池，掠過扶桑（《淮南子》說）。扶桑，即日初昇之處。❽若木，有二說，一說，若木為神話中的樹名，相傳在崑崙西極，青葉赤華，日所入處。一說，若木即扶桑之變文（用段玉裁說）。《說文·叒部》：「日初出東湯谷，所登榑桑，叒木也。」按叒音若，若即叒之假借字。又《說文》，榑字條說：「叒桑，神木，日所出也。」叒與扶同聲通用。段玉裁說：「總余轡乎扶桑，折若木以拂日，二語相聯。蓋若木即謂扶桑，扶、若字即榑、叒字。」（見《說文解字注》）按以次解為是。拂，一說擊。一說蔽。意謂用若木拂擊（障蔽）太陽，使不得掠過。聊，且。相羊，與徜徉、逍遙同義，即徘徊。❾望舒，神話中相傳是月神的御者。先驅，即先導。飛廉，神話中相傳是風神。奔屬，跟隨在後面跑。❿鸞皇，俊鳥。凰鳳之屬。皇，同「凰」。先戒，先行告誡。雷師，雷神名叫豐隆。未具，行裝未曾備具。⓫繼之以日夜，猶日以繼夜。⓬飄風，飄忽不定的風，即旋風。屯，聚合。屯其相離，一說，飄風忽聚忽散。一說，離，同「麗」。作「附著」解。言飄風聚而不散。二說可存參。帥，一作率，率領。御，有二解。一說，御讀如迓，迎接（王逸說）。一說，御，禦（馬其昶說）。⓭紛，盛多貌。總總，叢簇聚集之貌。離合，忽離忽合。斑，亂貌。即五光十色的樣子。陸離，分散貌。上下，忽上忽下。此句指雲霓的變化多端。⓮閽，即司閽，猶今言守門人。帝閽，替天帝守門的人。闢，橫持門戶之木。閶闔，即天門。⓯曖曖，日不明貌。罷，同「疲」。極。延佇，引頸久立。⓰溷，今通作混，混亂。濁，汙穢。蔽，阻礙；隱藏。

【語譯】我跪下，展開了衣襟而陳訴，內心是光明磊落而既得中正之道。駕著玉虬，乘著鳳凰，忽然，塵土輕揚，我騰空直上。清晨，從蒼梧出發，傍晚便到達了玄圃。正想在這神靈聚集之所稍留片刻，但是太陽已忽忽地西沉入暮。我叫羲和停止了腳步，看見了崦嵫也不要迫近。道路是漫然長遠，我卻要上天下地去求索。且讓我的馬飲啜在咸池畔，且把我的轡結繫在扶桑上。折下若木的枝椏以敲阻太陽，我姑且到處去徘徊翱翔。前面是月神望舒在開道，後面是風伯飛廉在奔跑。鸞皇要替我先行告誡，雷師卻說行裝都還沒準備好。我命令鳳鳥展翅飛騰，白天繼續著夜晚；旋風忽然相聚，忽然分離，率領著雲霓來迎迓。紛紜眾盛地忽離忽合；斑駁陸離地忽上忽下。我叫天帝的司閽敞開天門，他卻斜倚著天門向我凝望。天色已經昏暗而將終極，我只得結佩著幽蘭而引頸佇立。天地間是非混濁善惡不分，總愛掩蔽別人的長處而嫉妒他人。

八

朝吾將濟於白水兮，登閬風而緤馬❶。忽反顧以流涕兮，哀高丘之無女❷。溘吾游此春宮兮，折瓊枝以繼佩❸。及榮華之未落兮，相下女之可詒❹。吾令豐隆乘雲兮，求宓妃之所在❺。解佩纕以結言兮，吾令蹇修以為理❻。紛總總其離合兮，忽緯繣其難遷❼。夕歸次於窮石兮，朝濯髮乎洧盤❽。保厥美以驕傲兮，日康娛以淫遊❾。雖信美而無禮兮，來違棄而改求❿。覽相觀於四極兮，周流乎天余乃下⓫。望瑤臺之偃蹇兮，見有娀之佚女⓬。吾令鴆為媒兮，鴆告余以不好⓭。雄鳩之鳴逝兮，余猶惡其佻巧⓮。心猶豫而狐疑兮，欲自適而不可⓯。鳳皇既受詒兮，恐高辛之先我⓰。欲遠集而無所止兮，聊浮游以逍遙⓱。及少康之未家兮，留有虞之二姚⓲。理弱而媒拙兮，恐導言之不固⓳；世溷濁而嫉賢兮，好蔽美而稱惡⓴。閨中既以邃遠兮，哲王又不寤㉑。懷朕情而不發兮，余焉能忍與此終古㉒。

【注　釋】❶白水，水名。源出崑崙山（《淮南子》說）。閬風，即玄圃，見前。緤，繫。❷高丘，即高的山丘。舊說，楚地山名。女，舊說神女，喻賢臣。❸春宮，東方青帝所居之舍。瓊枝，瓊玉之枝。繼，續。繼佩，結繼玉佩。❹榮華，《爾雅．釋草》：「木謂之華，草謂之榮。」比喻顏色。下女，舊說，指在下位之女，或指神女的侍女。近人又謂下女指宓妃、簡狄及有虞二姚，此皆人神對帝宮、高丘二天神言，所以叫下女。或說，下女，即人間女郎，自天而言，所以人間叫下。詒，同「遺」。饋贈。❺椉，同「乘」。宓也作虙，同「伏」。宓妃，相傳是伏羲氏之女，溺洛水而死，遂為洛水之神。❻佩纕，即佩帶。結言，猶寄意，訂盟結誓，〈九章〉中多見。蹇修，舊說是伏羲氏的臣子。章炳麟說：「考上古人物，略具古今人表，不見有蹇修者，此蓋以古有宓妃，故附會言之耳。今按：蹇修為理者，謂以聲樂為使，如〈司馬相如傳〉所謂以琴心挑之。〈釋樂〉：徒鼓鐘謂之修；徒鼓磬謂之蹇。則此蹇修之義也。古人知音者多，荷蕢鄉人，聞擊磬而歎有心，鐘磬可以喻意，明矣。」（見《菿漢閒話》）按下文有「理弱而媒拙」句，知蹇為蹇吃之省，蹇修也作謇修，修恐其名。理，媒人。❼緯繣，乖戾。遷，變移（王逸說）。疑非是。遷，當為遷就。此二句舊說以為讒人相聚毀敗，令宓妃之意一合一離。或說指宓妃始至儀從之盛（錢杲之說）。❽次，舍。窮石，山名。在甘肅張掖。傳為后羿所居（見《左傳》襄公四年）。濯，洗濯。洧盤，水名。相傳出於崦嵫之山。此二句喻宓妃體好清潔，拒絕屈原之媒理。❾保，持。❿違，去。改，更。⓫覽、相、觀三字同義連用。四極，指四方極遠之地。周流，猶周遊。⓬瑤，石之似玉者。瑤臺，用瑤玉砌成的高臺。偃蹇，高貌。有，為詞頭，無義。娀，國名。佚，美。有娀佚女，指帝嚳之妃，契之母，簡狄。⓭鴆，鳥名，似鶡而小，短尾，青黑色，善鳴多聲（《爾雅注》）。⓮逝，往。惡，音烏，去聲。佻，輕。巧，利。

佻巧，輕薄利口。⓯猶豫，躊躇不決。狐疑，即疑惑。適，往。⓰鳳皇，一說即玄鳥。受詒，接受贈遺。高辛，即帝嚳。或說此即簡狄吞玄鳥之卵而生契的傳說。⓱浮游，猶飄盪。逍遙，猶徘徊。⓲少康，夏后相的兒子。未家，未成家。有虞，國名，舜的後裔，姚姓。據舊史寒浞使澆殺夏后相，少康逃到有虞國，虞因妻以二女。有田一成，有眾一旅，布其德，而滅澆，夏朝中興（見《左傳》襄公四年及哀公元年）。⓳理、媒同義，均指媒人。弱，無能。拙，口才笨拙。導，誘。導言，即媒人說合時導引雙方意見的話。固，堅固。⓴稱惡，揭舉邪惡。㉑閨，宮中小門。閨中，即上文諸美女的代稱。邃遠，深遠。哲王，猶聖智之王，指楚君。寤，同「悟」。覺悟；醒悟。㉒發，用。猶言表達，抒洩。此，指當時的環境。終古，猶永古。

【語　譯】清晨，我即將渡過白水，登上閬風而繫住馬匹。忽然我反顧而不禁流涕，哀痛這高丘之上沒有美女。飄然地我遊蕩到了春宮，折下了瓊玉之枝以續上佩飾。趁著新鮮的花朵還未凋落，我要把它獻給下界的女郎。我叫豐隆駕著雲彩，去尋求宓妃的所在。解下了佩囊，寄託上我的心意，我請蹇脩作為媒理。她本已領著紛盛的儀從到來，忽然又一反常態而不肯遷就。傍晚她歇宿在窮石，清晨，她沐髮在洧盤。她自恃美貌而驕傲，整天沉溺於歡樂與遨遊。縱然她確實美麗但不講禮，走吧！拋棄她更作別求。看！看！看！我看遍了四極八方，周遊了天空而乃下降。望見高聳的瑤臺，想去一見有娀國的美女。我叫鴆鳥作媒，牠卻欺騙我說「不好」。雄鳩鳴叫著遠去，我還討厭牠的輕佻。我內心躊躇而狐疑，想親自前去又礙於儀禮。鳳凰已經帶走了禮物，恐怕高辛會先我而得。想遠集他方但又沒有定處，唉！暫且四處流浪飄泊。趁著少康還沒成家，強留下有虞國的姚姓二女。但是媒人無能而又口才笨拙，恐怕導言也不會穩固；人間世既混濁而又嫉妒賢人，總喜歡掩蔽美德而揭揚邪惡。閨中佳麗既深邃而難於覬覦，明哲的君王又始終不肯覺悟。我滿懷著衷情而不得抒洩，又怎能忍耐住而以屈永古。

九

索藑茅以筳篿兮，命靈氛為余占之❶。曰：「兩美其必合兮，孰信修而慕之❷？恖九州之博大兮，豈唯是其有女❸？」曰：「勉遠逝而無狐疑兮，孰求美而釋女❹？何所獨無芳草兮，爾何懷乎故宇❺？世幽昧以眩曜兮，孰云察余之善惡❻？民好惡其不同兮，惟此黨人其獨異❼。戶服艾以盈要兮，謂幽蘭其不可佩❽。覽察草木其猶未得兮，豈珵美之能當❾？蘇糞壤以充幃兮，謂申椒其不芳❿！」

【注釋】❶索，取。藑茅，是一種靈草，可以用來占卜。或說即今之旋覆花。以，與。筳，小折竹。篿，楚人用草和小折竹占卜叫篿。靈氛，古明占吉凶者。❷曰，靈氛的占辭。慕，愛；求。或說慕為莫念二字的壞文誤合。❸恖，即思。九州，猶天下，海內。是，此。女，美女。以喻賢君。❹曰，靈氛又曰之辭。

勉，勸屈原自勉。釋，放棄。女，同「汝」。❺何所，何處。芳草，喻賢君。爾，你。懷，思念。宇，居。故宇，猶故國。❻幽昧，昏暗。以，與。昡曜，本指日光強烈，此引申為惑亂貌。❼前「其」讀為「豈」，言人的好惡本無不同。後「其」為「之」。黨人，指群小。❽戶，猶家家戶戶。服，披。艾，惡草名，即白蒿。盈，滿。要，同「腰」。❾珵，美玉。當，值。猶今言「估價」。❿蘇，取。糞壤，猶糞土。㠯，同「以」。充，猶填滿。幃，香囊。

【語譯】我找到了靈草和細竹來占卜，請靈氛替我決斷吉凶。他說：「兩個美善的人必能相處，那真正的善美，有誰會不去傾慕？試想天下是如此的廣大，難道只有這裡才有美女？」又說：「請努力遠去而不要狐疑，那有求美的人會捨棄掉你？天地間何處沒有芳草，你何必老是懷念著故宇？可是人世既黑暗而又惑亂，誰又能明察我們的善惡？萬民的好惡本來就不同，唯獨此地的黨人尤其特異。家家戶戶都把臭艾帶滿腰間，反說幽香的蘭花不可佩飾。觀察草木尚且不能真切，那裡又能了解珵玉的價值？拿糞土來填滿佩囊，反而說申椒是一點兒也不芳香。」

十

欲從靈氛之吉占兮，心猶豫而狐疑。巫咸將夕降兮，懷椒糈而要之❶。

百神翳其備降兮，九疑繽其並迎❷。皇剡剡其揚靈兮，告余以吉故❸。曰：

「勉陞降以上下兮，求榘矱之所同❹。湯禹嚴而求合兮，摯咎繇而能調❺。苟中情其好修兮，又何必用夫行媒❻？說操築於傅巖兮，武丁用而不疑❼；呂望之鼓刀兮，遭周文而得舉❽；甯戚之謳歌兮，齊桓聞以該輔❾。及年歲之未晏兮，時亦猶其未央❿；恐鵜鴂之先鳴兮，使夫百草為之不芳⓫！」何瓊佩之偃蹇兮，眾薆然而蔽之⓬？惟此黨人之不諒兮，恐嫉妬而折之⓭。時繽紛其變易兮，又何可以淹留⓮？蘭芷變而不芳兮，荃蕙化而為茅⓯。何昔日之芳草兮，今直為此蕭艾也⓰？豈其有他故兮，莫好修之害也！余以蘭為可恃兮，羌無實而容長⓱！委厥美以從俗兮，苟得列乎眾芳⓲。椒專佞以慢慆兮，榝又欲充夫佩幃⓳。既干進而務入兮，又何芳之能祗⓴！固時俗之流從兮，又孰能無變化㉑？覽椒蘭其若茲兮，又況揭車與江離㉒？惟茲佩之可貴兮，委厥美而歷茲；芳菲菲而難虧兮，芬至今猶未沬㉓。和調度以自娛兮，聊浮游而求女㉔；及余飾之方壯兮，周流觀乎上下㉕。

【注釋】❶巫咸，相傳為殷中宗時的神巫。降，下。懷，揣在懷裡。椒，香物。用來降神的。糈，精米。用來供神的。要，同「邀」。猶言迎接。❷翳，遮蔽。備，悉；皆。九疑，九疑山。此指山上的神。繽，紛盛貌。❸皇，指百神（朱熹說）。剡剡，光貌。猶今言閃閃發光的樣子。揚靈，朱熹說：「發其光靈。」或說，顯揚神的靈異。與後世所謂「顯聖」同義。吉故，龔景瀚說：故是已然之跡。吉故，猶吉利的前事。即下文傅說、呂望等事。❹勉，勉強。陞降，上下，猶所謂經營四荒，周流六漠（洪補）。榘，同「矩」。正方形的工具。矱，度量長短的工具。榘矱，猶法度。❺嚴，一作儼。敬，指律己嚴正（謹嚴矜莊）。合，匹。求合，求志同道合的人。摯，伊尹名，湯的賢臣。咎繇，即皋陶，禹的賢臣。調，和（協調和諧）。❻行媒，猶行理，使人通聘問。❼說，傅說。操，持；拿。築，版築；打牆的木杵。傅巖，地名。在今山西省平陸縣東。武丁，殷高宗，相傳高宗夢得聖人，即以夢中形像訪求天下。見傅說是個奴隸，正版築，與夢中所遇聖人形貌相同，乃用為相，殷室大興。❽呂望，呂尚，即姜太公。相傳太公望被老伴趕出家門，落魄在朝歌為屠，後遇文王而被舉用。鼓，鳴。舉，用。❾甯戚，春秋時魏人。該，備。相傳甯戚曾為商賈，宿於齊東門之外，飯牛而叩牛角唱歌，齊桓公聽了知為賢人，用為輔佐。❿晏，晚。央，盡。⓫鵜鴂，鳥名，或叫伯勞。一說是杜鵑。據說，鵜鴂春分鳴則眾芳生，秋分鳴則眾芳歇。此二句喻年尚未老，猶能及時有為，倘鵜鴂鳴，百草不芳，則如年壽已老，便一切來不及了。⓬瓊佩，瓊玉佩飾，喻美德。偃蹇，眾盛貌。薆然，隱蔽貌。⓭諒，信。折，毀敗。⓮繽紛，紛亂貌。⓯茅，惡草名，以喻不肖的人。⓰蕭艾，皆賤草名，以喻不肖的人。⓱蘭，王逸以為蘭指懷王少弟司馬子蘭。洪補引《史記・屈原賈生列傳》以為是懷王少子頃襄王之弟。而朱熹、王夫之等俱非之（見《集注》《辯證》上及《通釋》）。按朱說是，蘭即前言滋蘭樹蕙之意，藉香草以喻己身的秉賦之美。「無實而容長」也即前文「蘭芷變而不芳兮，荃蕙化而為茅」之意。屈原本以蘭自恃，以為真、善、美的理想象徵，而今反遭怨毒讒嫉，一旦理想破滅，認清時代的汙穢，故失望的呼喚出「無實而容長」的悲歎。恃，賴。無實，內無實德。容，外表。長，猶好。容長，即虛有其表。⑱厥美，指蘭。喻己之秉賦之美。此二句即屈原欲棄美從俗的矛盾。⑲椒，王逸以為子椒，朱熹已辨之。按椒、樧均喻小人，不必專指一人。樧，木名，又叫茱萸，似椒。專佞，專權奸巧。慢慆，傲慢自大。⑳干，求。干進務入，言求進身而入於君側。祗，舊注為敬。王念孫以為「祗之言振也。言干進務入之人，委蛇從俗，必不能自振其芬芳，非不能敬賢之意也。……祗與振，聲近而義同，故字或相通。」（《讀書雜志》）按王說是。此二句言芳草都變得從俗（荒穢）而冀於求進，又有何種香草能自振其芬芳。㉑流從，言世俗之人隨從上化，像水的流行。㉒茲，此。揭車、江離皆香草名，香味次於椒、蘭。椒、蘭，喻貴。揭車、江離，喻一般士大夫。㉓虧，歇。沬，已。㉔和調度，王逸以為和調己之行度。和調連訓，非是。按〈九章·悲回風〉有「心調度而弗去兮」句。知「調度」一詞連訓。和，訓動詞，作調和、和諧解。調，通「籌」。算度（《說文通訓定聲》）。知調也有「度」意。調度為並列詞，即「思度」。此句謂和諧己之思度以自求歡娛。女，指同志。㉕壯，盛。周流，猶周遊。

【語　譯】我本想聽從靈氛吉利的占卜，內心卻又猶豫而躊躇不定。巫咸將在傍晚時下降，我懷著椒香和神米前往邀請。天上的百神蔽空而降，九嶷山的諸神繽紛並迎。眾神閃耀著靈光，告訴我吉利的前跡。他說：「應黽勉地跋涉上下四方，去追求法度相同的侶伴。商湯和夏禹虔敬地尋求輔佐，於是得到和諧共濟的伊尹和咎繇。只要你的內心誠然愛好修潔，又何必一定要請人作為媒介？傅說操持版築在傅巖之下，武丁重用他而毫不懷疑；呂望操刀幹著屠夫，遇到了周文王就被薦舉；甯戚敲著牛角謳歌，齊桓聽到了就用他為佐輔。要趁著年歲尚未衰暮，要趁著時光還未用盡。恐怕鶗鴂會提前鳴叫，使一切花草的芬芳喪失殆盡。」瓊玉的佩飾是那麼地紛盛，為什麼眾人偏把它掩蔽？這些黨人是絕沒有誠信，恐怕會出於嫉妒而把它摧折。時俗紛亂地變異，又怎能久留此地？蘭、芷都已失去了芬芳，荃、蕙都化作了茅草。奈何昔日的芳草，如今都變成了蕭艾？這豈是有其他的緣故，只因為不愛好修潔的禍害！我本以為蘭是可以依賴，誰曉得它卻是毫無實質而徒具美容！委棄了美質而隨從世俗，苟且地得列在眾芳之中。椒專橫佞諛而且傲慢，榝又充滿在佩囊。既然都鑽營求進，又有那種香草能自振其芬芳！本來世俗就是隨波逐流，又有誰能不被變化？看著椒、蘭都已經這般，更何況揭車和江離？只有我這個佩飾是誠然可貴；眾人卻棄置它的美質而逢此危厄，但是它的芳香依舊鬱勃而不虧歇，芬芳至今尚未衰止。調諧我內心的思度而自求歡娛，姑且四處逍遙去追求美女；趁著我的佩飾正當美好盛壯，且上天下地去周遊觀賞。

十一

靈氛既告余以吉占兮，歷吉日乎吾將行❶。折瓊枝以為羞兮，精瓊爢以為粻❷。為余駕飛龍兮，雜瑤象以為車❸。何離心之可同兮，吾將遠逝以自疏❹。邅吾道夫崑崙兮，路修遠以周流❺。揚雲霓之晻藹兮，鳴玉鸞之啾啾❻。朝發軔於天津兮，夕余至乎西極❼。鳳皇翼其承旂兮，高翱翔之翼翼❽。忽吾行此流沙兮，遵赤水而容與❾；麾蛟龍使津梁兮，詔西皇使涉予⑩。路修遠以多艱兮，騰眾車使徑待⑪。路不周以左轉兮，指西海以為期⑫。屯余車其千乘兮，齊玉軑而並馳⑬。駕八龍之婉婉兮，載雲旗之委蛇⑭。抑志而弭節兮，神高馳之邈邈⑮。奏〈九歌〉而舞韶兮，聊假日以媮樂⑯。陟陞皇之赫戲兮，忽臨睨夫舊鄉⑰。僕夫悲余馬懷兮，蜷局顧而不行⑱。

亂曰⑲：已矣哉⑳！國無人莫我知兮，又何懷乎故都㉑？既莫足與為美政兮，吾將從彭咸之所居。

【注釋】❶歷，選擇。❷羞，有滋味的食物。精，鑿米使細。靡，同「𪎊」。細屑。粻，即糧。❸為，句首語氣詞，無義。象，象牙。❹離心，猶異心，言忠佞二心不可同。疏，遠。❺邅，轉。楚人名轉曰邅。❻揚，舉。雲霓，指旌旗。有二說，一指畫有雲霓圖案的旌旗（五臣）。一指以雲霓為旌旗（朱熹）。俱可。晻藹，旌旗蔽日貌。鸞，馬身上繫的鈴，作鸞鳥形，以玉為之，故稱玉鸞。啾啾，鈴聲。❼天津，即天河。在天的東極，箕斗之間。西極，西方極遠之地。❽翼，敬（王逸說）。《文選》作紛，則形容鳳凰之多。二說俱通。旂，畫著交叉龍形的旂。承旂，奉承著旂旗。翼翼，飛動整齊平和貌。❾流沙，舊注今西海，居延澤。按流沙，即沙漠。遵，循。赤水，神話中水名，相傳在西方，出崑崙。容與，遊戲貌。❿麾，同「揮」。指揮。津，水渡。梁，橋。詔，命令。西皇，西方的神，即帝少皞。涉，渡。⓫騰，王訓「過」誤。按《說文》：「騰，傳。」即傳告之意。〈遠游〉：「騰告鸞鳥迎宓妃」，騰告連用可證。徑待，舊說從邪徑以相待。按待，一作侍。〈遠游〉：「左雨師使徑侍兮，右雷公以為衛」。侍、衛對文，義也相近。徑，直。徑侍，即徑相侍衛，於義為近是。⑫不周，即不周山。相傳在西北海之外，大荒之隅，有山而不合，名曰不周（《山海經．大荒西經》）。或說在崑崙西北。西海，傳說中極西方的海。或說即青海。期，目的地。⑬屯，陳列；聚集。軑，車輪的別名。《方言》：「輪，韓楚之間謂之軑。」玉軑，以玉飾於輪上。⑭婉婉，龍飛貌。雲旗，以雲為旗。委蛇，旌旗飄動貌。⑮抑，止。抑志弭節，謂幟抑而節弭。舊注謂抑案己志，弭節徐行。張渡《然疑待徵錄》說：「志當作幟。《漢書．高帝紀》：旗幟皆赤。師古曰：史家或作識，或作志。音義皆同，是其聲通之證。抑幟承雲旗句，弭節承八龍句。」按張說近是。神，指思維。邈邈，遠貌。按此二句朱熹說：「言雖按節徐行，然神猶高馳，邈邈而逾遠，不可得而制也。」意謂身雖不行（抑幟弭節）而神思依然在活動，想得極遠，無法控制。⑯韶，即九韶，舜樂。假，借。媮，樂。或說媮同偷，苟且（戴震說）。⑰陟陞，皆訓升。皇，指皇天。赫戲，光明貌。臨，居高臨下。睨，邪視。舊鄉，即故鄉。此二句言己雖升登光明的皇天之上，仍顧念故鄉，臨睨而生悲。⑱懷，傷。蜷局，詰屈不行貌。顧，回顧。⑲亂，王逸說：「亂，理也。所以發理辭指，總撮其要也。」洪補引《國語》說：「其輯之亂。輯，成也。凡作篇章既成，撮其大要以為亂辭。」《論語．泰伯》篇：「關睢之亂，洋洋乎盈耳哉！」劉台拱《論語駢枝》說：「始者樂之始，亂者樂之終。」由此諸說可知，「亂」原是樂歌上專名，都用在樂歌的末段，猶文章之結語。樂章的卒章。或說就是「尾聲」。⑳已，止。已矣哉，猶言算了吧！王逸說是絕望之詞。㉑故都，猶故國。

【語　譯】靈氛已經告訴我吉利的卜意，選個好日子我就將遠去。折下了瓊枝當作食物，精鑿了玉屑以為乾糧。我乘駕著飛龍，把瓊玉、象牙裝飾上乘輿。理想不同的人又怎能相合，我要遠離此地而自求索居。轉變我的路程前往崑崙，路途既長遠且要天涯周遊。高舉著雲霓的旌旗以掩蔽陽光，響動著玉製的鸞鈴其聲啾啾。清晨，從東方的天津出發，傍晚就到了西方的邊極。鳳凰敬穆地圍繞著旗幟，高高地翱翔著平和又整齊。忽然我走到了流沙之地，沿著赤水從容遊戲；指揮著蛟龍架成橋樑，告訴西皇把我渡過河去。道路既長遠而又艱難重重，傳告眾車徑相衛送。路經不周山而左轉，直指西海以為目的。聚集了車輿千乘，玉飾的車輪齊驅並馳。駕著八匹舞動的神龍，載著雲霓的旗幟因風委蛇。雖然壓低了旗幟放慢了車速，但是我的神思依然向遠方奔馳。奏著〈九歌〉，舞著九韶，姑且利用時光以自求歡娛。已登上了光明的皇天，忽然又低頭看到了故鄉。僕夫悲痛而馬也哀傷，只是蜷縮回顧而不肯前航。

尾聲：算了吧！國中沒有賢人，更沒人能了解我啊！又何必老懷念著故鄉？既然沒人能夠和我共同來推行美政，我就將奔向那彭咸所居的地方。

【研　析】

〈離騷〉有廣狹二義。《漢書・藝文志》錄屈原賦二十五篇，其中〈離騷〉一篇最為重要，所以後人就以〈離騷〉統稱全書，劉勰《文心雕龍》有〈辨騷〉一篇；《昭明文選》特標騷體，而其所論也概括全書，非僅指〈離騷〉一篇。《文史通義》說：「史遷以下，至取騷以名其全書。」今通行本王逸《章句》，〈漁父〉以上皆題為〈離騷〉，而〈九辯〉以下至〈九思〉則題曰：《楚辭》。知「離騷」一詞前人實有廣、狹二義，而此所論為狹義。

歷來說訓「離騷」者有下列諸端：司馬遷《史記・屈原賈生列傳》說：「離騷者猶離憂

也。」應劭注：「離，遭也，騷，憂也。」班固〈離騷贊序〉說：「離猶遭也，騷，憂也。明己遭憂作辭也。」顏師古《漢書・賈誼傳》注：「離，遭也，憂動曰騷。」這類把「離」解作「遭」，「騷」解作「憂」的說法是相當可信的。因為從音韻上看：「騷」「憂」古音同屬幽部；在異文上看：「騷」異文作「⿰忄叟」（近人饒宗頤《楚辭拾補》），「⿰忄叟」即「慅」。《廣雅・釋詁》：「慅，愁也。」在字義上看：《方言・六說》：「騷，蹇也。吳楚偏蹇曰騷。」從命運的窮困引申為「愁」、「憂」是可以成立的。至於「離」之訓「遭」乃從「羅」、「罹」之假借而得，不必贅述。再就《楚辭》文義中看：〈九歌・山鬼〉：「思公子兮徒離憂。」〈七諫・沉江〉：「離憂患而乃寤兮。」〈九歎・離世〉：「屢離憂而逢患。」諸句觀之，「離憂」的連用，「離」、「逢」的對文，皆可證「離」訓「遭」之成立。若王逸〈離騷序〉說：「離，別也。騷，愁也。」「離」解為「別」義雖可通，如〈離騷〉說：「余既不難夫離別兮」，但總不如訓遭為切題。至於解〈離騷〉為楚語（《項氏家說》、《困學紀聞》、《讀書雜志》、戴震《屈原賦注》），或釋為楚曲（游國恩《楚辭概論》），或訓離為火（明周聖楷《楚寶》），或訓「離」為「摛」（近人《楚辭集釋》說），則全屬穿鑿附會，牽強為說，均不足取信。（詳見拙著〈楚辭篇題探釋〉，載《淡江學報》第八期）

〈離騷〉全文長二千四百九十字。（據俞樾引陳深的統計）是屈原作品中最偉大的詩篇，是屈原用血和淚凝聚而成的生命悲歌。描寫一位屢遭讒嫉，志不得伸，苦悶靈魂的追求與幻滅，他有上天下地，涉水登山，懷芳抱潔，誓不與世俗同流合汙的決心。文筆極其浪漫之能事，辭藻之美，幻想之豐，音韻之鏗鏘，與懷鄉愛國之情，生死離別之痛，如波濤洶湧，令人目不暇及。其全文共分十一段：首段自述先世與降生年月以及稟賦之美與個人良好之修養，願當盛年有所建立。第二段：敘述曠觀往古盛衰得失，以見今黨人之誤國，而己之忠貞不為所用。第三段：敘述群賢憔悴，惟己之情操不變，以前修為法。第四段：言己反覆悲歎，終願以死明志。第五段：言己亦思退而自全，且將觀乎四荒。但好修為常，終致女嬃之責罵。第六段：言己因陳辭於重華之前，以求中正之道。第七段：言己陳辭既畢，復往天上，將再訴之於帝，竟為帝閽擯諸門外，始悟天上如此，而人間汙濁亦不足為異。第八段：言己轉念求賢女為伴，又無良媒，更其世蔽美嫉賢，大抵如此。第九段：言己因卜之於靈氛。靈氛則勸以遠適，不必戀乎故國。第十段：言己復因巫咸而詢之於神，神勸以勉強陞降，必有所合。己則反覆以思，亦知故國不可留，而有遠游之意。第十一段：言己既得吉占，遂取道崑崙，經流沙，渡赤水，將去西海，忽爾臨睨舊鄉，僕悲馬懷，是則雖欲遠去而不可得矣。

「離騷」詩篇在藝術上的成就與價值是永垂不朽，今略述數端於下：

(1)開創新的體例：

(A)古今第一長篇：我國著名的長詩，大多數是敘事詩，如古樂府的〈焦仲卿妻〉（〈孔雀東南飛〉）共一千七百八十五字。沈德潛《古詩源》以為古今第一長詩；韓愈的〈元和聖德詩〉共一千零廿四字，白居易的〈長恨歌〉共八百四十字，韋莊的〈秦婦吟〉共一千字。而〈離騷〉卻是一篇抒情詩，在篇幅的擴張上遠比敘事詩為不易，而屈原竟反覆抒寫個人情感至四百句，二千四百九十字之多，並且換了七十餘韻。以抒情詩篇而論，實是古今第一長篇。

(B)自敘世系發端：〈離騷〉篇首就自敘世系說：「帝高陽之苗裔兮，朕皇考曰伯庸。」

影響所及，如韋孟的〈諷諫詩〉，揚雄的反〈離騷〉，班固的〈幽通賦〉，庾信的〈哀江南賦〉，均以自敘世系發端，就此體裁而言，〈離騷〉實為創例。

(C)對話體裁的運用：韻文中運用對話體裁，《詩經》已肇其始。如〈式微〉、〈溱洧〉……諸篇均已用之，到了漢代古樂府尤甚。但在辭賦中運用對話體裁，〈離騷〉自為首篇。如文中女嬃、重華、靈氛、巫咸諸段談話，已實具問答的體裁，開後來漢代〈子虛〉、〈上林〉諸賦中「亡是公」、「烏有先生」問答的先例。此種純粹藝術手法的施用，極為成功。

(2)活用神話素材：

〈離騷〉全文引用了大量的神話素材，如羲和、望舒、飛廉、風伯、豐隆、宓妃、西皇、崑崙等。而且這些神話故事都沒有僵硬成「典故」，經過作者幻想的鎔鑄後，賦予了他們人格化的生命，而分擔了作者濃郁的感情。

(3)運用比、興技巧：

王逸《楚辭章句・離騷序》說：「〈離騷〉之文，依詩取興，引類譬喻。故善鳥香草以配忠貞，惡禽臭物以比讒佞，靈修美人以媲於君，虙妃佚女以譬賢臣，虬龍鸞鳳以託君子，飄風雲霓以為小人。其辭溫而雅，其義皎而朗。」所以屈原利用了比興的藝術技巧，來發抒內心情感的激動與矛盾的心理狀態，既不失於淺露、直率，而達到含蓄、婉轉，更深切的感受。由於比喻本身的形象特徵，使表現更具體、生動、鮮明，也更拓寬了屈原詩篇的獨創力。比興手法雖為詩篇中所不可或缺的藝術技巧，《詩經》中也已運用，但如此通篇大量運用，則為〈離騷〉的獨創。

⑷聯綿詞的使用：

〈離騷〉中使用了幾十個疊韻、雙聲、重言的聯綿詞。如「零落」、「純粹」、「耿介」、「謇謇」、「冉冉」、「顑頷」、「薜荔」、「纚纚」……等。（參拙著《楚辭語法研究・複詞篇》）如此大量使用聯綿詞使詩歌的音調格外婉轉而淒涼，格外地增加了悲哀情緒的感受力。後世辭賦家如司馬相如、陸機等人對聯綿字的運用，即得自《楚辭》的影響。

〈離騷〉這首長詩作於何時，後人的說法大致可分為二種，有主張作於初放漢北，亦即懷王時。以司馬遷〈屈原賈生列傳〉、劉向《新序》、班固〈離騷贊序〉、王逸《楚辭章句》等為代表；有主張作於再放江南，也即頃襄王時。以游國恩為代表。當我細讀了〈離騷〉與〈九章〉諸文後，我是比較贊成游氏的說法。現在把我的理由補充於下：

⑴司馬遷的敘事含混不清。《史記・屈原賈生列傳》說：「王怒而疏屈平。屈平疾王聽之不聰也，讒諂之蔽明也，邪曲之害公也，方正之不容也，故憂愁幽思而作〈離騷〉。」但是他在〈太史公自序〉裡又說：「屈原放逐，著〈離騷〉。」〈報任安書〉（《漢書・司馬遷傳》）也說：「屈原放逐，乃賦〈離騷〉。」然則到底〈離騷〉之作時是被疏還是被放就有了矛盾。況且〈屈原賈生列傳〉的敘事多少有些問題。（見《胡適文存》第二集，《讀楚辭》）又如劉向在《新序・節士》篇說：「屈原者，名平，楚之同姓大夫。有博通之知，清潔之行，懷王用之。秦欲吞滅諸侯，并兼天下，屈原為楚東使於齊，以結強黨，秦國患之，使張儀之楚，貨楚貴臣上官大夫靳尚之屬，上及令尹子蘭，司馬子椒，內賂夫人鄭袖，共譖屈原，屈原遂放於外，乃作〈離騷〉。」明謂〈離騷〉作於懷王十六年張儀詆楚之時。但是他在〈九歎・思古〉篇又說：

「違郢都之舊閭兮，回湘沅而遠遷。念余邦之横陷兮，宗鬼神之無次。閔先嗣之中絕兮，心惶惑而自悲。聊浮游於山陿兮，步周流於江畔。臨深水而長嘯兮，且倘佯而氾觀。興〈離騷〉之微文兮，冀靈修之壹悟。還余車於南郢兮，復往軌於初古。」則又似以為〈離騷〉作於遠放江南之時。所以劉向的說法也是有問題的。再如王逸在《楚辭章句・離騷序》裡說：「〈離騷〉經者，屈原之所作也……同列大夫上官靳尚妬害其能，共譖毀之。王乃疏屈原。屈原執履忠貞而被讒邪，憂心煩亂，不知所愬，乃作〈離騷〉。」明言〈離騷〉作於懷王時。但他在同書〈離騷〉篇：「世溷濁而嫉賢兮，好蔽美而稱惡。」條下注說：「世溷濁者懷襄二世……。」既明言懷襄二世，似〈離騷〉又當作於襄王時。所以王逸的說法也有問題。既然這三位有力主張〈離騷〉作於懷王時的論見，本身就有了矛盾，所以要證明其時代，必當再證之他途。

(2)我們姑不論〈離騷〉這樣長篇的抒情詩，他創作的情感背景激動、苦楚的程度，是初放或再放。但是如果把〈離騷〉和〈九章〉諸篇作一比較後，就不難發現，它作於頃襄王時是較為近實的。我們通觀〈九章〉發現，「彭咸」一詞的出現，〈抽思〉一見（「指彭咸以為儀」）、〈思美人〉一見（「思彭咸之故也」）、〈悲回風〉三見（「夫何彭咸之造思兮」、「照彭咸之所聞」、「託彭咸之所居」），而「死志的強調，又多見於〈惜往日〉、〈懷沙〉諸篇」。〈惜往日〉說：「臨沅湘之玄淵兮，遂自忍而沉流。卒沒身而絕名兮，惜壅君之不昭。」又說：「寧溘死而流亡兮，恐禍殃之有再。不畢辭而赴淵兮，惜壅君之不識。」〈懷沙〉篇說：「舒憂娛哀兮，限之以大故。」又說：「知死不可讓，願勿愛兮，明告君子，吾將以為類兮。」而除〈抽思〉

外（但如近人〈九章〉今譯，仍以為他的風格和〈九章〉其他大部分的篇章相近，如果把漢北云云，作為詩人根據回憶所設的虛擬之詞，那此篇仍可歸於晚作）其餘四篇的著成時代，被多數《楚辭》研究者公認為頃襄王三年以後再放江南時所作。（游氏定〈悲回風〉作於懷王二十四年是不對的。）而〈離騷〉篇末亦說：「願依彭咸之遺則！」「吾將從彭咸之所居。」與〈九章〉中作於頃襄王時的作品、情感、語氣是一致的。所以我想〈離騷〉成於頃襄王時，當可成立。

(3)就「楚辭體」從萌芽到發展成熟的過程看，（見導讀）〈離騷〉也是後期的作品。

(4)有了以上的三項鐵證以後，我想游氏所舉的例證：(a)「不及」、「遲暮」、「老冉冉其將至」，及三個「恐」字的代表年將就衰的口氣。(b)「靈脩」的指懷王，「哲王」的指頃襄王。作〈離騷〉時懷王已死的假設。以及(c)〈離騷〉中提到了江南的地名，（參游國恩《楚辭概論》）應當就不該被視為泛泛的旁證與巧合了。

總之，〈離騷〉作於頃襄王時再放江南的假設是可以成立的。

【韻譜】

〈離騷〉一詩所用韻字共一八六見，八十一次換韻。茲列其簡譜於下：

①庸（東）、降（中）東中通韻。②名（耕）、均（真）耕真通韻。③能（之）、佩（之）。④與（魚）、莽（魚）、序（魚）、暮（魚）、度（魚）、路（魚）。⑤在（之）、茝（之）。⑥路（魚）、步（魚）。⑦隘（佳）、績（佳）。⑧武（魚）、怒（魚）、舍（魚）、故（魚）。⑨他（歌）、化（歌）。⑩

畝（之）、芷（之）。⑪刈（祭）、穢（祭）。⑫索（魚）、妒（魚）。⑬急（緝）、立（緝）。⑭英（陽）、傷（陽）。⑮蕊（歌）、纚（佳）歌佳通韻。⑯服（之）、則（之）。⑰覯（文）、替（脂）文脂借韻。⑱茞（之）、悔（之）。⑲心（侵）、淫（侵）。⑳錯（魚）、度（魚）。㉑時（之）、態（之）。㉒然（元）、安（元）。㉓詬（侯）、厚（侯）。㉔反（元）、遠（元）。㉕息（之）、服（之）。㉖裳（陽）、芳（陽）。㉗離（歌）、虧（歌）。㉘荒（陽）、章（陽）、常（陽）、懲（蒸）陽蒸借韻。㉙予（魚）、野（魚）。㉚節（脂）、服（之）脂之借韻。㉛情（耕）、聽（耕）。㉜茲（之）、詞（之）。㉝縱（東）、巷（東）。㉞狐（魚）、家（魚）。㉟忍（文）、隕（文）。㊱殃（陽）、長（陽）。㊲差（歌）、頗（歌）。㊳輔（魚）、土（魚）。㊴極（之）、服（之）、悔（之）、醢（之）。㊵當（陽）、浪（陽）。㊶正（耕）、征（耕）。㊷圃（魚）、暮（魚）、迫（魚）、索（魚）。㊸桑（陽）、羊（陽）。㊹屬（侯）、具（侯）。㊺夜（魚）、御（魚）、下（魚）、予（魚）、佇（魚）、妒（魚）、馬（魚）、女（魚）。㊻佩（之）、詒（之）、在（之）、理（之）。㊼遷（元）、盤（元）。㊽遊（幽）、求（幽）。㊾下（魚）、女（魚）。㊿好（幽）、巧（幽）。(51)可（歌）、我（歌）。(52)遙（宵）、姚（宵）。(53)固（魚）、惡（魚）、寤（魚）、古（魚）。(54)占之△（談）、慕之△（魚）無韻，恐有譌誤。(55)女（魚）、女（魚）、宇（魚）、惡（魚）。(56)異（之）、佩（之）。(57)當（陽）、芳（陽）。(58)疑（之）、之（之）。(59)迎（陽）、故（魚）魚陽通韻。(60)同（東）、調（幽）同當作周入古韻幽部。(61)媒（之）、疑（之）。(62)舉（魚）、輔（魚）。(63)央（陽）、芳（陽）。(64)蔽之△（祭）、折之△（祭）。(65)留（幽）、茅（幽）。(66)艾也（祭）、害也（祭）。(67)長（陽）、芳（陽）。(68)幃（微）、祇（脂）脂微合韻。(69)化

（歌）、離（歌）。⑰茲（之）、沬（微）之微合韻。⑪女（魚）、下（魚）。⑫行（陽）、粻（陽）。
⑬車（魚）、疏（魚）。⑭流（幽）、啾（幽）。⑮極（之）、翼（之）。⑯與（魚）、予（魚）。
⑰待（之）、期（之）。⑱馳（歌）、蛇（歌）。⑲邈（宵）、樂（宵）。⑳鄉（陽）、行（陽）。
㉑都（魚）、居（魚）。

卷二 九歌

總論

〈九歌〉一共收錄了十一篇作品，所以歷來解釋〈九歌〉題義，都想從〈九歌〉所錄的十一篇作品的分合上著手。如王夫之《楚辭通釋》以〈禮魂〉為送神曲，合為十章；黃文煥、林雲銘的作法是合〈山鬼〉、〈國殤〉、〈禮魂〉為一章以合九數；蔣驥的作法是合〈湘君〉、〈湘夫人〉為一，〈大司命〉、〈少司命〉為一，以合九篇之數。梁啟超以〈東皇太一〉為迎神以相應王夫之之說。凡此種種不勝枚舉，我認為都是拘泥於「九」為實數的緣故，均不足採信。

考「九歌」之名，《楚辭》一書中凡三見：〈離騷〉說：「啟〈九辯〉與〈九歌〉兮。」又：「奏〈九歌〉而舞韶兮。」〈天問〉說：「啟棘賓商，〈九辯〉〈九歌〉。」王逸注大致是相同的。他以為九歌是禹（或啟）時樂章，目的在歌誦「九功之德」。而「九功之德」據古文《尚書・大禹謨》的記載是：「水、火、金、木、土、穀惟修；正德、利用、厚生惟和。九功惟敘，九敘惟歌……勸之以〈九歌〉，俾勿壞。」則顯然是當時人民歌頌君主政績，對「六府」、

「三事」極其滿意而贊美的詩歌。與現今所謂〈九歌〉的內容是極不相類的。

王逸《楚辭章句》說：「昔楚國南郢之邑，沅湘之間，其俗信鬼而好祠，其祠必作歌樂、鼓舞以樂諸神。屈原放逐，竄伏其域，懷憂苦毒，愁思怫鬱，出見俗人祭祀之禮，歌舞之樂，其辭鄙陋，因為作〈九歌〉之曲。」朱熹《集注》說：「其俗信鬼而好祀，其祠必使巫覡作樂，歌舞以娛諸神——。」而清陳本禮演繹為：「愚按〈九歌〉之樂有男巫歌者，有女巫歌者，有巫覡並舞而歌者，有一巫唱而眾巫和者，激楚陽阿，聲音悽楚，所以能動人而感神也。」他們提出了一個共同的假設，〈九歌〉為巫覡的祭歌形式，細察〈九歌〉的內容也無不與之脗合。所以我們肯定：楚地產生的〈九歌〉，是楚人祭祀神靈祈福，一整套儀式中的祭神曲。《說文》：「巫，祝也。如能事無形以舞降神者也。」這「巫」就是〈九歌〉儀式祭典的主持。然則我以為「歌」就是「歌曲」，「九」是虛指。「〈九歌〉或疑為虞夏〈九歌〉之遺聲，然非義之所急也。」（用朱熹《辨證》語）

至於〈九歌〉的作者是誰？王逸以為是屈原，朱熹《集注》中先也說是屈原，後來又補充說：「屈原既放，見而感之，故頗為更定其詞，去其泰甚。」似乎又以為〈九歌〉是沅湘的民歌，屈原曾加刪改。近人胡適之更以為〈九歌〉與屈原絕無關係，是當時湘江民族的宗教舞歌。（見《胡適文存》二集，《讀楚辭》）而今我們細翫〈九歌〉諸篇的內容，確實是充滿了宗教的色彩，以為是民歌固可。但是〈九歌〉的修辭的美化，也必出於有修養的文人之手。所以我以為朱熹的說法，仍是較為可信的。

東皇太一

吉日兮辰良，穆將愉兮上皇❶。撫長劍兮玉珥，璆鏘鳴兮琳琅❷。瑤席兮玉瑱，盍將把兮瓊芳❸。蕙肴蒸兮蘭藉，奠桂酒兮椒漿❹。揚枹兮拊鼓，△△△△兮△△❺。疏緩節兮安歌，陳竽瑟兮浩倡❻。靈偃蹇兮姣服，芳菲菲兮滿堂❼。五音紛兮繁會，君欣欣兮樂康❽。

【注　釋】❶辰良，為良辰的倒置。以良字叶韻。穆，敬肅。愉，樂。上皇，謂東皇太一。❷撫，持。珥，劍鐔，俗稱劍鼻（手所掌握處）。玉珥，用玉飾劍鼻。璆、鏘，猶璆然、鏘然，都是玉聲（朱熹）。琳、琅，都是美玉。按以上言祭巫的佩飾。❸瑤，次玉之石。以瑤玉飾席，所以稱瑤席。或說瑤為蘨的借字。瑤席，是蘨草編的席子。瑱，同「鎮」。用來壓席的。以玉為之，所以叫玉瑱。盍，王逸說「何不」，恐怕是發語詞。一說，盍，合。將把，言所合之多幾成把（戴震）。❹肴，同「殽」。指烹熟的魚肉等葷食。蕙肴，用蕙草裹肴。蒸，同「烝」。進。藉，薦；墊底的東西。蘭藉，用蘭墊底。奠，置祭。桂酒，用桂泡漬的酒。椒漿，用椒泡漬的酒。按以上言祭祀時陳設的食物。❺揚，舉。枹，同「桴」。鼓槌。拊，擊。此句下按押韻現象看，恐怕有脫句。❻疏，布。緩節、安歌，均指節奏緩慢的歌曲。陳，列。竽、瑟，都是樂器。竽，笙類，有三十六簧。瑟，琴類，有二十五弦。浩，大。倡，同「唱」。浩唱，大唱。❼靈，神靈，指東皇太一。偃蹇，舞動貌。姣服，美服。菲菲，芳香貌。滿堂，盈滿於堂屋之中。❽五音，宮、商、角、徵、羽。繁會，錯雜。猶今言交響。君，指東皇太一。欣欣，喜貌；和悅貌。康，安。

【語　譯】祭巫獨唱獨舞

（祭巫唱）吉祥的日子，良美的時光。用肅穆的心情來宴愉上皇；手持著玉飾的劍鐔，佩掛璆然鏘然鳴動的琳琅。瑤飾的席子，玉製的壓鎮，還有那成把的瓊玉芬芳。蕙草裹著佳肴而上，底下還墊著馨蘭。奠祭著杯杯的桂酒和椒漿。揚起鼓槌，敲打著鼓，譜出緩慢的節奏，伴著輕柔的歌聲，陳列著竽、瑟而眾聲齊唱。神靈婆娑起舞，耀動著華麗的服裝，濃郁的芬芳充滿一堂。五音紛盛眾會，神啊！您必定是喜悅而快樂安康。

【研　析】

東皇太一是楚國的尊神，近人更有以為即楚國的上帝。據《史記・封禪書》記載：古時天子在春秋二季祭太一於東南郊。王逸說祠在楚東，所以稱東皇。此首詩以肅穆的感情迎接東皇太一的下臨受享，詩中鋪敘了祭神的陳設、祭巫的服飾和音樂的繁盛，想必是祭巫一人獨唱獨舞。

林雲銘說：「此〈九歌〉第一篇，其神較之他神亦第一貴。篇中總是欲致其敬，以承其歡，一意到底。」戴震曾說：「此歌語簡法嚴，以此明其敬肅。」

【韻　譜】

全篇共用八韻，首句押韻，屬古韻陽部，一韻到底。

①良、皇、琅、芳、漿、△、倡、堂、康（陽）。

雲中君

浴蘭湯兮沐芳，華采衣兮若英❶。靈連蜷兮既留，爛昭昭兮未央❷。蹇將憺兮壽宮，與日月兮齊光❸！龍駕兮帝服，聊翱游兮周章❹。靈皇皇兮既降，猋遠舉兮雲中❺。覽冀州兮有餘，橫四海兮焉窮❻？思夫君兮太息，極勞心兮𢥞𢥞❼！

【注　釋】❶芳，《補注》引《本草》說，白芷一名芳香。華采，五色采。若，如。英，花朵。或說英同瑛。若瑛，如玉般的光采。亦通。❷靈，指雲中君。連蜷，長曲貌。爛，光明貌。昭昭，光明。央，已；盡。❸蹇，句首語氣詞。憺，安。壽宮，供神的地方。❹駕，車。龍駕，即龍車。帝服，與五帝同服。周章，周遊。❺皇，同「煌」。煌煌，光明燦爛貌。猋，去疾貌。❻覽，望。冀州，兩河之間叫冀州。猶言中土之地。有餘，指所覽之地不僅中國尚有他方。橫，充；橫行。四海，指九州之外。焉，何。窮，極。按此二句言雲中君所處高邈，望於冀州，尚復見他方，橫行四海，不知所窮。❼夫，遠指指稱詞，猶彼。君，指雲中君。太息，即歎息。𢥞𢥞，憂心貌。

【語　譯】祭巫獨唱、扮神巫獨舞

（祭巫唱）浴以蘭馨之水，沐以白芷之香，五色的彩衣像花一般。神靈飄忽地降臨，光耀燦爛永不斂藏。您且安息在壽宮，與日、月齊放光芒！駕著龍車和穿著帝服，在九天之際周流翱翔。神靈既已閃爍著采光下降，倏忽間又高飛回天上。覽遍了中土仍想到他處，不知您的行跡將止於何方？我思念神靈而歎息，極盡了內心的憂慮勞傷。

【研　析】

雲中君，舊說以為是雲神豐隆，一說是屏翳。近人也有以為是月神。而我覺得他應該是雷神，理由有下列數點：

(1)本文中明說：「與日月兮齊光」，則顯然非指日、月。我們考察〈九歌〉中諸神皆直書其所在之處為名。如：東君、湘君、湘夫人、山鬼、河伯……等。何獨雲神不徑說雲君，而稱雲中君。

(2)文中「靈連蜷兮既留」的連蜷一詞是長曲貌，指神靈的服飾，不必用似雲來解釋。又「猋遠舉兮雲中」，實在是說神靈往來的快速，與雲的飄忽不定無關。〈少司命〉篇也有「儵而來兮忽而逝」的句子。又「浴蘭湯兮沐芳，華采衣兮若英」，二句也不是狀雲彩的多姿，而是祭巫的服飾。所以前人以為以上諸句是在描寫雲神的飄忽不定，是不能成立的。

(3)文中提到神時皆有光，如：「爛昭昭兮未央」、「與日月兮齊光」、「靈皇皇兮既降」。則此神必與光相連。而雷與閃電常相隨，故雷神足以當之。

(4)「豐隆」二字的古音。豐讀為重唇(b'ĭong)如蓬。隆讀為複聲母(l[k]ĭong)。豐隆連讀正為(b'ǐong l[k]ǐong) 狀雷之聲。雲中君既然以豐隆為名，那他是雷神無疑。況且先民敬畏雷神當也較雲神為重。

此首由祭巫獨唱，扮神巫獨舞。首先敘述迎神者的齋敬，再敘述神靈降臨時的情狀，末段敘述神靈的忽而遠逝，留下祭神者的無限悲傷。

王夫之說：「前序其未見之切望，後言其嚮後之永懷，肫篤無已，以冀神之鑒孚。」

【韻譜】

全首用韻字共九見，換韻二次。每段換韻首句入韻。

①芳（陽）、英（陽）、央（陽）、光（陽）、章（陽）。②降（中）、中（中）、窮（中）、忡（中）。

湘君

君不行兮夷猶，蹇誰留兮中洲❶？美要眇兮宜修，沛吾乘兮桂舟❷。令沅湘兮無波，使江水兮安流❸。望夫君兮未來，吹參差兮誰思❹？駕飛龍兮北征，邅吾道兮洞庭❺；薜荔柏兮蕙綢，蓀橈兮蘭旌❻。望涔陽兮極浦，橫大江兮揚靈❼，揚靈兮未極，女嬋媛兮為余太息❽。橫流涕兮潺湲，隱思君兮陫側❾。桂櫂兮蘭枻，斲冰兮積雪❿。采薜荔兮水中，搴芙蓉兮木末⓫，心不同兮媒勞，恩不甚兮輕絕⓬！石瀨兮淺淺，飛龍兮翩翩⓭。交不忠兮怨長，期不信兮告余以不閒⓮！鼂騁騖兮江皋，夕弭節兮北渚⓯。鳥次兮屋上，水周兮堂下⓰。捐余玦兮江中，遺余佩兮醴浦⓱。采芳洲兮杜若，將以遺兮下女⓲。旹不可兮再得，聊逍遙兮容與⓳。

【注釋】❶君，指湘君。夷猶，即猶豫，遲疑不決。猶和洲叶韻，所以倒置。蹇，句首語氣詞。誰留，即誰待，猶今言等待誰。洲，水中的灘。中洲，即洲中。❷眇，一作妙。要眇，容貌姣美貌。宜，善。修，修飾。沛，行貌。此指舟行甚迅速。吾，祭巫自稱，複數。此章託為巫與神期約，而候之不至，所以說湘君猶豫不行，我則乘舟往迎（參戴震說）。桂舟，以桂木所為之舟。❸令、使，都用為祈使之意。沅、湘，皆水名，在洞庭湖南。江，長江。❹夫，彼，遠指指稱詞。君，湘君。參差，也作「篸差」。即洞簫。古代簫與笙相似，也稱排簫，與今所見洞簫（單管豎笛）不同。相傳為舜所造。形狀像鳳翼的參差不齊，所以叫「參差」。誰思，即思誰。❺飛龍，指龍舟。即上文所指的桂舟。邅，轉。此言祭巫本欲駕龍北行，結果轉道而前往洞庭追求湘君。❻薜荔，香草名。緣木而生。柏，王逸說：「柏，搏壁。」（搏，以手拍物）戴震引劉熙《釋名》訓為以席搏壁者，謂船艙之壁。或說柏，即箔，簾子。或說帕之假借字，是旌旗的總名，俱通。綢，舊說縛束，訓為動詞非是。或說綢為用來纏旗桿的。或說綢借作帳。船艙內的帳子。按此當訓為名詞，二說俱通。蓀，也作荃。香草名。橈，船槳。蓀橈，用蓀草裝飾橈。蘭旌，用蘭草作旌旗。按此二句言龍舟之飾。❼涔陽，地名，在涔水北邊。極，遠。浦，水涯。橫，橫渡。揚靈，王逸說：靈，精誠。揚己精誠。❽極，終止；已。此句言祭巫雖竭盡精誠，而仍然未達神至的目的。女，侍女。❾橫流涕，涕泣橫流。潺湲，流貌。隱，痛。君，指湘君。陫側，同「悱惻」。憂思；悲傷貌。❿櫂，同「棹」。船槳。桂櫂，用桂木為櫂。枻，船旁板。蘭枻，用蘭木為枻。斲，同「鑿」。敲擊。積，堆積。此句比喻追求湘君的多艱。厚冰始斲而可行舟，然天寒地凍隨即積雪，阻舟之行。⓫采，同「採」。搴，取。芙蓉，即荷花。木末，樹梢。此二句喻徒勞無所得。⓬心不同，謂心意不相同。媒勞，謂媒人勞而無功。甚，厚。絕，分離。⓭石瀨，石灘上的急流。淺淺，水流迅疾貌。翩翩，飛翔迅疾貌。⓮交，交友。忠，厚。期，約會。閒，閒暇。⓯鼂，同「朝」。早晨。騁，直馳。騖，亂馳。騁騖，猶言奔走。江皋，江邊。渚，小洲。⓰次，舍。周，旋；圍繞。⓱捐，拋棄。玦，玉佩，如環而有缺。遺，拋棄。佩，佩玉。醴，也作澧，水名。源出湖南省桑植縣，經醴縣，納涔水入洞庭湖。浦，水涯。⓲芳洲，芳草叢生的沙洲。杜若，香草名，葉似薑，味辛香。遺，與；贈。下女，舊說湘君的侍女（朱熹）。或說即人間女郎。對湘君言，人間女郎即下界之人。⓳旹，同「時」。聊，姑且。逍遙，遊戲貌。容與，舒閑貌。

【語　譯】祭巫獨唱

（祭巫唱）湘君啊！您遲疑而猶豫，究竟在中洲待誰？我既美麗而又好修飾，走吧！我們同搭乘桂木之舟。願沅、湘不起風浪，請江水安穩緩流。我盼望著您啊！怎麼還不來呢！吹著洞簫而我又能去懷念誰？我本已駕著飛龍北去，如今卻轉道到了洞庭；薜荔的艙壁，蕙草的帷帳；蓀飾的船槳，蘭草的旌旗。遙望著涔陽的遠岸，我要橫渡大江以揚露精誠。我的誠意還沒表達完畢，侍女已經牽掛地為我歎息。縱橫的淚水潺湲而下，隱痛的懷思愁腸千結。

風；旋風。先驅，驅前嚮導。涷雨，暴雨。灑塵，猶清道。❸君，指大司命。踰，越。空桑，山名。女，同「汝」。❹總總，眾盛貌。九州，《尚書・禹貢》、《周禮・夏官・職方氏》及《淮南子・墬形訓》及《爾雅》所稱各有不同。此猶天下。予，大司命自稱。❺清氣，輕清之氣。御，駕御。陰陽，陰主殺、陽主生，陰陽猶生死。❻吾，祭巫自稱。君，指大司命。齋速，舊說，齋戒速疾（王逸）。謙愨貌（戴震）。齋，一作齊，齊速俱訓疾（劉永濟）。導，導引。帝，天帝。之，往；適。坑，古本作阬，虛。九阬，猶九虛，即九天。❼靈衣，或說為雲衣。被被，長貌。陸離，文彩貌。❽壹陰兮壹陽，猶一生一死。余，大司命自稱。❾疏麻，神麻。瑤華，疏麻的花，色白如瑤玉，所以稱瑤華（《說文》）。遺，送；贈。離居，猶遠者。❿寖，稍；漸。疏，遠。⓫轔轔，車聲。駝，通「馳」。沖，飛而直上。⓬延，長。竚，同「佇」。久立。愈思，更加思念。愁人，使人發愁。⓭虧，歇。⓮當，主、定。離合，離別、聚合。

【語　譯】祭巫神巫合唱合舞

（神巫唱）敞開了天國的大門，我駕著紛盛的玄雲。令旋風前驅先導，使暴雨清道洗塵。（祭巫唱）您迴翔著降臨下土，我越過空桑跟從。（神巫唱）地大人稠的世界啊！壽夭全操縱在我的手上！（祭巫唱）神啊！您高飛而安翔，乘著天地的清氣，掌握著宇宙的陰陽。我盼望能與您疾速遠去，引導著天帝同赴九天之坑。（神巫唱）神靈的衣裳隨風飄盪，玉佩的光采奪目燦爛。宇宙是生與死的循環，眾生都不知是操縱在我的手上。（祭巫唱）折下神麻上白玉般的鮮花，我將把它贈給遠者。生命已漸趨窮極，如果不再親近就會更加的疏遠。神啊！您駕著龍車其聲轔轔，馳向高處直上青天。我持著桂枝引頸企佇，愈是思念愈覺愁苦。憂愁又能如何？但願永遠像今日般毫無虧歇。本來人的生命就有定數，誰又能改變它的悲歡離合？

【研析】

舊注以為三臺六星，兩兩而居，西近文昌二星為上臺，為司命，主壽夭，〈九歌〉之大司命；文昌四稱司命，主災祥，〈九歌〉的少司命。而今就細察二篇文義看，大司命之說為當而少司命之說恐未妥。王夫之說：「大司命統司人之生死，而少司命則司人子嗣之有無。以其所司者嬰稺，故曰少。大則統攝之辭也。」得之。〈大司命〉篇有：「紛總總兮九州，何壽夭兮在予？」「高飛兮安翔，乘清氣兮御陰陽。」「壹陰兮壹陽，眾莫知兮余所為。」「固人命兮有當，孰離合兮可為？」所謂壽夭、人命、離合等等職司也就是操縱人類死亡的主宰，再看他出場時的排場：「廣開兮天門，紛吾乘兮玄雲。令飄風兮先驅，使涷雨兮灑塵。」又說：「乘龍兮轔轔，」「導帝之兮九坑。」能導帝出入九州之虛，非小神可知。而〈少司命〉篇說：「夫人自有兮美子，蓀何㠯兮愁苦？」「竦長劍兮擁幼艾，蓀獨宜兮為民正。」所謂「美子」、「幼艾」都是子嗣，也就是對生的喜悅。且看他的出場：「秋蘭兮麋蕪，羅生兮堂下，綠葉兮素枝，芳菲菲兮襲予。」氣氛柔美而平和。又說：「秋蘭兮青青，綠葉兮紫莖，滿堂兮美人，忽獨與余兮目成！」給人一種生命的氣息，仁慈的心境。看他的車駕是：「乘回風兮載雲旗」、「孔蓋兮翠旍」，他的衣飾是「荷衣兮蕙帶」。也能「夕宿兮帝郊」，主掌幼稺者，當也非小神，而所以稱「少」即其職掌少年嬰稺之故。

〈大司命〉全篇由扮神巫（男神）與祭巫（女巫）合唱合舞。大司命神登場。首四句是神巫唱，也即大司命唱。誇耀神出現的排場。五、六二句由祭巫唱，說明自己企盼的心情。七、八句由神巫唱，誇言神的權威。九至十二句由祭巫唱，表明自己的追隨之意。十三至十六句由神巫唱，再強調神的職掌。十七至廿句由祭巫唱，言祭巫不被重視的哀痛。廿一至廿二句由神巫唱罷，下場。末六句由祭巫唱，說明人類皆自有命運安排，不可強求。全篇神巫唱部分肅穆莊嚴。祭巫唱部分，企慕、安命。正表現出先民對人神的分際。

王夫之說：「此言大司命所以操九州生民壽夭之故，而極贊其功德之盛如此。」陸時雍說：「大司命，何其贊歎之至也。」

【韻　譜】

全篇共用廿一韻字，凡換韻七次，換韻起句用韻。

①門（文）、雲（文）、塵（真）真文通韻。②下（魚）、女（魚）、予（魚）。③翔（陽）、陽（陽）、坑（陽）。④被（歌）、離（歌）、為（歌）。⑤華（魚）、居（魚）、疏（魚）。⑥轔（真）、天（真）、人（真）。⑦何（歌）、虧（歌）、為（歌）。

少司命

秋蘭兮麋蕪，羅生兮堂下❶，綠葉兮素枝，芳菲菲兮襲予❷。夫人自有兮美子，孫何以兮愁苦❸？秋蘭兮青青，綠葉兮紫莖❹，滿堂兮美人，忽獨與余兮目成❺！入不言兮出不辭，乘回風兮載雲旗❻。悲莫悲兮生別離，樂莫樂兮新相知。荷衣兮蕙帶，儵而來兮忽而逝❼。夕宿兮帝郊，君誰須兮雲之際❽？與女遊兮九河，衝風至兮水揚波❾。與女沐兮咸池，晞女髮兮陽之阿❿。望美人兮未來，臨風怳兮浩歌⓫。孔蓋兮翠旍，登九天兮撫彗星⓬。竦長劍兮擁幼艾，蓀獨宜兮為民正⓭。

【注　釋】❶蘼蕪，香草名。葉小如萎狀，開白花。或說就是白芷。羅生，並列而生。❷菲菲，芳香貌。襲，及。予，祭巫自稱。❸夫人，猶凡人。美子，好的子孫。蓀，香草名，此指少司命。❹青，同「菁」。青青，草木茂盛貌。❺美人，指參與祭祀的其他女巫。目成，以目定情。❻辭，告別。回風，旋風。雲旗，以雲為旗。❼儵，同「倏」。與忽俱訓疾速貌。❽帝郊，天帝之郊。君，指少司命。須，等待。❾按此二句《補注》已明言為〈河伯〉篇語，當刪。❿女，同「汝」。指少司命。下女字同。晞，曬乾。陽之阿，陽即九陽，阿為曲隅。相傳太陽所行之地。⓫美人，指少司命。怳，失意貌。浩歌，大聲歌唱。⓬孔蓋，用孔雀羽毛為車蓋。翠旍，用翡翠羽毛為旍旗。九天，蒼天。相傳有九重。撫，有二解。一說安撫。一說撫持。彗星，也有二解。一說為妖星，即掃帚星，以喻凶惡。一說彗星形似掃帚，故有掃除邪穢的象徵。前說撫訓安撫。後說撫訓持。俱通。⓭竦，執；立。擁，護。幼艾，猶少艾。美好的少年男女。正，平。或說古代人稱其君為正。故有主宰之意。民正，就是百姓的主宰。

【語　譯】祭巫獨唱，神巫登場共舞

（祭巫唱）秋蘭和蘼蕪，羅生在堂下，綠色的嫩葉素白的柔枝，濃郁的芳香陣陣襲予。

凡人都有美好的子孫，神啊！您何必為此憂愁痛苦？眼前是一片茂盛的秋蘭，綠色的葉子，紫色的葉莖。滿堂都是美人，忽然單與我睨視傳情！您進來時不發一言，走了也不說聲再見，乘著旋風，載著雲旗飄然遠行。悲哀莫過於活生生的離別，歡樂莫甚於新結交個知己。您穿著荷衣繫著蕙帶，忽然來了，又忽然去了。傍晚您息宿在天國的郊野，神啊！您到底等誰在雲際？盼望能和您同沐在咸池，曬乾頭髮在九陽的曲隅。盼望著您總不見蹤跡，我失意地臨風高歌。孔雀羽飾的車蓋，翡翠羽飾的旌旗，您登上了九天安撫彗星。高舉長劍保護嬰穉，神啊！唯有您才是萬民的主宰。

【研　析】

此篇為主祭者獨唱，扮神巫少司命登場。由男巫扮神，女巫主祭。全首均祭巫之詞。首敘祭神處的氣氛，而己獨為少司命所目成。再敘少司命的倏忽遠去，留下無限悵惘。末敘自己的追慕，並盼望少司命能為萬民主宰作結。詩篇的首四句柔和感人。王夫之說：「入手即高吟動人。」其中「悲莫悲兮生別離，樂莫樂兮新相知。」真乃千古情詩之祖。蔣驥說：「〈大司命〉之辭肅；〈少司命〉之辭昵。」俱為確評。

【韻　譜】

全篇共用二十韻字，凡換韻七次，換韻起句叶韻。

①蕪（魚）、下（魚）、予（魚）、苦（魚）。②青（耕）、莖（耕）、成（耕）。③辭（之）、旗（之）。④離（歌）、知（佳）歌佳合韻。⑤帶（祭）、逝（祭）、際（祭）。⑥池（歌）、阿（歌）、

歌（歌）。⑦於（耕）、星（耕）、正（耕）。

東君

暾將出兮東方，照吾檻兮扶桑❶。撫余馬兮安驅，夜皎皎兮既明❷。駕龍輈兮乘雷，載雲旗兮委蛇❸。長太息兮將上，心低佪兮顧懷❹。羌聲色兮娛人，觀者憺兮忘歸❺。緪瑟兮交鼓，簫鍾兮瑤簴❻。鳴䶵兮吹竽，思靈保兮賢姱❼。翾飛兮翠曾，展詩兮會舞❽。應律兮合節，靈之來兮蔽日❾。青雲衣兮白霓裳，舉長矢兮射天狼❿。操余弧兮反淪降，援北斗兮酌桂漿⓫。撰余轡兮高駝翔，杳冥冥兮以東行⓬。

【注釋】❶暾，日初出時溫和盛明貌。吾，謂日神東君。檻，欄杆。扶桑，相傳是神木。日出下浴於暘谷，上拂於扶桑。❷余，日神東君自稱。安，徐。皎皎，明亮貌。❸輈，車轅（駕車之木），此處指車子。龍輈，以龍為車。委蛇，旌旗飄動長曲貌。❹低佪，疑不即進貌。顧懷，回顧懷念。❺聲色，指下文的音樂舞蹈。娛，樂。觀者，四方觀禮的人。憺，安。引申為貪戀。❻緪，急張弦。交鼓，對擊鼓。簫，擶之借字，擊。鍾，同「鐘」。瑤，當作搖。簴，懸樂器的架子。❼䶵，同「箎」。樂器名，以竹為之，長一尺四寸，圍三寸，一孔六出，三寸三分，名翹，橫吹之。小者一尺二寸（《爾雅注》）。竽，樂器名。思，念。或解為句首語氣詞。靈保，謂扮神之巫。賢，美德。姱，美貌。❽翾，小飛。翠，同「踤」。即倉卒之卒（俞樾說）。曾，猶翾，翥飛。翠曾，卒然而飛，形容舞姿。展詩，猶陳詩。會舞，猶合舞。❾應，猶應和。律，調音律。節，節奏。靈，神靈，泛言日神與從者。❿青雲衣兮白霓裳，用青雲為上衣，用白霓為下裳。指日神的服飾。天狼，星名。《晉書‧天文志》：「狼一星，在東井南，主侵掠。」⓫余，指日神。弧，弓類。反，同「返」。淪，沒。降，下。淪降，指日西沉。援，引。北斗，星名。共七星，其形狀似酒器，借以喻酌酒之斗。酌，斟酒。⓬撰，持。駝，同「馳」。杳，深。冥冥，幽暗貌。

【語　譯】神巫祭巫合唱合舞，群巫陪祭。

（神巫唱）我散發出溫和明盛的光芒即將昇自東方，照耀著門檻和扶桑。撫勒著我的車駕徐行，黑夜漸明而天已大亮。（群巫唱）駕著龍車，乘著火雷，高舉的雲旗隨風飄蕩。在長聲歎息中神靈將登天上，內心是遲疑不決回顧惆悵。啊！音樂妙舞令人貪戀，使四方觀禮的人都安然忘返。急促的瑟音，對擂的鼓聲，敲擊著鐘，搖動著簴。鳴奏著篪，吹動著竽，我們的靈保是既賢德而又姱麗。翾然而飛的舞姿，翠然而舉的舞步，吟誦著詩歌，我們群起共舞。應和著旋律，伴隨著節奏，群神降臨時掩蔽了白日。（神巫唱）穿了青雲的上衣，白霓的下裳，我高舉起長矢射殺了天狼。我持著弧弓向西方下降，提起北斗酌滿桂漿。抓緊了我的馬韁高馳翱翔，在幽暗深杳中我又轉向東方。

【研　析】

東君是日神。篇首：「暾將出兮東方，照吾檻兮扶桑。撫余馬兮安驅，夜皎皎兮既明。」

顯然是描寫日出的景象。又說：「青雲衣兮白霓裳。」王逸注：「青為木色，東方屬木；白色為金，西方屬金，日出東方而入西方，故用方色以為飾也。」又為日神明證。此篇東君登場，神巫祭巫合唱合舞。首段四句描寫日始出，神巫自狀形貌。自五句至十八句為眾陪祭巫合唱日神初至之情狀及迎神歌舞之盛。末六句扮神巫唱日神威武之狀。日神唱罷下場。全篇象徵迎日神的典禮，肅穆而莊嚴，音節宏亮，其中「緪瑟兮交鼓」至「靈之來兮蔽日」一段，我很懷疑那是「日蝕」的祭祀景象，所以下有「舉長矢兮射天狼」以相應。陸時雍說：「日暠暠而不可親也，備聲色以娛之，極贊歎以仰之而已。」

【韻譜】

全篇共用十七韻字，凡五次換韻，換韻起句用韻。

①方（陽）、桑（陽）、明（陽）。②雷（微）、蛇（歌）、懷（微）、歸（微）歌微合韻。③鼓（魚）、簴（魚）、姱（魚）、舞（魚）。④節（脂）、日（脂）。⑤裳（陽）、狼（陽）、漿（陽）、行（陽）。

河伯

與女遊兮九河，衝風起兮橫波❶。乘水車兮荷蓋，駕兩龍兮驂螭❷。

登崑崙兮四望，心飛揚兮浩蕩❸。日將暮兮悵忘歸，惟極浦兮寤懷❹。魚鱗屋兮龍堂，紫貝闕兮朱宮❺。靈何為兮水中？乘白黿兮逐文魚❻，與女遊兮河之渚，流澌紛兮將來下❼。子交手兮東行，送美人兮南浦❽。波滔滔兮來迎，魚鄰鄰兮媵予❾。

【注釋】❶女，同「汝」。指河伯。九河，徒駭、太史、馬頰、覆鬴、胡蘇、簡、潔、鉤盤、鬲津（《爾雅》）。衝風，暴風；打頭風。橫波，水波橫起。❷驂，馬在旁叫驂，此處義同駕。螭，無角龍。❸浩蕩，廣大貌。此喻心胸廣闊。❹悵，疑作憺。〈東君〉、〈山鬼〉有「憺忘歸」一詞。王逸以「心樂志悅」釋之，恐也作「憺」。惟，念。或說句首語氣詞。極浦，遠岸。寤，覺醒。懷，思念。寤懷，覺悟而愁思。❺魚鱗屋，以魚鱗飾屋。龍堂，以龍鱗飾堂。紫貝闕，以紫貝飾闕。朱，或作珠，為是。以珠飾宮。❻靈，指河伯。黿，大鱉。逐，從。文魚，有斑采的魚。一說鯉魚。❼女，同「汝」。指河伯。流澌，溶解的冰塊。❽子，指河伯。交手，握手告別。美人，指河伯。❾滔滔，水流貌。鄰鄰，眾多貌。或作鱗鱗，比次貌。媵，送。予，祭巫自謂。

【語譯】祭巫獨唱獨舞

（祭巫唱）我想跟您遨遊在九河，逆風吹起了洶湧的大波。乘駕水車，以荷葉為蓋，駕御兩龍，護騑是幼螭。攀登上崑崙縱目四望，心靈飛揚心胸開朗。紅日西沉，我竟陶醉得忘了歸返，當想到那遙遠的邊岸，我忽然覺醒而愁思滿腸。魚鱗蓋的屋子，龍鱗裝飾的廳堂，紫貝砌成的門闕，明珠裝潢的殿房。神啊！您為何居住在水中央？乘著白黿，追隨著斑文的魚，我和您同遊在河的洲渚，突然解冰紛然地沖瀉而下。您握手告別走向東方，我送您到南邊的水涯。波浪滔天地前來迎接，魚兒成群地送我回家。

【研　析】

河伯是河神。《莊子・秋水》篇中也有河伯之說。河神與楚國的接觸，最早見於《左傳》哀公六年。楚昭王有疾，卜者說「河為祟」。然昭王以其非境內之山川不祭。但也由此可知楚國已有河伯傳說。近人游國恩以為〈河伯〉篇是詠河伯娶婦的事（見《讀騷論微初集》）。

此篇由主祭之巫獨唱獨舞。首敘祭巫欲與河神乘水車，駕龍而遊，並敘己登崑崙，竭誠盼望之情。次則鋪敘祭神時，宮中裝飾之盛。末言河伯來而忽逝，己則送神遠去。全篇寫盼望河神的殷切和別離時景況，最為傳神。蔣驥說：「言此以壯別時之色而寄其情。」

【韻　譜】

全篇共用十七韻字，凡換韻五次。或有交錯為韻者。

①河（歌）、波（歌）、螭（歌）。②望（陽）、蕩（陽）。③歸（微）、懷（微）。④堂（陽）、宮（中）、中（中）（中陽合韻）。⑤魚（魚）、渚（魚）、下（魚）、行（陽）、浦（魚）、迎（陽）、予（魚）（此或云五魚部字為韻，或為魚、陽二部交錯成韻）。

山鬼

若有人兮山之阿，被薜荔兮帶女羅❶。既含睇兮又宜笑，子慕予兮善窈窕❷。乘赤豹兮從文狸，辛夷車兮結桂旗❸。被石蘭兮帶杜衡，折芳馨兮遺所思❹：「余處幽篁兮終不見天，路險難兮獨後來❺。」表獨立兮山之上，雲容容兮而在下❻，杳冥冥兮羌晝晦，東風飄兮神靈雨❼。留靈修兮憺忘歸，歲既晏兮孰華予❽？采三秀兮於山間，石磊磊兮葛蔓蔓❾，怨公子兮悵忘歸；君思我兮不得閒❿。山中人兮芳杜若，飲石泉兮蔭松柏⓫。君思我兮然疑作⓬。靁填填兮雨冥冥，猨啾啾兮又夜鳴⓭，風颯颯兮木蕭蕭，思公子兮徒離憂⓮。

【注釋】❶人，指山鬼。山鬼彷彿似人，所以說，若有人。阿，曲隅。被，同「披」。帶，以……為帶。羅，也作蘿。女羅，又名兔絲。是一種蔓生的寄生植物。❷睇，傾視。含睇，兩眼含情而睨視。宜笑，笑得自然可親。子，指山鬼。慕，愛慕。予，祭巫自稱。善，美；良。窕窈，美好貌。一說善窕窈指祭巫的美（王逸）。一說係山鬼慕祭巫而著意修飾。關鍵在「兮」之訓「之」或訓「而」。❸赤豹，謂毛赤而文黑的豹。從，使……隨行。文狸，狸毛黃黑斑紋相雜，所以叫文狸。結，繫。桂旗，桂枝以為旗。❹石蘭、杜衡，皆香草。所思，指山鬼所思念的人。❺余，山鬼自稱。幽，深。篁，竹叢。❻表，獨立貌。容容，雲出貌。❼杳，深。冥冥，幽暗貌。晝晦，言白天也顯得黑暗。❽留，止。靈修，指山鬼。華予，使我榮華。❾秀，通「穗」。三秀，芝草別名。芝草一年開花三次，結穗三次。所以叫三秀。於，在。或說於讀ㄨ，是巫的假借字。於山，即巫山。磊磊，眾石貌。葛，多年生蔓草。蔓蔓，蔓延貌。❿公子，指山鬼。或說五岳視三公。山鬼山之所出，所以稱公子。君，指山鬼。閒，閒暇。⓫山中人，指山鬼。⓬君，指山鬼。然，信。疑，不信。作，生。「然疑作」是說疑信交生。⓭靁，同「雷」。填填，雷聲。冥冥，雨貌。啾啾，猿叫聲。⓮颯颯，風聲。蕭蕭，風木搖動聲；或落葉聲。公子，指山鬼。離，遭。

【語譯】祭巫獨唱獨舞

（祭巫唱）好像有人在深山裡，披著薜荔的衣裳，繫著女蘿編的帶子。妳既含情脈脈的凝眸斜視，又綻露出可親的淺笑，原來妳傾慕於我的美好儀表。妳駕著赤豹，跟隨著文狸，用辛夷為車，結繫上桂枝的旌旗。披著石蘭，縛著杜衡。妳摘下了芳馨的花朵將贈送給所思念的人。（她送上花朵，也附上了寄語。她說：）「我居住在幽邃的竹林深處，終日也看不見天日，道路是艱險又困阻，所以我來得遲緩孤獨。」妳孤獨地站立在高山上，白雲滾滾地浮動在腳旁，眼前的一片幽冥使白天也陰沉晦暗，飄起了東風，灑下了細雨。留下吧！靈修！我見著妳就興奮得不想回去，年華已逝，誰又能再使我榮華？我在山間想採朵靈芝，但眼前盡是磊磊的山石，蔓延的葛藤，怨恨妳啊——公子——我心灰意冷竟不想歸去；或者妳還在想念我吧！失約只是沒有閒暇的緣故。常居山中的妳啊！芳香得如同杜若，飲喝著石泉，棲蔭在松柏。妳還在想念我嗎？我真是疑信交作。雷聲隆隆，細雨昏冥，猿猴在深夜啾啾哀鳴，風聲颯颯，落木蕭蕭，為了思念妳，我徒然無助地沉溺在憂愁的淵底。

【研　析】

山鬼是山神。鬼、神二字，在古書中常連用。如《論語・雍也》：「敬鬼神而遠之。」《樂記》：「出則為鬼神。」所以意義也相近。《論語・為政》：「非其鬼而祭之。」《集解》引鄭注：「人神曰鬼。」又《廣雅・釋天》：「物神謂之鬼。」此篇為主祭之巫獨唱獨舞，山鬼並未登場，故篇末用「徒離憂」作結。通篇是祭巫設想之詞。首先描寫幻想中山鬼出現的神態，車乘。繼則設想山鬼寄託不至的原因，於是祭巫怨悵，舉眼前艱阻以襯托徒然憂傷之苦。文字悽楚動人。王逸說：「備寫鬼趣，悽緊動人。」王夫之說：「此章纏綿依戀，自然為情至之語，見忠厚篤悱之音焉。」是確評。

【韻　譜】

全篇共用廿一韻字，凡換韻八次。

①阿（歌）、羅（歌）。②笑（宵）、窕（宵）。③狸（之）、旗（之）、思（之）、來（之）。④下（魚）、雨（魚）、予（魚）。⑤間（元）、蔓（元）、閒（元）。⑥若（魚）、柏（魚）、作（魚）。⑦冥（耕）、鳴（耕）。⑧蕭（幽）、憂（幽）。

國殤

操吳戈兮被犀甲，車錯轂兮短兵接❶。旌蔽日兮敵若雲，矢交墜兮士爭先❷。凌余陣兮躐余行，左驂殪兮右刃傷❸。霾兩輪兮縶四馬，援玉枹兮擊鳴鼓❹。天時墜兮威靈怒，嚴殺盡兮棄原壄❺。出不入兮往不反，平原忽兮路超遠❻。帶長劍兮挾秦弓，首身離兮心不懲❼。誠既勇兮又以武，終剛強兮不可凌❽。身既死兮神以靈，子魂魄兮為鬼雄❾。

【注釋】❶戈，平頭戟。吳戈，吳國所製之戈。一說吳戈作吳科，盾名。也通。被，披。犀甲，犀牛皮製的胸甲。錯，交錯。轂，車輪中心輻條所湊集的部分，即車軸。車錯轂，是說戎車車軸交錯接觸，喻敵我短兵交接。短兵，指刀劍等兵器。❷旌蔽日兮敵若雲，喻敵人之眾多。墜，落。矢交墜，言兩軍對峙，流矢在雙方陣地上紛紛下落。士爭先，言戰士奮勇搶先殺敵。❸凌，侵犯。陣，陣地。躐，踐踏。行，行列。驂，戰車的當中二匹馬叫服，兩旁的馬叫驂。殪，死。刃傷，被刀刃所傷。❹霾，同「埋」。縶，絆。枹，鼓槌。玉枹，用玉飾枹。擊鳴鼓，擊而使鼓鳴。❺墜，古本作懟，怨恨。威靈，指神，此句謂「天怨神怒」。嚴，壯；威。或說戕。嚴殺，猶鏖戰痛殺。壄，古野字。❻反，同「返」。出不入兮往不反，言戰士視死如歸，既已出征，就不再想生還。猶「壯士一去不復返」。忽，同「伆」。遠，或說風塵迷漫，看不清貌。又說忽借颮，颮大風。以第一解為佳。超遠，猶遙遠。❼挾，持。秦弓，秦國所製之弓。懲，悔恨。❽誠，信。勇，指氣。武，指藝。終，畢竟。凌，侵犯。❾魂魄，即靈魂。鬼雄，鬼中的英雄。「子魂魄」句又作「魂魄毅」。毅，是威武英挺貌。王逸注：「言既死之後，精神強壯，魂魄武毅。」知作毅是。

【語　譯】祭巫獨唱

（祭巫唱）操著吳戈，披著犀甲，戰車交錯著輪軸，兩軍刀劍齊舞。旌旗遮蔽了陽光，敵人如雲層般密布，流矢交相墜落，戰士們個個勇猛爭先。敵人侵犯了我軍陣地，踐踏了我軍行伍，戰車左邊的馬已死去，右邊的馬也受了刀傷。沙土埋沒了兩輪，馬匹被絆住不動，拿起了玉飾的鼓槌，仍不斷地敲擊著戰鼓。天怨神怒！無數被殘殺的屍體暴露在原野。出了國門就沒想回來，參加了征戰就永不復返，眼前是廣大的平原和遙遠的征途。帶著長劍，挾著秦弓，縱然首身異地，內心仍毫不悔怨。戰士們誠然是既勇猛又有武藝，始終是剛強而不可侵犯。身體雖然死亡精神則永遠不滅，你剛強的魂魄依然是鬼群中的英雄。

【研　析】

〈國殤〉是一篇對國家偉大陣亡將士的祭祀。在外而死的叫殤。又無主的鬼也叫殤。全篇寫戰陣的慘烈與將士的勇敢殺敵，悲壯成仁。陸時雍說：「〈國殤〉，字字干戈，語語劍戟，左旋右轉，真有步伐止齊之象。帶長劍兮挾秦弓，首雖離兮心不懲，鬼何其雄！」

【韻　譜】

全篇共用十五韻字，凡換韻六次。蒸部隔句為韻，餘句句用韻。

①甲（葉）、接（葉）。②雲（文）、先（文）。③行（陽）、傷（陽）。④馬（魚）、鼓（魚）、怒（魚）。⑤反（元）、遠（元）。⑥弓（蒸）、懲（蒸）、凌（蒸）、雄（蒸）。

禮魂

成禮兮會鼓，傳芭兮代舞❶。△△兮△△，姱女倡兮容與❷。春蘭兮秋菊，長無絕兮終古❸。

【注釋】❶成，畢；備。或作盛，也通。會鼓，急疾擊鼓。芭，巫所持香草。即芭蕉。傳芭，謂巫持芭而舞，舞訖復傳與他人。或說芭同葩，花。也通。代，更；迭。❷姱，美。倡，同「唱」。容與，從容不迫貌。依韻例看，此脫一無韻句。❸春蘭，即山蘭，又叫草蘭，春日開花。春蘭兮秋菊，是說春祀以蘭，秋祀以菊。終古，永古。

【語譯】祭巫與眾陪祭巫合唱

（眾巫合唱）盛大的典禮中鼓聲齊作，傳遞著芭蕉，交替輪番地舞蹈。美女齊聲高歌，舞態舒徐。春祭用蘭，秋祀用菊，我們的祭禮長久不絕而至永古。

【研析】

魂是人的精神，人死魂散，也就是鬼的通稱。禮字有祭祀之義，且一本禮正作祀。所以

「禮魂」就是祭祀一般的人鬼。戴震說：「〈禮魂〉，概言人鬼之常祀者。」得之，全篇僅五句，敘述典禮的儀式。

【韻　譜】

全篇共用韻四字，中脫一無韻句。

①鼓（魚）、舞（魚）、與（魚）、古（魚）。

卷三　天問

曰：遂古之初，誰傳道之❶？上下未形，何由考之❷？冥昭瞢闇，誰能極之❸？馮翼惟像，何以識之❹？明明闇闇，惟時何為❺？陰陽三合，何本何化❻？圜則九重，孰營度之❼？惟茲何功，孰初作之❽？斡維焉繫？天極焉加❾？八柱何當？東南何虧❿？九天之際，安放安屬⓫？隅隈多有，誰知其數⓬？天何所沓？十二焉分⓭？日月安屬？列星安陳⓮？出自湯谷，次于蒙汜⓯。自明及晦，所行幾里⓰？夜光何德，死則又育⓱？厥利維何，而顧菟在腹⓲？女歧無合，夫焉取九子⓳？伯強何處？惠氣安在⓴？何闔而晦？何開而明㉑？角宿未旦，曜靈安藏㉒？不任汩鴻，師何以尚之？僉曰：「何憂？何不課而行之㉓？」鴟龜曳銜，鯀何聽焉㉔？順欲成功，帝何刑焉[25]？永遏在羽山，夫何三年不施[26]？伯禹愎鮌，夫何以變化[27]？纂就前緒，遂成考功[28]。何續初繼業，而厥謀不同[29]？洪泉極深，何以窴之[30]？地方九則，何以墳之[31]？河海應龍，何盡何歷[32]？鮌何所營？禹何所成[33]？康回馮怒，墬何故以東南傾[34]？九州安錯？川谷何洿[35]？東流不溢，孰知其故[36]？東西南北，其修孰多[37]？南北順隋，其衍幾何[38]？崑崙縣圃，其凥安在[39]？增城九重，其高幾里[40]？四方之門，其誰從焉[41]？西北辟啟，何氣通焉[42]？日安不到？燭龍何照[43]？羲和之未揚，若華何光[44]？何所冬暖？何所夏寒[45]？焉有石林？何獸能言[46]？焉有虯龍，負熊以遊[47]？雄虺九首，儵忽焉在[48]？何所不死？長人何守[49]？靡蓱九衢，枲華安居[50]？一蛇吞象，厥大何如[51]？黑水玄趾，三危安在[52]？延年不死，壽何所止[53]？鯪魚何所？鬿堆焉處[54]？羿焉彃日？烏焉解羽[55]？禹之力獻功，降省下土四方[56]。焉得彼嵞山女，而通之於台桑[57]？閔妃匹合，厥身是繼[58]。胡維嗜不同味，而快鼂飽[59]？啟代益作后，卒然離蠥(60)。何啟惟憂，而能拘是達(61)？皆歸䠶鞫，而無害厥躬(62)。何后益作革，而禹播降(63)？啟棘賓商，〈九辯〉〈九歌〉(64)。何勤子屠母，而死分竟地(65)？帝降夷羿，革孽夏民(66)。胡䠶夫河伯，而妻彼雒嬪(67)？馮珧利決，封狶是䠶(68)。何獻蒸肉之膏，而后帝不若(69)？浞娶純狐，眩妻爰謀(70)。何羿之䠶革，而交吞揆之(71)？阻窮西征，巖何越焉(72)？化為黃熊，巫何活焉？咸播秬黍，莆雚是營。何由并投，而鯀疾修盈(73)？白蜺嬰茀，胡為此堂？安得夫良藥，不能固臧(74)？天式從橫，陽離爰死(75)。大鳥何鳴？夫焉喪厥體(76)？蓱號起雨，何以興之(77)？撰體協脅，鹿何膺之(78)？鼇戴山抃，何以安之(79)？釋舟陵行，何以遷之(80)？惟澆在戶，何求于嫂？何少康逐犬，而顛隕厥首？女歧縫裳，而館同爰止。何顛易厥首，而親以逢殆(81)？湯謀易旅，何以厚之(82)？覆舟斟尋，何道取之(83)？桀伐蒙山，何所得焉？妹嬉何肆，湯何殛焉(84)？舜閔在家，父何以鱞(85)？堯不姚告，二女何親(86)？厥萌在初，何所億焉(87)？璜臺十成，誰所極焉(88)？登立為帝，孰道尚之(89)？女媧有體，孰制匠之[90]？舜服厥弟，終然為害[91]。何肆犬體，而厥身不危敗[92]？吳獲迄古，南嶽是止。孰期去斯，得兩男子[93]？緣鵠飾玉，后帝是饗。何承謀夏桀，終以滅喪[94]？帝乃降觀，下逢伊摯[95]。何條放致罰，而黎服大說[96]？簡狄在臺，嚳何宜[97]？玄鳥致貽，女何喜[98]？該秉季德，厥父是臧[99]。胡終弊于有扈，牧夫牛羊[100]？干協時舞，何以懷之[101]？平脅曼膚，何以肥之[102]？有扈牧豎，云何而逢[103]？擊牀先出，其命何從[104]？恆秉季德，焉得夫朴牛[105]？何往營班祿，不但還來[106]？昏微遵迹，有狄不寧[107]。何繁鳥萃棘，負子肆情[108]？眩弟竝淫，危害厥兄[109]。何變化以作詐，後嗣而逢長[110]？成湯東巡，有莘爰極。何乞彼小臣，而吉妃是得[111]？水濱之木，得彼小子。夫何惡之，媵有莘之婦[112]？湯出重泉，夫何辠尤[113]？不勝心伐帝，夫誰使挑之[114]？會鼂爭盟，何踐吾期[115]？蒼鳥群飛，孰使萃之[116]？到擊紂躬，叔旦不嘉[117]。何親揆發，足周之命以咨嗟[118]？授殷天下，其位安施[119]？反成乃亡，其罪伊何[120]？爭遣伐器，何以行之[121]？竝驅擊翼，何以將之122？昭后成游，南土爰底123。厥利惟何，逢彼白雉124？穆王巧梅，夫何為周流125？環理天下，夫何索求126？妖夫曳衒，何號于市127？周幽誰誅？焉得夫褒姒128？天命反側，何罰何佑129？齊桓九會，卒然身殺130。彼王紂之躬，孰使亂惑131？何惡輔弼，讒諂是服132？比干何逆，而抑沉之133？雷開何順，而賜封之134？何聖人之一德，卒其異方135？梅伯受醢，箕子詳狂136。稷維元子，帝何竺之137？投之於冰上，鳥何燠之138？何馮弓挾矢，殊能將之139？既驚帝切激，何逢長之140？伯昌號衰，秉鞭作牧141。何令徹彼岐社，命有殷國142？遷藏就岐，何能依143？殷有惑婦，何所譏144？受賜茲醢，西伯上告145。何親就上帝，罰殷之命以不救146？師望在肆，昌何識？鼓刀揚聲，后何喜147？武發殺殷，何所悒？載尸集戰，何所急148？伯林雉經，維其何故？何感天抑墜，夫誰畏懼149？皇天集命，惟何戒之？受禮天下，又使至代之150。初湯臣摯，後茲承輔。何卒官湯，尊食宗緒151？勳闔夢生，少離散亡。何壯武厲，能流厥嚴152？彭鏗斟雉，帝何饗？受壽永多，夫何久長153？中央共牧，后何怒？螽蛾微命，力何固154？驚女采薇，鹿何祐？北至回水，萃何喜155？兄有噬犬，弟何欲？易之以百兩，卒無祿156。薄暮雷電，歸何憂？厥嚴不奉，帝何求？伏匿穴處，爰何云157？荊勳作師，夫何長158？悟過改更，我又何言159？吳光爭國，久余是勝160。何環穿自閭社、丘陵，爰出子文161？吾告堵敖以不長，何試上自予，忠名彌彰162？

【注釋】❶曰，發端之辭。遂，往。初，始。道，言。之，指往古之初，虛廓無形，神物未生之事。以下各句句尾的「之」字都稱代前所述之事。❷上下，猶天地。未形，猶無形。何由，猶何從。考，成。❸冥，幽。昭，明。冥昭，指天地、日月、晝夜、清濁、晦明的道理。瞢，晦；目不明。闇，通「暗」。極之，終究其理。❹馮翼，無形之貌（《淮南子・天文》篇注）。指天地未形成時的狀況，即所謂元氣。惟，通「唯」。像，想像。❺明明闇闇，指純陰純陽，一晦一明。時，是；此。指前明明闇闇之事。為，造為。❻陰陽三合，獨陰不生，獨陽不生，獨天不生，三合然後生（《穀梁傳》莊公三年）。所以古人以為生始於陰陽三合。本，本始。化，變化。❼圜，同「圓」。指天體。則，乃。九重，古代相傳天有九重（《淮南子・天文》篇、《漢書・禮樂志》）。營，經營。度，量度。❽惟，句首語氣詞。茲，此。指前句之意。功，功力。何功，謂何等功力。初作，始作。❾斡，旋轉。維，綱。古人不知地球運轉，反以為天體運轉。因而謂天體有旋轉之綱維繫之，故以為問。極，八極。古以為天有八極。加，覆、著。❿八柱，言天有八山為柱。當，值。虧，缺。此句言天既有八山為柱，而東南皆水潦塵埃，則天柱何能植基？而東南又何以虧缺？⓫

九天，東方皞天，東南方陽天，南方赤天，西南方朱天，西北方幽天，北方玄天，東北方變天，中央鈞天。際，邊際。放，置。屬，附。⑫隅，角。隈，也訓隅。據說天有九野，九千九百九十九隅（《淮南子‧天文》篇）。即「隅隈多有」之意。⑬沓，合；會。天何所沓，指天體中日月在何所會合。十二焉分，以十二辰的劃分為問。《左傳》昭公七年：「日月之會是謂辰。」杜注：「一歲月十二會，所會謂之辰。」⑭屬，附。列星，眾星。陳，列。⑮蒙，蒙水。汜，水涯。⑯明，平旦。晦，日暮。⑰夜光，指月。德，得。育，生。死生即兩周金文所言之生霸死霸（魄）（王國維《觀堂集林》卷一、生霸死霸考）。⑱厥，其。指月。顧菟，即菟，楚語。月中有菟之神話始於此。⑲女歧，為母系社會中傳說人物，此民族或居歧山。舊說女歧為神女，無夫而生九子。或說即常儀。無合，母系社會，知母不知父，故說無合。九，數之極，非實數。⑳伯強，戾氣。惠氣，和氣。古人觀念凡不能抗拒的禍福，皆以神鬼主宰之。故伯強訓為大厲疫鬼，則惠氣當為神人。㉑闔，閉。㉒角宿，角亢。東方星。曜靈，日。此句說東方未明旦之時，日如何藏精光？㉓汩，治。鴻，通「洪」。大水。師，眾。尚，舉。僉，眾。課，試。按此上四句言鮌治水事（參見《尚書‧堯典》）。㉔鴟，或為雉之誤。雉在經傳中為尺度之稱。鴟龜曳銜，謂鮌之築堤障水，視雉之飛止以計距離，依龜之所躡以擇土壤，因而以事工築。此鮌為中國築城之始。聽，當作聖。此二句謂鮌依鴟龜治水，何聖之有？㉕順欲，順眾人之欲。帝，謂堯帝。㉖永遏，即夭之長言。羽山，山名。施，與弛、胣為一字。《莊子‧胠篋》篇崔注：「胣或作施；胣，裂。」司馬注：「胣，剔。」《釋文》：「刳腸曰胣。」據說鮌死三歲不腐，剖之以吳刀，化為黃龍（《山海經‧海內經》郭璞注引開筮）。此為鮌被殺的神話。㉗伯禹，鮌子禹。愎，一本作腹，為是。腹，生（《廣雅》）。伯禹愎鮌，意謂伯禹乃腹生於鮌者。何以變化，指禹何以能變化而成聖德。㉘纂，集。就，成。緒，業。遂，乃。考，父死稱考。㉙續初繼業，謂續繼先業。謀，慮。㉚洪泉，洪水淵泉。寘，填。據說鮌竊帝之息壤以湮洪水，不待帝命。帝乃令祝融殺鮌在羽郊（《山海經‧海內經》又《淮南子‧墬形》篇）。㉛地方，古以地為方形，故稱地方。九則，九州土田，上、中、下九等。墳，分。此也繇禹事。㉜按此二句當依一本作「應龍何畫？河海何歷？」有翼叫應龍。據說蚩尤作兵伐黃帝，黃帝就令應龍攻之冀州之野。應龍畜水。蚩尤請風伯雨師，縱大風雨。黃帝乃下天女叫魃，雨止，殺蚩尤。應龍殺蚩尤，又殺夸父，乃去處居南方，所以南方多雨（見《山海經・大荒北經》）。而此應龍為禹畫地導流入海是又一神話。歷，過。㉝營，經營。成，成就。㉞康回，共工名。馮也怒。墬，同「地」。據說昔者共工和顓頊爭為帝，怒而觸不周之山，天柱折，地維絕，天傾向西北，地不滿東南，所以水潦歸於東南（《淮南子・天文》篇）。㉟九州說以《尚書・禹貢》為先，次則《呂覽・有始》篇，《淮南子・墬形》篇各家說略有不同。而本文不知所指。錯，厝；置。洿，深。㊱溢，滿。㊲修，長。㊳順，自上而下。橢，橢圓。衍，廣。本文問四極之內的里數。古人對大地的構想是隳圓形（《呂氏春秋・有始》篇，《淮南子・墬形》篇俱有說）。㊴崑崙，神話中山名（《山海經・海內西經》）。尻，一作居，與居同。㊵增城九重，據說「禹以息土填洪水以為名山。掘崑崙虛以下地，中有增城九重，高萬一千里，百一十四步二尺六寸」（《淮南子・墬形》篇）。㊶四方之門，據說增城旁有四百四十門（《淮南子・墬形》篇）。四方之門指此。㊷辟，同「闢」。啟，開。據說北門開以納不周之風（《淮南子・墬形》篇）。㊸燭龍，據說西北海之外，赤水之北，有章尾山，有神人面蛇身而赤，直目正乘，其瞑乃晦，其視乃明，不食，不息，風雨是渴，而燭九陰，叫燭龍（《山海經・大荒北經》）。此問日月不能處，燭龍何能照之使明？㊹羲和，日神。非《尚書・堯典》之羲和。據說在東南海之外，甘水之間，有羲和之國，有女子名叫羲和，方日浴在甘淵。是帝俊之妻，生十日（《山海經・大荒南經》）。若華，若木的花。此問日神未出，光輝猶斂，若木之花何得光？㊺所，許；處。暖，溫。㊻石林，能言獸，恐戰國時傳說，今已不可考。㊼虬龍負熊之神話也不可考，丁晏引《史記・封禪書》及《列仙傳》說為附會。㊽此即〈招魂〉「雄虺九首，往來儵忽」，然此問何所在。㊾據《山海經・海外南經》、《呂氏春秋・求人》篇、及《楚辭・遠游》篇都有「不死」的傳說。據《楚辭・招魂》、《山海經・海外東經》都有「長人」及「大人國」的傳說。㊿靡，蔓。蓱，浮萍。

枲華，據說在浮山有草，如麻赤華即枲華（《山海經・西山經》）。或此另有問不可考。51一，作靈為是。據說巴蛇食象，三歲而出其骨（《山海經・海內南經》）。52黑水、玄趾、三危，皆神話中山川名（《山海經》之〈海內經〉、〈西山經〉、〈海內北經〉、《尚書・禹貢》）。53延年，長年。54鯪，亦作陵。鯪魚，據說陵魚人面手足魚身，在海中（《山海經・海內北經》）。所，居。堆，當為雀。據說北號之山，有鳥，其狀如雞，白首鼠足而虎爪，名叫鬿雀，也食人（《山海經・東山經》）。55羿，堯時羿。彈，射。據說堯時十日並出（或說十日代出）皆載干烏，焦禾稼，殺草木，民無所食……堯使羿，上射十日（《山海經・大荒東經》，《淮南子・本經》篇）。解，脫。56獻，進。降，下。省，察。下土四方，指天下。此謂禹以勤力獻功，堯使省察天下。57焉，何。彼，遠指指稱詞。那個。嵞，通「塗」。嵞山，古國名。當時猶是南夷嵞山女，夏禹娶之。通，淫。台桑，地名。此問何以中土之禹與異族之女通淫。58閔妃匹合，當作「閔亡配合」（俞樾《楚辭隨筆》）。閔，憂。亡，無。此意謂禹與嵞山女通淫，在憂無繼嗣故。是，句中語氣詞。59胡，何。維，語助詞。嗜不同味，謂所食多種，故不同味，譏其奢侈。鼂，鯨之屬。而快鼂飽，譏其食鯨肉。60益，禹賢臣。作，為。后，君。卒然，終然。離，遭。蠥，憂。此言啟代益作君，而益不服，遂遭攻禁之禍。61惟，思。或說為句中語氣詞。拘，拘囚。達，通。能拘是達，謂能脫逃於拘囚之中。此問似言益之反攻，啟為所擒。故問啟既罹禍，何以竟能自免？62歸，饋。饋遺。䠶，同「射」。弓矢。𥷤，通「鞠」。猶蹋鞠，兵器。躬，身。此蓋言啟與益戰，益之兵徒皆授其兵器於啟。或降或潰，啟因得勝，故說無害。63作，祚之形誤。革，更。播降，以種殖喻子種相傳，延續不絕也。此言益雖攻啟而因之，終為啟所滅，何其益的國祚不長而禹之統緒獨能繼續，流播於後？64棘，戟。賓，同「嬪」。商，帝之誤字。啟棘賓商，即古代殺人祭祀。此言啟執戟而舞，並以美女祭天帝。〈九辯〉〈九歌〉，天帝之樂，啟竊而下用（《山海經・大荒西經》）。65勤，惜；愛。屠，裂。死，身。竟地，遍地。此言，何愛子之母，反因其子裂身軀？母既化石，石裂則分散遍地。此啟誕生的神話。據說，啟母塗山氏女。禹治水，通轘轅山，化為熊。謂塗山氏說：「欲餉，聞鼓乃來。」禹跳石，誤中鼓。塗山氏往見，禹方作熊。慚而去，至嵩高山下，化為石，方生石。禹說：「歸我子。」石破北方而生啟（《漢書·武帝紀》）。66帝，天帝。羿，篡夏代為政之諸侯。其為東夷所以稱夷羿。革，更。孽，憂。革孽夏民，謂革夏民之孽（《左傳》襄公四年，哀公元年）。67河伯，河神。雒嬪，水神，謂宓妃。據說河伯化為白龍，遊於水旁，被羿射殺左目。又夢與雒水神宓妃交接（王逸注）。68馮，挾。珧，弓名。利，堅利。決，猶膏闓。以象骨為之，著右巨指，所以鉤弦而闓之。封豨，大豕。此指堯時羿之事（也見《淮南子·本經》篇）。69蒸，祭。膏，肥，甘。后帝，天帝。若，順。此言羿獵䠶封豨，以其肉祭天帝，天帝猶不順羿之所為。70浞，羿相寒浞。純狐，純狐氏女，羿妻室。眩，惑。此謂浞因惑於羿室純狐，乃謀而殺羿。71䠶革，射能貫革。喻多力。交，指浞與羿之弟子逢蒙交結。吞、揆，皆訓滅。此謂羿之射力能貫革，何其臣寒浞交結逢蒙而滅之？72阻，徂之假字，往。窮，窮石（今甘肅省山丹縣）。征，行。據說堯殛鮌在羽山，其神化為黃熊，入於羽淵（《左傳》昭公七年）。并此四句或為鮌越巖西征，向諸巫求不死之藥的神話。73咸，皆。秬黍，黑黍。莆雚，水草名。即莆藿。營，耕。何由，何以。并投，與四凶並棄。疾，惡。脩，長。盈，滿。此四句言鮌播種秬黍，營植莆藿，功在萬民，何以鮌之惡長滿而與四凶被並棄？74蜺，同「霓」。猶月中霓裳羽衣。嬰茀，婦女首飾（《說文》，易既濟馬融注）。胡為，驚訝之詞。臧，藏之借字。此四句謂姮娥何以美服盛飾歌舞於堂，而羿又何以不固藏其良藥，竟為姮娥，竊以奔月？75式，形。天式從橫，謂天式由東西南北而成形。陽離爰死，謂陰陽相生而分晝夜。76王逸以為崔文子取王子喬尸之事，蔣驥以為〈西山經〉欽䲹化為大鶚事。均不知是否本文所問。77蓱，蓱翳，又作屏翳，雨師名。號，呼。興，起。78按此二句依《楚辭校補》當作「撰體脅鹿，何以膺之？」撰，為巽之借字。巽為風，此言風體鹿身，何以膺受此形體？據說飛廉，鹿身，頭如雀，有角，蛇尾豹文，能致風氣（《三輔黃圖》）。79鼇，大龜。擊手叫抃。據說在渤海東，幾億萬里有大壑，是無底谷，叫歸虛。八紘、九野、天漢之流均注此，而無增減。其中有五山，叫岱輿、員嶠、方壺、瀛洲、蓬萊。五山無所連著，常隨波上下往返……帝恐流於西極，於是令禺彊使巨鼇十五，舉而載之（《列子・湯問》）。此當世界錯置的神話。[80]釋，置。遷，徙。有以為此指澆事，但澆之名見於下句始明。故本文究何指不可知。[81]澆，古多力者。戶，室。嫂，澆嫂，即女歧。逐犬，放犬逐獸田獵之事。館，舍。爰，乃。止，宿止。殆，危。此八句皆言澆事，在文義上「何少康逐犬，而顛隕厥首」，與下二句應互倒。此八句意謂，澆往其嫂處，佯有所求，實與之通淫。而其嫂女歧替他縫裳，且共舍宿止，時少康因田獵放犬逐獸，遂襲殺澆，時在夜間，誤殺女歧首，以是少康也身遭危殆。[82]湯，蕩；萌芽；萌生。湯謀，猶兆謀。易，輕易。易旅，謂人眾甚少。厚，大（《戰國策》有「厚勝」一詞）。此問少康始謀滅澆，人力單薄，何以能勝之？[83]覆，反。舟，船。斟尋，國名。此問澆力能覆舟以滅斟尋，而少康又何能滅之？[84]桀，夏亡王。蒙山，亦作岷山，國名。妹嬉，亦作末嬉，有施國之女。據說桀伐蒙山，得琬、琰二女，於是棄元妃於洛，即末嬉氏。末嬉與伊尹交，遂以問夏（《國語・晉語》）。此問桀何所得？而末嬉實有功於商，湯何以殛之？[85]閔，憂。鰥，無妻叫鰥。此問舜憂閔在家，瞽瞍何以不為娶婦？[86]姚，舜姓。此謂堯不告舜的父母而妻之。與《孟子・萬章》篇不同。二女，指娥皇、女英。親，親附。[87]萌，即民。此謂生民之初，誰所臆度而知之？[88]璜，石次玉者。璜臺，即瑤臺。極，竟。此問瑤臺高達十重，何人竟其功？[89]此指女媧事，據說女媧以神女而為帝，其時尚無人類，有誰傳述其登立為帝之事？[90]據說天地開闢，未有人民，女媧摶黃土作人（《風俗通》）。此問女媧既為創物主，則其本身之形體從何而來？[91]服，事。弟，指舜弟象。此言舜弟象無道，舜猶服事之，終於欲害舜。[92]何肆犬體，當作「何得肆其犬豕」（劉永濟《天問通箋》）。犬豕，狀卑惡之人。此言象無道，肆其犬豕之心，燒廩、填井欲以殺舜，但終不能危害舜身。[93]吳，吳國。獲，得。迄古，猶終古。南嶽，會稽山。期，期望。斯，此。兩男子，舊注以為太伯、仲雍。按此四句王逸注牽強，必別有史事，不可考。[94]緣，衣的邊飾。鵠，或衣緣上之圖案。飾玉，冠飾或玉佩。指末嬉之飾。后帝是饗，謂其被桀寵愛，受饗若后帝。何承謀夏桀二句，謂桀寵愛末嬉如此。何以她竟承受伊尹陰謀，以覆滅夏桀？[95]

帝，謂湯。降觀，猶降監，監臨。摯，伊尹名。此言湯求賢得伊尹於民間。96條，謂鳴條。條放，謂鳴條放之致。罰，致天之罰。黎服，猶黎民。此言湯自鳴條放桀，而黎民大悅。97簡狄，帝嚳之妃，殷契之母，有娀氏之女。臺，有娀國造九成之臺。宜，祭社求福。98玄鳥，燕。貽，遺。女，指簡狄。據說玄鳥墮其卵，簡狄取吞之，因孕生契（《史記・殷本紀》）。99該，王亥，殷的先人。季，即冥。王亥之父（王國維《古史新證》，殷卜辭中所見先公先王考）。秉，持。臧，善。此言亥能秉持父德，為其父所喜。100弊，困疲。有扈，即《山海經》、《竹書》中之有易。王國維以為「牧夫牛羊」者蓋商之先，自冥治河，王亥遷殷，已由商丘越大河而北，故游牧於有易高爽之地，服牛之利，即發現於此，有易之人乃殺王亥，取服牛。101干協時舞，即大合舞，萬舞、武舞。可以為蠱（見《左傳》莊公二十八年）。懷，思。此二語為倒裝句，言王亥何以使有易氏之女懷思？則干舞挑之也。據說殷王子亥，賓於有易而淫焉。有易之君綿臣，殺而放之（《山海經・大荒東經》郭璞注）。102平脅曼膚，即形體曼澤。肥，嬰之借字。即妃，匹。此言何以與王亥相為妃匹？則以其形體曼澤。此與上句俱言王亥所由見弊之事。103有扈，即有易，指王亥所淫之女。牧豎，指王亥。此言有易氏女與王亥，男女如何而得相逢會？104擊牀先出，言王亥於擊床事發之前，已先出。其命何從，謂王亥果何自而出，得僥倖以全其命？105恆，亥之弟。與該（亥）同秉季德，復得該所失服牛（王靜安說）。朴，大。106有易本與河伯友善，上甲微殷的賢王，假師以義伐罪，所以河伯不得不助滅之，既而哀念有易，使得潛化而出，化為搖民國（《山海經・大荒東經》郭璞注）。此或即「往營班祿」之史事。營，求；得。班，分。祿，惠。謂河伯既助上甲微伐之，又助之立國，即班祿之意。「不但還來」一語有誤字，不得解。按今以意度之「恆秉季德，焉得夫朴牛」之問，係與上文所云：「該秉季德，厥父是臧。胡終弊于有扈，牧夫牛羊」對稱。二句言王亥、王恆同秉季德，而一弊有扈，一得朴牛。王恆不但能全身而還，並能求取班祿，故有此問。107昏微，即上甲微。有狄，即有易。狄、易通假（王靜安說）。此言上甲微遵循其先德之跡，以征有易，有易為之不寧。108此二句語意不明，不知所問何事。以意度之，繁或為擊字之誤。擊鳥言其荒於鳥獸。負子句或言其淫亂。負媍或之濫文。疑上甲微晚年或有淫行。[109]上文言「肆情」，此言「竝淫」，知不特上甲微有淫行，且其弟也有淫行。卒因兄弟並淫，弟害其兄，是上甲微不得其死。眩弟，惑亂之弟。[110]言殷人、王統本是兄終弟及，而變化作詐如此，後嗣居然久長，此本文所以為問。[111]有莘，國名。爰，乃。極，至。小臣，謂封建主之執賤役者，伊尹庖人，所以叫「小臣」。據說有侁（莘）氏女子採桑得嬰兒於桑之中，獻之其君，令烰人養育。察其所以然。其母本居伊水上，孕。夢有神告之說：臼出水，而東走毋顧。明日視臼出水，告其鄰，東走十里，而顧視其邑，盡為水。身也化為空桑。故命之伊尹。此伊尹生空桑之故。長而賢，湯聞伊尹，使人請之有侁氏，有侁氏不可。伊尹也欲歸湯，湯於是請娶婦為婚，有侁氏喜，以伊尹為媵，送女（《呂氏春秋・本味》篇）。[112]小子，指伊尹。媵，送。[113]重泉，地名。據說桀怒湯，用諛臣趙梁計，召而囚於均臺，置於種泉（即重泉）近於死，湯於是行賄，桀乃釋之，而賞之贊茅（《太公金匱》）。[114]不，語詞，無義。勝心，任心。帝，指桀。「誰使挑之」者正伊尹。此問湯任心伐帝，是誰所挑之？[115]鼂，通「朝」。指群后師畢會之朝。爭，請。盟，誓。武王伐紂，諸侯不期而會孟津，八百餘國（《史記》）。[116]蒼鳥，蒼鷹。萃，集。據說武王渡河中流，有白魚躍入王舟中。武王俯取以祭。既渡，又有火自上復於下，至於王屋，流為烏（即鷹，俱搖光星所化。《春秋運斗樞》）。其色赤，其聲魄（《史記・周本紀》）。白魚，赤烏，均是神話，以誇張武王伐紂之得天心，降此祥瑞。[117]到，假借為「県」，今字作「倒」，又為「弔」（《說文通訓定聲・小部》）。擊，繫之誤字。據說武王遂奔入宮……折紂而繫之赤環（《墨子・明鬼》）。知紂被俘時，反臂而繫，即本文「倒繫紂躬」。旦，周公名。嘉，善。暴君雖除，殷頑猶在，周公憂之，故說「叔旦不嘉」。[118]揆發，即撥廢，撥亂世反諸正。足，當為定之誤字。咨嗟，歎美之聲。此言武王親自撥亂反正，定周之命，百姓歎美。[119]施，讀移，此指武王滅殷。言天既授以天下，又何以移位於殷？[120]戌，為「戊」或「戉」字之誤。「戊」、「戉」並兵器。反「戊」（反戉）即「反戈」。據說紂有士億有餘萬，但皆倒戈而射，旁戟而戰（《淮南子》、《史記・周本紀》）。此問武王伐紂事。[121]

伐器，攻伐之器。(122)翼，旁。將，率。(123)昭后，昭王。成，盛。成遊，即盛遊。爰，乃。底，至。據說昭王南征不復（《左傳》昭公四年）。(124)白雉事不見經史，據說王者德流四表，就白雉見（《春秋．感精符》）。此言昭王南遊，欲求白雉，白雉未遇，反為楚人所沉，何利之有？(125)巧，利。梅，為挴字之誤。也作晦，足大指。巧梅，猶言「利足」。或謂得良馬又有造父御。言穆王何事西去荒服。(126)環，周。此言既周治天下，又何所求索而西遊？(127)妖，怪。曳，牽引。衒，行且賣。曳衒，謂夫婦相引行賣於市。號，呼。據說宣王時，童女謠說：「檿弧箕服，實亡周國。」正好有夫婦賣此器，宣王使執而戮之。逃於道上，見後宮童妾所棄妖子於路上，聞其夜啼，同情而收之。夫婦亡走於褒。褒人有罪，獻此妖子於王以贖罪，是為褒姒（《史記．周本紀》）。(128)周幽王寵褒姒，遂為犬戎所殺，此問周幽王被誅事。(129)反側，反覆無常。(130)九會，九合。卒然，終然。言齊桓公用管仲，九合諸侯，一匡天下。桓公病，五公子各樹黨爭立，及桓公卒，於是相攻殺，以故宮中空，莫敢棺。桓公尸在床上六十七日，尸蟲出於戶（《史記．齊世家》）。此則言身殺。(131)亂惑，指妲己。(132)輔弼，輔佐。服，事；用。(133)比干，紂諸侯。強諫紂，被剖心而死（《史記．殷本紀》）。此作抑沉。(134)雷開，佞人，進諛言，紂賜金玉而封之。(135)聖人，指下文梅伯、箕子。卒，終。其，乃。方，道術。(136)梅伯，紂諸侯。被紂醢之。箕子，殷時賢者，佯狂為奴。此二人皆為聖人，而術異。(137)元子，首子；長子。帝，帝嚳。竺，毒；憎。古時夫婦制度未確定時，其夫往往疑其首子為其妻與他人所生，故有殺首子之風（劉盼遂說）。(138)燠，溫。(139)馮，同「挾」。持。將，助。此稷為司馬事。(140)帝，謂帝嚳。驚帝，使帝為之驚怪。切激，切責急激。逢長，逢護惜長育。此指帝之棄稷事。(141)伯昌，謂文王。号衰，號令於殷衰微之際。秉鞭作牧，持鞭策作牧者之事。(142)徹，通。岐社，太王所立岐周之社。此言文王伐紂實秉天命，以佔有殷國。(143)此指文王去岐遷豐事（《史記．周本紀》）。此謂昔日太王遷藏就岐，今則岐不足依恃。(144)惑婦，指妲己。譏，諫。(145)茲，讀若孳，即子之借字。據說紂囚文王，文王的長子伯邑考，被質於殷為紂御，紂烹為羹以賜文王。說：聖人當不食其子羹。但是文王吃了。紂說：誰說西伯是聖者，食了其子羹，尚不知。當西伯受賜子羹後上告於天，以彰顯紂之惡，謀伐之。[146]親就上帝，即上言「西伯上告」。[147]師望，即呂望，姜太公。肆，市中陳貨處。昌，文王名。鼓刀揚聲，見〈離騷〉。后，指文王。[148]武發，武王發。悒，憂。尸，主。集，會。據說周武王東伐至孟津，諸侯叛殷，來會者八百。諸侯皆說：紂可伐。武王則說：你等未知天命。而復歸（《史記・殷本紀》）。此即「何所悒」。又武王東觀兵至孟津，為文王木主，載於中軍車中，自稱太子發，奉文王以伐，不敢自專（《史記・周本紀》）。此即「何所急」。[149]伯，長。林，君，指申生。雉經，縊死。此問申生縊死，究為何故？又何以能感動天地，而誰所畏懼？[150]集命，集祿命。戒，勸戒。此問殆為祖伊諫紂事（《尚書・西伯戡黎》）。受，紂名。禮，為理之借字。此問紂既已治理天下，皇天何以又使異姓代之？[151]摯，伊尹名。臣摯，以摯為臣。官湯，猶相湯。尊食，猶廟食。宗緒，謂事業流於子孫。此言伊尹初為湯媵臣，後乃為相，卒使相湯，廟食百世。[152]勳，功。闔，吳王闔廬。夢，闔廬祖父壽夢。生，同「姓」。孫。壯，大。嚴，威嚴。[153]彭鏗，彭祖，名鏗。年八百歲。斟雉，善斟雉羹。帝，指堯。饗，饗食。[154]中央，即古九州之冀州。牧，治。后，指黃帝。螽，同「蜂」。蛾，古蟻字。此謂黃帝開發中土時而致怒者，乃微命之蜂蟻，不易除之，故問其力何固？[155]驚，為警之通假。據說伯夷叔齊是殷末世孤竹君之二子。隱於首陽山，采薇而食，野有婦人說：二位義不食周粟，但此也周草。於是餓死。又有的說此時有白鹿乳之（《文選・劉孝標辨命論》注引《古史考》，又《文選五臣注》）。回水，河曲之水。萃，通「踤」。蒼踤；倉卒。此言二人北至回水，見有薇可食，卒然而喜。[156]兄，秦伯。噬犬，齧犬。弟，秦伯弟鍼。易之以百兩，謂以百兩易之。此言秦伯有齧犬，弟鍼欲請之，秦伯不肯，鍼以百兩易之，又不聽，因逐鍼而奪其爵祿（《左傳》昭公元年、《史記・秦本紀》）。[157]按此六句各家說法均附會，今姑以王注語譯。[158]按勳、師二字當互易。荊師作勳，猶「楚師立功」。長，讀為常。此謂自吳王壽夢十六年至王餘祭十二年，二十年間，楚師屢勝吳（詳《史記・楚世家》）。故曰「荊師作勳夫何長」。[159]按王逸以為屈原事，不可信，然何所事，也不可考。近人《楚辭校補》以為此句當刪「我」字，且此句當承「伏匿穴處，爰何云」句下。[160]吳光，吳公子光。此指吳光與王僚爭國事。當王僚立十二年，公子光使專諸刺王僚自立，是為吳王闔廬。闔廬立十年，大敗楚，覆楚之郢都（《史記・吳太伯世家》）。此即所謂「吳光爭國，久余是勝」。或說「久」上當有「何」字。[161]環穿，旋穿，言周旋來去。此句當作「何環閭穿社，以及丘陵，是淫是蕩，爰出子文」。據說子文為楚令尹。其母，隕公之女，旋穿閭社，通於丘陵，以淫而生子文；棄之雲夢中，有虎乳之，以為神異，乃取而收養（《左傳》宣公四年）。[162]此承上文為子文事，吾為語字之誤。堵敖，即杜敖（《左傳》莊公十四年）。文王子熊囏（〈楚世家〉）。試，為弒字誤。據說熊囏立，是為莊敖。莊敖五年，欲殺其弟熊惲，惲奔隨，與隨襲殺莊敖代立，是為成王（〈楚世家〉）。本文「吾告堵敖以不長」者，蓋莊敖欲殺其弟時，子文曾諫之，以為如此不可長也。試上自予，謂熊惲殺其君而代之。忠名彌彰，謂子文事成王有忠名。此問何子文之賢而事弒君自立者，猶能忠名彌彰？

【語　譯】話說：往古之初，宇宙尚未形成，誰能傳言這虛無的一切？天地上下還沒成形，又從何考定出天與地的分別？日月、幽明、晝夜、清濁皆晦暗不清，誰能窮知它的道理？天地間充塞著無形的元氣，而僅能想像，又何從認識它的形體？陰陽晦明的分界，是誰所作為？陰陽三合而生天地，它何所本始，何所變易？天圓九重，是誰的經營量度？造成九重天須有何等功力，又是誰的創作？天體旋轉的綱維纏繫在那裡？天體的八極又覆著在那裡？天有八山為柱，它何所植基？東南為水潦塵埃，又何以會虧缺？九天的邊際，何所放置？何所附屬？天上的隅隈眾多，誰能知道它的數目？天體中的日月何處會合？一年中的十二時辰如何劃分？日、月何處附屬？眾星何處陳列？太陽從湯谷昇起，舍止在蒙水之涯；自天明到夜晚，所行究竟有幾里？月亮何得於天，居然死了仍能復生？月亮裡究有什麼好處，而顧菟竟藏在其中？女歧並無婚配，怎麼竟有了九個孩子？戾氣的主宰伯強他在何處？和惠之氣又究竟在那裡？什麼被闔閉天就晦冥？什麼被敞開了天就曉明？當角宿星尚未明亮，曜靈究竟藏在何方？堯本不願任鯀治水，眾人卻何以舉尚？眾人皆說：「何必操心，讓他試試又何妨！」他倣傚雉的飛止，龜的曳尾以障洪水，鯀既為聖智又何竟作為如此？儻若順從了眾人的心意而成功，堯又何能把他刑戮懲處？雖然鯀被殛死在羽山，但他的屍體何以竟三年不腐？伯禹為鯀所生，何以他治水的方法竟能有所變化？禹繼承先業完成了先父的事功。何以他能繼承先業而謀慮卻與前不同？洪水淵泉極為深大，何以竟能把它填平？土地有九州九品，何以能把它劃分？應龍以尾畫地導流，是怎麼個畫法？河川海洋流域至遠，又如何經歷？鯀治水時經營了什麼？禹治水時又成就了什麼？康回大怒，大地何故就向東南傾斜？九州如何錯置？川谷為何都深洿？水都流向東方而不滿溢，誰知那是什麼緣故？大地的東西與南北，它的長度那方比較多？從南到北是橢圓形，它的廣度又有幾何？崑崙、玄圃，它座落在何處？增城九重，它高度有幾許？四方的門戶，讓誰出入？西北門開啟，讓什麼氣作通路？太陽為什麼照不到？燭龍為什麼能把它照耀？日神羲和未發出黯陽，若木之花何得精光？什麼地方冬天溫暖？什麼地方夏天嚴寒？何處有石木之林？什麼野獸能道人言？什麼地方有龍虯？背著大熊以遨遊？雄性的王虺長九個頭，往來倏忽，究竟何在？什麼地方長生不死？長人為什麼要把守？蔓生的浮蓱有九重枝衢，枲麻的華又生在那裡？靈蛇能吞象吐骨，那靈蛇之大何如？黑水、玄趾、三危這些山川何在？此地能延年不死，那壽命將何所窮止？鯪魚在那裡？鬿雀又在何處？羿怎麼射落了太陽？烏鴉又怎麼解脫了毛羽？禹以勤力獻功，堯使之下察天下四方。

怎麼竟遇上了嵞山氏之女而淫逸於臺桑？因為他憂慮沒有配偶以繼嗣。為什麼禹的口味多種而嗜食鯨肉以為快飽？啟代益為君，終然遭罹困憂。何以啟能心念憂困，而脫罪於拘囚？益的兵徒皆授兵器降潰，而啟能無害其身。何以后益的祚運更革，而禹之統緒獨能流播？啟以棘舞及婦女祭祀上帝，因而得到了〈九辯〉與〈九歌〉。何以愛子之母反為子所屠，而竟身軀分散遍地？上帝之降臨夷羿，旨在更易夏民的憂孽。為什麼他射殺了河伯，而娶宓妃為妻？持著弓套上利玦，射獵大豕。何以羿獻上了肥甘的祭肉，天帝猶不讓他順意？寒浞娶了純狐，眩惑於妻子之言而謀弒羿。何以羿射能貫革，而竟被寒浞交結逢蒙所吞滅？鯀往窮石西行，巖險又如何能超越？既已化為黃熊，神巫又如何能使他復活？鯀教萬民皆知播種秬黍，營植莆雚。何以與四凶並棄，而認為鯀之疾惡滿盈？姮娥身著霓裳的美服，頭戴著首飾嬰茀，何為歌舞在此堂？羿怎麼得了良藥，而又不能妥為收藏？天體的形式由縱橫相成，失去了陽氣就歸於死亡。巨大的飛鳥為何啼鳴？牠又在何處喪亡了軀體？蓱翳能呼雲喚雨，到底是如何興起？風神是鹿的身脅，何以能膺受如此形體？大龜昂首載著五山抃舞，這五座山是如何錯置？把舟船安置在陸上航行，何以能使之遷移？澆在戶室，對他的嫂嫂（女歧）提出了什麼要求？女歧替他縫製衣裳，於是就同舍宿止。何以少康趁放犬田獵之時，而襲澆，且誤斷了女歧之首？何以襲殺女歧之首，而自身也遭逢了危殆？當少康初萌意謀，只有輕易的眾旅，何以竟能勢力趨大而得勝利？澆力能覆舟以滅斟尋，而少康又用什麼方法以智取？夏桀攻伐蒙山，擄獲了什麼戰利？妹嬉有什麼放肆，商湯竟把她殛死？舜為成家憂心，父親何以不為他定親？堯若不與舜家商告，娥皇、女英又如何能成親？生民的初始活動，誰能臆度？璜臺高達十重，何人能竟此功？女媧登立為帝，是誰所傳道此事？女媧創造人類，而她的形體又是誰所營匠？舜用事其弟（象），終然成為禍患。何以象肆其犬豕之心，而舜身卻不為所害？吳國獲得了終古之居，就止留在南嶽之地。誰想到離開了此地竟得到了兩位男子？妹嬉衣緣上繡著鴻鵠，冠冕上以玉為飾，她的恩寵就如同帝王。何以她竟承受伊尹之謀，終把夏桀滅亡？商湯臨監下土時適逢伊尹，何以自鳴條放逐夏桀，致天之罰，而黎民大悅？簡狄在九成臺上，帝嚳何所祀求？當玄鳥致贈禮物，簡狄何所欣喜？王亥（該）秉持了父親王季的德業，王季遂大為嘉賞，何以終然困弊在有易，放牧牛羊？王亥的干舞何以竟能挑動了有易氏之女的懷思？他的形體曼澤，何以竟贏得了有易氏之女為妃匹？有易氏之女與王亥如何而得相逢？擊床事發之時，若非王亥已先外出，他的生命何以能僥倖得全？王恆依然是秉持了父親王季的德業，又怎能復得王亥所失的服牛？何以王恆不但能全身而還，尚且營得班祿？上甲微遵循先人之跡以征有易，有易為之不得安寧。何以終因荒於擊射鳥獸，而有荒穢之行？他胡塗的弟弟一樣的荒淫，並且還殺了其兄。何以王統變化作祚如此，而後嗣居然也能久長？成湯東巡，來到了有莘國境，何以乞取伊尹，竟娶得了吉善的妃匹以為內輔？水濱的空桑樹下，拾獲了伊尹，何以憎恨他而送給了有莘氏之女？湯脫困於重泉，他到底犯了什麼罪？他能任心伐桀，這又是誰的促使？武王伐紂，諸侯清明朝會而請盟，何以均能實踐約期？蒼鷹群飛，誰使牠萃集？紂雖已被俘反臂倒繫，周公旦並不因此而欣喜？何以武王躬親撥亂反正，既定周的命脈，百姓即歎美不已？上天既已授命天下於殷，何以竟又移位於周？紂王的部眾皆倒戈而國亡，他的罪狀又是什麼？武王的軍士人人樂戰，是以何法行之？都能並驅齊進，又是如何帥領？昭王盛遊，來到了南土，他所貪求的利益是什麼，而竟想逢遇白雉？穆王既得良馬，利足如此，又何為好於周遊？既已治理天下，又何必求索以西遊？怪異的夫婦邊走邊賣，究竟在市街上叫賣什麼？周幽王究為誰所殺，又如何獲得了褒姒？天命反覆無常，何者將得懲罰？何者將得福佑？齊桓力能九合諸侯，卻終然遭禍身殺。那商紂以帝王之尊，誰使他變得惑亂？何以憎惡輔弼，而服用讒諂。比干有何抗逆，而遭抑沉？雷開如何地阿順，而蒙賜封？何以聖人的德業相同而最後的結局不同？梅伯被剁成肉醬而箕子披髮佯狂。后稷是長子，帝嚳何以對他憎惡？把他投棄在寒冰之上，鳥何以把他翼覆溫暖？何以稷能持弓挾矢，天帝以殊異才能助之？帝嚳既驚怪切責而棄稷，何以上帝又對他護惜長育？伯昌趁殷祚衰微之際，執鞭以作九州之牧，何以天命降臨岐社，命以統治殷國？昔年太王遷藏就岐，今則岐地何所依恃？殷有惑婦妲己，對紂將何所諫譏？文王接受了紂烹醢的己子之羹，而乃告命於上帝。何以親致紂罪於上帝，而懲罰殷的國祚於不救？師望隱於屠市，伯昌何以能識知？師望鼓刀而歌，文王聽了何以欣喜？武發既已殺殷紂，何以還有所憂悒？載木主而戰，何以又如此心急？申生自殺，究竟是什麼緣故？何以死後能感天動地，而生前又何所畏懼？皇天既已集祿命於紂，為何祖伊還要勸諫？紂既已治理天下，何以又使異姓代替？初始湯用摯為臣，後來竟得他的輔弼。何以伊摯能始終相湯，子孫廟食百世？功勳彪炳的闔廬是壽夢之孫，年少時備嘗離亂。何以壯大其武備勇猛而流播其威嚴？彭鏗善調雉羹，帝堯何以嘉美而親嘗？彭鏗活了八百歲，何以能如此久長？中土共治時黃帝何以憤怒？蜂蟻乃微命之物，何以其生命力竟如此強固？有女警戒伯夷、叔齊採薇而食，何以鹿能佑之？二人北至回水時，何所見而突然驚喜？秦伯有齧犬，其弟何以竟萌貪欲？弟欲以百兩交易，而終於奪其俸祿。薄暮傍晚雷電交加，回去吧！何憂患之有？其威嚴曰墜，不可復奉，將何所求於天帝？雖然伏匿穴處也怎能以為憂愁？既能覺悟過錯更改其行，又有何話可說？荊楚之師屢建功勳，何以能如此久長？吳光爭國，何以能大勝我國？何以要來往在閭社，至於丘陵，通淫逸之行，而生子文？子文語告堵敖若殺熊惲，則國祚必不久長，何以子文事弒上之君，而能忠名顯？

【研 析】

〈天問〉一篇凡一百七十二個疑問，上自天文，下至地理，中及人事。實在是一篇天下奇文。它的題目所以稱「天問」，王逸以為是「天尊不可問，故曰天問」。實即問天。這種說法是很迂腐的。據近人的解說，「天問」實與「素問」一詞相當，所以「天問」即舉凡天地間一切顯象事理以為問。猶今人所說「自然界的一切問題」。（近人《楚辭集釋》說）而且在卜辭中，天字作[illegible]、[illegible]、[illegible]；盂鼎作[illegible]，下象人，上為載於人顛頂之上者，圖其形貌，言人之頂也。引申之，則一切高遠於人者皆可曰天。則「天問」，又有窮其本始之義。（近人姜寅清《屈原賦校注》說）

從太史公的《史記‧屈原賈生列傳》就肯定了它的作者是屈原無疑。司馬遷說：「余讀〈離騷〉、〈天問〉、〈招魂〉、〈哀郢〉，悲其志。」所以後來人的懷疑（如胡適《讀楚辭》等）是全憑臆斷而不足信的。至於〈天問〉的寫作動機，王逸以為是屈原呵壁之辭，則未必然。其文體應是出於民間體制，今西南苗族之〈開天闢地歌〉也是一問一答，與〈天問〉是很相近的。（臺師伯簡說）王逸又說〈天問〉的「文意不次云爾」。但目前這篇文章經清代丁儉卿的箋注以及吾師伯簡先生引用近世甲骨文的史料重新箋注後，除了一些文字的錯簡外，〈天問〉的次序已經是井然不紊了。整理後的〈天問〉，我們不難發現，其中所援引的神話及史事，「與今之故籍多所不同；或有源於經傳而間有歧異者，或有異於經傳而與諸子書合者，或有源於《山海經》而間有演變者，或有異於先秦傳述而合於秦漢人說者；蓋楚人所接受的歷史文化，未必悉合於兩周文獻，而解說〈天問〉者，若拘於經傳，反失旨意」。（用臺師《天問新箋》序語）

〈天問〉篇就所問的對象言，可以分成十九類：㈠宇宙創始及諸自然現象神話。㈡神話人物。㈢九州崑崙。㈣靈物。㈤黃帝堯舜事。㈥鯀禹事。㈦啟事。㈧羿事。㈨澆、少康事。㈩桀、妹嬉事。㈩㈠契、湯與伊尹事。㈩㈡殷王季，該、恆、上甲微事。㈩㈢紂事。㈩㈣夷齊事。㈩㈤稷事。㈩㈥文王、武王事。㈩㈦昭王、穆王、幽王事。㈩㈧春秋時事。㈩㈨史實無徵。

【韻　譜】

全篇共用一九九韻字，凡換韻九十一次。今列於下：

①道之（幽）、考之（幽）。②極之（之）、識之（之）。③為（歌）、化（歌）。④度之（魚）、作之（魚）。⑤加（歌）、虧（歌）。⑥屬（侯）、數（侯）。⑦分（文）、陳（真）真文通韻。⑧汜（之）、里（之）。⑨育（幽）、腹（幽）。⑩子（之）、在（之）。⑪明（陽）、藏（陽）、尚之（陽）、行之（陽）。⑫聽焉（耕）、刑焉（耕）。⑬施（歌）、化（歌）。⑭功（東）、同（東）。⑮寘之

（真）、墳之（文）（真文通韻）。⑯畫（佳）、歷（佳）。⑰營（耕）、成（耕）、傾（耕）。⑱錯（魚）、洿（魚）、故（魚）。⑲多（歌）、何（歌）。⑳在（之）、里（之）。㉑從焉（東）、通焉（東）。㉒到（宵）、照（宵）。㉓揚（陽）、光（陽）。㉔暖（元）、寒（元）、言（元）。㉕虬（幽）、遊（幽）、首（幽）（江有誥，朱熹均作龍蚪，以蚪入韻）。㉖在（之）、守（幽）（之幽通韻）。㉗衢（魚）、居（魚）、如（魚）。㉘趾（之）、在（之）、止（之）。㉙所（魚）、處（魚）、羽（魚）。㉚方（陽）、桑（陽）。㉛繼（脂）、飽（幽）（此二韻眾說紛紜，實難論定）。㉜蠥（祭）、達（祭）。㉝躬（中）、降（中）。㉞歌（歌）、地（歌）。㉟民（真）、嬪（真）。㊱䠶（魚）、若（魚）。㊲謀（之）、之（之）。㊳越焉（祭）、活焉（祭）。㊴營（耕）、盈（耕）。㊵堂（陽）、臧（陽）。㊶死（脂）、體（脂）。㊷興之（蒸）、膺之（蒸）。㊸安之（元）、遷之（元）。㊹嫂（幽）、首（幽）。㊺止（之）、殆（之）。㊻厚之（侯）、取之（侯）。㊼得焉（之）、殛焉（之）。㊽鰥（文）、親（真）（真文通韻）。㊾億焉（之）、極焉（之）。㊿尚之（陽）、匠之（陽）。51害（祭）、敗（祭）。52止（之）、子（之）。53饗（陽）、喪（陽）。54摯（脂）、說（祭）（脂祭合韻）。55宜（歌）、喜（歌）。56臧（陽）、羊（陽）。57懷之（微）、肥之（微）。58逢（東）、從（東）。59牛（之）、來（之）。60寧（耕）、情（耕）。61兄（陽）、長（陽）。62極（之）、得（之）、子（之）、婦（之）、尤（之）、之（之）、期（之）、之（之）。63嘉（歌）、嗟（歌）、施（歌）、何（歌）。64行之（陽）、將之（陽）。65底（脂）、雉（脂）。66流（幽）、求（幽）。67市（之）、姒（之）。68佑（之）、殺（祭）（「佑」當為「罰」字倒置，罰入祭部）。69惑（之）、服（之）。70沉之（侵）、封之（東）（東侵借韻）。71方（陽）、狂（陽）。72竺之（幽）、燠之（幽）。

(73)將之（陽）、長之（陽）。(74)牧（之）、國（之）。(75)依（微）、譏（微）。(76)告（幽）、救（幽）。(77)識（之）、喜（之）。(78)悒（緝）、急（緝）。(79)故（魚）、懼（魚）。(80)戒之（之）、代之（之）。(81)輔（魚）、緒（魚）。(82)亡（陽）、莊（陽）莊原作嚴，今據江有誥改、饗（陽）、長（陽）。(83)怒（魚）、固（魚）。(84)祐（之）、喜（之）。(85)欲（侯）、祿（侯）。(86)憂（幽）、求（幽）。(87)云（文）、先（文）先原作長，今據劉永濟《屈賦通箋》改。(88)△言（元）此疑脫偶句。(89)勝（蒸）、陵（蒸）。(90)△文（文）此疑脫偶句。(91)長（陽）、彰（陽）。

卷四 九章

總論

〈九章〉就是九篇詩章。王逸說：「章者，著也、明也。言己所陳忠信之道甚著明也。」是訓詁家附會上諷刺意味而成的荒謬。所以宋儒朱熹的說法我以為是可取的。他說：「後人輯之得其九章，合為一卷，非必出於一時之言也。」在文獻上〈九章〉之名最早見於劉向的〈九歎憂苦篇〉：「歎〈離騷〉以揚意兮，猶未殫於〈九章〉。」劉向是西漢元、成之際時人，則〈九章〉的名稱也當起於此時，因為在此之前的司馬遷撰〈屈原賈生列傳〉和班固的《漢書・揚雄傳》都僅稱〈九章〉中的某篇篇名。

〈九章〉既為不出於一時一地之言。而其九篇詩章的次序，古本和今本大異。後來《楚辭》注家的說法也各有不同。現在把我所定的次序列在後面：

①〈橘頌〉：早期作品。

②〈惜誦〉：初疏時作。當懷王十六年。

③〈抽思〉：初放謫居漢北時作，當懷王廿四年。
④〈哀郢〉：二放江南時作。當頃襄王二十一年。
⑤〈涉江〉：作於〈哀郢〉之後不久。
⑥〈思美人〉：與〈哀郢〉同時。
⑦〈悲回風〉：絕命前不久作。
⑧〈惜往日〉：同前。
⑨〈懷沙〉：絕筆。

惜誦

惜誦以致愍兮，發憤以杼情❶，所作忠而言之兮，指蒼天以為正❷。令五帝以枏中兮，戒六神與嚮服❸。俾山川以備御兮，命咎繇使聽直❹。竭忠誠以事君兮，反離群而贅肬❺。忘儇媚以背眾兮，待明君其知之❻。言與行其可迹兮，情與貌其不變❼。故相臣莫若君兮，所以證之不遠❽。吾誼先君而後身兮，羌眾人之所仇❾。專惟君而無他兮，又眾兆之所讎❿。壹心而不豫兮，羌不可保也⓫。疾親君而無他兮，有招禍之道也⓬。思君其莫我忠兮，忽亡身之賤貧⓭。事君而不貳兮，迷不知寵之門⓮。忠何罪以遇罰兮，亦非余心之所志⓯。行不群以巔越兮，又眾兆之所咍⓰。紛逢尤以離謗兮，謇不可釋⓱。情沉抑而不達兮，又蔽而莫之白⓲。心鬱邑余侘傺兮，又莫察余之中情⓳。固煩言不可結詒兮，願陳志而無路⓴。退靜

兮驂白螭，吾與重華遊兮瑤之圃❹。登崑崙兮食玉英❺。與天地兮同壽，與日月兮同光❻。哀南夷之莫吾知兮，旦余濟乎江湘❼。乘鄂渚而反顧兮，欸秋冬之緒風❽。步余馬兮山皋，邸余車兮方林❾。乘舲船余上沅兮，齊吳榜以擊汰❿。船容與而不進兮，淹回水而疑滯⓫。朝發枉陼兮，夕宿辰陽⓬。苟余心其端直兮，雖僻遠之何傷⓭！入漵浦余儃佪兮，迷不知吾所如⓮。深林杳以冥冥兮，猨狖之所居⓯。山峻高以蔽日兮，下幽晦以多雨。霰雪紛其無垠兮，雲霏霏而承宇⓰。哀吾生之無樂兮，幽獨處乎山中。吾不能變心而從俗兮，固將愁苦而終窮⓱。接輿髡首兮，桑扈臝行⓲。忠不必用兮，賢不必㠯⓳。伍子逢殃兮，比干菹醢⓴。與前世而皆然兮，吾又何怨乎今之人㉑！余將董道而不豫兮，固將重昏而終身㉒。

亂曰：鸞鳥鳳皇日以遠兮，燕雀烏鵲巢堂壇兮㉓。露申辛夷死林薄兮，腥臊並御芳不得薄兮㉔。陰陽易位時不當兮，懷信侘傺忽乎吾將行兮㉕。

【注 釋】❶余，屈原自謂。奇服，奇偉的服飾，喻志行的高潔。衰，懈；退。❷長鋏，劍名。長劍楚人叫鋏。陸離，長貌。一說，劍低昂貌。冠，動詞。戴冠。切雲，冠名。言其高切青雲。崔嵬，高貌。❸按此句劉永濟校本改在「登崑崙兮食玉英」句上，今從之。被，披。明月，珠名。珮，同「佩」。寶璐，美玉。❹虯、螭，皆龍屬。驂，駕。重華，舜號。《史記正義》說舜目重瞳子，所以叫重華。瑤，玉。圃，園。❺玉英，玉花，玉有英華之色。❻同壽、同光，朱熹本作比壽、齊光。❼南夷，王逸、洪興祖、朱熹俱謂指楚國，恐非是。王夫之以為屈原並無怨毒楚國之言，而萬無視祖國為南夷之理。且下文說及：濟江湘，乘鄂渚，上沅，發枉陼，宿辰陽，則此南夷必指西南蠻夷之地。其說較為可信。南夷，當今辰沅苗種。❽乘，登。鄂渚，地名。在今武昌西長江中。欸，長歎。緒，餘。緒風，謂初春而秋冬餘寒未盡（蔣驥）。❾步，緩行。皋，澤曲；水邊地。邸，止；舍。方林，按此與山皋對舉，未必專名。《廣雅·釋詁》：「方，大也。」方林，即大林。❿舲船，有窗牖的小船。余，而。齊，並舉。榜，櫂。吳人善為櫂，所以叫吳榜。或說，吳通舤，船。也通。汰，水波。⓫容與，徐動貌。淹，留。回水，水之湍流回流。即今言漩渦。疑當從朱熹本作凝。止。滯，留。⓬枉陼，地名。據《水經注》說，沅水東逕臨沅縣南，又東歷少灣，叫枉陼。今湖南省常德縣南。辰陽，地名。在辰水北邊。今湖南省辰谿縣境。⓭苟，誠。其，之。端，正。何傷，猶何妨。⓮溆，溆水。源出湖南省溆浦縣境，西北流經辰谿縣南，入沅水。浦，水濱。或說溆也浦（五臣）。余，而。如，往；之。⓯杳，深遠。冥冥，暗貌。猨狖上朱熹本有「乃」字，是。猨，同「猿」。狖也猿屬。⓰霰雪，雪珠。垠，涯。霏霏，雲集貌。承，接續。宇，屋簷。⓱窮，困；不達。⓲接輿，楚國高士，披髮佯狂，後乃自髡。髡，去髮。桑扈，隱士。或說即《莊子·大宗師》篇中之子桑戶。臝，同「裸」。赤體。⓳此二句據劉永濟校當與下二句互易。且「㠯」作「昌」。以古文或作[illegible]，昌古文或作[illegible]，形近致誤。⓴按此二句據劉永濟校當提前，且互易為「比干菹醢兮，伍子逢殃」。以叶「殃」、「昌」為韻。伍子，指伍子胥，即伍員。子胥諫吳王夫差伐越，夫差不聽，且賜劍令自殺（事見《左傳》、《史記》）。逢殃即指此。比干，商紂諸父。紂惑於妲己，作糟丘酒池，長夜之飲，斷斮朝涉，刳剔孕婦。比干正諫，紂怒說：「吾聞聖人之心有七孔」，於是殺比干，剖其心而觀之，所以說菹醢（事見《史記》）。菹，藏菜。醢，肉醬，為古時酷刑之一。㉑與，舉。或說，數（王夫之）。㉒董，正。豫，猶豫。重昏，重複暗昧。㉓壇，楚人謂中庭叫壇。㉔露申，或說即申椒，狀若繁露（戴震）。或說，即瑞香花，一名錦薰籠，又名錦被堆（明《升庵詩話》卷一一。蔣驥）。辛夷，即木筆。薄，草木交錯。林薄，猶森林，草叢。腥臊，臭惡。御，用。薄，附；迫；逼近之意。㉕陰陽易位，喻小人在朝，君子在野。時不當，謂己不得其時。懷信，懷抱忠信。

【語　譯】我從小就愛好這奇偉的服飾，而今年老還沒有衰減。腰間掛著長長的寶劍，頭上戴著高聳的帽子；可是在這混濁的世上，竟沒有一個人知道我，我正想高馳而不回顧。駕著青虯，駟著白螭，我和重華暢遊在瑤玉的園圃。披著明月，佩著寶玉，同登上崑崙山，飡食著美玉的花朵。我和天地一樣的生命久長，我和日月發出等量的光芒。哀傷在南夷的地方一定沒人知道我，可是等到天亮我就要渡過了江湘。登上鄂渚而回頭張望，歎息秋冬的餘風還帶著微寒。我的馬緩行過水澤，我的車停留在山林。駕著小船而上溯沅水，並舉著船槳，擊拍著波浪。船緩慢得像走不動，停留在漩渦處回轉。早晨從枉陼出發，傍晚就寄宿在辰陽。誠然我的心是正直端莊，縱然被放逐到僻遠之地又有何妨！進入了漵水的邊岸而覺得徬徨，迷惑中我不知該走向何方。茂密的叢林深遠昏暗，這原是猿猴所棲的地方。山勢峻高的掩蔽了太陽，山腳下是多雨而幽暗。霰雪紛紛地飄落無邊無岸，雲氣集聚在屋簷下瀰漫。哀傷我此生得不到快樂，幽怨地獨處在山中。我不能改變心志而隨從庸俗，當然我將一輩子愁苦困窮。

接輿剃去了頭髮，桑扈赤體裸行，比干被剁成肉醬，伍子遭逢禍殃；可見忠良的人不一定被重用，賢能的人也不一定被褒揚。遍舉前世的例子都是這樣，我又何必對現代的人怨恨！我依然要遵循正道絕不猶豫，當然我將再遭昏亂而暗昧終身。

尾聲：鸞鳥鳳皇一天比一天離我遠去，燕雀烏鵲卻築巢在高堂邃宇。露申辛夷枯死在叢草林間，腥臊並用，芬芳反而不能附迫。陰陽變換了方位，這時代已不清明，懷抱忠信而時遭失意，我要飄然地遠行。

【研　析】

這篇大概是寫在〈哀郢〉之後，是詩人敘述既放陵陽之後，往西南走的情形。而文中卻是從鄂渚敘起，再至方林，渡洞庭，上溯沅水，更經枉陼，至辰陽，復東至溆浦。目的地仍在江南。而篇末說「將濟」、「將行」、「將愁苦而終窮」、「將重昏而終身」，則〈涉江〉一篇未必是行時而作。蔣驥說：「乘鄂渚」以下可能是預想之詞。篇中流露出無限的去國之悲。詩人本有高亢的秉賦，對祖國熱烈的眷戀與抱負，故一旦被放，心境情緒的愁苦是極為強烈而沸騰的。所以亂詞中有一連串無比的怨憤與咀咒。所以篇中越寫到後面音節越迫促，感情越激昂。蔣驥說：「其命意浩然一往，與〈哀郢〉之嗚咽徘徊，欲行又止，也絕不相侔。蓋彼迫於嚴譴，而有去國之悲；此激於憤懷，而有絕人之志；所由來者異也。」

【韻　譜】

全篇共用三十一韻字。脫句一。共換韻十四次，以兩兩相叶為常例，或三句相叶，亂詞中句句用韻。

①哀（微）、嵬（微）。②顧（魚）、圃（魚）、璐（魚）。③英（陽）、光（陽）、湘（陽）。④風（侵）、林（侵）。⑤汰（祭）、滯（祭）。⑥陽（陽）、傷（陽）。⑦如（魚）、居（魚）、雨（魚）、宇（魚）。⑧中（中）、窮（中）。⑨行（陽）疑脫偶句。⑩邑（之）、醢（之）。⑪人（真）、身（真）。⑫遠（元）、壇（元）。⑬薄（魚）、薄（魚）。⑭當（陽）、行（陽）。

哀郢

皇天之不純命兮，何百姓之震愆❶？民離散而相失兮，方仲春而東遷❷。去故鄉而就遠兮，遵江夏以流亡❸。出國門而軫懷兮，甲之鼂吾以行❹。發郢都而去閭兮，荒忽其焉極❺。楫齊揚以容與兮，哀見君而不再得❻。望長楸而太息兮，涕淫淫其若霰❼。過夏首而西浮兮，顧龍門而不見❽。心嬋媛而傷懷兮，眇不知其所蹠❾。順風波以從流兮，焉洋洋而為客❿。淩陽侯之氾濫兮，忽翱翔之焉薄⓫。心絓結而不解兮，思蹇產而不釋⓬。將運舟而下浮兮，上洞庭而下江⓭。去終古之所居兮，今逍遙而來東⑭。羌靈魂之欲歸兮，何須臾而忘反？背夏浦而西思兮，哀故都之日遠⑮。登大墳以遠望兮，聊以舒吾憂心⑯。哀州土之平樂兮，悲江介之遺風⑰。當陵陽之焉至兮，淼南渡之焉如⑱？曾不知夏之為丘兮，孰兩東門之可蕪⑲！心不怡之長久兮，憂與愁其相接⑳。惟郢路之遼遠兮，江與夏之不可涉㉑。忽若不信兮，至今九年而不復㉒。慘鬱鬱而不通兮，蹇侘傺而含慼㉓。外承歡之汋約兮，諶荏弱而難持㉔。忠湛湛而願進兮，妒被離而鄣之㉕。堯舜之抗行兮，瞭杳杳而薄天。眾讒人之嫉妒兮，被以不慈之偽名。憎慍惀之脩美兮，好夫人之忼慨。眾踥蹀而日進兮，美超遠而逾邁㉖。

亂曰：曼余目以流觀兮，冀壹反之何時㉗？鳥飛反故鄉兮，狐死必首丘㉘。信非吾罪而棄逐兮，何日夜而忘之㉙！

【注釋】❶皇天，即蒼天。純，不雜而有常。不純命，即天命無常。震，恐懼。愆，罪過。❷「民離散而相失」句王逸以為屈原與家室相失。仲春，二月。東遷，按屈原此次被放，依〈哀郢〉文中所載，當是離開郢都，遵江夏入洞庭，復入江往陵陽之地。這路線是由西而東。故文中說：「將運舟而下浮兮，上洞庭而下江。去終古之所居兮，今逍遙而來東。」東遷指此。❸遵，循。江，長江。夏，夏水。❹軫，痛。懷，思。甲，紀日的天干。鼂，通「朝」。以，句中語氣詞。無義。❺郢都，楚國都。在今湖北省江陵縣。閭，里門。「荒忽其焉極」句上朱熹本有「慆」字，是。慆，愁思。荒忽，同「恍惚」。心神不定貌。焉，安。極，終；盡。❻楫，船櫂。齊揚，並舉。❼長楸，大梓。按楸梓多為墓木。此也喻祖先的居處。太息，歎息。淫淫，流貌。❽夏首，夏水之口，指夏水別出於江之處。浮，不進而自流。西浮，從西浮而東行（王逸）。舟行之曲處，路有西向者（蔣驥）可俱存。龍門，郢城的東門。❾眇，遠。蹠，踐；踏。❿焉，乃；於是。洋洋，無所歸貌。或說，水盛貌。⓫淩，乘。陽侯，大波的神。相傳為陵陽國之侯，溺死於水，其神能為大波（《戰國策．韓策》、《淮南子》注）。⓬絓，同「掛」。懸。蹇產，詰屈貌。⓭運，回。⓮終古，猶永古。終古所居，謂先祖的宅舍。屈原故宅在今湖北省興山縣北。逍遙，猶翱翔。⓯浦，水涯。夏水東經沔陽入漢水，兼流至武昌而會於江。謂之夏口，即夏浦，今之漢口。⓰墳，水中高地。⓱州土，謂鄉邑。介，同「界」。間也。按江介與州土並舉，州土指鄉邑，江界當指楚境。遺風，朱熹說：謂故家遺俗之善。王念孫《讀書雜志餘編》下，引李善《文選注》以為悽厲之風。朱熹解近是。此二句謂懷州土之富饒而心哀，念江界之古樸之風而心悲。⓲當，面對。陵陽，陵陽侯的略稱（用戴震說）。焉，安。至，止。淼，渺茫無際。南渡，按〈哀郢〉篇敘述屈原第二次放逐（頃襄王時）離開郢都，經過夏首後南行，所以說南渡。⓳曾，乃。夏，通「廈」。大屋；大殿。丘，丘墟。孰，何。兩東門，指郢城之東門。蕪，穢。按據《史記》所載：頃襄王二十一年，秦將白起拔郢都，燒先王墓夷陵，楚東北保於陳城。此明言屈子悲破郢之痛，則〈哀郢〉之作當在二十一年以後。⓴怡，樂。㉑惟，句首語氣詞。郢路，至郢之路。涉，渡。㉒若下朱熹本有「去」字，為是。忽若，忽然。九年，不定之數。九，言多。有人依「至今九年而不復」句，推斷屈原見白起拔郢，當在頃襄王二十一年以後作〈哀郢〉，而此又言「九年不復」，則屈原之放當在頃襄王十三年左右。㉓慘，傷痛。鬱鬱，猶言悶悶。通，達。不通，謂憂思不能自達。蹇，句首語氣詞。慼，憂；悲。㉔據劉永濟校當移亂日在「外承歡之汋約」句上。汋約，柔順貌。這二句依朱熹說是佞人奉承君王歡心，情態美好，誠使人心意軟弱而不能自恃。或說此二句乃相反互詰以見意。諶，誠。荏，弱。外承歡，猶強為歡笑。諶荏弱，謂內心荏弱委頓。㉕湛湛，重厚貌。被離，眾盛貌。鄣，壅蔽。㉖由「堯舜之抗行兮」至「美超遠而逾邁」等八句，洪補說是〈九辯〉的錯簡，今刪之。㉗曼，遠盼貌。流觀，周流而觀。冀，希冀。壹反，猶一還。㉘狐死必首丘，據說狐死時必把頭向著窟穴，以表示不忘其根本。此二句意謂鳥有舊巢之思，狐能不忘其本。引喻屈原對故鄉的懷念之切。㉙信，誠。

【語　譯】天命真是太無常了，為什麼讓百姓生活在恐懼與獲罪之中？失散了親朋故友，正是仲春二月我被流放。離開了故鄉而去遠方，沿著長江、夏水流亡。出了國門我悲傷思量，甲日的朝晨我就要遠行。從郢都出發離開了家鄉，愁思悵恨不知那裡是盡頭，前途是一片迷茫。船槳並揚，船已緩緩的移動，我悲哀想再見國君一面已不可得。遙望著高大的楸梓而悲歎，眼淚不斷地流下有如雪霰。船經過了夏首，順流盪向西方，回顧龍門已看不見。內心有無限的牽掛、悲傷、懷念，前途渺茫已不知立足的地方。順著風波，依著流水，我無所依歸的到處為客。我登上陽侯氾濫的水波，忽然像翱翔般不知將停駐在何方。我的心懸掛，鬱結而不得開解，我的思路紆曲，盤結而不能舒散。將要運轉小舟順流下航，溯水上了洞庭再下浮長江。離開了祖先的故宅，而今飄遙的來到東方。但是我的靈魂老想回去，那裡能一刻間忘卻返鄉？背著夏浦而懷念著西岸，哀傷離開故鄉的道路已一天比一天更遠更長。我登上了水洲的高處縱目遠望，姑且藉此以舒散我憂思的衷腸。想到鄉邑的富饒安康使我心酸，想起了江畔的淳樸遺風，更使我悲傷。面對著陵陽的大波不知將泊向何方？眼前渺茫無際，我將南渡而又不知何往。誰曾料到昔日的大廈會成為丘墟！誰又能想到郢都的兩座東門會荒蕪！我的內心是長久的不快樂，憂愁銜接著憂愁。到郢都去的路程是那麼遙遠，又被江水與夏水分隔而不得渡航。忽然地離開郢都真令我難以置信，可是到如今已整整的九年而仍舊不能赦還。我的內心慘痛鬱結而不能開朗，失意而充滿憂傷。

尾聲：群小奉承歡心側媚君王，誠能使軟弱的國君難以抵抗。忠信淳厚的人都願貢獻力量，卻被重重的嫉妒壅蔽。放開我的目光四處觀望，希望能回去一次，卻不知何時得償？鳥兒倦了會飛回故鄉，狐狸死了必定把頭朝向窟穴的山坡上。實在不是我的罪狀，竟被棄逐他鄉，不論白天或夜晚，我怎能把這種冤枉淡忘！

【研析】

〈哀郢〉、〈涉江〉兩篇是研究屈原二度被放經過路程的極重要文獻。此篇追敘詩人離開郢都，經夏首、洞庭而至夏浦時的情景，並且哀痛故都的荒蕪，百姓的流離；祖國的形勢垂危，而詩人卻又被放見逐，去鄉日遠。所以篇中所表現的情緒是更為憂鬱的。當年太史公讀了〈哀郢〉還情不自禁的悲傷詩人的心志。（〈屈原賈生列傳〉）篇中亂詞說：「曼余目以流觀兮，冀壹反之何時。鳥飛返故鄉兮，狐死必首丘。信非吾罪而棄逐兮，何日夜而忘之！」這正表現了詩人願死在故鄉的痛苦希望。篇中有：「曾不知夏之為丘兮，孰兩東門之可蕪。」句。據《史記》載：楚頃襄王二十一年，秦將白起拔郢，燒先王墓夷陵，楚東北保於陳城。

所以亦有人以為此篇作於頃襄王二十一年。

【韻譜】

全篇共用廿九韻字，凡換韻十三次。

①愆（元）、遷（元）。②亡（陽）、行（陽）。③極（之）、得（之）。④霰（元）、見（元）。⑤蹠（魚）、客（魚）、薄（魚）、釋（魚）。⑥江（東）、東（東）。⑦反（元）、遠（元）。⑧心（侵）、風（侵）。⑨如（魚）、蕪（魚）。⑩接（葉）、涉（葉）。⑪復（幽）、慼（幽）。⑫持（之）、之（之）。⑬時（之）、丘（之）、之（之）。

抽思

心鬱鬱之憂思兮，獨永歎乎增傷❶。思蹇產之不釋兮，曼遭夜之方長❷。悲秋風之動容兮，何回極之浮浮❸？數惟蓀之多怒兮，傷余心之懮懮❹。願搖起而橫奔兮，覽民尤以自鎮❺。結微情以陳辭兮，矯以遺夫美人❻。昔君與我誠言兮，曰黃昏以為期❼。羌中道而回畔兮，反既有此他志❽！憍吾以其美好兮，覽余以其修姱❾。與余言而不信兮，蓋為余而造怒⑩。願承閒而自察兮，心震悼而不敢⑪。悲夷猶而冀進兮，心怛傷之憺憺⑫。茲歷情以陳辭兮，蓀詳聾而不聞⑬。固切人之不媚兮，眾果以我為患⑭。初吾所陳之耿著兮，豈至今其庸亡⑮？何毒藥之謇謇兮，願蓀美之可完⑯！望三五以為像兮，指彭咸以為儀⑰。夫何極而不至兮，故遠聞而難虧⑱。善不由外來兮，名不可以虛作⑲。孰無施而有報兮，孰不實而有穫⑳？

少歌曰㉑：與美人抽怨兮，并日夜而無正㉒。憍吾以其美好兮，敖朕辭而不聽。

倡曰㉓：有鳥自南兮，來集漢北㉔。好姱佳麗兮，牉獨處此異域㉕。既惸獨而不群兮，又無良媒在其側㉖。道卓遠而日忘兮，願自申而不得㉗。望北山而流涕兮，臨流水而太息㉘。望孟夏之短夜兮，何晦明之若歲㉙？惟郢路之遼遠兮，魂一夕而九逝㉚。曾不知路之曲直兮，南指月與列星㉛。願徑逝而未得兮，魂識路之營營㉜。何靈魂之信直兮，人之心不與吾心同㉝。理弱而媒不通兮，尚不知余之從容㉞。

亂曰：長瀨湍流，泝江潭兮㉟。狂顧南行，聊以娛心兮㊱。軫石崴嵬，蹇吾願兮㊲。超回志度，行隱進兮㊳。低佪夷猶，宿北姑兮㊴。煩冤瞀容，實沛徂兮㊵。愁歎苦神，靈遙思兮㊶。路遠處幽，又無行媒兮。道思作頌，聊以自救兮㊷。憂心不遂，斯言誰告兮㊸。

【注釋】❶增，益。❷曼，長。❸秋風動容，謂秋風起而草木變色。回極，指天極回旋的樞軸。浮浮，動貌。回極浮浮，謂時間運轉的迅速。❹數，屢。惟，思。蓀，香草，以喻君。懮懮，憂愁貌。❺搖起，王念孫說搖起與橫奔對文。引《方言》訓搖為疾（《讀書雜志》）。尤，過。鎮，止。❻微，有細小之意。微情者易為君忽略之情。矯，舉。美人，喻君王。❼誠，洪補作成。是，成言，說見〈離騷〉。黃昏，按古人迎親在昏時，此文前美人以喻君，故此以婚姻為喻。❽畔，同「叛」。❾憍，同「驕」。覽，示。❿蓋，疑辭。造，作。造怒，猶發怒。⓫閒，閒暇。察，明。震悼，恐懼。⓬蹇進，欲進。怛，悲慘。憺憺，猶蕩蕩，動而不寧貌。⓭茲歷情，從洪補校為「歷茲情」。歷，列。茲，此。詳，同「佯」。詐。⓮切人，正真的人。患，禍患。猶今言「眼中釘」。⓯陳，陳訴。耿，光。著，明。庸，同「容」。應，宜。亡，同「忘」。豈至今其庸亡，言文辭尚在，至今豈容遺忘。⓰何毒藥之謇謇兮，當從洪補，朱本、戴本作「何獨樂斯之謇謇」。樂，愛。斯，此。謇謇，忠貞貌。完，馬瑞辰說，當從一本作光。光大。⓱三五，指三王五帝。像，法像；模範。儀，法。⓲極，目的。虧，損。⓳虛作，憑空而得。⓴施，惠；與。㉑少歌，一作小歌。

樂章音節名。此下一段即為反覆敘說之詞，總論前意。《荀子・賦篇》佹詩也有「小歌」。㉒抽，拔。怨，朱本、戴本均作「思」，與題意正合，今採之。抽思，猶剖露心意。并，同「並」。無正，無法評其是非。㉓倡，同「唱」。起發下文，也是歌的音節。㉔鳥，屈原自喻。漢北，漢水之北。漢水源於陝西省寧羌縣北嶓冢山，東流至湖北省入長江。屈原於楚懷王時初放，自郢都而來此。所以引鳥自喻，來棲集於漢北。㉕牉，同「判」。背離；分別離散。異域，指漢北。㉖惸，同「煢」。惸獨，猶孤獨。㉗卓，一作逴，遠。自申，自明。㉘北山，一作南山或說即郢北十里的紀山。㉙孟夏，夏季第一個月，即陰曆五月。此二句說：夏夜雖短，然憂不能寐，自晦至明，其長若歲。㉚郢路，至郢之路。逝，往。一夕九逝，言思念之切。㉛曾，何。南指月與列星，謂指月與群星以辨方向。㉜徑，直。識路，或作織絡也通。營營，往來貌。㉝信直，忠信而正直。㉞不通，不通聘問。㉟瀨，淺水灘。湍，急流。泝，逆流而上。或說，向。潭，深淵。㊱狂顧，左右疾視。㊲軫，方。崴嵬，高貌。蹇，句首語氣詞。按此句說屈原雖放逐，志如方石，終不可轉，行度益高，為其所願。㊳超，遠。回，思。隱，傷。超回志度二句，謂遠憶昔日所秉之志度，欲行而又傷於進，是以心終不可得而娛（王夫之）。㊴北姑，地名。㊵煩冤，煩思冤結。瞀，亂。瞀容，瞀亂之意見於容貌。沛，水波流貌。沛徂，沛然而往。㊶靈，靈魂。㊷道思作頌，猶中道作頌，頌指〈抽思〉篇。自救，猶自解。或說，道，白。思，思念。或說，道為追之譌，俱通。㊸遂，達。

【語　譯】我的心鬱悒而憂慮，獨自永歎且重重的憂傷。思緒詰屈如環難解難分，偏又正是長夜漫漫。悲歎秋風使大地的草木變色，為什麼天地的運行是如此的動蕩？我常常想到您的喜怒無常，就令我無限的愁傷。本想立刻站起來放腿狂奔，當我看到百姓多數在受罪，我自身的痛苦就顯得平常。結繫上這分被忽略的情感而寫成篇章，把它送給君王。從前，您已和我說妥，「黃昏就是我倆的佳期。」不料中途您卻變卦，反而已經有了別的心意。以您的美好向我驕傲，用您的修姱向我炫耀，您對我說了話而不守信諾，反倒憑空對我發怒。本想等您閒暇再表白，但是心裡害怕得不敢啟齒。我悲哀、猶豫而又想說幾句話，可是，我的心情悲痛且又激動不安。細細地把我的真情傾訴，您卻裝聾說聽不清楚。本來正直的人就不知取媚，小人們果然把我看成禍患。當初我的陳訴是耿直而顯著，到如今豈容淡忘？為什麼只有我好盡忠貞，只希望您的美德光大完善！仰望三王五帝作為模範，直指彭咸以為榜樣。有什麼目標不能達到，所以名聲必能遠聞而毫無減損。善良的品德要靠修養，美好的名聲決不能憑空得到。那裡會不施與而有酬報？那裡會不結實而有收穫？

少歌：我向著您剖露心意，整日整夜裡，也沒人替我評理。您驕傲地顯示您的美好，輕蔑我的陳辭而不肯聽信。

歌唱：有鳥兒從南方飛來，棲息在漢北。容貌秀美端莊，卻判然獨處在此異鄉。我既孤獨而又不善交往，又沒有能言善道的媒人在身旁。道路遙遠，你對我已一天比一天的淡忘，想自己表明而又不能。我眼看北山而流下眼淚，面對著流水低聲歎息。凝視著孟夏的短夜，為什麼晦明就像一年般久長？往郢都的道路雖然遙遠，但是我的靈魂在一夜中有九次往返。從不考慮道路的曲直，朝南而往，以月亮及群星辨識方向。本想一直地回去但是我辦不到，只有魂魄認得路途而不斷來往。為什麼我的靈魂是如此忠直，別人的心可不和我的心一樣。媒人低劣不能表達我的心意，您尚且不知道我只是外表從容。

尾聲：沿著淺灘上的急流，航向江潭。我急切地四處張望，匆匆地走向南方，姑且以此來寬解愁腸。方石崴嵬聳立在兩岸，這就像我不可轉移的志向。可是，當我遠憶起昔日的志向行度，我雖然前進，卻抑止不住內心的痛傷。我徘徊、猶豫地停宿在北姑。我煩亂憔悴，真恨不得隨著水勢沛然而往。我憂愁歎息，精神苦悶，靈魂卻遙遙地想念著舊鄉。如今我被流放到這路途遙遠且又偏僻的地方，又沒有媒人替我標榜。我在道路上左思右想就寫下了這篇詩章，姑且藉它來自解愁腸。可是我的憂心依然不能表達，我的這些語言又能向誰告訴。

【研　析】

本篇題篇取少歌中首句二字。篇中有：「有鳥自南兮，來集漢北。」方晞原說：「屈子始放，莫詳其地，以是篇服之，蓋在漢北，故以鳥自南來集為比。」所以〈抽思〉篇是屈原放於漢北時所作。篇中「數惟蓀之多怒兮，傷余心之懮懮。」王夫之《通釋》說：「蓀之多怒，謂懷王輕於喜怒。」篇中又說：「昔君與我誠言兮，曰黃昏以為期。羌中道而回畔兮，反既有此他志。」王夫之說：「懷王初與己謀國；既為姦佞所惑，背己而從異說。」這些說法都是可以成立的。近人游國恩以為懷王放逐屈原的時期當以二十四年為妥。〈抽思〉就是這年秋天作的。因為篇中有「悲秋風之動容」一句可為證。（參《楚辭概論》）全篇反覆申訴懷王初與己成言，後遭讒邪掩蔽，屢次不遇諒解時的憂苦，故篇中一再剖露己之心意，辭意悲切感人。

【韻　譜】

全篇共用四十三韻字，凡換韻廿次。

①傷（陽）、長（陽）。②浮（幽）、懮（幽）。③鎮（真）、人（真）。④期（之）、志（之）。

⑤姱（魚）、怒（魚）。⑥敢（談）、憺（談）。⑦聞（文）、患（元）、完（元）文元通韻。⑧亡（陽）、完（元）陽元通韻，或「完」作「光」以叶陽韻。⑨儀（歌）、虧（歌）。⑩作（魚）、穫（魚）。⑪正（耕）、聽（耕）。⑫北（之）、域（之）、側（之）、得（之）、息（之）。⑬歲（祭）、逝（祭）。⑭星（耕）、營（耕）。⑮同（車）、容（車）。⑯潭（侵）、心（侵）。⑰願（元）、進（真）真元合韻。⑱姑（魚）、徂（魚）。⑲思（之）、媒（之）。⑳救（幽）、告（幽）。

懷沙

滔滔孟夏兮，草木莽莽❶。傷懷永哀兮，汩徂南土❷。眴兮杳杳，孔靜幽默❸。鬱結紆軫兮，離慜而長鞠❹。撫情效志兮，冤屈而自抑❺。刓方以為圜兮，常度未替❻。易初本迪兮，君子所鄙❼。章畫志墨兮，前圖未改❽。內厚質正兮，大人所盛❾。巧倕不斲兮，孰察其撥正❿。玄文處幽兮，矇瞍謂之不章⓫。離婁微睇兮，瞽以為無明⓬。變白以為黑兮，倒上以為下。鳳皇在笯兮，雞鶩翔舞⓭。同糅玉石兮，一槩而相量⓮。夫惟黨人之鄙固兮，羌不知余之所臧⓯。任重載盛兮，陷滯而不濟⓰。懷瑾握瑜兮，窮不知所示⑰。邑犬之群吠兮，吠所怪也⑱。非俊疑傑兮，固庸態也⑲。文質疏內兮，眾不知余之異采⑳。材朴委積兮，莫知余之所有㉑。重仁襲義兮，謹厚以為豐㉒。重華不可遌兮，孰知余之從容㉓。古固有不並兮，豈知其何故㉔。湯禹久遠兮，邈而不可慕㉕。懲連改忿兮，抑心而自強㉖。離慜而不遷兮，願志之有像㉗。進路北次兮，日昧昧其將暮㉘。舒憂娛哀兮，限之以大故㉙。

亂曰：浩浩沅湘，分流汨兮㉚。脩路幽蔽，道遠忽兮㉛。懷質抱情，獨無匹兮㉜。伯樂既沒，驥焉程兮㉝。萬民之生，各有所錯兮㉞。定心廣志，余何畏懼兮㉟。曾傷爰哀，永歎喟兮。世溷濁莫吾知，人心不可謂兮㊱。知死不可讓，願勿愛兮㊲。明告君子，吾將以為類兮㊳。

【注　釋】❶滔滔，盛陽貌。莽莽，茂密貌。❷懷，思。永，長。汨，行貌。南土，指所懷之長沙（今長沙湘陰縣）。汨羅江在此。處湖南之南。❸眴，同「瞬」。目數搖動貌。杳杳，深冥貌。孔，甚。默，無聲。❹慜，同「愍」。痛；憂。鞠，窮。❺撫，循；安。効，覈。撫情効志，言安撫內心之情，考驗心志評析己之過失。抑，按；壓抑。❻刓，削。此句謂改變方正以為圓滑。度，法。替，廢。❼易初本迪，一句眾說紛紜。王逸說：「變易初行，遠離常道。」以「遠離」解釋「本」字，似不恰當，所以後人有以為「本」當作「變」，變、卞古通，此原作「易初卞迪」，卞迪即變道。卞與草書本相似，故誤為本。劉永濟則說：疑本作「易初不由」（《史記》迪作由）。不、本形近致誤，由、迪同聲通用。按就行文觀之，作「易初變迪」為可信，易、變皆訓動詞，初、迪俱作名詞，且王逸之注釋亦如此，知王逸所見本不誤。鄙，恥。❽章，明。畫，規。志，識；記。墨，繩墨。圖，法。改，易。❾厚，敦厚。質正，本質正直。大人，猶君子。盛，盛美。❿倕，堯時的工匠。斲，斫。撥，曲；枉。⓫玄，黑。幽，冥。矇，有眸子（眼珠）而看不見的瞎子。瞍，沒眼珠的瞎子。章，明；顯。按《史記》無「瞍」字。就句法看，下句「瞽以為無明」相對，當無「瞍」字為是。⓬離婁，相傳黃帝時明目的人，能見百步之外，秋毫之末。睇，目小視。瞽，目縫黏合而看不見的瞎子。⓭笯，籠。南楚叫笯。鶩，野鴨。⓮糅，雜。槩，平斗斛木。⓯黨人，指群小，結黨營私。鄙固，鄙陋頑固。臧，善。⓰盛，多。濟，成。此二句謂屈原才可背負大任重載，但身遭放逐，故陷沒沉滯不得成其本志。⓱懷、握，在衣叫懷，在手叫握。瑾、瑜，都是美玉。⓲邑犬，邑里之犬。⓳非，毀謗。疑，猜忌。俊、傑，智過千人叫俊，智過十人叫傑。庸，廝賤之人。庸態，庸俗人的態度。⓴文質，文指外表，質指內在。疏，疏闊。內，通「訥」。不善言。按此句「文質疏內」即「文疏質訥」之意。采，文采。㉑朴，通「樸」。未成器的木材。委積，累積。㉒重，累積。襲亦重。謹，善。厚，敦厚。豐，大。一說富足。㉓遻，逢；遇。從容，舉動。㉔竝，並；俱。不並，指聖君賢臣不並時而生。㉕邈，遠。慕，思。㉖連，按《史記》「連」作「違」。朱熹、戴震本同。王念孫說：「連當從《史記》作違，違與愇通。」《廣雅・釋詁四》曰：「愇，恨也。」「懲違」、「改忿」對文。忿，恨。抑，按止。強，勉勵。㉗遷，徙；移。像，法。㉘次，舍。方晞原說：「據〈涉江〉篇，由沅入漵，乃至遷所，則沉羅淵當北行。故有『進路北次』之語。」昧昧，猶冥冥。㉙娛，樂。娛哀，謂從悲哀中自求歡娛。大故，死亡。㉚浩浩，廣大貌。分流，一作「紛流」為是。汩，疾流貌。㉛脩，長。幽，深。蔽，闇。忽，幽深。㉜匹，朱熹以為正字之誤。以叶韻看作正為是。無正，謂無人平正其是非善惡。㉝伯樂，古之善相馬者。程，量；計較。意謂較量才力。㉞萬民之生，一作「民生稟命」。錯，置。㉟廣，寬廣。定心則不為患難所搖。廣志則不以窮蹙自阻。㊱按此四句朱熹以為當提上於「懷質抱情」句之上，文意尤通貫，甚是。曾，重。爰哀，按王引之說：「爰哀謂哀而不止；爰哀與增傷相對。《方言》『哀而不止曰咺』。又曰：『爰，喛，哀也。』爰，喛，咺古同聲通用。齊策狐咺。《漢書》人表作狐爰，是其證。」喟，歎息。謂，說。㊲讓，辭。㊳類，法。

【語譯】陽氣蓬勃的初夏，草木成長的茂密無比。我懷著悲傷、思念和無盡的歎息，疾行往南方邊地。我搖目數望江南的幽杳山澤，原野是悄然無聲幽清靜謐。我悒鬱傷痛，遭受著憂患永遠地碰壁。我按下激動的心情，評析自己的過失，雖然是滿腹冤屈而只有強自壓抑。我本想把方的木頭削成圓的，但是，常法卻不能廢棄。想改變初心違離常道，這一切又是君子人所看不起。我的初志像明顯的規劃，清晰的繩墨，一切前有的法度都未改易。敦厚的內在和正直的本質，也正是大人所讚美。巧倕如果不舉斧斫下，誰又能看出他斫得是正是曲。黑色的文采放在幽暗裡，瞎子會說它不顯著，離婁細瞇著眼睛，瞎子會以為他也是目盲。把白的說成黑的，把上的顛倒成下的。鳳凰被關進了籠子，雞鴨卻在天空盤旋飛舞。把玉石雜揉在一起，以同一隻平斗斛的木器衡量。想起營私的黨人鄙陋而頑固，卻都不知道我的善良。我能擔當重責負載大任，卻陷滯而不能一展抱負。懷抱著美玉掌握著寶石，卻窮困得不知向誰顯示。村犬成群的狂吠，對著那牠認為的怪異。誹謗才俊猜忌英傑，本就是庸俗人的常態。

我的外表樸實本質木訥，眾人都不知我有殊異的特長。可用的材料豐富的積藏，卻沒有人知道是我的財產。我累積著仁，聚集起義，把謹善敦厚當作富足。重華已經不可逢遇，誰能知道我忠貞不移的態度。自古以來，聖君賢臣就不並時而生，豈知那是什麼緣故。商湯和大禹已離得久遠，遙遠得使我們不可思慕。我抑止怨恨改變憤怒，壓抑著情緒而自勉勵。我雖遭遇著憂患，但並不把初志改移，只希望它成為後世的模範。我往前走著竟到了北方，太陽已昏暗將要下山。我且抒散憂愁苦中作樂，人生終歸要步上死亡。

尾聲：浩浩的沅水湘江，滾滾的流水盪漾。漫長的道路是幽暗而隱蔽，遙遠得無法計量。重重的悲傷不能休止的哀愁，一陣陣的歎息湧上心房。人間世汙穢混亂竟沒人能了解我，而人心的體認又不能勸說。我懷抱敦厚的質性真情，竟孤獨得找不到取正之人。伯樂死了，縱有千里馬又誰能辨認。萬民的命運都各有一定的錯置，只要定心寬懷，我又何必畏懼。我知道對死亡已無法躲避，對身體又何必愛惜。明白地告訴世間的君子，要以我執忠死節作為天下人的典型。

【研　析】

〈懷沙〉一篇，一直被認為是詩人的絕筆。因為《史記・屈原賈生列傳》記載屈原寫作此篇以後就懷石自沉汨羅而死。清蔣驥則說「懷沙」應是懷念長沙。他說：「〈懷沙〉之名與〈哀郢〉、〈涉江〉同義。『沙』本地名。曰『懷沙』者，蓋寓懷其地，欲往而就死焉耳」。並且引用了《戰國策》、《史記》、《山海經》、《遯甲經》、《路史》等書以證明古有「長沙」之名。

（說本明李陳玉，見《楚辭餘論》）當我們翫味全篇，並不見一句提及懷石或懷長沙的字。但是就〈九章〉的篇題上看，〈懷沙〉與〈哀郢〉、〈涉江〉是一類，把沙釋為長沙是較為可信的。（參拙著〈楚辭篇題探釋〉）不過不論「懷沙」之名指何而言，都不能推翻此篇是為詩人的絕筆。司馬遷必有所見而云然。篇中有：「舒憂娛哀兮，限之以大故。」「知死不可讓，願勿愛兮，明告君子，吾將以為類兮。」是一種堅決的語氣，必是詩人投水時的作品。若為懷長沙，則汨羅即在今長沙之湘陰縣，他既然想到長沙，自然有投水的意思。據《荊楚歲時記》及《續齊諧記》所載，屈原以五月五日投汨羅。而此篇篇首即說：「滔滔孟夏」，時在四月，距死期也僅一月之差。所以本篇用語重疊反覆，極為沉痛。王夫之說：「其辭迫而不舒，其思幽而不著，繁音促節，特異於他篇云。」

【韻譜】

全篇共用三十九韻字，凡換韻十八次。

①莽（魚）、土（魚）。②默（之）、鞠（幽）之幽通韻。③抑（脂）、替（脂）。④鄙（之）、改（之）。⑤盛（耕）、正（耕）。⑥章（陽）、明（陽）。⑦下（魚）、舞（魚）。⑧量（陽）、臧（陽）。⑨濟（脂）、示（脂）。⑩怪（之）、態（之）、采（之）、有（之）。⑪豐（中）、容（東）東中通韻。⑫故（魚）、慕（魚）。⑬強（陽）、像（陽）。⑭暮（魚）、故（魚）。⑮汨（微）、忽（微）、謂（微）。⑯匹（脂）、程（耕）匹當為正字之譌，正入耕部。⑰錯（魚）、懼（魚）。⑱愛（微）、類（微）。

思美人

思美人兮，擥涕而佇眙❶。媒絕路阻兮，言不可結而詒。蹇蹇之煩冤兮，陷滯而不發❷。申旦以舒中情兮，志沉菀而莫達❸。願寄言於浮雲兮，遇豐隆而不將❹。因歸鳥而致辭兮，羌宿高而難當❺。高辛之靈盛兮，遭玄鳥而致詒❻。欲變節以從俗兮，媿易初而屈志❼。獨歷年而離愍兮，羌馮心猶未化❽。寧隱閔而壽考兮，何變易之可為❾！知前轍之不遂兮，未改此度❿。車既覆而馬顛兮，蹇獨懷此異路⓫。勒騏驥而更駕兮，造父為我操之⓬。遷逡次而勿驅兮，聊假日以須旹⓭。指嶓冢之西隈兮，與纁黃以為期⓮。開春發歲兮，白日出之悠悠⓯。吾將蕩志而愉樂兮，遵江夏以娛憂⓰。擥大薄之芳茝兮，搴長洲之宿莽⓱。惜吾不及古人兮，吾誰與玩此芳草⓲。解萹薄與雜菜兮，備以為交佩⓳。佩繽紛以繚轉兮，遂萎絕而離異⑳。吾且儃佪以娛憂兮，觀南人之變態㉑。竊快在中心兮，揚厥憑而不俟㉒。芳與澤其雜糅兮，羌芳華自中出。紛郁郁其遠承兮，滿內而外揚㉓。情與質信可保兮，羌居蔽而聞章㉔。令薜荔以為理兮，憚舉趾而緣木。因芙蓉而為媒兮，憚褰裳而濡足㉕。登高吾不說兮，入下吾不能㉖。固朕形之不服兮，然容與而狐疑㉗。廣遂前畫兮，未改此度也㉘。命則處幽吾將罷兮，願及白日之未暮㉙。獨煢煢而南行兮，思彭咸之故也㉚。

【注釋】❶美人，指懷王。擥，猶收。佇，久立。眙，直視。❷蹇，通「謇」。蹇蹇，忠貞貌。煩冤，煩亂冤結。發，揚；起。❸申旦，猶達旦。菀，積。莫達，不得通達。❹豐隆，雲師，或雷師。將，致；送。猶今言傳達。❺宿，迅；速。當，值；遇。❻高辛，帝嚳，黃帝的曾孫。生而神靈能說出自己之名（《史記・五帝本紀》）。所以下說靈盛。靈盛，神靈盛明。玄鳥，即燕子。詒，送。簡狄吞卵生契事見〈天問〉。❼媿，同「愧」。慚恥。❽馮，同「憑」。滿。馮心，猶怨憤滿心。化，轉變。❾隱，藏。閔，憂。壽考，年壽終了。隱閔壽考，謂飲恨終身。❿轍，車輪的行跡。遂，成；達。⓫覆，傾倒。顛，仆。蹇，同「謇」。句首語氣詞。異路，與俗殊異之路。⓬勒，馬頭絡銜謂勒。此用為動詞。更，更換。駕，車駕。造父，古之善御者（《史記・趙世家》）。操之，執轡。⓭遷，猶進。逡次，猶逡巡，行不進貌。假日，假延日月。須，待。旹，古時字。⓮嶓冢，山名。漢水發源之處，在今陝西省沔縣西南。隈，猶隅。與，舉。纁黃，日將入時色赤而黃。猶黃昏。⑮悠悠，猶遲遲，從容悠閒貌。⑯蕩，洗滌。遵，循。江夏，指江水、夏水。⑰擥，同「攬」。採。薄，叢草聚生之地。搴，拔取。⑱不及，謂生不及時。玩，弄；把玩。⑲解，拔取。萹，萹畜。似小藜，赤莖節，好生道旁，亦叫萹竹。萹薄，謂萹畜叢生。雜菜，雜香之菜。二者俱非香草。萹、菜，皆不芳而可食。以喻中材可用的人（蔣驥）。交佩，左右佩。⑳繚轉，繞轉；縈回於左右。萎絕，枯落。按⑲⑳二注四句義謂，雖用中材以為佩飾，仍萎絕而不可恃。㉑儃佪，猶徘徊。南人，謂南夷之人。或說南楚之人。變態，不同於常態。㉒竊，私。快，喜。憑，憤懣。俟，恃。㉓「羌芳華自中出」下或有脫句。紛，疑或為芬。郁郁，香氣盛貌。承，一作蒸（同烝），升。遠蒸，遠聞。㉔信，誠。保，恃。聞，名譽。章，彰顯。㉕褰，摳衣。濡，沾濕汙。㉖說，通「悅」。㉗服，習。不服，指不習於「登高入下」之屬，有不卑屈求人之意。然，乃。容與，安舒自得之貌。狐疑，猶猶豫。㉘遂，從。畫，計策。㉙罷，通「疲」。㉚煢煢，孤獨貌。

【語　譯】思念著美人，我抹乾了泣涕久立凝視。既失去了媒人又被道路隔絕，我有滿腹的言語又如何向妳傳達。我忠貞之心中充滿了煩亂冤結，沉溺陷滯得無從發洩。我整夜都想抒發內心的情懷，可是沉鬱壓積的心志還是無從表達。想寄託浮雲傳話，遇見了豐隆他不肯替我傳達。想藉歸鳥帶個口信，可是牠飛得迅速高遠而難相遇。只有高辛靈德神明，遇見了燕子能得到厚禮。我本想改變志節隨從世俗，然而改變初心委屈志向又覺得恥辱。我孤獨地遭到歷年憂患，可是憤懣的心卻一直沒有轉變。我寧可含憂而飲恨終身，又怎能改變我的操行。明知從前的路子走不通，我仍不能改更態度；車已傾覆馬也顛仆，我單獨仍懷著這世俗人不走的道路。我駕御騏驥更換車駕，請善御的造父替我駕馬。慢慢地走著不必奔驅，姑且藉假日以等待另一個時機。我指著嶓冢山的西隈，拿黃昏以為約期。新春了又是一年的開始，白日從容悠閒地升起；我要洗淨憂鬱的胸懷，覓取歡愉，且沿著大江夏水以排遣憂悒。摘下草叢間一朵芳香的白芷；採下長洲上一支不死的宿莽。可惜我不能與古人生在同時，我能和誰來欣賞這些芳草。且拔下成叢的萹畜和雜菜，把它作為左右的佩飾。佩飾眾多地繞轉在左右，終於它仍然黃落枯死。我暫且徘徊以消遣憂愁，看著南人異常的態度。我暗暗地感到一種喜悅洋溢在心底，揚露憤怒的時機已不必再等待。雖然芳香與汙臭混雜在一起，卻有芳華自內心湧出。濃郁的香氣向遠處傳播，充滿了內在還向外洋溢。我的情感和本質誠可依恃，雖居於窮困而名聲顯著。想請薜荔為媒，可是我怕舉趾爬樹，想託芙蓉為媒，又怕提起衣裳濕汙了足。往高處爬我不喜歡，往低處走我又不能。本來這對我的個性就不習慣，於是我又徘徊而猶豫。還是廣泛地照著以前的計劃，不要改變這種態度。命中註定我的幽暗而且我已疲憊不堪，願趁著太陽還沒下山，我孤獨地走向南方，因為我內心在不斷地思念彭咸的緣故。

【研　析】

這篇是用首句的前三字為題。是再放江南時寫的，與〈哀郢〉的時期應該同時。因為〈哀郢〉篇說：「民離散而相失兮，方仲春而東遷。去故鄉而就遠兮，遵江夏以流亡。」〈思美人〉篇也說：「開春發歲兮，白日出之悠悠。吾將蕩志而愉樂兮，遵江夏以娛憂。」兩篇的時地是完全相同的。篇中的「美人」是指懷王，當時懷王已死，所以篇中說：「媒絕路阻兮，言不可結而詒。」懷王客死在秦，歸葬於楚，是在頃襄王三年。《史記・楚世家》所以此篇必在頃襄王三年以後。而必在廿一年左右。本篇寫出了思念君王而又不能自達的痛苦，反觀初志，益自修飭，願死而後已的決心。

【韻譜】

全篇共用三十一韻字，凡換韻十四次。

①眙（之）、詒（之）。②發（祭）、達（祭）。③將（陽）、當（陽）。④詒（之）、志（之）。⑤化（歌）、為（歌）。⑥度（魚）、路（魚）。⑦之（之）、旹（之）、期（之）。⑧莽（魚）、草（幽）（魚幽借韻或草為芳字則魚陽通韻）。⑨佩（之）、異（之）、態（之）、俟（之）。⑩出（微）△（此脫偶句）。⑪揚（陽）、章（陽）。⑫木（侯）、足（侯）。⑬能（之）、疑（之）。⑭度（魚）、暮（魚）、故（魚）。

惜往日

惜往日之曾信兮，受命詔以昭詩❶。奉先功以照下兮，明法度之嫌疑❷。國富強而法立兮，屬貞臣而日娭❸。祕密事之載心兮，雖過失猶弗治❹。心純庬而不泄兮，遭讒人而嫉之❺。君含怒而待臣兮，不清澂其然否❻。蔽晦君之聰明兮，虛惑誤又以欺❼。弗參驗以考實兮，遠遷臣而弗思❽。信讒諛之溷濁兮，盛氣志而過之❾。何貞臣之無辠兮，被離謗而見尤❿。慚光景之誠信兮，身幽隱而備之⓫。臨沅湘之玄淵兮，遂自忍而沉流⓬。卒沒身而絕名兮，惜壅君之不昭⓭。君無度而弗察兮，使芳草為藪幽⓮。焉舒情而抽信兮，恬死亡而不聊⓯。獨鄣壅而蔽隱兮，使貞臣為無由⓰。聞百里之為虜兮，伊尹烹於庖廚⓱。呂望屠於朝歌兮，甯戚歌而飯牛⓲。不逢湯武與桓繆兮，世孰云而知之⓳。吳信讒而弗味兮，子胥死而後憂⓴。介子忠而立枯兮，文君寤而追求㉑。封介山而為之禁兮，報大德之優游㉒。思久故之親身兮，因縞素而哭之㉓。或忠信而死節兮，或訑謾而不疑㉔。弗省察而按實兮，聽讒人之虛辭。芳與澤其雜糅兮，孰申旦而別之。何芳草之早殀兮，微霜降而下戒㉕。諒聰不明而蔽壅兮，使讒諛而日得㉖。自前世之嫉賢兮，謂蕙若其不可佩。妒佳冶之芬芳兮，嫫母姣而自好㉗。雖有西施之美容兮，讒妒入以自代㉘。願陳情以白行兮，得罪過之不意㉙。情冤見之日明兮，如列宿之錯置㉚。乘騏驥而馳騁兮，無轡銜而自載㉛。乘氾泭以下流兮，無舟楫而自備㉜。背法度而心治兮，辟與此其無異㉝。寧溘死而流亡兮，恐禍殃之有再㉞。不畢辭而赴淵兮，惜壅君之不識㉟。

【注釋】❶惜，哀痛。或說憶。曾信，嘗為君所幸。《史記・屈原賈生列傳》說屈原：「博學彊志，明於治亂，嫻於辭令，入則與王圖議國事，以出號令；出則接遇賓客，應對諸侯，王甚任之。」昭詩，詩當依一本作時。時，謂時政。昭時，謂昭明時政。❷先功，先君之功烈。照，告。嫌疑，謂事有同異而可疑者。《史記・屈原賈生列傳》：「懷王使屈原造為憲令，屈平屬草藁未定，上官大夫見而欲奪之，屈平不與。因讒之曰：『王使屈平為令，眾莫不知。每一令出，平伐其功，以為非我莫能為也。』王怒而疏屈平。」明法度之嫌疑之事當指此。❸屬，託付。貞臣，忠貞之臣。娭，同「嬉」。戲。❹以上言屈原初時受寵於懷王的情形。❺厖，厚。泄，漏。❻清澈，猶審察。❼虛，空言。惑，迷惑。誤，遺誤。虛惑誤，謂為空言所迷惑遺誤。❽遠遷臣，遷謫臣子於遠地。❾盛氣志，盛氣淩人。猶含怒（陳本禮）。過，督責。之，指屈原。❿辠，一作罪。離謗，誹謗。離，一作讟。尤，怨。⓫慙，同「慚」。光景誠信，謂日往月來，信實有常。備，防。此二句言無罪蒙垢，己自慚見於光景。而君含怒未怠，雖竄斥幽隱，猶日日防患（蔣驥）。⓬玄，黑。玄淵，深淵。沉流，沉於洪流。⓭卒，終。或說倉卒之卒，遽（林西仲）。壅，蔽。壅君，被壅蔽之君。昭，明。或昭作唔。王逸說：「懷王壅蔽不覺悟也。」知王所見當也為唔。⓮度，心中分寸。無度，不知長短。即內無節度。藪，大澤。藪幽，藪澤之幽暗。⓯焉，安。抽信，拔出誠心以示人。恬，安。不聊，不苟生。⓰無由，無路可走。⓱百里，指百里奚。虜，俘虜。相傳晉獻公虜虞君與其大夫百里奚，以百里奚為秦繆（穆）公夫人媵（陪嫁的奴僕）。百里奚亡夫宛，被楚鄙人所執。繆公聞其賢，以五羖羊皮贖之，釋其囚，與語國事，大悅，授以國政。號「五羖大夫」（《史記・秦本紀》）。伊尹，商湯賢相（參〈離騷〉注）。⑱呂望，名尚，字子牙，本姓姜，即姜太公。其先封於呂，所以叫呂尚（參見〈離騷〉注）。朝歌，殷都。今河南省淇縣東北。甯戚，春秋時衛人，修德不用，退而商賈，宿齊東門外。齊桓公夜出，甯戚方飯牛，叩角而高歌。桓公聞之，知其賢，召為客卿。飯牛，餵牛。⑲桓，齊桓公。繆，同「穆」。秦穆公。⑳吳，指吳王夫差。味，本為食物咀嚼。此引申為對事物的審察、考慮。子胥，伍員字子胥，事吳王夫差，為太宰嚭讒而死（參見〈九章・涉江〉）。㉑介子，介子推（介之推）名推。立枯，焚死（王夫之）。文君，晉文公。寤，覺悟。相傳晉文公重耳為公子時，遭驪姬之譖，出奔齊、楚，介子推從之，道乏食，子推割股肉以食文公，後文公得國，賞從行者，不及子推。子推隱於緜上山中。文公覺悟求之。子推不出，文公燒其山，子推抱樹自燒而死。文公遂封緜上之山，號曰介山，禁民樵採，使奉子推祭祀，以報其德（《左傳》僖公二十四年，《史記・晉世家》，王逸注）。㉒禁，禁火。優游，大德之貌。㉓久故，猶故舊。親身，言不離左右。縞素，白緻繒。即喪服。㉔死節，守節而死。訑，謾，皆欺。㉕殀，同「夭」。早死；短折。戒，警。㉖諒，信；良；誠。聰不明，即聽之不明。得，得志。㉗佳，好。治，治容；容貌美豔。嫫母，古時醜嫗。《說文》：「嫫母，古帝妃都醜也。」一說黃帝妻，貌甚醜。姣，妖媚。自好，自以為好。㉘西施，越國的美女。相傳句踐得採薪二女，西施、鄭旦以獻吳王。入，謂入寵。㉙白，明。白行，謂表明己行之無罪。不意，謂出於意外。㉚情冤，情實與冤枉。猶曲直（朱熹）。列宿，謂諸星宿。錯，置。㉛轡，馬韁。銜，馬勒。載，乘。㉜氾，同「泛」。泭，編竹木曰泭。氾泭，漂浮的木（竹）排。下流，順流而下。㉝心治，以私意自為治。此指上文無轡銜而自載，無舟楫而自備而言。㉞溘死，猶一死（見〈離騷〉）。流亡，隨波而去。㉟畢辭，陳辭已盡。惜，悼惜。識，知。

【語　譯】真使我惋惜，往日也曾得您的信任，承受您的命令以昭明時政。遵奉先人的功業並告示百姓，辨明了法度上模稜兩可的嫌疑。於是國家富強政令確立，把大事託付給忠貞臣吏而日日嬉戲。國家的祕密大事都牢記在心，縱使有了過失也不會把我治罪。我的居心純厚而說話謹慎，竟然也遭到讒人的嫉妒。國君因而對我大發脾氣，也不審察是非把事弄清楚。小人們隱蔽了國君的耳目，您既受了虛言的迷惑遺誤而又被欺騙；不參驗以考察真象，就把忠臣遠遠的遷謫而從不思念。您聽信了讒佞之人的汙濁言語，且盛氣淩人的對我指責發怒。為什麼沒罪的忠臣，竟遭到誹謗而被譴責！看到日月的光明永恆，我就感到慚愧，雖然已被流放到荒僻的地方而仍要小心防備。面臨著沅湘的深淵，於是我將忍受著痛苦而沒入洪流，縱使我的軀體和名譽遽然湮沒了也不在乎，只可惜糊塗的國君永遠也不會覺悟。國君啊！您毫無分寸而不能省察，使芬芳的草原變成了幽暗的藪澤。我將如何舒散內情表示我的誠心？還是安然的死去吧，而不能苟且偷生。您孤獨地被阻隔鄣蔽，使忠臣想親近您也無路可走。聽說百里奚曾經做過俘虜，伊尹是善於烹調的廚子，呂望在朝歌是個屠夫，甯戚唱著歌在牧牛。如果不遇上商湯、武王、桓公和穆公，那麼世界上又誰會知道他們的主張。吳王聽信讒言而從不分辨省察，當伍子胥死後才覺悟而追求。於是把緜山改名介山，並且禁止伐木，以報答介子推的割股大德，思念起故舊當年的隨侍左右，因此穿上了喪服而放聲痛哭。有的人因為忠信而死於守節，有的人因為欺騙而受到信任。您不省察而按事實，反聽信讒人捏造的假話。芳香和汙澤已混雜一起，誰又能在一夜間把它分別。為什麼芳草會這麼早就凋謝？原來當微霜下降時已帶來了警戒。誠然是您聽不清而被壅蔽，所以使得讒諛的小人越來越得意。自來賢人就遭讒嫉，他們總說蕙草和杜若是不可佩帶。嫉妒佳麗的美好和芬芳，醜陋的嫫母妖媚的打扮反自以為美麗。縱然有西施般的美麗容貌，讒妒的人也能入寵而把你代替。想陳訴真情，表明自己的行跡，我的得罪真是出其不意。我的真情和冤屈越來越明白，就像天空上排列著的星宿。駕著騏驥飛馳狂驅，卻沒有勒馬的轡銜而任憑奔逸，乘著浮動的竹（木）筏順流而下，卻沒有船槳而任其飄盪。違背了法度而憑著自己的心意治國，那麼跟上面的比喻就沒有差異。我寧可一死而流亡，因為恐怕禍殃的再度降臨，如果不把話說完就跳進深淵，又可惜糊塗的國君將永遠不知道我的心情。

【研　析】

〈惜往日〉篇是用篇首前三字為題。因為篇末有：「不畢辭而赴淵兮」一句，故或以為是詩人的絕筆。蔣驥說：「〈惜往日〉其靈均之絕筆歟?夫欲生悟其君不得，卒以死悟之，此世所謂孤注也。默默而死，不如其已故大聲疾呼。直指讒臣蔽君之罪。深著背法敗亡之禍，危辭以撼之。庶幾無弗悟也。苟可以悟其主者，死輕於鴻毛，故略子推之死而詳文君之悟，不勝死後餘望焉。〈九章〉惟此篇詞最淺易，非徒垂死之言不暇雕飾，亦欲庸君入目而易曉也。嗚呼又孰知佯聾不聞也哉。」其實蔣驥的說法全憑臆斷。因為「不畢辭而赴淵兮」的下句是「惜壅君之不識」。既說：「惜壅君之不識」則顯然並未下定死志。且篇中又說：「臨沅湘之玄淵兮，遂自忍而沉流。卒沒身而絕名兮，惜壅君之不昭。」也是同樣的感情。所以我想〈惜往日〉當不寫於〈懷沙〉之後。但從篇中屢次提到君主的壅蔽，及自忍沉流的決心來看，此篇的寫作時期當離死期也不會太遠，故置之〈懷沙〉絕筆之前。〈九章〉諸篇中，此篇文字最為淺易，前文追憶往日的曾為懷王信任，委以重責，中段讒人的構陷與君主的壅蔽不明。援引古事冀幸君之壹悟，終以自沉「陳情白行」，然又恐「壅君不識」，情緒激切。

【韻譜】

全篇共用卅八韻字，凡五換韻，此五韻均可通叶，與其他諸篇殊異。

①詩（之）、疑（之）、娭（之）、治（之）、之（之）、否（之）、欺（之）、思（之）、之（之）、尤（之）、之（之）。②流（幽）、昭（宵）、幽（幽）、聊（幽）、由（幽）、廚（侯）幽宵侯合韻。③牛（之）、之（之）。④憂（幽）、求（幽）、游（幽）。⑤之（之）、疑（之）、辭（之）、之（之）、戒（之）、得（之）、佩（之）、好（幽）、代（之）、意（之）、置（之）、載（之）、備（之）、異（之）、再（之）、識（之）。

橘頌

后皇嘉樹，橘徠服兮❶。受命不遷，生南國兮❷。深固難徙，更壹志兮❸。綠葉素榮，紛其可喜兮❹。曾枝剡棘，圓果摶兮❺。青黃雜糅，文章爛兮❻。精色內白，類可任兮❼。紛緼宜脩，姱而不醜兮❽。嗟爾幼志，有以異兮❾。獨立不遷，豈不可喜兮❿。深固難徙，廓其無求兮⓫。蘇世獨立，橫而不流兮⓬。閉心自慎⓭，不終失過兮。秉德無私，參天地兮⓮。願歲并謝，與長友兮⓯。淑離不淫，梗其有理兮⓰。年歲雖少，可師長兮⓱。行比伯夷，置以為像兮⓲。

【注釋】❶后，后土。皇，皇天。徠，同「來」。服，習。❷受命，稟受天命。遷，徙。南國，謂江南。❸深固，謂根深柢固。壹志，純一其志。❹榮，華。素榮，白花。❺曾，重纍。剡，利。棘，謂橘樹枝若棘。摶，同「團」。圓。❻青黃雜糅，言橘子未熟時呈青色，已熟則呈黃色。文章，猶文采。爛，燦爛。❼精，明。精色，指外色精明鮮美。內白，兼指皮裡、瓤、子三者而言，俱為白色。類，似。可任，可寄託重任。❽紛縕，盛貌。宜脩，善於修飾。姱，好。醜，匹。❾嗟，歎詞。爾，指橘。幼志，幼時之志。❿獨立不遷，照應上文「受命不遷」。據說橘生淮南為橘，生於淮北則為枳（《晏子春秋》）。⓫廓，空。指心地恢廓寬大。⓬蘇，醒。橫而不流，謂能超越流俗。⓭閉心，謂閉心損慾。自慎，謂自求謹慎。不終，當從洪補作「終不」。失過，一本作過失義同。⓮秉，執。參天地，謂參配天地。⓯謝，去。⓰淑，善。離，通「麗」（王夫之）。淫，過。梗，堅；硬。理，條理。⓱可師長，言可為人師長。⓲行，德行。比，近。伯夷，相傳為孤竹君長子，父欲立伯夷，伯夷讓弟叔齊，叔齊不肯接受，於是兄弟棄國，俱去首陽山下。聽說西伯（文王）善養老，乃往投歸。及武王伐紂，伯夷叔齊扣馬而諫，武王不聽，遂不食周粟餓死（事見《史記‧伯夷列傳》）。像，法；典型。

【語　譯】天地間有一種嘉美的果樹，那就是橘樹來服習於我們的水土。你秉受天生堅強不移的意志，生長在南國。你的根深蒂固難以遷移，更表現出意志的純一。翠綠的葉子，素白的花朵，一片繁盛的氣息，令人欣喜。重疊的柯枝，銳利的棘刺。長滿著團團的果實。青黃色的果實交錯，色彩是燦爛奪目。鮮明的外色，潔白的內皮，正象徵是一位可負荷重任者的性格。茂密的枝葉，妥善的修飾，你的美是天下無敵。啊！你幼小時的志氣，就與其他果樹殊異。你獨立不移的品格，豈不是很值得欣喜！你根深蒂固不變的素質，使你恢廓寬大淡泊而無所希冀。你獨自清醒，特立在汙濁的世界裡，橫渡逆流而不隨俗披靡。你清心寡欲思考謹慎，始終不會有過失，你秉賦著美德而無偏私，參與了天地的化育。願歲月俱逝，而我們的友誼卻堅貞不移。你是至善至美而不覺淫麗，你既堅貞而又有條理。你的年歲雖小卻可以為師表，你的德行可比伯夷，是我追隨效法的典型。

【研　析】

〈橘頌〉是一篇詠物賦，藉讚美橘樹的秉質，以自況堅貞之情操，絕不變心從俗的毅力。文采、風格與〈九章〉他篇迥異。沒有一絲被疏放的怨憤。語法也與他篇不同。以四字句為基調。清陳本禮說：「其曰：嗟爾幼志，年歲雖少。明明自道，蓋早年童冠時作也。」雖未必童冠之作，但是屈原未疏放前之作品則無疑。

【韻　譜】

全篇共用十八韻字，凡換韻八次。

①服（之）、國（之）、志（之）、喜（之）。②摶（元）、爛（元）。③任（侵）、醜（幽）按任當為道字入古韻幽部。④異（之）、喜（之）。⑤求（幽）、流（幽）。⑥過（歌）、地（歌）。⑦友（之）、理（之）。⑧長（陽）、像（陽）。

悲回風

悲回風之搖蕙兮，心冤結而內傷❶。物有微而隕性兮，聲有隱而先倡❷。夫何彭咸之造思兮，暨志介而不忘❸。萬變其情豈可蓋兮，孰虛偽之可長❹。鳥獸鳴以號群兮，草苴比而不芳❺。魚葺鱗以自別兮，蛟龍隱其文章❻。故荼薺不同畝兮，蘭茝幽而獨芳❼。惟佳人之永都兮，更統世而自貺❽。眇遠志之所及兮，憐浮雲之相羊❾。介眇志之所惑兮，竊賦詩之所明❿。惟佳人之獨懷兮，折若椒以自處⓫。曾歔欷之嗟嗟兮，獨隱伏而思慮⓬。涕泣交而淒淒兮，思不眠以至曙⓭。終長夜之曼曼兮，掩此哀而不去⓮。寤從容以周流兮，聊逍遙以自恃⓯；傷太息之愍憐兮，氣於邑而不可止⑯。糺思心以為纕兮，編愁苦以為膺⑰。折若木以蔽光兮，隨飄風之所仍⑱。存髣髴而不見兮，心踊躍其若湯⑲。撫珮衽以案志兮，超惘惘而遂行⑳。歲曶曶其若頹兮，時亦冉冉而將至㉑。薠蘅槁而節離兮，芳以歇而不比㉒。憐思心之不可懲兮，證此言之不可聊㉓。寧逝死而流亡兮，不忍為此之常愁㉔。孤子唫而抆淚兮，放子出而不還㉕。孰能思而不隱兮，照彭咸之所聞㉖。登石巒以遠望兮，路眇眇之默默㉗。入景響之無應兮，聞省想而不可得㉘。愁鬱鬱之無快兮，居戚戚而不可解㉙。心鞿羈而不形兮，氣繚轉而自締㉚。穆眇眇之無垠兮，莽芒芒之無儀㉛。聲有隱而相感兮，物有純而不可為㉜。藐蔓蔓之不可量兮，縹緜緜之不可紆㉝。愁悄悄之常悲兮，翩冥冥之不可娛㉞。淩大波而流風兮，託彭咸之所居㉟。上高巖之峭岸兮，處雌蜺之標顛㊱；據青冥而攄虹兮，遂儵忽而捫天㊲。吸湛露之浮源兮，漱凝霜之雰雰㊳。依風穴以自息兮，忽傾寤以嬋媛㊴。馮崑崙以瞰霧兮，隱岐山以清江㊵。憚涌湍之磕磕兮，聽波聲之洶洶㊶。紛容容之無經兮，罔芒芒之無紀㊷。軋洋洋之無從兮，馳委移之焉止㊸？漂翻翻其上下兮，翼遙遙其左右㊹。氾潏潏其前後兮，伴張弛之信期㊺。觀炎氣之相仍兮，窺煙液之所積㊻。悲霜雪之俱下兮，聽潮水之相擊㊼。借光景以往來兮，施黃棘之枉策㊽。求介子之所存兮，見伯夷之放迹㊾。心調度而弗去兮，刻著志之無適㊿。曰吾怨往昔之所冀兮，悼來者之悐悐(51)。浮江淮而入海兮，從子胥而自適(52)。望大河之洲渚兮，悲申徒之抗迹(53)。驟諫君而不聽兮，重任石之何益(54)？心絓結而不解兮，思蹇產而不釋(55)。

【注釋】❶回風，旋轉之風。冤結，即鬱結。❷隕，落。隱，聲之小者。倡，始。此二句謂秋天時，微物凋落。風雖無形，而實在是最先帶來了秋的信息。❸造，作；發。思，念。造思，猶發生這種念頭。暨，與。介，節。此二句謂何以彭咸有此一念，己欲與同志節而不忘其德。❹蓋，掩蓋。❺苴，枯草。比，合。❻葺，整治。❼荼，苦菜。薺，甜菜。可作葅及羹（《本草》）。❽惟，同「唯」。佳人，美好的人，猶君子。或說指彭咸。或說屈原自謂。按以前文觀之，以指彭咸為是。都，美。更，歷。統，系。統世，猶世系，世代。貺，同「況」。比。❾眇，遠。遠志，遠大的志向。相羊，浮游之貌。❿介，因；恃。舊說介，獨或節。此二句謂己欲恃遠志生被惑之因，賦詩以明之。⓫獨懷，獨自思量。處，居。⓬曾，通「增」。累。歔欷，悲泣氣咽而抽息貌。嗟嗟，悲歎聲。隱也伏。⓭淒淒，流貌。⓮曼曼，長貌。掩，撫、止。⓯寤，覺。從容，安舒自得之貌。周流，猶周遊。逍遙，遊戲。恃，通「持」。逍遙自恃，猶自娛。⑯慼，憂。於邑，同「鬱抑」。此指憤懣之氣鬱結而氣息急促。止，抑止。⑰糺，紐結。思心，憂思之心。纕，佩帶。編，結。膺，絡胸，《釋名》所謂心衣，即俗謂肚兜。⑱仍，因；就。⑲存，指眼前所見之實存之物。髣髴，同「彷彿」。謂見不審貌。踊躍，皆訓跳。此謂開水煮沸時騰躍貌。湯，開水。⑳珮，一作佩。衽，衣襟。案，同「按」。抑止。超，惆的借字。憂；悵（朱駿聲《說文通訓定聲》）。超，猶超然，悵然。惘惘，也作罔罔。失意惶遽貌。遂行，成行。㉑曶，同「忽」。頹，下墜。時，謂衰老之時。㉒蘋，草名，秋生於江湖澤畔，雁以為食。蘅，杜蘅。槁，枯。節離，草枯節處斷落。以，通「已」。比，合。不比，謂葉落香散。㉓懲，止。此言，謂所言。指以上「糺思心以為纕兮，編愁苦以為膺；折若木以蔽光兮，隨飄風之所仍。」之言。聊，賴。㉔逝死，一死。流亡，屍體隨波逐流。或說，飄泊。㉕唫，同「吟」。歎。抆，拭。放，棄逐。㉖隱，痛。照，一作昭，明。所聞，謂善譽之為人所知者，彭咸之善譽，即其死水之志。㉗巒，山小而銳。眇眇，遠貌。默默，寂無人聲。㉘景，同「影」。影響之無應，形容山野無人之域。聞，耳聞。省，察，謂目省。想，謂心思。㉙鬱鬱，猶鬱結。無快，猶不快。居，靜而思道（《孝經．開宗明義章》釋文）。就此二句與下二句句法言，愁，居，心，氣為同一詞性，且均於思念立義。王逸注「思念憔悴，相連接也」。正同。㉚鞿羈，猶縛束。繚，纏。締，結。㉛穆，幽微貌。莽，大（《小爾雅．廣詁》）。芒芒，廣大貌。儀，匹；比。㉜隱，微。純，純粹，喻本質。㉝藐，同「邈」。遠。蔓蔓，同「漫漫」。長遠貌。縹，微細貌。紆，縈。㉞悄悄，憂貌。翩，疾飛。冥冥，玄遠。娛，樂。按此二句謂悄然的憂愁常使我悲，已雖欲疾飛而去玄遠之地，但也無可解憂。㉟淩，登；乘。流，猶隨。㊱峭，峻。蜺，同「霓」。虹霓中深色叫虹，暗色叫霓。古以雄虹，雌蜺分別。標，杪。顛，頂。㊲青冥，猶青天。攄，舒布。儵忽，急疾貌。捫，撫。㊳湛，澄，與澂通。或說，厚。浮源，猶薄涼。漱，滌口。雰雰，霜雪白盛貌。㊴風穴，相傳為北方寒帶，風所從出之地。傾寤，傾側而悟。㊵馮，登。瞰，一作瞰。瞰，視。隱，依。岷山，即岷山。在蜀郡，大江所出。清江，使江水澄清。按「瞰霧」、「清江」為對文，瞰作瀲是。㊶憚，懼；畏。磕磕，水石相擊聲。洶洶，波濤聲。㊷容容，變動貌；紛亂貌。經，謂定法。罔，通「惘」。此謂惘然，無所依據貌。芒芒，廣大貌。紀，綱紀。按自此以下八句均為形容水勢言。舊注以為內心空幌者為引申義，故不從。㊸軋，猶軋沕。荒忽不明貌。洋洋，水流無所歸依貌。馳，水流奔馳。委移，相屬不繼之貌。㊹漂，浮動。翻翻，水勢翻滾貌。翼，疾趨。遙遙，搖動貌。㊺氾，濫。潏潏，水流貌。伴，同「畔」。依。張弛，指潮水的漲退。張弛信期，謂潮汐往來有常期。㊻炎氣，火氣。相仍，相因不已。煙，水氣，指雲。液，水液，指雨。炎氣、煙液指春夏之時。㊼悲霜雪二句，指秋冬之季。㊽光景，指日、月。施，用。黃棘，棘刺。據說苦山上有木叫黃棘，黃花而圓葉，其實如蘭（《山海經・中山經》）。枉，曲。策，馬鞭。㊾介子，即介子推。所存，猶所在。放迹，猶逸跡。㊿調度，見〈離騷〉注。刻，厲。著，立。無適，無他往。猶矢志不移。(51)曰，語詞，無義。愍，同「惕」。愍愍，憂懼貌；驚懼貌。(52)江，長江。淮，淮水。源出河南桐柏山，至淮浦（今江蘇省漣水縣）入海。子胥，伍子胥。自適，謂順適己志。(53)大河，黃河。申徒，申徒狄（姓申徒），相傳他是殷末人，諫紂不聽負石自投於河（《莊子・盜跖》）。抗，高。迹，跡行。抗迹，猶高行。(54)驟，數。任，負。重石，大石。按原作「重任石」，洪補作「任重石」為是。(55)蹇產，詰屈。釋，解。一本無此二句。

【語　譯】我悲傷——旋風搖落了蕙草的芬芳，我的心胸鬱結，我的內心哀傷。生物因微小而隕落了性命，聲音雖然隱約引起了巨大的影響。為什麼彭咸會產生這種念頭，我願與他有同等志節，思念著他的品德而久久不忘。千變萬化的感情豈能掩藏，那裡有虛偽的情意可以久長。鳥獸鳴叫著呼喚同伴，鮮草和枯草卻因堆積在一起而消失了芬芳。游魚整飭魚鱗自以為異於尋常，蛟龍卻因而隱藏起華美的文章。所以苦菜和甜菜是不能種在同一地方，蘭芷必須幽處而孤芳自賞。唯有佳人才能永遠美好，雖然時代會更換，我仍要比美他的善良。我高遠的志向所嚮往之處是那麼渺茫，可憐啊！它有如浮雲般飄盪。我要把這孤高志向所產生的迷惘，寫出一首詩篇來表明。唯有佳人能獨自思量，折下一朵芳香的申椒以自處。重重的歔泣與歎息，孤獨地幽居而焦慮。我的涕泣交加地流下，重重的思緒使我不能安眠，直到天上露出了曙光。度過了這漫漫長夜，想壓抑這悲哀而始終排解不去。我猛然覺悟，我該安舒自得周遊四處，姑且用遊戲來自求歡娛；可是！悲哀、歎息、憂傷，使我的氣息急促而鎮定不住。把憂思的心情紐結成佩帶，把愁苦的思緒編織成絡胸。折下若木以遮蔽陽光，隨著飄風而吹往他方。眼前的視界已模糊不清，我的心卻像沸騰般跳躍動盪。我整飭著衣裳以鎮定心情，以惆悵、失意的情緒走向遠方。匆匆的歲月如物體的下墜，衰老的時限也已漸漸的到來。白蘋、杜蘅已枯槁而斷落，芳草也衰歇而香氣離散。可憐我這片思念仍不能罷休。證明了我以上的設想仍是不可依靠。我寧可一死或飄泊他方，也不忍讓此心受著無止境的哀愁。孤兒低聲的哭泣而擦著眼淚，流浪的人離開了家鄉就永難還返。誰能有悲思而不覺憂傷？我終於明白了彭咸所以會有此令譽美聞。我爬上高山往遠處觀望，前路是遼遠而靜寂。進入了人影和回聲都沒有的地域，失去了耳聞、目視和心想。憂愁鬱結心胸我毫無快樂，雖然我盡力靜思，但滿懷的憂慽仍不能開釋。內心束縛得無法開展，感傷纏繞結繫著心房。前途像幽遠無涯的天際，廣大遼闊的無與倫比。聲音縱然微弱也能相互感應，事物各有純粹的本質不能強為。天地間的道理邈遠得不能測量，內心的思慮綿延不絕而難以結繫。悄然的憂愁使我陷於無盡的悲苦，縱想疾飛遠去也不能自求歡娛。登上了大浪隨風而去，寄身於古賢彭咸的故居。我要攀登上高巖峭岸，我要棲息在雌蜺的頂端；我依據著青天布下一片彩虹，於是頃刻間我已撫摩著蒼天。我吸了一口澄露，帶著微微的清涼，我漱著凝霜潔白芬芳。我倚著風穴稍事休息，忽然一翻身內心又覺得無比的惆悵牽掛。我登上崑崙除一除霧氣，我依著岷山清一清大江。我害怕洶湧的急流敲擊著石岸發出礚礚聲響，我聽著強風激起的波濤怒吼、水勢紛亂地瞬息萬變而無定法，無據無則地沒有紀綱。長遠不絕的流水不知從何而來？滾動不息的流水也不知馳向何方？浮動翻騰的水勢忽上忽下，急遽漂盪的水流忽左忽右。氾濫的水流洶湧的忽前忽後，依伴著水漲水退一定的潮汐常期。我看著蒸氣相因不已，我看著水氣凝積成水液。我悲痛霜雪俱臨大地，我聆聽潮水不停的衝擊。我假借著有限的歲月來往奔波，我猛烈地揮動著黃棘做成彎形的鞭策。我要追求介子推的故里，我要見見伯夷留下的遺跡。我一再的思量而不忍離去，我已下定決心堅貞不移。我怨恨往昔的希望都不能實現，我悼惜未來的事物使我警惕。我願順著江淮漂向大海，跟從子胥以順適我意。我眺望著大河上的洲渚，我悲歎申徒狄高抗的行跡。我曾屢次的勸諫國君都不被採信，就算是抱著沉重的石頭跳進水裡又有何益？我的心牽掛鬱結而不得開解，我的思想詰屈得不能敞釋。

【研　析】

這篇也以篇首前三字為題。「回風」比喻世事的多變。詩人以世事多變為悲，所以叫〈悲回風〉。朱子說是隨絕之音。王夫之說是永訣之辭。蔣驥以為繼〈懷沙〉而作。就內容看，詩人一再引彭咸自況。如：「夫何彭咸之造思」、「照彭咸之所聞」、「託彭咸之所居」。並明言死志，如：「寧溘死而流亡兮，不忍為此之常愁。」所以此篇為詩人辭世前不久之作。而篇末說：「驟諫君而不聽兮，重任石之何益？」又證明詩人此時尚無決死之意。而游氏列之於〈抽思〉同時，在情緒上是不協調的。游氏的最大證據是篇中有「浮江淮而入海兮，從子胥而自適。望大河之洲渚兮，悲申徒之抗迹」。以為江、淮、大河均與漢北近。其實這是錯誤的，此江、淮、大河指子胥、申徒負石投江之處，並非詩人作詩之地。所以就詞義觀之，此篇必在〈懷沙〉、〈惜往日〉二篇之前，〈思美人〉、〈哀郢〉、〈涉江〉諸篇之後。

〈悲回風〉在〈九章〉中是一篇佳作，善用聯綿詞，音韻鏗鏘，調子幽怨，感人至深。這純然是高度藝術技巧的表現，所以顧炎武說後人辭賦是少有趕得上他的。

【韻譜】

全篇共用五十五韻字，凡換韻十七次。

①傷（陽）、倡（陽）、忘（陽）、長（陽）、芳（陽）、章（陽）、芳（陽）、貺（陽）、羊（陽）、明（陽）。②處（魚）、慮（魚）、曙（魚）、去（魚）。③恃（之）、止（之）。④膺（蒸）、仍（蒸）。⑤湯（陽）、行（陽）。⑥至（脂）、比（脂）。⑦聊（幽）、愁（幽）。⑧還（元）、聞（文）文元通韻。⑨默（之）、得（之）。⑩解（佳）、締（佳）。⑪儀（歌）、為（歌）。⑫紆（魚）、娛（魚）、居（魚）。⑬顛（真）、天（真）。⑭雰（文）、媛（元）文元通韻。⑮江（東）、洶（東）。⑯紀（之）、止（之）、右（之）、期（之）。⑰積（佳）、擊（佳）、策（佳）、迹（佳）、適（佳）、悐（佳）、適（佳）、迹（佳）、益（佳）、釋（魚）魚佳合韻。

卷五 遠游

悲時俗之迫阨兮，願輕舉而遠游❶。質菲薄而無因兮，焉託乘而上浮❷？遭沉濁而汙穢兮，獨鬱結其誰語？夜耿耿而不寐兮，魂煢煢而至曙❸。惟天地之無窮兮，哀人生之長勤❹。往者余弗及兮，來者吾不聞。步徙倚而遙思兮，怊惝怳而乖懷❺。意荒忽而流蕩兮，心愁悽而增悲❻。神儵忽而不反兮，形枯槁而獨留。內惟省以端操兮，求正氣之所由❼。漠虛靜以恬愉兮，澹無為而自得❽。聞赤松之清塵兮，願承風乎遺則❾。貴真人之休德兮，美往世之登仙❿。與化去而不見兮，名聲著而日延⓫。奇傅說之託辰星兮，羨韓眾之得一⓬。形穆穆以浸遠兮，離人群而遁逸⓭。因氣變而遂曾舉兮，忽神奔而鬼怪⓮。時髣髴以遙見兮，精皎皎以往來⓯。

絕氛埃而淑尤兮，終不反其故都⑯。免眾患而不懼兮，世莫知其所如⑰。恐天時之代序兮，耀靈曄而西征⑱。微霜降而下淪兮，悼芳草之先零⑲。聊仿佯而逍遙兮，永歷年而無成⑳。誰可與玩斯遺芳兮，晨向風而舒情㉑。高陽邈以遠兮，余將焉所程㉒？

重㉓曰：春秋忽其不淹兮，奚久留此故居㉔？軒轅不可攀援兮，吾將從王喬而娛戲㉕。餐六氣而飲沆瀣兮，漱正陽而含朝霞㉖。保神明之清澄兮，精氣入而麤穢除㉗。順凱風以從游兮，至南巢而壹息㉘。見王子而宿之兮，審壹氣之和德㉙。曰：「道可受兮，不可傳，其小無內兮，其大無垠。無滑而魂兮，彼將自然。壹氣孔神兮，於中夜存。虛以待之兮，無為之先。庶類以成兮，此德之門㉚。」聞至貴而遂徂兮，忽乎吾將行㉛。仍羽人於丹丘兮，留不死之舊鄉㉜。朝濯髮於湯谷兮，夕晞余身兮九陽㉝。吸飛泉之微液兮，懷琬琰之華英㉞。玉色頩以脕顏兮，精醇粹而始壯㉟。質銷鑠以汋約兮，神要眇以淫放㊱。嘉南州之炎德兮，麗桂樹之冬榮㊲。

山蕭條而無獸兮，野寂漠其無人。載營魄而登霞兮，掩浮雲而上征[38]。命天閽其開關兮，排閶闔而望予。召豐隆使先導兮，問大微之所居[39]。集重陽入帝宮兮，造旬始而觀清都[40]。朝發軔於太儀兮，夕始臨乎於微閭[41]。屯余車之萬乘兮，紛溶與而並馳[42]。駕八龍之婉婉兮，載雲旗之逶蛇。建雄虹之采旄兮，五色雜而炫燿[43]。服偃蹇以低昂兮，驂連蜷以驕驁[44]。騎膠葛以雜亂兮，斑漫衍而方行[45]。撰余轡而正策兮，吾將過乎句芒[46]。歷太皓以右轉兮，前飛廉以啟路[47]。陽杲杲其未光兮，淩天地以徑度[48]。風伯為余先驅兮，氛埃辟而清涼[49]。鳳皇翼其承旂兮，遇蓐收乎西皇[50]。擥彗星以為旍兮，舉斗柄以為麾[51]。叛陸離其上下兮，游驚霧之流波[52]。時曖曃其曭莽兮，召玄武而奔屬[53]。後文昌使掌行兮，選署眾神以並轂[54]。路曼曼其修遠兮，徐弭節而高厲[55]。左雨師使徑侍兮，右雷公以為衛[56]。欲度世以忘歸兮，意恣睢以担撟[57]。內欣欣而自美兮，聊媮娛以自樂[58]。涉青雲以汎濫游兮，忽臨睨夫舊鄉[59]。僕夫懷余心悲兮，邊馬顧而不行[60]。

思舊故以想像兮，長太息而掩涕[61]。氾容與而遐舉兮，聊抑志而自弭[62]。指炎神而直馳兮，吾將往乎南疑[63]。覽方外之荒忽兮，沛罔象而自浮[64]。祝融戒而還衡兮，騰告鸞鳥迎宓妃[65]。張咸池奏承雲兮，二女御九韶歌[66]。使湘靈鼓瑟兮，令海若舞馮夷[67]。玄螭蟲象並出進兮，形蟉虯而逶蛇[68]。雌蜺便娟以增撓兮，鸞鳥軒翥而翔飛[69]。音樂博衍無終極兮，焉乃逝以俳佪[70]。舒并節以馳騖兮，逴絕垠乎寒門[71]。軼迅風於清源兮，從顓頊乎增冰[72]。歷玄冥以邪徑兮，乘間維以反顧[73]。召黔嬴而見之兮，為余先乎平路[74]。經營四荒兮，周流六漠[75]。上至列缺兮，降望大壑[76]。下崢嶸而無地兮，上寥廓而無天[77]。視儵忽而無見兮，聽惝怳而無聞[78]。超無為以至清兮，與泰初而為鄰[79]。

【注，釋】❶迫，迫脅。阨，困阨，阨，一作隘。亦困。輕舉，輕身飛舉。猶登仙。❷質，質性。菲薄，微薄。因，藉。浮，升。❸耿耿，猶儆儆。不寐貌。煢，一作營。營營，往來不定貌。❹惟，思。勤，勞。❺步，徐行。徙倚，猶低佪，彷徨。遙，長。怊，悵恨。惝怳，失意貌。乖懷，志乖錯。一作永懷。❻流蕩，無據依。悽，痛。❼端，正。操，操守。正氣，人所受於天的元氣。由，謂其所從來。❽漠，猶漠然。靜寂貌。恬愉，恬然愉樂。澹，猶澹然，無為貌。❾赤松，相傳為神農時雨師，服水玉，教神農。能入火自燒。至崑崙山上，常在西王母石室，隨風雨上下，炎帝少女追之，也得仙俱去。清塵，猶遺風。清是尊敬之意，塵是步行時揚起的塵土，不敢指斥尊者，所以假塵言之。承風，承受風化。遺則，猶遺法。❿真人，道家語。謂修真得道的人（參《莊子・大宗師》）。休，美。⓫與化去而不見兮，王逸說是變易形容，遠藏匿。名聲著而日延，王逸說是姓字彌章，流千億。⓬傳說，相傳傳說死為天上列星（《莊子・大宗師》）。韓眾，相傳即齊人韓終。為王採藥，王不肯服，終自服之，遂成仙（《列仙傳》）。一，是道家的至純之道。得一，猶得道（《老子》）。⓭形，指形體。穆穆，猶默默，靜寂。浸遠，漸遠。⓮氣變，精化氣，氣化神（王夫之）。曾舉，猶高舉。忽，猶倏忽。神奔、鬼怪，言神速之意。⓯時，偶而。髣髴，見不明貌。遙，遠。精，精靈。晈晈，光明貌。⓰絕，超越；遠離。氛埃，垢穢之氣。猶塵埃。淑，清。尤，甚；過。淑尤，美之甚。⓱如，入；往。⓲天時代序，猶季節的變換，更代其時序。耀靈，指日。曄，光明。征，行。⓳淪，沉。零，落。⓴仿佯，猶彷徨，徘徊。逍遙，猶遊戲。優遊自得之貌。永，長。歷年，經歷數年。無成，無所成就。㉑斯，此。晨，當從一本作長為是。㉒高陽，見〈離騷〉。程，法。㉓重，樂節之名。語義未盡，再次的陳辭叫重。㉔淹，留。㉕軒轅，黃帝的號，相傳黃帝採首山之銅，鑄鼎在荊山之下，有龍迎他上天。所以說不可攀援。王喬，即王子喬。周靈王太子。名晉。好吹笙作鳳鳴，遊伊洛之間（《列仙傳》）。㉖六氣，謂陰、陽、風、雨、晦、明（《左傳》昭公元年）。王逸注是朝旦之氣（朝霞），日中之氣（正陽），日沒之氣（飛泉），夜半之氣（沆瀣），天之氣，地之氣。按下文既說正陽，朝霞，則此無重複之理，以《左傳》說為是。㉗麤，同「粗」。㉘凱風，南風。從游，從風而逝。南巢，相傳為南方鳳鳥之所巢。壹息，猶稍息。㉙王子，即王子喬。宿，通「肅」。肅敬之意。審，問。壹氣，猶專氣（《老子》）。先天地而存的純一之氣。和，相應。德，陰陽交通謂德。壹氣之和德，謂天地陰陽之氣相應交通。㉚按此為王子喬之言。垠，涯。滑，亂。而，爾。魂，精靈。彼，指道。自然，謂自然而至。孔，甚。神，神妙。中夜，猶半夜。庶，眾。庶類，猶萬類。以成，藉之以成。此，指壹氣。德，即和德。㉛至貴，謂至妙之言，其貴無敵。徂，往。㉜仍，因；就。羽人，《山海經》中有羽人之國，不死之民。或說，人得道身生毛羽。即飛仙。丹丘，晝夜常明之地。舊鄉，或說仙聖之所宅。㉝湯谷，即暘谷。晞，曬乾。九陽，謂日。㉞飛泉，即飛谷，在崑崙西南。或即日沒之氣。微，妙。琬、琰，皆玉名。㉟頩，淺赤色。脕，澤。精，指精神。醇，厚。粹，不雜。㊱質，凡質，指形體。汋約，柔弱貌。神，指精神。要眇，精微貌。淫，益。放，揚露。㊲南州，猶南土，指故居之地。炎德，陰陽家以四方屬五行，南方屬火，所以說炎德。㊳載，車乘人。營魄，猶魂魄。霞，通「遐」。遠。登霞，猶適遠。掩，同（《方言・三》）。或說掩，蔽覆。㊴大，一作太。大微，天帝南宮。㊵集，止。重陽，指天。造，訪。旬始，皇天名。一說星名。清都，天帝所居。㊶太儀，天帝之庭。於微閭，東方的玉山。㊷溶與，同「容與」。水盛貌。㊸建，立。雄虹，旗上所繪的彩飾。旄，有牛尾飾的旗。炫燿，光明。㊹服，衡（車轅上橫木）下夾轅（車前駕車木）的兩匹馬。偃蹇，此謂馬舞動貌。低昂，一低一昂。驂，衡外挽靷兩馬。連蜷，此謂驂舞動貌。驕驁，馬行縱恣。㊺騎，車騎。膠葛，交加。斑，同「班」。從行的眾列。漫衍，無極貌。㊻撰，持；正（端正）。句芒，月令：「東方甲乙，其帝太皞，其神句芒。」㊼歷，經。太皓即太皞。飛廉，風伯。啟路，猶開道。㊽杲杲，日始出貌。淩，超越。徑，直。徑度，猶直往。㊾辟，除。㊿蓐收，王逸：「西方庚辛，其帝少皓，其神蓐收。」西皇，即少皓。(51)擥，引援。旍，即旌。斗柄，北斗星。麾，旗屬。(52)叛，分散。驚霧之流波，謂波流之大可衝霧。(53)曖曃，昧暗；昏暗。曭莽，日無光。玄武，本星名，北方七宿謂龜蛇，位在北方，故稱玄，身有鱗甲故叫武。或以為神名。屬，從。(54)文昌，本星名。此謂神名。掌行，掌領從行者。署，置。並轂，並駕齊驅。(55)厲，渡。(56)徑，路。徑侍，猶路侍。衛，護衛。(57)度世，謂度越塵世而仙去。恣睢，自得之貌。担撟，軒舉。(58)欣欣，悅喜貌。(59)涉，渡。汎濫，謂無度之意。(60)邊馬，旁馬。指驂。(61)想像，想其形像。(62)氾，同「泛」。廣。容與，舒緩之貌。遐舉，遠舉（指感情昇華）。抑志，猶按志。弭，忍。(63)炎神，南方之神。王逸：「南方丙丁，其帝炎帝，其神祝融。」南疑，南方的九疑山。(64)方外，猶域外，神仙之屬所在。沛，流貌。罔象，一作潤瀁，水盛貌。(65)祝融，南方火神。戒，告。還衡，謂旋其衡而別行。一作蹕御。蹕，止行人。御，禁。騰，馬躍。騰告，猶馳呼。(66)張，設。咸池，堯樂。承雲，黃帝樂。二女，指娥皇、女英。御，侍。九韶，舜樂。(67)湘靈，湘水神。海若，海神。馮夷，水神。(68)螭，龍屬。蟲，長蟲。象，罔象，水怪。蟉虯，盤曲貌。逶，同「委」。逶蛇，長曲貌。(69)便娟，輕麗貌。增，層。撓，纏。軒翥，高舉。(70)博，大。衍，廣。焉乃，於是。(71)舒，緩。并節，合節。鶩，奔馳。逴，遠。絕，極。垠，涯。絕垠，猶極涯，天的邊際。寒門，北方北極之山叫寒門。(72)軼，超軼。迅風，疾風。清源，風之藏府。顓頊，北方之帝。洪補：「北方壬癸，其帝顓頊，其神玄冥。」(73)歷，過。邪，曲。徑，路。邪徑，猶轉道。間維，天有六間（上、下、四方）地有四維（四隅），猶言天地。(74)黔嬴，天上造化神。或說水神。平，治。平路，猶治道。(75)經營，猶往來。六漠，猶六合，天地四方。(76)鴃，同「缺」。列缺，天隙電照。降，下。大壑，渤海之東有大壑。實維無底之谷，名叫歸虛。(77)崢嶸，深遠貌。地，底。寥廓，廣遠貌。天，顛。(78)儵忽，猶閃鑠。惝怳，耳不諦。(79)無為，猶自然。至清，極清虛之境。泰初，氣之始。

【語　譯】我悲傷時勢習俗的脅迫困阨，願輕身飛舉而遠去他方。可是我的質性微薄而無所依附，將託乘什麼以上升天際？遭遇到沉濁和汙穢的打擊，孤獨的憂鬱能向誰傾訴？夜深時內心的牽掛使我不能成眠，靈魂更往來不定的奔走直到清晨。心念著天地的無盡運行，哀痛人生也是永無休止的辛勤。往日的一切已追求不及，未來的種種恐怕也不能親聞。徐步彷徨且默默地長思，惆悵、失意一切都與我志意乖戾。我的心神恍惚而無所依據，我的內心愁苦悽痛而充滿重重的悲慽。魂魄忽而離我遠去，獨留下枯槁的形體。內心一意地思念著端正操守，以求得天地正氣產生的根由。我有漠然虛靜而恬然愉悅的心境，我有澹然無為而自得安逸的胸襟。聽說赤松留下了崇高的遺範，我願承受他遺則的風化。我珍視真人的崇高美德，我更讚美他們的得道成仙。他們的形體已隱匿不見，他們的名聲顯著而日日綿延。我驚奇於傳說的託附於辰星，我羨慕韓眾的得道成仙。形體能默默地漸漸遠去，離開了人群而遁跡隱逸。藉著自然的變化而輕舉，往來倏忽有如神的奔馳鬼的譎變。有時彷彿能遙遠的望見，皎潔明亮的精靈往來於寰宇。他們已超越了塵埃至清美的極地，再也不會回到凡塵故居。那樣就能避免小人的陷害不再恐懼，世界上已經沒有人知道他們到了那裡。但是！我恐懼在時序的更代中，耀靈已閃爍著光芒往西方落去，微霜已飄降於大地。我悲悼芳草已先行凋零。姑且徘徊而遊戲，雖然經歷了長久的歲月我依然無所成就。誰又能與我把玩這僅存的芳草，我只得向風長歎以抒散情懷。高陽已離我遠去，我將再以誰作為典範？

重唱：春秋運轉像流水般消逝，為什麼我還久留在故居？軒轅已無法攀援，我將追隨王喬而遊戲。我吃的是六氣，飲的是沆瀣，用正陽漱口，用朝霞潤喉。保持了精神的澄清，先天的精氣已進入體內，後天的麤穢已被排除。順著南風飄盪，來到了南巢才稍事休息。遇見了王子喬而向他肅敬的請教，請教天地陰陽之氣和合交通的道理。他說：「道理只能接受不可言傳，它微小到沒有實質，廣大到永無邊際。如果不擾亂你的精靈，它就會自然降臨。天地的純一之氣非常的神奇，它常存在於夜半之際。要虛靜的等待，不要先有得之的情慾。萬物眾類都藉它而成形，這就是大道的必經之門。」我聽到了這一番極為珍貴的道理，於是我心嚮往，瞬息間我就即將遠去。我去丹丘親近飛仙，要永留在這不死的仙鄉。早晨在暘谷洗髮，傍晚用九陽的熱力曬乾我的身體。呼吸著飛泉的神妙液露，飽餐著美玉的英華。淺赤的玉色潤澤我的容顏，精神純粹而愈形茁壯。凡質銷鑠而益形柔美，精神精微而更加奔放。我嘉美南州的炎德，我歌頌桂樹在冬天也能繁榮。但是山林卻寂寞的找不到走獸，原野更是寂寥而毫無人煙。我載著魂魄遠去，攀援著浮雲上升。命令天閽打開天門，他卻推開了天門望著我。召喚豐隆為我先導，尋訪天帝南宮的所在。到達了九天進入了帝宮，造訪旬始而參觀清都。早晨從天庭太儀出發，傍晚就到達了東方的玉山——於微閭。我屯聚了車駕萬乘，紛然眾盛而並駕齊驅。駕著八龍婉婉飛行，插著雲飾的旗幟搖擺不定。立起雄虹為飾的彩旄，五彩繽紛而光耀。服馬舞動得忽低忽高，驂馬奔馳得昂頸高傲。車騎交加而雜亂，從行的眾列漫衍無極而並行。抓緊馬轡，高舉馬鞭，即將過訪東方之神——句芒。經過了太皓處而右轉，前面是飛廉在開道。當太陽尚未吐出第一道曙光，我超越了天地而直往。風伯為我先行除道，掃除了塵埃而得清涼。鳳凰敬穆的翱翔在旂旗的兩旁，遇見蓐收在帝所西皇。我援引彗星作為旍旗，高舉斗柄以為麾旄。紛然地乍離乍合忽上忽下，我遊戲在驚動霧氣的大波之上。天色已昏暗無光，我召喚北方之神——玄武奔屬在我的後方。後頭由文昌出掌從行之事，選置了眾神而並駕齊驅。路途是曼曼然長遠，我徐行按節而航向高處。左邊是雨師為路侍，右邊以雷公為衛護。本想超度凡塵而不回，我的志意自得而高舉。內心欣喜而品德純淨，我姑且愉樂而縱情嬉戲。登上青雲無度地暢遊，忽然低頭看到了故都。僕夫懷思而我內心悲苦，邊馬回顧而停下了步武。思念起故舊的音容，我長聲歎息而擦拭著泣涕。我應寬廣舉動使感情昇華，姑且抑止住激動的心志而忍耐。我指著南方之神——炎帝的所在直奔，將前往南方的九嶷山。看著域外是一片迷茫，像是在浮泛汪洋的水勢中任意飄浮。祝融已告別而還車回程，我又疾呼鸞鳥去迎接宓妃。譜布出堯帝的音樂咸池，演奏出黃帝的樂章承雲，堯帝的二女承侍左右，歌唱著舜帝的音樂九韶。使湘水的神靈鼓瑟，命令海若與馮夷起舞。黑龍、長蛇、罔象接連著進進出出，形體彎曲而長垂。雌蜺輕麗而層層纏繞，鸞鳥高舉而翔飛。音樂廣博而無終極，於是我就前去遊戲。舒緩了馬的步節前馳，來到遙遠的邊際北極之山——寒門。超軼疾風到了風府清源，跟隨顓頊來到層冰之地。路經玄冥而轉道，登上了天地的間維而回顧。我召喚黔嬴和他相見，請他替我先行開路。往來於四方，周遊於天地。上邊我到了天隙列缺，下邊我看了渤海之東無底的大壑。下邊是深遠而無底，上邊是廣遠而無頂。視覺閃鑠連什麼也看不見，聽覺模糊連什麼也聽不清。超越了自然而至極清虛之境。我已與大氣之始——泰初為鄰。

【研　析】

王逸在《楚辭章句》中說〈遠游〉是屈原的作品。後來像胡適、陳鐘凡、陸侃如、廖平、游國恩等等都有過懷疑，但是理由都未必可信。像游氏在他的《楚辭概論》和《屈原》兩書中也有了矛盾的見解。蘇雪林氏在〈屈原作品的否定論〉一文中已辯明，把著作權還給了屈原，如今似已不必再做翻案文章。本篇首二句有：「悲時俗之迫阨兮，願輕舉而遠游。」篇題即由此而得。所以王逸說：「高翔避世，求道真也。」朱熹也說：「思欲制鍊形魂，排空御氣，浮游人極。」可見此篇完全是道家出世的神仙思想。篇中有：「漠虛靜以恬愉兮，澹無為而自得。」又說：「道可受兮，不可傳，其小無內兮，其大無垠，無滑而魂兮，彼將自然。壹氣孔神兮，於中夜存，虛以待之兮，無為之先。庶類以成兮，此德之門。」所謂「虛靜」、「無為」、「恬愉」、「自然」、「無為之先」、「此德之門」都是道家語，不僅如此，篇中還提到了修鍊的功夫。如：「餐六氣而飲沆瀣兮，漱正陽而含朝霞。保神明之清澄兮，精氣入而麤穢除。」又提到了「赤松」、「韓眾」等得道的方士，其含濃厚的道家思想可知。而〈遠游〉思想之萌芽，〈離騷〉中也得見。文中說：「忽反顧以遊目兮，將往觀乎四荒。」此非「遠游」而何？

【韻譜】

全篇共用韻八十八字，凡卅三次換韻。

①游（幽）、浮（幽）。②語（魚）、曙（魚）。③勤（文）、聞（文）。④懷（微）、悲（微）。⑤留（幽）、由（幽）。⑥得（之）、則（之）。⑦仙（元）、延（元）。⑧一（脂）、逸（脂）。⑨怪（之）、來（之）。⑩都（魚）、如（魚）。⑪征（耕）、零（耕）、成（耕）、情（耕）、程（耕）。⑫居（魚）、戲（魚）、霞（魚）、除（魚）。⑬息（之）、德（之）。⑭傳（元）、垠（文）、然（元）、存（文）、先（文）、門（文）元文合韻。⑮行（陽）、鄉（陽）、陽（陽）、英（陽）、壯（陽）、放（陽）。⑯榮（耕）、人（真）、征（耕）真耕通韻。⑰予（魚）、都（魚）、閭（魚）。⑱馳（歌）、蛇（歌）。⑲燿（宵）、驁（宵）。⑳行（陽）、芒（陽）。㉑路（魚）、度（魚）。㉒涼（陽）、皇（陽）。㉓麾（歌）、波（歌）。㉔屬（侯）、轂（侯）。㉕厲（祭）、衛（祭）。㉖

撟（宵）、樂（宵）。㉗鄉（陽）、行（陽）。㉘涕（脂）、弭（佳）佳脂通韻。㉙疑（之）、浮（幽）之幽通韻。㉚妃（微）、歌（歌）、夷（脂）、蛇（歌）、飛（微）、佪（微）微歌脂合韻。㉛門（文）、冰（蒸）江有誥以為無韻或文蒸合韻。㉜顧（魚）、路（魚）、漠（魚）、壑（魚）。㉝天（真）、聞（文）、鄰（真）真文通韻。

卷六 卜居

屈原既放三年，不得復見，竭知盡忠，而蔽鄣於讒。心煩慮亂，不知所從，往見太卜鄭詹尹❶。曰：「余有所疑，願因先生決之。」詹尹乃端策拂龜❷。曰：「君將何以教之？」屈原曰：「吾寧悃悃款款，朴以忠乎？將送往勞來，斯無窮乎❸？寧誅鋤草茅，以力耕乎？將游大人，以成名乎❹？寧正言不諱，以危身乎？將從俗富貴，以媮生乎❺？寧超然高舉，以保真乎？將哫訾栗斯，喔咿儒兒，以事婦人乎❻？寧廉潔正直，以自清乎？將突梯滑稽，如脂如韋，以潔楹乎❼？寧昂昂若千里之駒乎？將氾氾若水中之鳧乎？與波上下，偷以全吾軀乎❽？寧與騏驥亢軛乎？將隨駑馬之迹乎❾？寧與黃鵠比翼乎？將與雞鶩爭食乎❿？此孰吉孰凶？何去何從？世溷濁而不清，蟬翼為重，千鈞為輕；黃鐘毀棄，瓦釜雷鳴⓫；讒人高張，賢士無名。吁嗟默默兮，誰知吾之廉貞⓬？」詹尹乃釋策而謝⓭，曰：「夫尺有所短，寸有所長；物有所不足，智有所不明；數有所不逮⓮，神有所不通。用君之心，行君之意，龜策誠不能知事。」

【注　釋】❶太卜，掌卜之官。鄭詹尹為其名。❷端，正。策，蓍莖。拂，拭。龜，龜甲。蓍莖、龜甲皆用以占卜。❸寧……將，為比較關係構成複句的關係詞。在較量得失的問話中用之。欵，一作款。悃悃欵欵，誠實傾盡之貌。朴，通「樸」。質。以，且。送往勞來，謂往者送之，來者勞之。隨處周旋，巧於媚世。斯，則。無窮，不窮困。❹誅，翦除。力耕，盡力於耕作。大人，指貴幸者。❺媮，樂。❻保真，保其天真。哫訾，以言語求媚。即「趦趄」，行不進貌（俞樾）。栗，詭隨。斯，讀若⿰忄斯，慓（洪補）。或說即「櫪㯕」，古禁罪人之刑具。哫訾栗斯，猶言如加桎梏，不敢妄動。喔咿、儒兒，強笑噱（王逸）。❼突梯，滑澾貌。滑稽，圓轉貌。如脂如韋，指肥脂澤韋的柔軟。楹，屋柱。❽昂昂，馬行高昂貌。氾氾，鳥浮貌。鳧，野鴨。❾亢，舉。軛，車轅前橫木。亢軛，猶並駕。駑馬，劣馬。❿黃鵠，大鳥名。⓫黃鐘，十二律之一。按鐘律之中以黃鐘器極大而聲最閎。瓦釜，皆無聲之物，不能為樂，而貧者或用來歌舞時打節奏。雷鳴，聲如雷之鳴。⓬吁嗟，歎息聲。默默，無聲。⓭釋，置。⓮數，運命。逮，及。

【語　譯】屈原已經被放逐了三年，還不能赦罪召回，他竭盡心智以盡忠國君，卻被讒人所掩蔽鄣阻。他的心情煩悶，思慮混亂，真不知如何是好，於是就去拜訪太卜鄭詹尹。說：「我有一些疑問，願請先生做個決定。」詹尹於是擺正了筮草，拂拭一下龜甲。說：「先生有何見教？」屈原說：「我寧可誠懇忠實的樸質而忠貞呢？或是隨俗周旋，巧於媚世呢？寧可翦除茅草，而努力於耕作呢？或是與有地位的人遨遊，藉以成名呢？寧可說話正直而不隱諱，危害到自身呢？或是順俗求取富貴，以歡愉此生呢？寧可離世隱居以保存本真呢？或是委委縮縮，強顏歡笑，以事奉婦人呢？寧可廉潔正直，以自保純潔呢？或是圓滑虛浮，像油脂像柔韋，用來潤潔楹柱呢？寧可高昂地像日行千里的良駒呢？或是在水中浮泛像水裡的野鴨，順波上下苟且以保全我的身軀呢？寧可與騏驥並駕齊驅呢？或是跟隨劣馬的足跡呢？寧可與黃鵠比翼而飛呢？或是與雞鴨爭食呢？以上所說，什麼是吉利？什麼是咎凶？什麼該捨棄？什麼該順從？世間是混濁而不清，認蟬翼為重，反說千鈞為輕；黃鐘被毀壞拋棄，瓦釜卻像雷般的響動；讒人得勢地位顯張，賢士卻默默無名。我悲歎世間的沉默，有誰能了解我的廉潔忠貞？」詹尹於是放下了筮草而謙辭著說：「唉！尺雖長有時卻嫌它短，寸雖短有時倒嫌它長。物理有時不一定能周全，智慧有時不一定能洞察；命運有時不一定能把握，神靈有時不一定能通達。用您的心靈去行使您的意願，龜策實在不能知道天下之事。」

【研析】

〈卜居〉篇據王逸說是屈原寫的。「屈原體忠貞之性，而見嫉妒。念讒佞之臣，承君順非，而蒙富貴，己執忠直，而身放棄，心迷意惑，不知所為，乃往至太卜之家。稽問神明，決之著龜，卜己居世，何所宜行，冀聞異策，以定嫌疑，故曰〈卜居〉也。」但後來反對的意見很多。如胡適以為〈卜居〉、〈漁父〉是有主名的著作，見解與技術都代表一個《楚辭》進步已高的時期（見《文存》，《讀楚辭》）。陸侃如、游國恩更謂〈卜居〉、〈漁父〉兩篇的開口就說「屈原既放」，顯然是旁人的記載（見《屈原》及《楚辭概論》）。游氏更以為古人自稱多名而不字，而〈卜居〉、〈漁父〉通篇都稱屈原（名平字原），顯然係後人習見屈原之名而用。他們的懷疑觀點都是可以成立的。而最近我在作《楚辭》古韻語的整理時也發現《楚辭》的用韻現象可分二類：〈離騷〉、〈九歌〉、〈天問〉、〈九章〉、〈遠游〉、〈九辯〉、〈招魂〉、〈大招〉為一類，而〈卜居〉、〈漁父〉又自成一類。〈離騷〉一類陰聲韻以魚部居首，幽、歌二部次之，陽聲韻以陽部居首，元、耕二部次之。而〈卜居〉、〈漁父〉二篇陰聲韻以之部居首，佳部次之。陽聲韻以耕部居首，真部次之，若云一人之作品，其用韻必有習慣上情感上不自覺的統一性，則此二篇非屈原之所作又多一旁證（見拙著《楚辭古韻考釋》）。王逸之所以會致誤的原因，實在是拘泥於《漢書・藝文志》：「屈原賦廿五篇。」所以從〈離騷〉算來〈卜居〉、〈漁父〉正在廿五篇之列。

【韻譜】

全篇共用卅韻字，凡換韻十一次。

①疑（之）、之（之）。②忠（中）、窮（中）。③耕（耕）、名（耕）、身（真）、生（耕）、真（真）、人（真）「真」字江有誥作貞，此真耕通韻。④清（耕）、楹（耕）。⑤駒（侯）、軀（侯）。⑥軛（佳）、迹（佳）。⑦翼（之）、食（之）。⑧凶（東）、從（東）。⑨清（耕）、輕（耕）、鳴（耕）、名（耕）、貞（耕）。⑩長（陽）、明（陽）、通（東）陽東通韻。⑪意（之）、事（之）。

卷七 漁父

屈原既放，游於江潭❶，行吟澤畔❷，顏色憔悴，形容枯槁❸。漁父見而問之，曰：「子非三閭大夫與？何故至於斯❹？」屈原曰：「舉世皆濁我獨清，眾人皆醉我獨醒，是以見放。」漁父曰：「聖人不凝滯於物，而能與世推移❺。世人皆濁，何不淈其泥而揚其波❻？眾人皆醉，何不餔其糟而歠其釃❼？何故深思高舉，自令放為❽？」屈原曰：「吾聞之，新沐者必彈冠，新浴者必振衣❾。安能以身之察察，受物之汶汶者乎❿？寧赴湘流，葬於江魚之腹中。安能以皓皓之白，而蒙世俗之塵埃乎⓫？」漁父莞爾而笑，鼓枻而去⓬。歌曰：「滄浪之水清兮，可以濯吾纓；滄浪之水濁兮，可以濯吾足⓭。」遂去不復與言。

【注　釋】❶江，沅湘之間。潭，深淵。蔣驥說，今常德府沅水旁有九潭。❷行吟，行且吟。❸憔悴，膚色黴黑。形容，猶神態。枯槁，癯瘦瘠。❹漁父，為當時之隱者。三閭大夫，屈原故官。掌王族屈、景、昭三姓。斯，此。❺不凝滯於物，謂不為外物所拘囿。與世推移，謂隨俗方圓。❻淈，濁。揚其波，謂與世浮沉。❼餔，食。糟，酒滓。歠，飲。釃，以筐漉酒。❽高舉，謂與世異行。自令放為，謂何為自致於放逐。❾振，搖動。❿察察，潔白貌。汶汶，沾辱。⓫皓皓，猶皎皎，潔白貌。此喻貞潔。⓬莞爾，微笑貌。枻，船舷（船邊）。鼓枻，即叩船舷。⓭滄浪，水名。在今常德龍陽縣，本滄浪二山發源，合流為滄浪之水。濯，洗。纓，冠系。滄浪歌又見於《孟子》。

【語　譯】屈原被放逐了，就無目的地徘徊在沅湘之間，深淵之旁，在沼澤畔一邊走著一邊低聲吟唱，臉色憔悴，神態瘦瘠。漁父遇見了他，就問說：「咦！您不就是三閭大夫嗎？為什麼會變成這個模樣？」屈原回答說：「整個社會瀰漫著一片汙濁，只有我是清白，所有的人都爛醉如泥，只有我是清醒，所以我被放逐了。」漁父說：「有德行的聖人不應該被外物所拘囿，而能隨俗改變。既然世人都汙穢不堪，那您為什麼不也跟著汙濁而浮沉？眾人都醉了，為什麼不也跟著吃酒糟，喝清酒呢？為什麼要憂國憂民與世俗異行，而自致於放逐呢？」屈原說：「我聽說，剛洗過頭的人，一定會拍拍帽子再戴上，剛洗過澡的人，一定會抖抖衣服再穿上。我又怎能讓清白的身體受到污物所沾辱呢？我寧可投入湘水之中，任波逐流，葬於江魚的腹中。我又怎能把潔白的名譽而蒙上世俗的塵垢呢？」漁父微微的笑了，他鼓動著船板而逝去。且唱著歌：「滄浪的水澄清啊！可以洗濯我的冠系；滄浪的水汙濁啊！可以洗濯我的汙腳。」於是他遠遠地走了，不再說話。

【研析】

〈漁父〉篇的作者是誰？王逸的說法是前後矛盾的，序中既說是「屈原之所作」，又說：「楚人思念屈原，因敘其辭以相傳焉。」而其實這篇與〈卜居〉一樣不是屈原的作品，理由見〈卜居〉篇。不過「漁父」一詞不僅見於《楚辭》，《莊子》、《列子》中也引用，尤其《莊子》亦以之名篇。知《楚辭》之〈漁父〉也屬《莊子》寓言之詞。

【韻譜】

全篇共用韻字十四，凡換韻六次。

①清（耕）、醒（耕）。②移（歌）、波（歌）、釃（歌）、為（歌）。③冠（元）、衣（微）微元合韻。

④汶（文）、塵（真）真文通韻。⑤清（耕）、纓（耕）。⑥濁（侯）、足（侯）。

卷八 九辯

一

悲哉秋之為氣也，蕭瑟❶兮草木搖落而變衰。憭慄❷兮若在遠行❸，登山臨水兮送將歸❹。泬寥❺兮天高而氣清，宋嵺❻兮收潦❼而水清。憯悽❽增欷❾兮薄寒之中❿人，愴怳⓫懭悢⓬兮去故而就新。坎廩⓭兮貧士失職而志不平，廓落⓮兮羇旅⓯而無友生。惆悵⓰兮而私自憐。燕翩翩其辭歸⓱兮，蟬宋漠而無聲。鴈廱廱⓲而南游⓳兮，鵾雞⓴啁哳㉑而悲鳴。獨申旦㉒而不寐兮，哀蟋蟀之宵征㉓。時亹亹㉔而過中㉕兮，蹇㉖淹留㉗而無成。

【注釋】❶蕭瑟，秋風陰冷疾暴貌。❷憭慄，亦作憀慄，猶悽愴。❸遠行，遠客出行而至他方。❹送將歸，王逸說：「族親別逝，還故鄉也。」❺泬寥，曠蕩、空虛。或說猶蕭條，無雲貌。❻宋廖，猶寂寥，虛靜貌。❼潦，雨水。收潦，謂溝無溢濫。❽憯悽，悲痛貌。❾增，重累。欷，猶歔欷。❿薄，迫。薄寒，寒氣逼人。中，讀去聲，襲。⓫愴怳，失意貌。⓬懭悢，不得志。⓭坎廩，困窮。⓮廓落，空寂。⓯羇旅，旅寓。羇，同「羈」。⓰惆悵，悲哀。⓱翩翩，飛貌。此句言秋深燕子已將入海回翔。⓲廱，同「噰」。廱廱，鴈鳴聲。⓳南游，謂鴈南行就煖。⓴鵾雞，似鶴黃白色。㉑啁哳，聲繁細貌。㉒申旦，猶達旦。㉓宵征，即夜行。㉔亹亹，行貌。㉕過中，猶過半，喻日漸衰暮。㉖蹇，句首語氣詞。㉗淹留，久留。

【語譯】悲哀啊！秋天的節氣，陰涼疾暴的秋風使草木搖落而變得衰敗。那一分悽愴，就像個遠行他鄉的孤客，就像登上了高山，涉臨過江水，送走了回鄉的親朋。曠蕩空虛！高闊的天，清朗的大氣。虛靜！河川不再溢濫，水勢澄清。悲悽和陣陣的歔欷就像寒氣般的逼人，失意又不平，我不如離開這裡換換環境。窮困的際遇，貧士失去了職事而內心是憤懣不平；空寂的心靈，寄居旅寓在外的遠客，孤單一身。悲哀地自傷自憫。燕子翩然的飛回了舊居，秋蟬不再哀鳴，大鴈噰噰地鳴叫著飛往南方，鵾雞啼唳出繁細的悲鳴。我獨自一人達旦而不眠，我悲哀蟋蟀的不息夜行。時日已亹亹然將盡，而我依然停滯不前而一事無成。

二

悲憂窮戚❶兮獨處廓❷，有美一人❸兮心不繹❹。去鄉離家兮徠遠客❺，超❻逍遙兮❼今焉薄❽？專❾思君兮不可化❿，君不知兮可奈何！蓄怨兮積思，心煩憺⓫兮忘食事。願一見兮道余意，君⓬之心兮與余異。車既駕兮朅⓭而歸，不得見兮心傷悲。倚結軨⓮兮長太息，涕潺湲兮下霑⓯軾。忼慨⓰絕⓱兮不得，中瞀⓲亂兮迷惑。私自憐兮何極⓳？心怦怦⓴兮諒直㉑。

【注釋】❶憂，迫；促。戚，一作慼。❷廓，空。❸有美一人，指屈原（朱熹）。或即〈九辯〉的作者。❹繹，抽思；陳；理。引申之有解意。❺徠，通「來」。來遠客，謂來為遠客。❻超，遠。❼逍遙，猶浮游。❽薄，止。❾專，執心一意。❿化，變。⓫憺，憂。⓬君，朱熹說指：「懷王。」⓭朅，去。⓮軨，為車軾下之縱橫木。以木一橫一直為方格成之，故亦謂結軨（青木正兒），或說車未行，則結之，故亦曰結軨（王闓運）。⓯霑，濡。⓰忼慨，即慷慨，壯士不得志。⓱絕，斷氣息。⓲瞀，昏。⓳極，窮。⓴怦怦，心急。㉑諒，誠。直，正直。

【語譯】悲傷、憂愁、窮困、哀慽，我獨自一人居處在空廓之地，我有修美的德行但內心的思緒鬱結而不得解析。我去鄉離家來到了遠方為客，去故鄉是那麼地超遠而今竟不知何止？我一心一意的思念君王而不知變化，但是君王並不了解我，又當奈何！滿懷的幽怨，鬱積的愁思，內心的煩憂使我竟忘記了食事。我盼望能再見君王以表白我的心意，可惜君王的想法與我迴異。我已經備妥了車駕，但是去而復歸，我不能一見君王，內心將永遠傷悲。我倚靠著車軨，長聲歎息，涕泣潺湲濡濕了茵席。我中心忿恨肝膽剖裂，而求死不得，我的內心是昏亂而迷惑，我私自悲憫，這窮困的日子何時終極？我的內心忠謹是誠然正直。

三

皇天平分四時兮，竊獨悲此廩❶秋。白露既下❷百草兮，奄❸離披❹此梧楸❺。去白日之昭昭❻兮，襲❼長夜之悠悠❽。離❾芳藹❿之方壯兮，余萎約⓫而悲愁。秋既先戒以白露兮，冬又申⓬之以嚴霜。收恢台⓭之孟夏兮，然⓮欿傺⓯而沉藏。葉菸邑⓰而無色兮，枝煩挐⓱而交橫。顏淫溢⓲而將罷⓳兮，柯彷彿而萎黃。萷⓴櫹槮㉑之可哀兮，形銷鑠而瘀㉒傷。惟㉓其紛糅㉔而將落兮，恨其失時而無當。擥㉕騑㉖轡而下節㉗兮，聊逍遙以相佯。歲忽忽而遒㉘盡兮，恐余壽之弗將㉙。悼余生之不時兮，逢此世之俇攘㉚。澹㉛容與而獨倚㉜兮，蟋蟀鳴此西堂。心怵惕㉝而震盪㉞兮，何所憂之多方㉟？卬㊱明月而太息兮，步列星㊲而極㊳明。

【注 釋】❶廩，同「凜」。寒。❷下，降。❸奄，忽；遽。❹離披，分散貌。❺梧楸，梧桐，楸梓。❻昭昭，光明貌。❼襲，因；入。❽悠悠，無窮。❾離，去。❿藹，繁茂。⓫萎，《文選》作委，委屈。約，窮。⓬中，重。⓭恢台，廣大貌。⓮然，乃。⓯欿，同「坎」。陷。傺，止，楚人謂住曰傺。⓰菸邑，傷懷。⓱煩挐，擾亂。⓲淫溢，積漸。⓳罷，毀。⓴萷，木枝竦。㉑櫹槮，樹長貌。㉒瘀，血敗。㉓惟，思。㉔紛糅，眾雜。㉕擥，持。㉖騑，驂馬。㉗下節，猶按節。㉘遒，迫。㉙將，長。㉚俇攘，憂懼貌。㉛澹，猶淡然。㉜容與，徐步。倚，立。㉝怵惕，震蕩自驚動。㉞盪，搖動。㉟方，端。㊱卬，同「仰」。望。㊲步，推測。步列星，為推測列星，此步猶步歷、步天的步。㊳極，至。

【語 譯】皇天平分了四時，我獨對這寒冷的秋天興愁。白露已經降臨於百草之上，倏忽間這些梧楸就要凋落。昭昭的白日已離我遠去，侵襲而來的是悠悠的長夜。我已失去了正當壯年時繁茂的芬芳，我委屈窮約而滿懷悲愁。秋天既已降下了白露先行告戒，冬天又加重了嚴霜的威逼。孟夏的恢宏廣大業已消逝，於是我也陷止而深深的藏匿。樹葉被傷毀而失去了綠意，只剩下枯枝的紛雜交錯。樹色已漸漸地顯露出枯毀，樹幹彷彿也即將萎謝。樹梢瘦長的形貌，令人悲痛，形體已化盡而敗傷。想到這些繁盛就將凋落，我真痛恨這些失落都在於逢時不當。我操縱著馬韁按節徐行，姑且遊戲而舒散。歲月匆匆而迫近尾聲，恐怕我的壽命也不會太長。我悲悼此身的生不逢辰，遇到了世局的憂懼紛亂。我心境澹然徐步而獨立，靜聽著蟋蟀低鳴在西堂。於是我內心再戒懼而震盪，為什麼我的憂愁是如此多端，我仰望著明月歎息？我推算著列星直到天明。

四

竊悲夫蕙華之曾敷❶兮，紛旖旎❷乎都房❸。何曾華之無實❹兮，從風雨而飛颺。以為君獨服此蕙兮，羌無以異於眾芳。閔❺奇思❻之不通❼兮，將去君而高翔。心閔憐之慘悽❽兮，願一見而有明。重❾無怨而生離兮，中結軫而增傷。豈不鬱陶❿而思君兮，君之門以九重。猛犬狺狺⓫而迎吠兮，關梁⓬閉而不通。皇天淫溢⓭而秋霖⓮兮，后土何時而得漧⓯？塊⓰獨守此無澤⓱兮，仰浮雲而永歎。

【注釋】❶曾，通「層」。重。敷，布。❷旖旎，盛貌。❸都，大。房，花房。❹無實，無實質。❺閔，通「憫」。❻奇思，奇異之思，指忠信而言。❼通，達。❽慘悽，即悽慘。❾重，深念。❿鬱陶，喜。⓫狺狺，犬爭吠聲。⓬關，關塞。梁，橋樑。⓭淫溢，連日久雨，雨水過盛。⓮霖，久雨不止。⓯漧，同「乾」。⓰塊，猶塊然，孤獨貌。⓱無澤，無雨水之澤潤，此指不蒙君王恩施。

【語譯】我暗悲那些蕙華的重重開放，繁盛的旖旎充滿在寬敞的花房。可惜那重重的花朵毫無實質，順著風雨而飛颺。我以為國君能獨服這蕙草，其實它與眾芳沒有什麼異樣。我悲傷忠誠的心意無法表達，我即將遠離國君而獨自高翔。但是我的內心是悲痛而悽慘，盼望能見次面而有所表明。我深念我是無罪而遭流放，我內心的憂苦鬱結而有無盡的悲傷。我何嘗不懷著喜悅的心情思念君王，可是君王的門戶有重重的把關。猛犬對著我狺狺然狂吠，關塞、橋樑被重重的關閉而不得通航。皇天降下了過多的秋雨，后土何時才能得乾？我卻孤獨地守著這一塊無雨的地方，仰望著朵朵浮雲長歎。

五

何時俗之工巧兮，背繩墨而改錯。卻[1]騏驥而不乘兮，策[2]駑駘[3]而取路。當世豈無騏驥兮，誠莫之能善御。見執轡者非其人兮，故駶跳[4]而遠去。鳧鴈皆唼[5]夫粱藻[6]兮，鳳愈飄翔而高舉。圜鑿而方枘兮，吾固知其鉏鋙[7]而難入。眾鳥皆有所登棲兮，鳳獨遑遑[8]而無所集。願銜枚[9]而無言兮，嘗被[10]君之渥洽[11]。太公[12]九十乃顯榮兮，誠未遇其匹合[13]。謂騏驥兮安歸？謂鳳皇兮安棲？變古易俗兮世衰，今之相者兮舉肥[14]。騏驥伏匿而不見兮，鳳皇高飛而不下。鳥獸猶知懷德兮，何云賢士之不處？

驥不驟進⑮而求服⑯兮，鳳亦不貪餧⑰而妄食。君弃遠而不察兮，雖願忠其焉得。欲寂漠而絕端⑱兮，竊不敢忘初之厚德。獨悲愁其傷人兮，馮⑲鬱鬱⑳其何極㉑？

【注釋】❶卻，息。❷策，鞭馬。❸駑駘，皆劣馬。❹騗跳，馬立不常調騗。跳，躍也。❺唼，鳥食。❻粱，粱米。藻，水草。❼鉏鋙，相距貌。❽遑遑，不得所貌。❾銜，含。枚，狀如箸，橫銜之，古者以為行軍之具。❿被，受。⓫渥，厚。洽，澤。⓬太公，指姜太公呂尚，九十遇文王。⓭匹合，匹偶而與相合。⓮相者兮舉肥，古語說：「相馬失之瘦，相士失之貧。」而今之相者舉肥美者而不言其才能。⓯驟進，急進。⓰服，御。⓱餧，飼。⓲絕端，滅絕端緒。或說端為喘，微言。⓳馮，憤懣。⓴鬱鬱，愁心滿結。㉑極，窮。

【語譯】世俗之人皆工於巧詐，違背了繩墨而易置禮法。擱置下騏驥不乘，鞭策著駑駘上路。當今那裡是沒有良馬，實在是沒有人善御牠。牠眼見執轡的御者不是內行人，所以牠不願久立而跳躍遠去。野鴨大雁都啄食著粱藻，於是鳳凰愈是飛翔而高舉。圓形的槽想按入方形的枘，我早就知道必然是相距而難入。眾鳥都已有了棲息之地，唯有鳳凰孤獨地無處棲集。我願閉上嘴不再言語，我亦曾蒙受君王的厚澤。姜太公九十歲才顯榮，實在是以前一直都沒遇到知己。你說騏驥該回到那裡？你說鳳凰該棲息在那裡？而今是變易了古俗，世風日衰，今日的相者舉認馬的肥美。於是騏驥藏匿而不見，鳳凰高飛而不下。鳥獸尚且知道懷德，怎能說，賢士不念舊處？驥並不急進於請求駕御，鳳亦不貪飼而胡亂擇食。君王背棄了遠者而不加省察，縱使願盡忠誠又如何能得。我本想沉默而摒除任何思緒，但我私心中又不敢忘懷您最初待我的厚德。我孤獨地悲愁是萬分地傷身，我滿懷的憤懣憂鬱到何時才能窮極！

六

霜露慘悽而交下兮，心尚㚔❶其弗濟❷。霰雪雰糅❸其增加兮，乃知遭命之將至。願徼幸❹而有待❺兮，泊莽莽❻與壄草同死。願自往而徑游❼兮，路壅絕而不通。欲循道而平驅兮，又未知其所從。然❽中路而迷惑兮，自壓❾按而學誦❿。性愚陋以褊淺⓫兮，信未達乎從容。

【注釋】❶㚔，幸。❷濟，成。❸雰，雰雰，雪貌。糅，雜糅。按雰或為紛。❹徼幸，同「僥倖」。❺待，遇。❻泊，止。莽莽，無際涯貌，下同。❼徑游，直往。❽然，乃。❾壓，按。❿誦，吟詩。⓫褊淺，狹淺。

【語譯】霜露已悽慘地交相而降，我還希望它不會造成禍患。當霰雪紛盛地增加，我才知惡劣的命運即將來到。我猶且希望能僥倖得到善待，可是那十分渺茫，我將與野草同亡。我本想直接去找他商量，但是道路已被阻絕而不能通暢。我又想沿著常道而緩緩前進，但是我不知該走往那個方向。於是到了半途開始猶豫迷惘，只得強按抑情志而低聲吟唱。我的本性愚蠢孤陋而且狹淺，實在無法表現得態度從容。

七

竊美申包胥❶之氣盛❷兮，恐時世之不固❸。何時俗之工巧兮，滅規矩而改鑿。獨耿介❹而不隨兮，願慕先聖之遺教。處濁世而顯榮兮，非余心之所樂。與其無義而有名兮，寧窮處而守高。食不媮❺而為飽兮，衣不苟而為溫。竊慕詩人之遺風兮，願託志乎素餐❻。蹇❼充倔❽而無端❾兮，泊莽莽而無垠。無衣裘以御冬兮，恐溘死不得見乎陽春❿。

【注　釋】❶申包胥，楚國大夫。伍子胥得罪楚，將適吳，見申包胥說，我一定要滅亡楚國。申包胥答道，你能滅楚，我必能存之。後來伍子胥作了吳王闔閭的臣子，興兵破楚郢都。於是申包胥往秦國請救兵。鶴立在秦庭，悲泣了七天七夜，不飲一滴水。秦伯大受感動，於是出兵救了楚國（見《左傳》）。❷氣盛，氣勢之盛，指伍子胥之言。❸固，當作同，與前文通、從、誦、容叶韻。❹耿介，光明正直。❺媮，偷。❻素，空餐食，謂無功德而空食其祿。《詩》：「彼君子兮不素餐兮。」此處指詩意而言。❼蹇，語詞。❽

充倔，即充詘，喜失節貌。也即袏襬。《方言》說：「以布而無緣，敝而紩之，謂之襤褸。自關而西謂之袏襬。」❾端，正；直。❿陽春，溫暖的春季。

【語 譯】我私心獨美申包胥的氣勢之盛，而唯恐今世之時勢習俗已大不相同。今之時俗都工於巧詐，滅棄了常規而任意改置。只有我一人光明正大而不隨流俗，我願追慕先聖的遺教。居亂世而有顯榮的地位，不是我衷心的歡悅。與其不義而求得名聲，勿寧窮處有自守清高。食不苟且以求飽，衣不苟且以求溫。我私慕詩人的遺風，我願將我的心志寄託在「無功不受祿」的理想上。我衣衫襤褸而不正，我的前途是寬廣而渺茫。我沒有衣裘來禦寒，我深恐突然死去而再也看不到溫暖的陽光。

八

靚❶杪秋❷之遙夜兮，心繚悷❸而有哀。春秋❹逴逴❺而日高兮，然惆悵而自悲。四時遞❻來而卒歲兮，陰陽❼不可與儷❽偕。白日晼晚❾其將入兮，明月銷鑠而減毀。歲忽忽而遒❿盡兮，老冉冉而愈弛⓫。心搖悅⓬而日幸⓭兮，然⓮怊悵⓯而無冀。中憯惻⓰之悽愴兮，長太息而增欷。年洋洋⓱以日往兮，老嵺廓⓲而無處。事亹亹⓳而覬⓴進兮，蹇淹留而躊躇㉑。

【注釋】❶靚，劉永濟以為疑作竀。《說文》：「正視也。」《廣雅・釋詁一》：「視也。」竀字或作靗，與靚，形近而誤。❷杪，末。杪秋，猶末秋。❸繚悷，憂心繚繞。❹春秋，指年齒。❺逴逴，遠也。❻遞，更易。❼陰陽，指寒暑，春夏，秋冬而言。❽儷，偶。❾晼晚，日傾仄貌。❿遒，迫。⓫弛，放；舒緩。⓬搖，動。悅，疑為怳字。怳，驚懼貌。⓭㚔，同「幸」。⓮然，乃。⓯怊悵，內無所恃。⓰憯惻，心傷慘。⓱洋洋，水流貌。⓲寥廓，空。⓳亹亹，前進貌。⓴覬，冀。㉑躊躇，進退貌。

【語譯】我凝望著深秋的長夜，憂心繚繞而興悲。年歲已漸漸地邁入遲暮，於是我惆悵而自悲。在四時的更易中又到了歲末，春夏秋冬的時日我一天也沒有把握。紅日又西斜，既將日暮，明月亦銷鑠而有了虧缺。歲月疾速的流逝將盡，老邁漸漸的降臨而精神已鬆弛。我的內心是震動驚懼，但又日日盼望，結果仍然是失恃而無所企冀。我的中心悲傷而悽愴，我長聲歎息而不時歔欷。年月像水流般的日復一日地逝去，老邁時空虛而無侶。我的思想仍不停地企盼獲得君王的提攜，但是久處在失敗中已使我遲疑。

九

何氾濫❶之浮雲兮，猋❷壅蔽此明月。忠昭昭❸而願見兮，然霠曀❹而莫達。願皓日之顯行❺兮，雲蒙蒙❻而蔽之。竊不自聊❼而願忠兮，或黕點❽而汙❾之。堯舜之抗行❿兮，瞭冥冥⓫而薄⓬天。何險巇之嫉妒⓭兮，被以不慈之偽名。彼日月之照明兮，尚黯黮⑭而有瑕；何況一國之事兮，亦多端而膠加⑮。

被荷裯⑯之晏晏⑰兮，然潢洋⑱而不可帶⑲。既驕美而伐武⑳兮，負左右之耿介㉑。憎㉒慍惀㉓之修美兮，好夫人㉔之慷慨㉕。眾踥蹀㉖而日進兮，美㉗超遠而逾邁。農夫輟耕而容與兮，恐田野之蕪穢。事緜緜㉘而多私兮，竊悼後之危敗。世雷同而炫曜兮，何毀譽之昧昧㉙！今修飾而窺鏡兮，後尚可以竄藏。願寄言夫流星兮，羌儵忽而難當。卒壅蔽此浮雲兮，下暗漠而無光。

【注釋】❶氾濫，本謂水橫流漫溢，但此指浮雲之飄動。❷猋，速疾貌。❸昭昭，光明貌。❹霒，雲覆日。噎，陰風。❺顯行，光明地運行。❻蒙蒙，日光不明貌。❼聊，一作料，量。❽黕，滓垢。黕點猶汙點。❾汙，沾辱。❿抗行，高行。⓫瞭，明。一作杳。按杳冥冥，形容高行，故作杳為是。⓬薄，附。⓭險巇，陰險。此句謂嫉妒心之陰險，如《莊子・盜跖篇》所言「堯殺長子，舜流母弟」。故下說「被以不慈之偽名」。⓮黯黮，雲黑貌。⓯膠加，猶膠轕，交加。⓰荷，芙蓉。裯，即祇裯，短衣。《方言》，汗襦自關而西謂之祇裯。⓱晏晏，柔貌。⓲潢洋，披散不著體貌。⓳帶，束。⓴伐，自誇。武，勇武。㉑負左右之耿介，舊說：「恃怙眾士被甲兵也。」釋負為恃，耿為明，介為介冑。或云耿介為剛勇之貌。恐均失之。按此句承上句「既驕美而伐武」言，即自驕自誇，則無恃於介冑明矣。愚以為負，違也。左右，左右之忠臣。耿介，光明正大。猶忠心貌。㉒憎，惡。㉓慍惀，含蓄深思貌。㉔夫人，指左右之人。㉕慷慨，大言無慚。㉖踥蹀，行進貌。㉗美，指賢士。㉘䌛䌛，前後相續。㉙昧昧，不明貌。

【語　譯】為什麼漫溢的浮雲，速疾間就壅蔽了明月。我有著耿介的忠誠願一見國君，卻被陰風覆蔽而不得表明。但願皓日能光明地運行，卻也被層層的濃雲遮蔽。我不自量力地竭盡忠心，有時也被塵點沾辱。堯舜有高潔的志行，它的遠大已直薄雲天。但是嫉妒的心理實在陰險，尚把他披上了不知慈孝的罪名。看那普照大地的日月，尚會被烏雲蒙上汙點；更何況國家的大事，實在是多端而茫無頭緒。

我披上柔軟的荷製短衫（汗襦），但它卻披散不著體而無法束上。他既自驕其美自誇其勇，而辜負了左右人的忠誠。他憎惡含蓄的內在美，卻喜好左右之人的大言不慚。於是小人就日日求進，賢士就越是離得遙遠。農夫停止了耕作而遊戲，我深恐田野因此而荒穢。許許多多的事都存著私心，我暗地悲傷以後國家會因而危亡。世人同聲而炫曜，毀譽竟已經分不明暢！且趁今日窺鏡修飾一番，以後尚可以有地方匿藏。我本想把我的言語寄託給流星，但是它卻快速而難以遇上。終於被浮雲所壅蔽，大地是一片暗淡無光。

十

堯舜皆有所舉任❶兮，故高枕而自適。諒無怨於天下兮，心焉取此怵惕❷。乘騏驥之瀏瀏❸兮，馭安用夫強策。諒城郭之不足恃兮，雖重介❹之何益？邅❺翼翼❻而無終❼兮，忳❽惛惛❾而愁約❿。生天地之若過⓫兮，功不成而無効。願沉滯而不見兮，尚欲布名乎天下。然潢洋⓬而不遇兮，直⓭怐愗⓮而自苦。莽洋洋⓯而無極兮，忽翱翔之焉薄？國有驥而不知乘兮，焉皇皇⓰而更索⓱。甯戚謳於車下兮，桓公聞而知之；無伯樂之善相兮，今誰使乎譽之？罔⓲流涕以聊慮⓳兮，惟著意⓴而得之。紛純純㉑之願忠兮，妒被離㉒而鄣之。

【注釋】❶舉任，舉賢任能。❷怵惕，驚懼。❸瀏瀏，猶溜溜，順行無阻。❹介，甲。重介，厚甲。❺邅，行不進貌。❻翼翼，小心貌。❼終，止。❽忳，憂。❾惛惛，不明貌。❿愁約，窮約而悲愁。⓫生天地之若過，此句謂人生於天地忽若而逝猶雲馳、駟過隙。⓬潢洋，此指水之浩蕩。⓭直，專。⓮怐愗，愚。⓯

莽，大。洋洋，無涯際貌。⑯皇皇，同「徨徨」。⑰索，求。⑱罔，同「惘」。⑲聊慮，猶漣如，淚下貌。⑳著意，專而切。㉑純純，專一貌。㉒被離，雜遝之貌。

【語譯】堯舜皆有所舉賢任能，所以他們能高枕無憂。我誠然無結怨於天下的人，我的內心何以要如此的驚懼。乘騏驥自能順行無阻，駕馭又何必一定要用強有力的鞭策。誠然城郭是不足以為憑恃，縱使有厚甲又有何益？我徘徊不前而小心翼翼的生活是沒有終極，我的憂心不明因窮約而悲愁。人生天地就像白駒之過隙，我所下的功夫沒有成功毫無效用。我本想就此潛匿而不見，猶想使我的名聲遍布天下。但是前途廣大而際遇不佳，將就此愚昧而自苦。前途是遼闊無涯而沒有終極，倉促地翱翔著棲息在何地？國中已有良驥而不騎乘，何必徨徨然而四處追索。寧戚在車下謳歌，桓公聽到了而知道他的才力；如果沒有伯樂的善相馬匹，如今誰又能歎譽他的能力？我惘悵地流著淚水，只有國君專心切意的求賢才能得之。我專心的盼望對君盡忠，卻被雜遝的妒嫉所壅阻。

亂曰❶

願賜不肖之軀而別離兮，放游志乎雲中。乘精氣❷之摶摶❸兮，鶩❹諸神之湛湛❺。驂❻白霓之習習❼兮，歷❽群靈之豐豐❾。左朱雀❿之茇茇⓫

兮，右蒼龍⑫之躣躣⑬。屬⑭雷師之闐闐⑮兮，通⑯飛廉之衙衙⑰。前輕輬⑱之鏘鏘⑲兮，後輜椉⑳之從從㉑。載雲旗之委蛇兮，扈㉒屯騎之容容㉓。計專專㉔之不可化兮，願遂推而為臧㉕。賴㉖皇天之厚德兮，還及君㉗之無恙㉘。

【注　釋】❶亂曰二字原無，今據劉永濟《通箋》增。❷精氣，謂日月的精華之氣。❸摶，同「團」。楚人名圓叫摶。❹騖，追逐。❺湛湛，厚集貌。或說水清貌。此指神言。❻驂，駕。❼習習，飛動貌。❽歷，遍過。❾豐豐，言多。❿朱雀，朱色之雀。⓫茇茇，飛揚貌。⓬蒼龍，青色的龍。⓭躣躣，行貌。⓮屬，同「囑」。⓯闐闐，鼓聲。⓰通，達；傳達。⓱衙衙，行貌。⓲輕輬，輕車。⓳鏘鏘，車鸞之聲。⓴椉，同「乘」。輜椉，重車。㉑從從，亦車鸞之聲。㉒扈，護行。㉓容容，車盛貌。㉔專專，專一貌。㉕願遂推而為臧，此句意謂願就此推專一之心以為善。㉖賴，依。㉗君，（指懷王）國君。㉘恙，憂。

【語　譯】（尾聲）願蒼天能賜福這不肖之軀而令其遠去，我以奔放的意志暢遊於雲中。乘著團團的日月精華之氣。追隨諸神而至清明之境。驂駕著白霓習習而飛，我遍訪了眾多的神靈所在。左邊是朱雀茇茇飛翔，右邊有蒼龍躣躣游行。我囑咐雷師擊鼓開道，我傳達飛廉飛行掃塵，前方是輕車鳴動著鏘然的輪聲，後方是重車發出雷鳴般的巨響。結繫在車旁的雲旗在四處飄盪，護行的車騎像洶湧的層雲滾翻。我的決心專一而不可變易，我願就此推心而為善。盼望能依賴皇天厚德的福佑，使我們的國君康寧無憂。

【作　者】宋玉約生於楚頃襄王九年（西元前二九〇年？）死於秦負芻五年（西元前二二二年？），是屈原的後輩。《史記・屈原賈生列傳》說：「屈原既死之後，楚有宋玉、唐勒、景差之徒者，皆好辭而以賦見稱。」為楚國失職的貧士。〈九辯〉說：「愴怳懭悢兮去故而就新。坎廩兮貧士失職而志不平。廓落兮羇旅而無友生。惆悵兮而私自憐。」在考烈王時做過小官。至楚幽王時年逾六十；因秋感觸追憶往事，作〈九辯〉以寄意。《漢書・藝文志》載宋玉賦十六篇。題名宋玉的作品，今見於《楚辭章句》有〈九辯〉、〈招魂〉；見於《文選》有〈風賦〉、〈高唐賦〉、〈神女賦〉、〈登徒子好色賦〉、〈對楚王問〉五篇；見於《古文苑》有〈笛賦〉、〈大言賦〉、〈小言賦〉、〈諷賦〉、〈釣賦〉、〈舞賦〉。然其中只有〈九辯〉一篇實出於宋玉之手。其他各篇都非宋玉之作。

【研　析】

〈九辯〉的作者，王逸以為是宋玉，而曹植陳審舉表引「國有驥而不知乘兮，焉皇皇而更索。」句獨以為是屈原之言。（洪補：曹子建以此為屈子語。）於是〈九辯〉的作者就有了宋玉、屈原二說。近人劉永濟的《屈賦通箋》一書對二家之說有詳盡的列舉，而他的結論是〈九辯〉為屈原作。歸納他的理由有下列數項：

①曹子建以為屈原作，是東漢已有題〈九辯〉為屈原所作的本子。

②古《楚辭釋文》，〈九辯〉在第二，宋玉的文章不該攙入屈作中。且王逸於〈九歌〉、〈九章〉皆不釋九字之義，獨於此篇中詳言。而〈九章〉「堯舜之抗行兮」等句下王逸注：「皆解在〈九辯〉中。」可見王本與古本《楚辭釋文》的篇第是一致的。

③〈九辯〉、〈九歌〉兩見於〈離騷〉、〈天問〉，〈九歌〉既為屈原作，〈九辯〉也與為類，

皆用古樂章名而為之辭。

④〈九辯〉辭義不類悲他人者。

⑤〈九辯〉的時序與南遷時作的〈涉江〉、〈抽思〉所賦是大略相似的。

⑥王逸《章句》有後人妄改之處，所以題宋玉作也疑為後人妄改。

而我以為這些論據都是不可靠的。辯駁於下：

①曹子建以為屈原作的句子，未嘗不是他的誤記，何以能據此以為東漢必有此本。

②古本《楚辭釋文》恐已自誤。如置〈招隱士〉在〈招魂〉之前，王褒〈九懷〉在東方朔〈七諫〉之前。所以天聖十年陳說之以為篇第混淆，乃考其人之先後，定為今本。且「皆解在〈九辯〉中」，與〈九辯〉始釋九，也不必定其必在前。

③〈九辯〉、〈九歌〉皆古樂章名。屈原可用何獨宋玉不可用。且古人文章本不自立篇題，何以云二者必須為類以出一人之手。

④〈九辯〉辭義正為宋玉自悲。王逸「閔其師」之作本有問題。篇中有「坎廩兮貧士失職而志不平。」正宋玉自悲之作。屈原無自稱貧士之理。

⑤〈九辯〉通篇以悲秋起興，與〈涉江〉、〈抽思〉之言秋實為取材之相同，不能以此斷為同出一人之手。況〈哀郢〉、〈招魂〉亦有以春為時序之作，則〈九辯〉與之時序又不合矣。

⑥劉氏以王逸《章句》為後人更改處，指〈九思〉篇「思丁文兮聖明哲」句，相傳此篇為王逸自注，而竟注「丁」為「當」，不知此指武丁與下句「哀平差兮迷謬愚」以二人名相對。此種顯然謬誤，即可證為後人妄改。其實此足證〈九思〉非王逸自注（俞樾《讀楚辭》已說

①房（陽）、颺（陽）、芳（陽）、翔（陽）、明（陽）、傷（陽）。②重（東）、通（東）。③瀄（元）、歎（元）。

（五）

此段共用韻十九字，凡換韻五次。

①錯（魚）、路（魚）、御（魚）、去（魚）、舉（魚）。②入（緝）、集（緝）、洽（緝）、合（緝）。③歸（微）、棲（脂）、衰（微）、肥（微）脂微通韻。④下（魚）、處（魚）。⑤食（之）、得（之）、德（之）、極（之）。

（六）

此段共用韻七字，凡換韻二次。

①濟（脂）、至（脂）、死（脂）。②通（東）、從（東）、誦（東）、容（東）。

（七）

此段共用韻九字，凡換韻三次。

①固（魚）、錯（魚）錯原作鑿，古韻入宵部今依《校補》說改。②教（宵）、樂（宵）、高（宵）。③溫（文）、餐（元）、垠（文）、春（文）元文通韻。

（八）

此段共用韻九字，凡換韻二次。

①哀（微）、悲（微）、偕（脂）、毀（微）、弛（佳）、冀（微）、欷（微）。②處（魚）、躇（魚）。

（九）

此段共用韻十八字，凡換韻六次。

①月（祭）、達（祭）。②蔽之（祭）、汙之（魚）江有誥以為無韻，《校補》以為祭魚二部接置省略。③天（真）、名（耕）。④瑕（魚）、加（歌）魚歌通韻。⑤帶（祭）、介（祭）、慨（祭）、邁（祭）、穢（祭）、敗（祭）、昧（微）微祭通韻。⑥藏（陽）、當（陽）、光（陽）。

（十）

此段共用韻十二字，凡換韻四次。

①適（佳）、益（佳）。②約（宵）、効（宵）。③下（魚）、苦（魚）、薄（魚）、索（魚）、知之（佳）、譽之（魚）魚佳合韻。④得之（之）、鄣之（陽）江有誥以為無韻。今依《校補》說得為將之誤，則入陽韻。

亂　曰

此段共用韻九字，凡換韻四次。

①中（中）、湛（侵）、豐（中）中侵通韻。②躍（魚）、衙（魚）。③從（東）、容（東）。④臧（陽）、恙（陽）。

卷九 招魂

朕幼清以廉潔❶兮，身服義而未沬❷。主此盛德❸兮，牽❹於俗而蕪穢。上❺無所考此盛德兮，長離殃❻而愁苦。帝❼告巫陽❽曰：「有人在下，我欲輔之，魂魄離散，汝筮予❾之。」巫陽對曰：「掌夢❿！上帝其⓫命難從，若必筮予之，恐後之謝，不能復用。」巫陽焉乃⓬下招曰：

魂兮歸來，去⓭君之恆幹⓮，何為四方些⓯？舍⓰君之樂處，而離彼不祥⓱些。

魂兮歸來，東方不可以託⓲些。長人千仞⓳，惟魂是索⓴些。十日代出㉑，流金鑠石㉒些。彼㉓皆習之，魂往必釋㉔些。歸來兮，不可以託些。

魂兮歸來，南方不可以止些。雕題㉕黑齒，得人肉以祀，以其骨為醢㉖

些。蝮蛇蓁蓁㉗，封狐千里㉘些。雄虺㉙九首，往來儵忽㉚，吞人以益㉛其心些。歸來兮，不可以久淫㉜些。

魂兮歸來，西方之害，流沙㉝千里些。旋入雷淵㉞，爢㉟散而不可止些。幸㊱而得脫，其外曠宇㊲些。赤螘㊳若象，玄蠭㊴若壺㊵些。五穀㊶不生，藂菅是食㊷些。其土爛人，求水無所得些。彷徉㊸無所倚㊹，廣大無所極㊺些。歸來兮㊻，恐自遺賊㊼些。

魂兮歸來，北方不可以止些。增冰峨峨㊽，飛雪千里些。歸來兮，不可以久㊾些。

魂兮歸來，君無上天些。虎豹九關㊿，啄(51)害下人些。一夫九首，拔木九千些。豺狼從目(52)，往來侁侁(53)些。懸人以娭(54)，投之深淵些。致命於帝(55)，然後得瞑(56)些。歸來，往恐危身些。

魂兮歸來，君無下此幽都(57)些。土伯九約(58)，其角觺觺(59)些。敦脄血拇(60)，逐人駓駓(61)些。參目虎首，其身若牛些。此皆甘人(62)，歸來恐自遺災[63]些。

魂兮歸來，入修門[64]些。工祝[65]招君，背行先[66]些。秦篝齊縷[67]，鄭綿絡[68]些。招具該[69]備，永嘯呼[70]些。

魂兮歸來，反故居些。天地四方，多賊姦些。像[71]設君室，靜閒安[72]些。高堂邃宇[73]，檻層軒[74]些。層臺累榭[75]，臨高山[76]些。網戶朱綴[77]，刻方連[78]些。冬有突廈[79]，夏室寒些。川谷徑復[80]，流潺湲[81]些。光風轉蕙[82]，氾崇蘭[83]些。經堂入奧[84]，朱塵筵[85]些。砥室翠翹[86]，挂曲瓊[87]些。翡翠珠被[88]，爛齊光[89]些。蒻阿拂壁[90]，羅幬張[91]些。纂組綺縞[92]，結琦璜[93]些。

室中之觀，多珍怪些。蘭膏[94]明燭，華容[95]備些。二八侍宿[96]，射遞代[97]些。九侯[98]淑女，多迅眾[99]些。盛鬋不同制[100]，實滿宮[101]些。容態好比[102]，順彌代[103]些。弱顏固植[104]，謇其有意[105]些。姱容修態[106]，絙洞房[107]些。蛾眉曼睩[108]，目騰光[109]些。靡顏膩理[110]，遺視矊[111]些。離榭修幕[112]，侍君之閒[113]些。

【注釋】❶朕，我。屈原自謂。不求叫清，不受叫廉，不汙叫潔。❷服義，服行仁義。沫，已；止。❸主，守。盛德，指上二句所言。❹牽，羈絆。❺上，君。❻離，同「罹」。遭。殃，禍。❼帝，謂天帝。❽巫陽，女曰巫，陽其名。❾筮，卜問，蓍草曰筮。予，與；給。筮予，謂筮其魂之所在，使返其身。❿掌寢，寢，一作夢。官名，掌解夢。此句意謂，招魂本掌寢官之主職。⓫其，之。⓬焉乃，於是就。⓭去，離。⓮恆幹，常體。⓯些，語辭。沈存中說：「今夔峽湖湘及南北江獠人，凡禁咒句尾皆稱『些』，乃楚人舊俗。」⓰舍，同「捨」。去。⓱祥，善。⓲託，寄託。⓳仞，八尺。⓴索，求。㉑代出，更代而出。㉒流鑠，均用為動詞。流金，鎔化金屬。鑠石，銷鑠堅石。㉓彼，指其地所居處的人。㉔釋，解。㉕雕，畫。題，額。或說：刻其肌以丹青涅之。㉖醢，肉醬。㉗蝮蛇，大蛇。《爾雅》：「蝮虺博三寸，首大如擘。」蓁蓁，積聚之貌。㉘封狐，大狐。千里，言其多。㉙虺，蛇。㉚儵忽，疾急貌。㉛益，飽。㉜淫，淹；久留。㉝流沙，猶今之沙漠，沙能流動以淹滅人畜，故說流沙。㉞旋，轉。淵，室。《山海經》載雷潭中有雷神。此雷淵或即相傳之雷神所居之地。㉟靡，碎；爛。㊱㚔，同「幸」。㊲曠，大。宇，野。㊳螘，同「蟻」。㊴蠭，同「蜂」。玄蜂，土蜂。㊵壺，乾瓠。㊶五穀，稻，稷，麥，豆，麻。㊷藂菅，柴棘為藂。或說草叢生。菅，茅。是，句中語氣詞。㊸彷徉，無所依據貌。㊹倚，依。㊺極，窮；盡。㊻朱熹本作「歸來，歸來」。㊼遺，加。賊，害。㊽增冰，層冰。峨峨，高貌。㊾久，久居。㊿虎豹九關，言天門九重，虎豹把關守之。(51)啄，齧。(52)豺狼從目，言有豺狼之獸皆縱其目。(53)侁侁，往來聲。或說眾貌。(54)娭，同「嬉」。(55)帝，上帝。(56)瞑，臥。(57)幽都，地下幽冥故稱幽都。(58)土伯，后土之侯伯。約，尾。(59)觺觺，角利貌。(60)敦，厚。脄，背。拇，手拇指。血拇，言拇指之上有血沾染。(61)駓駓，疾走貌。(62)甘，美。甘人，以食人為甘美。(63)災，害。(64)修門，郢都城門。(65)工祝，工，巧。男巫稱祝。(66)背行先，言巫背行先，以導之。(67)秦篝，篝，竹籠，以棲魂者，秦人所製。齊縷，縷五色之線，以飾篝者。齊人所織。(68)鄭綿絡，王逸謂，綿，纏也。絡，縛也。鄭國之工纏而縛之。而蔣驥則說，綿絡猶靈幡。愚按王說訓綿絡二字為動詞，且下句有「招具該備」知「鄭綿絡」必為鄭人所製招具之一，故蔣說得之。(69)該，全；備。(70)永嘯呼，長嘯呼以招魂。(71)像，尸。猶今之寫真遺像。(72)靜閒安，無聲叫靜，空寬叫閒。安，安樂。(73)邃，深。宇，屋。(74)按，王逸、五臣、蔣驥諸說俱失之。「檻層軒」為表態句。檻，欄。層，重累。軒，高。言欄檻重累而高。(75)層累，俱訓重。臺，無水叫臺，有水叫榭。(76)臨，由上視下。臨高山，謂臺榭之高可臨視高山，或說面臨高山而築臺榭。(77)網戶，刻戶為方目相連，如羅網之狀。所謂隔亮。綴，飾。朱綴，以朱丹塗其交綴之處。(蔣驥說)(78)刻，鏤。刻方連，言前之「網戶朱綴」係鏤刻方木連屬而成。(79)突，複室。廈，大屋。(80)徑復，猶往返。(81)流，謂流水。潺湲，急疾清淨之貌。(82)光風，謂雨已日出而颸風，草木上有光。轉，搖。(83)汜，猶汎汎，搖動貌。崇，王逸說充。五臣說高，均未的。按崇假借為叢。《小爾雅・廣詁》：「崇，叢也。」(84)經，歷。堂，門堂。奧，西南隅謂之奧。(85)朱，丹色。塵，承塵。筵，席。塵筵，猶今之天花板。(86)砥，磨石，較礪為細。砥室，謂室以砥石磨平為壁。翠，翡翠。翹，鳥尾長毛。翠翹，謂以翠羽飾壁上。(87)挂，同「掛」。懸。曲瓊，曲玉為鉤以掛衣物。(88)翡，赤羽雀。翠，青羽雀。翡翠珠被，言床上的被飾以翡翠羽及珠璣。(89)爛，燦爛。齊，同。爛齊光，言翡翠與珠璣燦爛同光。(90)蒻，蒲。以蒻製的席謂蒻席。阿，曲隅。拂，薄。蒻阿拂壁，謂以蒻席迫壁之阿曲處，猶今壁紙。(91)羅，綺屬。幬，帳。羅幬，羅製的帳。張，施。(92)纂，縷帶純赤。組，縷帶五色。綺，文繒。縞，白繒。(93)結，繫。琦，玉名。璜，亦玉名。即半壁。(94)蘭膏，以蘭香煉膏。(95)華容，謂美人。(96)二八，謂二列，十六人。或說二八，十六歲之少女。宿，久。(97)射，厭。遞，更。(98)九侯，九服之侯。(99)迅眾，迅，疾。謂給侍便捷。眾，謂眾多。(100)鬋，鬢。制，法。此句謂盛飾理鬢，其制不同。(101)實，充。宮，室。(102)好，美好。比，親附。(103)順，柔順。彌代，猶言蓋世。(104)固，堅。植，志。弱顏固植，謂容貌柔弱而志意堅定。(105)謇，正言貌。謇其有意，謂出言正直而又皆中禮意。(106)姱，好。修，美。(107)絙，竟；滿。洞，深。洞房，謂深房。(108)曼，輕細。睩，視。(109)騰，發。(110)靡，緻；好。膩，滑。(111)遺視，竊視。矊，言目中瞳子清澈炯然。(112)離，別。離榭，別館之榭，猶今言別墅。修，長；大。修幕，大帳。[113]閒，閒暇。[114]帷，旁帳。翡帷，言用翡翠飾帷帳。[115]高堂，高大的堂宇。[116]紅壁，紅色的牆壁。沙版，以丹砂飾軒板（樓板）。[117]玄，黑。以黑玉飾棟梁。[118]桷，椽（屋頂上承瓦的木條）。[119]屏風，水葵，即荇菜，莖為紫色。[120]文，同「紋」。緣，因。謂風起水動，波緣其葉上而生紋。[121]文異豹飾，王逸說：「言侍從之人皆依虎豹之文，異采之飾。」疑此句當為文豹、異飾。「文豹」一詞見《莊子・山木》。[122]陂陁，長陛。[123]軒、輬，皆輕車名。低，屯。[124]徒行為步，乘馬為騎。步騎，猶今言步兵騎兵。羅，列。[125]薄，附。木叢生叫薄。樹，種。[126]宗，尊。[127]稻有秔、穛二種。粢，稷。穱麥，麥之先熟者。一說稻處種麥。[128]挐，揉。黃粱，粱有青、白、黃三種，黃粱穗大粒粗，收子少，味逾諸粱。[129]大苦，豉。鹹，鹽。酸，醋。[130]辛，謂椒薑。甘，謂飴蜜。行，謂辛甘之味俱發而行。[131]腱，筋頭。[132]臑，爛。一說嫩耎貌。若，且。言肥牛之筋，熟爛而且芳香。[133]和，調。若，及。[134]陳，列。吳羹，吳人工於作羹。此二句言，吳人工作之羹調和以酸、苦之味。[135]胹，一作濡，煮。炮，合毛炙物。一說裹物燒。[136]有，又。柘，同「蔗」。柘漿，即蔗汁。[137]鵠酸臇鳧，梁章鉅說依上下句例之，當為「酸鵠臇鳧」，《藝文類聚》引同此。鵠，鴻鵠，調以酸醋故曰酸鵠。臇，少汁。鳧，野鴨。[138]鴻，鴻雁。鶬，鶬鶴。或說麋鴰。[139]露雞，露棲之雞。臛，肉羹，有菜叫羹，無菜叫臛。蠵，大龜之屬。[140]厲，烈。爽，敗。楚人名羹敗曰爽，不敗，謂咀嚼有味。[141]粔籹，用蜜和米麵煎成的環餅。餌，糕。蜜餌，甜糕。[142]餦餭，餳，即乾飴。[143]瑤漿，瑤，玉。瑤漿，漿白色如玉。蜜，一作靈，通作冪，以疏布蓋尊。勺，挹酒器。或說：勺，和。蜜勺，以蜜和之。以上二說疑俱不確。瑤漿、蜜勺並列，而下句又說「實羽觴」知其為二可酙於觴中之物。按勺通酌，《禮記・曲禮下》酒曰清酌。蜜酌，即甜酒。[144]實，滿。羽觴，刻雀形為酒器。[145]挫，壓。挫糟，謂壓去其糟（酒滓）為清酒。凍飲，冷飲。謂以冰和酒。[146]酎，醇酒。[147]華，采。酌，酒斗。華酌，謂采酌。陳，列。[148]瓊漿，謂酒色如瓊（赤玉）。[149]妨，害。[150]肴，指魚肉之屬。羞，通「饈」。有滋味之食物。通，疑為徹，漢人諱武帝名改。（陳本禮）徹猶今言收去。[151]羅，列。[152]按，猶擊。[153]涉江采菱揚荷，皆楚歌曲名。發，調發聲而唱。[154]酡，著。言飲酒而赭色著面。[155]娭，戲。娭光，謂嬉戲而目騰光。眇，眺。眇視，猶微睇。[156]曾，重。曾波，謂眼波層層煥發。[157]被服，同義。文，謂綺繡。纖，謂羅縠。[158]麗，美好。不，通「丕」。不奇，奇。[159]曼，澤。鬋，鬢。[160]豔，美。陸離，美好貌。[161]二八，見前注。齊容，容飾齊一。[162]衽，衣襟。竿，竹竿。此句言舞者迴轉衣襟，相交如竿。[163]撫，持；據。案，與槃相似。顏師古注《急就篇》說，有足叫案，無足叫槃。撫案下者，或是案舞，漢有七槃舞恐即此類。[164]狂，猶並，猛。[165]搷，擊。[166]激，急。楚歌激疾，故叫激楚。[167]吳蔡，皆國名。歈、謳，皆歌。[168]大呂，六律名。[169]組，綬。纓，冠系。[170]班，當依一本作斑，相次。其，而。[171]妖玩，王逸以為好女。朱熹說妖好可玩之物。或說鄭、衛為新聲所出，因此妖玩指新聲。[172]結，按王、朱、蔣諸說皆誤。結，猶結尾，尾曲。[173]菎，竹名。蔽也作簸。《方言》簙謂之蔽。秦晉之間謂之簙，吳楚之間謂之蔽。朱熹說：簙，箸也。菎蔽猶今言竹製的籌碼。象棊，謂象牙之棋。[174]六簙，簙，通「博」。弈也。投六箸竹行六棋故謂之六簙。[175]曹，偶。[176]遒，急。相迫，互爭勝。[177]梟，博采。分梟，盧，雉，犢，塞五種，簙頭梟形為最勝。倍勝為牟。[178]五白，博具。唐李白詩有：「連呼五白行六博」之句，知唐時仍盛行。[179]王逸：「晉，國名也。制，作也。比，集也。」朱熹說：「謂晉國工作簙棊箸，比集犀角以為雕飾。」按此句承上博弈言，以朱熹說為近是。則犀比雖比集犀角為飾，當亦博具之一種。[180]費，耗。白日，猶時光。[181]鏗，撞。鍾，通「鐘」。簴，懸鐘之架。[182]揳，撫；鼓。梓瑟，以梓木為瑟。[183]娛，樂。廢，已。或說廢通發。《晏子春秋・諫上》：「景公飲酒，三日不發。」醒謂之發。[184]沉，沉湎。[185]鐙，通「燈」。華鐙，謂刻飾華好之燈。錯，置。[186]撰，述。假，大。全句謂「乃以極至之思，結撰於篇章，其吐屬清妙，若蘭蕙之芳，發越而盛大」。[187]極，至。[188]賦，誦。[189]先故，故舊。[190]獻，進。獻歲，猶言歲始。[191]汩，疾。[192]菉，王芻。蘋，一作薠。[193]廬江，地名。[194]長薄，舊注以為地名，恐非是。薄，草叢生謂薄，猶〈九章・涉江〉之「林薄」。長薄，謂山林亙望皆叢薄。[195]倚，依。沼，池。畦，區；界。瀛，楚人名池澤叫瀛。[196]遙，遠。博，平。[197]青驪，黑毛的馬。結，連。駟，四馬為駟。[198]齊，同。齊千乘，謂千乘之車齊驅。[199]懸火，懸鐙。猶火炬。延起，謂延曼而起。言懸火之眾盛。[200]玄，天。玄顏，天容。烝，火氣上行。進，升。玄顏烝，謂煙上升使天變黑色。[201]步及驟處，驟，走。步行而及驟馬所止之處，言走之疾。[202]誘，導。誘騁先，謂先行誘騁。[203]抑，止。騖，馳。若，順。通，謂通達獵事。此句謂抑止馳騖以順達獵事。[204]還，轉。引車右還，謂以射左邊的野獸。[205]夢，指雲夢大澤。[206]課，稽核。[207]發，射。[208]憚，驚。兕，野牛。一角青色故叫青兕。[209]朱明，日。承，續。[210]淹，久留。[211]皋，澤。被，覆。[212]斯，則。漸，沒。[213]湛湛，水貌。[214]極，至。[215]傷春心，回首春時，傷心欲絕。或說傷為蕩，搖蕩，也通。[216]哀，一作依，依故土江南而居。

【語譯】我自幼就寡慾而且廉潔，親身服行仁義而從未罷止。我秉守著這盛美的德行，卻被世俗所羈絆而遭穢棄。君上也從不考察我有此盛美的品德，使我長期的遭受禍殃而倍覺愁苦。於是上帝告訴巫陽說：「有個好人沉淪在下界，我想要幫助他，他的魂魄已經離散，你去卜筮出它的所在，而還給他。」巫陽回答說：「那本是掌寱的職掌！上帝的命令實在難以順從，如果一定要卜筮出他魂魄的所在而還給他，恐怕時間上太遲了，而他的身體已經萎謝，不能再生。」巫陽於是不待卜筮就急著下招說：

魂魄啊！回來吧！為什麼要離開了您的常體，而飄泊在四方？捨棄了您的安樂居處，而遭到那麼多的不祥。

魂魄啊！回來吧！東方不可以寄託。那兒有千仞長人，專門搜捉魂魄。十個太陽，更替而出，把金、石也銷鑠。那兒的人都已經習慣，但是您的魂魄去了，一定會被分解。回來吧！

回來吧！那兒是不可以寄託！

魂魄啊！回來吧！南方不可以居止。那兒的人額頭上畫著圖案，露出黑色的牙齒，拿人肉祭祀，把骨頭做成醢醬。大蛇四處盤聚，大狐綿延千里。雄的毒蛇，有九個頭，往來迅速，吞人來飽益牠的毒性。回來吧！回來吧！那兒不是久留之地。

魂魄啊！回來吧！西方的禍害是沙漠千里。它能把你旋轉進深淵，魂魄靡爛潰散了還不得休息。即使僥倖得脫，外界仍是一片廣大的蠻野。有赤色的螞蟻像大象，黑色的蜜蜂像葫蘆。五穀不生，吃得只有柴棘野茅。那兒的土地能潰爛人體，想找滴水都不容易。孤單而無所依恃，廣大而沒有邊際。回來吧！回來吧！留在那兒，恐怕會自惹禍害！

魂魄啊！回來吧！北方不可以棲息。重重的積冰像巍峨的高山，飄雪籠罩千里。回來吧！回來吧！那兒不是久居之地。

魂魄啊！回來吧！您不要登上青天。那兒有虎豹守著九重關口，齧傷下界的凡人。有一個勇夫，長九個頭，一天能拔九千株大樹。有豺狼野獸，縱直的雙目，在往來遊走。牠把人倒懸起來嬉戲，再投進深淵。向天帝報命後，牠才能安眠。回來吧！回來吧！到那裡恐怕會危害身體。

魂魄啊！回來吧！您不要走下幽都。那兒有土伯，長了九條尾巴，頭上有個銳利的角。寬厚的背，沾血的手拇指，疾走著追人不捨。長了三隻眼睛，老虎的頭，牠的身體像隻牛。牠食人如飴。回來吧！回來吧！在那兒恐怕會自取禍害。

魂魄啊！回來吧！回到故國郢都的修門。以善事的男巫招領，為您前行引導。秦國編的篝，齊國織的縷，還有鄭國製的綿絡。招魂的用具都已齊備，於是就長聲的呼嘯。

魂魄啊！回來吧！回到您的舊宇，天地四方，充滿了害人的魔鬼。您的遺像已安置在居室，既清靜、寬敞而又安適。高高的殿堂，深深的屋宇，又有一層層高大的欄杆。重疊的臺觀，累次的水榭，面臨著高大的山嶽。羅網狀的窗戶，用丹朱為飾，鏤刻著方與方相連的圖案。冬天有複室大廈，夏天的房室，則又寒涼。小溪流過了園庭，激起清脆的聲響。蕙草在微風中閃爍著露光，亦搖曳著叢叢的蕳蘭。經過門堂，步入內室，頭上是朱紅色的天花板。磨石子的內壁，用翡翠的羽毛加以裝潢，還掛著一列列玉鉤以承衣裳。翡翠珠璣織飾的衾被，發出燦爛的光輝。蒻席的壁衣，迫附在牆角的曲隅，羅帳業已張起。五色的縷帶，鮮麗的細繒，還結繫上琦璜美玉。

室中陳設的觀賞，盡是珍奇怪物。以蘭香熬煉的膏油，作成了明燭，美人也已齊備。十六個美女陪侍宴宿，厭倦了就能隨時更替。九服之侯的貞善女子，眾多而服侍迅疾。盛多的鬢髮，都飾理成不同的形式，充滿在後宮寢室。容貌美好態度親切，她們的溫順更是蓋世無比。楚楚憐人的顏貌，而志意則堅定不移，說話正直而又切中禮儀。姣好的容貌，修長的體態，充滿在深房內室。細長的黛眉，含情的邈視，雙目中閃耀著精光。細緻的面龐，滑膩的皮膚，竊視中流露出脈脈含情的眼波。有高大的別墅，修長的帳幔，可任您閒暇時遊息。

翡翠羽毛裝潢的旁簾帷帳，張飾在高大的殿堂之上。朱紅色的牆壁，丹砂塗飾的樓板，黑玉鑲飾的棟樑。仰觀刻鏤的椽桷，畫著飛動的龍蛇。坐在高堂上，憑伏著欄杆，臨視著彎彎曲曲的池塘。芙蓉始放，參雜地點綴著菱荷數行，紫莖的水葵，紋彩隨著池波蕩漾。身上披著文豹殊飾的武士，侍衛在長階之旁。輕車都已準備妥當，步騎已羅列成行。蘭花一叢叢栽植在門旁，白色的瓊木架成了籬藩。魂魄啊！回來吧！為什麼要前往遠方？

宗族僕妾都對您尊敬，吃的食品更是種類繁多。稻米、粢稷、穱麥，雜揉著黃粱煮成的飯。豆豉、鹹鹽、酸醋、椒薑、飴蜜等眾味兼發並行。肥牛的筋肉，煮得熟爛而且芳香。調酸醋和苦汁，陳列出吳國道地的羹湯。煮的鱉，炙的羊，又有甘蔗的汁漿。酸的鵠，少汁的鳧，還有煎的鴻雁和鶬鶬。露棲的土雞，燉煮的蠵龜，味道芳烈而且不敗。粔籹，蜜餌，又有乾飴。瑤白色的酒漿，蜜製的甜酒，酙滿了羽觴。壓去酒滓的清酒滲入冰喝，醇酒的滋味是既清涼又舒爽。華采的酒器都已陳列，還斟上了瓊玉色的酒漿。回來吧！重回到故鄉，大家都尊敬您，而無害傷。

魚肉佳肴尚未徹去，歌女樂工已羅列筵前，陳列起鐘，按擊著鼓，譜出了新的歌曲。是〈涉江〉、〈采菱〉，還伴奏著〈揚荷〉之舞。美女都已酒醉，面色紅潤中放出異采，用嬉戲的眼神微睇，明眸中泛出層層的波光。穿著綺繡羅裳，美麗而又新穎。修長的頭髮，潤澤的垂鬢，容色豔麗而儀態萬方。十六個美女是相同的裝扮，跳動起鄭國的舞蹈。衣襟迴轉，像交錯的直竿，雙手撫著槃案，舞姿低垂。竽瑟齊彈，擊著洪亮的鼓聲，宮庭震動驚蕩，發出樂聲激厲的楚歌。吳國的歌，蔡國的曲，伴奏著六律中的大呂。

士女雜坐，亂而不分。散置一地的組綬冠帶，交錯累次而紊亂。鄭國和衛國的妖好珍玩，新造樂章，也都來雜廁陳置。激厲的楚歌尾章，獨勝過先前眾唱。箟簬，象棋，又雜著六簙。分開成兩偶同時並進，急迫地雙方互相對抗。博成了梟首就能倍勝，嘴裡還大聲喊著五白。

晉國製造的犀比，更是耗費時光。撞著鐘，搖曳著簴，還撫彈著梓木的琴瑟。狂歡豪飲，酒醉不醒，日夜沉湎。用蘭香煎的膏油燃起了明燭，華采的飾鐙遍置。結撰的詩篇含蘊著深摯的情思，像蘭的芬芳盛飾。人有所思，同心賦誦。醇酒的暢飲已盡歡娛，更當歡娛先祖舊故。魂魄啊！回來吧！快回到您的故居。

尾聲：在歲始，在初春，我疾速的南行。王芻水蘋的新葉齊平，白芷的嫩芽萌生。我路過了廬江，左方是一片綿亙的叢林。我站在沼澤邊，我立在瀛池畔，遙望前程是一片平野空曠。回憶起往年，我乘著青驪的駟馬，同行的是車乘千輛。火炬蔓延四起，把天色也燻成黑暗。我疾行到馬所止之處，馳騁著先行導引。我抑止奔馳的馬以順達獵事，我引導著騎乘轉向右方以射野獸。我和君王馳趨向雲夢大澤，以決先後。君王親自射獸，驚動了青色的犀牛。而今白日承續著黑夜，時光的消逝不可留止。澤畔的蘭花已覆蓋了徑路，路已漸被淹沒。滾滾不斷的江水，江旁是一株株的楓木。我目極千里，我回憶著往昔的春景而內心哀傷。魂魄啊！回來吧！歸來依戀故國江南。

【研　析】

《史記·屈原賈生列傳》贊說：「余讀〈招魂〉悲其志。」這明明是司馬遷以〈招魂〉為屈原作的鐵證。但王逸的《章句》卻說是宋玉的作品。從此〈招魂〉的著作權就打上了官司。清代林雲銘根據黃文煥的《楚辭聽直》而說〈招魂〉是屈原的自招（見《楚辭燈》），蔣驥贊成他的說法，並且還加以補充（見《山帶閣注楚辭》）。但是近人陸侃如在他的《屈原》

一書中又提出了反駁的意見，後來游國恩在《楚辭概論》中又把陸氏的意見駁斥，而保障了屈原著作〈招魂〉的權益。所以在駁不倒《史記》的鐵證之下，〈招魂〉的作者已不必置辯。

「招魂」是一種楚地的古俗。朱熹本《禮記・檀弓》篇的說法是可信的。他說：「古者人死，則使人以其上服升屋履危，北面而號曰：『皋！某復！』遂以其衣三招之乃下，以覆尸。此禮所謂復。而說者以為招魂復魄，又以為盡愛之道，而有禱祠之心者，蓋猶冀其復生也。如是而不生則不生矣。於是乃行死事，此制禮之意也，而荊楚之俗乃或以是施之生人……。」這種風俗後世猶存，並且也施之於生人。范成大《桂海虞衡志》說：「家人遠而歸者，止於三十里外，家遣巫提籃迓，脫歸人帖身衣貯之籃，以前導還家，言為行人收魂歸也。」（見《文獻通考》三百三十引。今本無此文），甚至〈招魂〉中所用的「些」字，據沈存中《夢溪筆談》所載說：「今夔峽湖湘及南北江獠人，凡禁呪句尾皆稱『些』，乃楚人舊俗。」則「招魂」為楚俗可知。

〈招魂〉一篇篇首有一段類似序的文字，末後有亂詞，是用「兮」字為語末詞。當中以些字為語詞的是正文。正文前歷數東南西北四方與上天幽都之不可去，而後盛言楚國屋宇，陳設，好女，音樂，飲食之美盛以祈靈魂之歸楚。在陳設布施上看，〈招魂〉必為貴族之作品無疑。

【韻　譜】

此首共用韻一三六字，凡換韻卅八次。

①沬（微）、穢（祭）微祭通韻。沬之又讀入祭韻。②苦（魚）、下（魚）、輔之（魚）、予之（魚）。③從（東）、用（東）。④方（陽）、祥（陽）。⑤託（魚）、索（魚）、石（魚）、釋（魚）。⑥止（之）、祀（之）、醢（之）、里（之）。⑦心（侵）、淫（侵）。⑧里（之）、止（之）。⑨宇（魚）、壺（魚）。⑩得（之）、極（之）、賊（之）、止（之）、里（之）、久（之）。⑪天（真）、人（真）、千（真）、侁（文）、淵（真）、瞑（耕）、身（真）真耕文合韻。⑫都（魚）、觺（之）、駓（之）、牛（之）、災（之）之魚借韻。⑬門（文）、先（文）。⑭絡（魚）、呼（魚）、居（魚）。⑮姦（元）、安（元）、軒（元）、山（元）、連（元）、寒（元）、湲（元）、蘭（元）、筵（元）。⑯瓊（耕）、光（陽）、張（陽）、璜（陽）耕陽通韻。⑰怪（之）、備（之）、代（之）。⑱眾（中）、宮（中）。⑲代（之）、意（之）。⑳房（陽）、光（陽）。㉑矊（元）、閒（元）。㉒堂（陽）、梁（陽）。㉓蛇（歌）、池（歌）、荷（歌）、波（歌）、陁（歌）、羅（歌）、籬（歌）、為（歌）。㉔方（陽）、梁（陽）、行（陽）、芳（陽）、羹（陽）、漿（陽）、鶬（陽）、爽（陽）、餭（陽）、觴（陽）、涼（陽）、漿（陽）、妨（陽）。㉕羅（歌）、歌（歌）、荷（歌）、酡（歌）、波（歌）、奇（歌）、離（歌）。㉖舞（魚）、下（魚）、鼓（魚）、楚（魚）、呂（魚）。㉗分（文）、紛（文）。㉘陳（真）、先（文）真文通韻。㉙簙（魚）、迫（魚）、白（魚）。㉚日（脂）、瑟（脂）。㉛夜（魚）、錯（魚）、假（魚）、賦（魚）、故（魚）、居（魚）。㉜征（耕）、生（耕）。㉝薄（魚）、博（魚）。㉞乘（蒸）、烝（蒸）。㉟先（文）、還（元）文元合韻。㊱先（文）、兕（脂）脂文借韻。㊲淹（談）、漸（談）。㊳楓（侵）、心（侵）、南（侵）。

卷一〇 大招

青春受謝，白日昭只❶。春氣奮發，萬物遽❷只。冥淩浹行，魂無逃❸只。魂魄歸徠，無遠遙❹只。

魂乎歸徠，無東無西，無南無北只。東有大海，溺水浟浟❺只。螭龍並流，上下悠悠❻只。霧雨淫淫，白皓膠❼只。魂乎無東，湯谷宋❽只。

魂乎無南，南有炎火千里，蝮蛇蜒❾只。山林險隘，虎豹蜿❿只。鰅鳙短狐，王虺騫⓫只。魂乎無南，蜮傷躬⓬只。

魂乎無西，西方流沙，漭洋洋⓭只。豕首縱目，被髮鬤⓮只。長爪踞牙，誒笑狂⓯只。魂乎無西，多害傷只。

魂乎無北，北有寒山，逴龍赩⓰只。代水⓱不可涉，深不可測只。天白顥顥，寒凝凝[18]只。魂乎無往，盈[19]北極只。

魂魄歸徠，閒以靜[20]只。自恣荊楚，安以定[21]只。逞志究欲[22]，心意安只。窮身永樂，年壽延[23]只。魂乎歸徠，樂不可言只。

五穀六仞，設菰粱[24]只。鼎臑盈望，和致芳[25]只。內鶬鴿鵠，味豺羹[26]只。魂乎歸徠，恣所嘗[27]只。

鮮蠵甘雞，和楚酪[28]只。醢豚苦狗，膾苴蓴[29]只。吳酸蒿蔞，不沾薄[30]只。魂乎歸徠，恣所擇[31]只。

炙鴰烝鳧，煔鶉敶[32]只。煎鰿臛雀，遽爽存[33]只。魂乎歸徠，麗以先[34]只。

四酎並孰，不歰嗌[35]只。清馨凍飲，不歠役[36]只。吳醴白糵，和楚瀝[37]只。魂乎歸徠，不遽惕[38]只。

代秦鄭衛，鳴竽張[39]只。伏戲〈駕辯〉，楚〈勞商〉[40]只。謳和〈揚阿〉，趙簫倡只[41]。魂乎歸徠，定空桑[42]只。

二八接舞，投詩賦[43]只。叩鍾調磬，娛人亂[44]只。四上競氣，極聲變[45]
只。魂乎歸徠，聽歌譔[46]只。
朱脣皓齒，嫭以姱[47]只。比德好閑，習以都[48]只。豐肉微骨，調以娛[49]
只。魂乎歸徠，安以舒[50]只。
嫮目宜笑，娥眉曼[51]只。容則秀雅，穉朱顏[52]只。魂乎歸徠，靜以安
只。
姱修滂浩，麗以佳[53]只。曾頰倚耳，曲眉規[54]只。滂心綽態，姣麗施[55]
只。小腰秀頸，若鮮卑[56]只。魂乎歸徠，思怨移[57]只。
易中利心，以動作[58]只。粉白黛黑，施芳澤[59]只。長袂拂面，善留客[60]
只。魂乎歸徠，以娛昔[61]只。
青色直眉，美目媔[62]只。靨輔奇牙，宜笑嘕[63]只。豐肉微骨，體便娟[64]
只。魂乎歸徠，恣所便[65]只。
夏屋廣大，沙堂秀[66]只。南房小壇，觀絕霤[67]只。曲屋步壛，宜擾畜[68]

只。騰駕步遊，獵春囿[69]只。瓊轂錯衡，英華假[70]只。茝蘭桂樹，鬱彌路[71]只。魂乎歸徠，恣志慮[72]只。

孔雀盈園，畜鸞皇只。鶤鴻群晨，雜鶖鶬[73]只。鴻鵠代遊，曼鷫鷞[74]只。魂乎歸徠，鳳皇翔只。

曼澤怡面，血氣盛[75]只。永宜厥身，保壽命只。室家盈廷，爵祿盛[76]只。魂乎歸徠，居室定[77]只。

接徑千里，出若雲[78]只。三圭重侯，聽類神[79]只。察篤夭隱，孤寡存[80]只。魂兮歸徠，正始昆[81]只。

田邑千畛，人阜昌[82]只。美冒眾流，德澤章[83]只。先威後文，善美明[84]只。魂乎歸徠，賞罰當[85]只。

名聲若日，照四海只。德譽配天，萬民理[86]只。北至幽陵，南交阯[87]只。西薄羊腸，東窮海[88]只。魂乎歸徠，尚賢士[89]只。

發政獻行，禁苛暴[90]只。舉傑壓陛，誅譏罷[91]只。直贏在位，近禹麾[92]

只。豪傑執政，流澤施93只。魂乎歸徠，國家為94只。

雄雄赫赫，天德明95只。三公穆穆，登降堂96只。諸侯畢極，立九卿97只。昭質既設，大侯張98只。執弓挾矢，揖辭讓99只。魂乎歸徠，尚三王100只。

【注釋】❶青春，春的代表方位是東方，色彩是青色。所以春天也叫青春。謝，同「謝」。讀為序。謂四時之序，終則有始，而春又承受之，故謂青春受謝。昭，明。只，句末語氣詞。《詩經・柏舟》：「母也天只，不諒人只。」或作軹。❷遽，猶競。此句言春氣發生，則萬物競生。❸冥，幽暗。淩，冰凍。浹，遍；周洽。冥淩浹行，言初春之時，冰凍甫解，幽冥冰凍之地，周洽而行。（王逸：冥，玄冥，北方之神。淩，馳。）❹遙，猶飄遙，放流貌。❺溺水，水性善沉溺。浟浟，水流迅急貌。❻流，同「游」。悠悠，螭龍游行貌。❼涇涇，久而不歇貌。皓膠，冰凍貌。❽宋，同「寂」。❾炎，火盛貌。相傳南方有太陽積火千里。或說炎山在扶南國東，四月火生，十二月滅，餘月俱出雲氣。蜒，長曲貌。❿蜿，虎行貌。⓫鰅鱅，短狐類。王虺，大蛇。騫，舉頭貌。⓬蜮，射工，在水旁，能含沙射影，甚毒。躬，身。⓭漭，水大貌，此謂流沙之大。洋洋，無涯貌。⓮鬤，亂貌。⓯踞，同「鋸」。誒，同「嬉」。強笑。⓰寒山，山名。逴龍，王逸說是山名。《補注》引《山海經》，西北海之外有章尾山，有神身長千里，人面蛇身而赤，是燭九陰，謂燭龍。疑逴龍即燭龍。赩，大赤。⓱代水，水名。⓲顥顥，白貌。凝凝，冰凍貌。⓳盈，填。⓴閒，閒適。以，且。靜，安靜。㉑恣，隨心所欲。荊，即楚。㉒逞，快。究，窮；極。逞志究欲，言可以飽足志意與慾望。㉓窮身，終身。永，長。延，長。㉔五穀，稻，稷，麥，豆，麻。仞，八尺。五穀六仞，言積蓄之豐盛。設，施。菰、米，雕胡。似蒲結實為飯，香美。粱，高粱。㉕鼎，謂鼎鑊，古之烹飪器。臑，熟。鼎臑，謂鼎中之熟物。盈望，滿眼，喻多。和，調和。和致芳，謂調和鹹酸以致芬芳之味。㉖內，通「肭」。肥。鶬，麋鴰，即鶬鴰。鵠，有白、黃二種。味，猶和。㉗嘗，同「嚐」。㉘生潔叫鮮。蠵，大龜。甘雞，雞肥則肉甘。酪，乳漿。楚國所製，故叫楚酪。㉙醢，肉醬，此用為動詞。豚，小豬。醢豚，謂將豚剁成肉醬。苦狗，謂以苦膽和狗肉，使之味苦。膾，細切的肉叫膾，此處用為動詞，猶細切。苴蓴，一名蘘荷，《本草》說：「葉似初生甘蔗，根似薑芽，蓋切以為香。」㉚吳酸，言吳人工於調製酸味。蒿，白蒿。蔞，也是蒿。沾，多汁。薄，無味。㉛擇，選用。㉜炙，燔肉。烝，同「蒸」。鳧，野鴨。煔，爚，以火熟物，又通燖。沉肉於湯。鶉，鵪鶉。陳，列。㉝鯖，俗作鯽，小魚。臛，一作䑋，肉羹。遽，趣。爽，差。存，前。㉞麗，指美食。先，謂先進此物。㉟酎，《說文》：「三重酒。」段注：「謂用酒為水釀之，是再重之酒也，次又再重之酒為水釀之，是三重之酒也。」此四酎，或為四重之酒。歰，同「澀」。不滑。嗌，咽喉。㊱歠，通「輟」。停。役，用。不歠役，猶不停的飲用。舊注，不可以飲賤役之人。㊲醴，再熟為醴，吳人工為，故叫吳醴。蘖，酒麴。瀝，清酒，楚國所釀。㊳遽，惶。惕，驚。㊴代，一作岱。秦、鄭、衛，國名。鳴，鳴琴之鳴。竽，似瑟之樂器。張，設。㊵駕辯勞商，皆古曲名。㊶徒歌叫謳。和，相和。〈揚阿〉即〈揚荷〉（見〈招魂〉），曲名。趙，國名。簫，樂器。倡，先歌為倡。㊷定，理；彈奏。空桑，瑟名。㊸二八，十六人。接，聯。投，合。詩賦，謂雅樂。㊹叩，擊。鍾，通「鐘」。調，調和音調。娛，樂。亂，樂之終奏曰亂。娛人亂，言娛樂之處在於亂辭。㊺四上，指上列代、秦、鄭、衛四國。一說，古樂府有上聲歌，蓋平、濁、上，清，聲之清者也。競氣，競相引氣。極，窮。聲變，聲音之變化。㊻譔，俱。㊼嫭，一作嫮，姱好貌。姱，好。㊽比，齊。比德，謂眾女之德相同。好閒，好閒靜。習，習於禮。都，美。㊾調，和。調心志和順。娛，樂。㊿舒，舒適。(51)嫮，美。宜笑，善笑。曼，長。(52)容，容貌。則，法，言儀態。秀雅，清麗高雅。穉，幼。穉朱顏，謂年輕的生氣顯現在赤色的容顏之上。(53)

姱，指姱容。修，指修態。滂浩，形容水的廣大貌，而此處形容人的眾盛。佳，善。(54)曾，重。曾頰，猶豐頰。倚耳，耳貼後。曲眉規，眉彎曲如半規。(55)滂，寬。綽，柔順；綽約。姣，好。施，《說文》作旎，柔和貌。(56)秀頸，秀長之頸。鮮卑，袞帶頸。(57)思怨，古本作怨思是。移，去。(58)易，和易；和悅。中，指中心。易中，言性情溫柔。利心，猶慧心，心思巧慧。易中利心，皆敏慧之意。以動作，謂形於動作。(59)粉白黛黑，謂美女工於妝飾，傅著脂粉，面白如玉，黛畫眉鬢，黑而光淨。施，用。芳澤，芳香的膏澤。(60)袂，袖。拂，拭。善留客，善於留侍客人。(61)昔，夜。(62)青色，黑色。直，同「值」。當。嫿，美目貌。(63)靨，亦作黶。輔，通「酺」。黶酺，頰邊文，婦人之媚，猶今說酒窩。奇牙，美齒。嘕，同「嫣」。笑貌。(64)便娟，好貌。(65)便，猶安。(66)夏屋，大屋。沙堂，丹砂所飾之堂。秀，美。(67)南房，朝南的房室。壇，猶堂。霤，《說文》：「屋水流。」絕霤，謂簷有承溜絕水。(68)曲屋，周閣。步壛，長廊。擾，馴。《周禮．夏官．服不氏》：「掌養猛獸而教擾之。」注：「擾，馴也。」(69)騰，馳。囿，苑有垣者。時在春日，故叫春囿。(70)瓊轂，以玉飾轂。錯衡，以金錯（置）衡。假，盛大。(71)鬱，猶鬱鬱茂盛貌。獼，竟；獼蔓。(72)慮，一本作處。王逸以處字為訓。(73)鶤，鶤雞。鴻，鴻鶴。群晨，群聚候時以司晨。或說，晨為晨風，鳥名。雜，相間。鶖，禿鶖。鶬，麋鴰。(74)代遊，相代飛翥。曼，曼衍。鷫鷞，水鳥名，長頸綠身，其形似鷹。(75)曼，美。澤，光澤。怡，和悅。面，臉面。(76)室家，宗族。盈，滿。廷，朝廷。(77)定，安定。(78)接徑，壤地相接。千里，喻其廣。出若雲，喻賢才眾多。(79)三圭，謂公，侯，伯。公執桓圭，侯執信圭，伯執躬圭，故稱三圭。重侯，猶倍臣，謂子、男。聽，聽察精審。類，賢愚之類。神，神明。(80)察，訪。篤，病。夭，早死。隱，疾痛。存，存問。(81)正，定。始，指先人。昆，謂後世。(82)田，野。邑，都邑。畛，田上道。阜，盛。昌，熾。(83)冒，覆。眾流，指群下。美冒眾流，謂美善的教化覆施群下。章，顯；明。(84)先威後文，謂先以威武嚴民，後以文德撫之。(85)當，得其所。(86)理，順；從。一本作治。(87)幽陵，地名。即幽州。交阯，地名。今稱交趾，即安南北部。(88)薄，迫；近。羊腸，山名，在今山西，太原晉陽之西北。(89)

尚，崇。一本作進。(90)發，舉。政，法治。獻，進。行，措施。發政獻行，猶發教施令。(91)壓，鎮。陛，階次。舉傑壓陛，謂揚舉俊傑，使立朝廷以鎮撫國家。誅，除。譏，非。罷，駑。誅譏罷，謂非惡罷駑皆除而去之。或說：誅，罰。譏，謫。罷，止息。言行仁政則謫、罰之事皆罷去不用。(92)直贏，謂理直而才有餘者。禹，古聖王。麾，舉手。近禹麾，謂其行仁政之跡，近乎夏禹稱舉賢人之意。或說禹為羽之誤字。疑楚王車旂之名。(93)流澤，惠澤流行。施，用。(94)國家為，猶為國家輔佐。(95)雄雄赫赫，威勢盛大貌。天德，德配天地故稱天德。明，顯著。(96)三公，周以太師，太保，太傅為三公。穆穆，和美貌。降，一作玉。宋玉〈風賦〉：「然後倘佯中庭，北上玉堂。」是楚國或稱朝為玉堂。(97)極，至。立，列。九卿，古官制名。《禮．王制》：「天子、三公、九卿、二十七大夫、八十一元士。」(98)昭，明。昭質，謂射侯所畫之地，如白質、赤質之類。設，置。侯，謂所射布。大侯指虎侯、豹侯之類。張，設。(99)上手延登叫揖，壓手退避叫讓，致語以讓叫辭。(100)尚，崇。三王，禹，湯，文王。

【語譯】初春又承續了一年的歲始，白日明潔。春氣奮發，萬物競生不已。玄冥之神帶著幽暗與冰凍遍行大地，魂魄將無處逃避。魂魄啊！回來吧！何必飄搖他地！

魂魄啊！回來吧！不要往東方，不要往西方，不要往南方，不要往北方。東方有大海，沉溺人的水流迅急。螭龍並游，忽上忽下，隨波逐戲。霧雨長年不歇，大地是一片白色的凍野。魂魄啊！不要往東方，湯谷是死般的沉寂。

魂魄啊！不要往南方，南方有熊熊烈火，蔓延千里，巨蟒長曲盤蜒。山林險隘，虎豹匍匐伺機。鰅、鱅和短狐遍地，還有王虺高昂著頭望您。魂魄啊！不要往南方，還有射工隨時要傷害您的身體。

魂魄啊！不要往西方，西方有流動的沙漠，無涯無際的一片。有豬頭的怪獸，縱直的雙目，披散著亂髮。很長的爪，鋸般的牙，露出一副猙獰的臉狂笑。魂魄啊！不要往西方，那兒有很多傷害您的禍患。

魂魄啊！不要往北方，北方有冰凍的寒山，是大赤色蠋龍的地盤。代水的廣大是無法渡涉，它的深度更是不可測量。天空是一片灝白，大地是充滿凝寒。魂魄啊！不要前往，填在北方的極地之上。

魂魄啊！回來吧！此地既閒適又安詳。縱情任性在祖國荊楚，既安定又舒爽。滿足您的心志，窮竟您的慾望。終身是歡樂，年壽自然久長。魂魄啊！回來吧！此地的快樂是不可言傳。

五穀盈倉，還有雕胡米和高粱。鼎鑊中煮得熟爛的食物堆積團團，而都調和得美味芬芳。肥大的鶬鴰、鴿子、黃鵠，還調味著豺肉的羹湯。魂魄啊！回來吧！這麼多的美味任您品嚐。

新鮮的大龜，甜美的土雞，調和著楚地的乳酪。豬肉剁成的醬，帶點苦味的香肉，配上一些切得細碎的苴蓴。吳醋調味的蒿蔞，不會覺得汁多，也不會覺得乏味。魂魄啊！回來吧！任您盡情的選擇。

火炙的鶬鴰，蒸熟的野鴨，還陳列著鶉鶉燉煮的羹湯。油煎的鰿魚，麻雀的肉羹，一道道急促地送到您的前方。魂魄啊！回來吧！美味的食物都先讓您擇嚐。

四重精釀的醇酒，全都蒸熟，它絕不會噎澀住您的咽喉。清香的冷飲，會使您喝得不肯罷休。吳國的醴酒、白米的酒麴，再加和上楚國的瀝酒。魂魄啊！回來吧！在此處您永無惶懼驚恐之憂。

代、秦、鄭、衛諸國的樂工，同吹奏竽瑟樂器。伏戲的〈駕辯〉，楚地的〈勞商〉；謳和著〈揚阿〉之曲，以趙國的簫聲導引先唱。魂魄啊！回來吧！回來彈奏瑟器——空桑。

十六人接聯起舞，節奏都附合著雅樂詩賦。叩擊著鐘，調弄著磬，最能使人歡娛的是曲尾的亂辭。代、秦、鄭、衛的樂工競相爭奏，極盡了聲音變化的美妙。魂魄啊！回來吧！任您欣賞的歌曲都已齊俱。

紅紅的嘴唇，白白的牙齒。姿儀美好無比，她們都有齊一的美德而且愛好閒靜。不但習於禮節，而且都有美好的容儀。豐滿的肌膚，圓潤的肢體，心志柔順而且尚於服侍，討人歡喜。魂魄啊！回來吧！此處是安穩而舒適。

美好的眼，善笑的嘴，還有細長的雙眉。容貌、儀態既清麗且秀雅，年輕的氣息映在朱紅的顏臉。魂魄啊！回來吧！此處是寧靜而且安謐。

姱容修態的美人眾盛，不但美麗而且心善。豐潤的面頰，貼腮的耳朵，彎彎的眉毛像半規。寬厚的心思，柔順的態度，既姣美且柔和。纖細的腰肢，修長的頸子，看起來就像袞帶鮮卑。魂魄啊！回來吧！把怨思一概拋棄。

溫柔的性情，敏慧的心意，都表現在動作言行裡。粉白的香腮臉蛋，黛黑的曲眉雙鬢，還抹上了芳香的膏澤。長袖半遮著羞面，又善於留侍賓客。魂魄啊！回來吧！此處可以終夜娛戲。

烏黑的秀眉，水汪汪的眼睛。頰上有對酒窩，編貝似的美齒，還時時綻露出嫵媚動人的微笑。豐滿的肌膚，圓潤的肢體，體態輕柔美麗。魂魄啊！回來吧！此處可以任您安息。

廈屋廣大堂皇，丹砂塗飾的殿堂更是妝飾富麗。朝南的房舍築起小巧的中壇，由上觀望，是一層層屋簷上承雨水的絕霤。周閣、長廊，最適宜於六畜的馴養。或馳駕，或步遊，放獵在春季的苑囿；瓊玉飾車轂，黃金飾車衡，英華耀眼大放光明。白茝、蘭花、桂樹、濃鬱的香草彌蔓在衢路。魂魄啊！回來吧！此處能隨意居住。

孔雀已棲息滿了庭園，還畜養了鸞鳥與鳳凰。鶤雞、鴻鶴群居候時以司晨，還雜畜了秃鶖鶬鴰。鴻雁黃鵠往來飛翥，還蔓衍著一群鸝鵹。魂魄啊！回來吧！仁德的俊鳥鳳凰正翱翔在天上。

潤澤的肌膚，和悅的面貌，象徵著血氣的充盛，身體的強壯。永遠的適合您的健康，保持壽命的久長。宗族盈滿了朝廷，爵祿又豐昌。魂魄啊！回來吧！居家之道已大安康。

壤地相接廣逾千里，賢才會聚似浮雲掩蔽白日。三圭、重侯聽察賢愚，辨審善惡有若神明。訪察百姓的疾病、夭亡、隱痛，對孤兒、寡婦都盡到了存問幫助。魂魄啊！回來安定您的祖先，扶正您的後世。

田野、都邑廣大，道路千數，人口繁盛昌熾。美善的教化普施百姓群下，德政的澤惠章明顯著。先以威武嚴民，繼之文德撫育，真是善美的施政，神明的教化。魂魄啊！回來吧！此處的賞罰都適當而不假。

名聲像太陽般的炫耀，普照四海。德政的令譽足可比配上帝，天下萬民百姓都臣服順從。疆界的廣大，北至幽陵。南到交阯，西薄羊腸，東極大海。魂魄啊！回來吧！此處最崇進賢士。

揚舉法制，推行措施，首在禁止苛刻暴虐。褒揚賢傑立朝佐國，則貶謫懲罰的刑律已一概廢止。正直而有才幹的人在位，此種仁政已接近聖禹舉賢之意。豪傑秉持國事，惠澤流行普施。魂魄啊！回來吧！國家等待著您的輔佐。

威勢雄赫盛大，媲美上天的德政顯著光明。三公輔政嚴謹和穆，高踞在朝堂議事。諸侯畢集，還分列著九卿大夫。顯明的射質既已設置，耀眼的射布也已張布。執著弓，扶上矢，紛紛地作揖，辭讓，退避。魂魄啊！回來吧！此處有崇尚三王舉賢的規矩。

【研　析】

〈大招〉是誰的作品，王逸已經疑不能明，所以他先說是屈原，又疑是景差。《楚辭章句》朱熹說是景差（《集注》），林雲銘又以為是屈原。《楚辭燈》到游國恩的《楚辭概論》出，他從〈大招〉、〈招魂〉二篇中所及的音樂飲食比較，作〈大招〉者非楚國人，又從「青色直眉」之青為黑，乃秦以後用語，所以定〈大招〉為西漢初年一個無名氏的作品。

〈大招〉的結構與〈招魂〉相似。但是篇首沒有序，篇末已缺少亂詞。而正文的布局層次是相近的。但是兩篇文章的氣象卻迥乎不同。〈大招〉說：「魂乎歸徠，鳳皇翔只。曼澤怡面，血氣盛只，永宜厥身，保壽命只，室家盈廷，爵祿盛只，魂乎歸徠，居室定只。接徑千里，出若雲只，三圭重侯，聽類神只，察篤夭隱，孤寡存只，魂兮歸徠，正始昆只。田邑千畛，人阜昌只，美冒眾流，德澤章只。先威後文，善美明只，魂乎歸徠，賞罰當只，名聲若日，照四海只，德譽配天，萬民理只，北至幽陵，南交阯只，西薄羊腸，東窮海只，魂乎歸徠，尚賢士只。發政獻行，禁苛暴只，舉傑壓陛，誅譏罷只，直贏在位，近禹麾只，豪傑執政，流澤施只，魂乎歸徠，國家為只。雄雄赫赫，天德明只，三公穆穆，登降堂只，諸侯畢極，立九卿只，昭質既設，大侯張只，執弓挾矢，揖辭讓只，魂乎歸徠，尚三王只。」氣象雍容，場面浩大，與〈招魂〉自是不同。

【韻譜】

全篇共用韻一〇七字，凡換韻二十八次。

①昭（宵）、遽（魚）、逃（宵）、遙（宵）宵魚合韻。②湫（幽）、悠（幽）、膠（幽）、宋（幽）。③蜒（元）、蜿（元）、騫（元）、身（真）元真合韻。④洋（陽）、囊（陽）、狂（陽）、傷（陽）。⑤赩（之）、測（之）、嶷（之）、極（之）嶷原作凝，為蒸部字，今依《考異》作嶷。⑥靜（耕）、定（耕）。⑦安（元）、延（元）、言（元）。⑧粱（陽）、芳（陽）、羹（陽）、嘗（陽）。⑨酪（魚）、蓴（魚）、薄（魚）、擇（魚）。⑩敶（真）、存（文）、先（文）真文通韻。⑪嗌（佳）、役（佳）、瀝（佳）、惕（佳）。⑫張（陽）、商（陽）、倡（陽）、桑（陽）。⑬賦（魚）、亂（元）、變（元）、譔（元）賦字出韻，疑為誤字。⑭姱（魚）、都（魚）、娛（魚）、舒（魚）。⑮曼（元）、顏（元）、安（元）。⑯佳（佳）、規（佳）。⑰施（歌）、卑（佳）、移（歌）歌佳通韻。⑱作（魚）、澤（魚）、客（魚）、昔（魚）。⑲媔（元）、嘕（元）、娟（元）、便（元）。⑳秀（幽）、霤（幽）、畜（幽）△此疑脫一韻句。㉑囿（之）、假（魚）、路（魚）、慮（魚）之魚借韻。㉒皇（陽）、鶬（陽）、鷞（陽）、翔（陽）。㉓盛（耕）、

命（耕）、盛（耕）、定（耕）。㉔雲（文）、神（真）、存（文）、昆（文）真文通韻。㉕昌（陽）、章（陽）、明（陽）、當（陽）。㉖海（之）、理（之）、阯（之）、海（之）、士（之）。㉗苛（歌）、罷（歌）、靡（歌）、施（歌）、為（歌）苛原作暴，依《校補》改。㉘明（陽）、堂（陽）、卿（陽）、張（陽）、讓（陽）、王（陽）。

卷一一 惜誓

惜❶余年老而日衰兮，歲忽忽而不反。登蒼天而高舉❷兮，歷眾山而日遠❸。觀江河之紆曲兮，離四海之霑濡❹。攀北極而一息❺兮，吸沆瀣以充虛。飛朱鳥❻使先驅兮，駕太一之象輿❼。蒼龍蚴虯❽於左驂兮，白虎❾騁而為右騑❿。建日月以為蓋兮，載玉女⓫於後車。馳騖於杳冥之中兮，休息虖⓬崑崙之墟。樂窮極而不猒⓭兮，願從容⓮虖神明。涉丹水⓯而駝騁⓰兮，右大夏⓱之遺風。黃鵠之一舉兮，知山川之紆曲，再舉兮睹天地之圜方。臨中國之眾人兮，託回飇乎尚羊⓲。乃至少原之野⓳兮，赤松王喬皆在旁；二子擁瑟而調均⓴兮，余因稱乎清商㉑。澹然而自樂兮，吸眾氣㉒而翱翔。念我長生而久僊兮，不如反余之故鄉。

黃鵠後時㉓而寄處兮，鴟梟群而制之；神龍失水而陸居兮，為螻蟻之所裁㉔。夫黃鵠神龍猶如此兮，況賢者之逢亂世哉！壽冉冉而日衰兮，固儃回㉕而不息。俗流從而不止兮，眾枉聚而矯直。或偷合而苟進兮，或隱居而深藏。苦稱量㉖之不審兮，同權槩而就衡㉗。或推迻㉘而苟容兮，或直言之諤諤㉙。傷誠是之不察兮，並紉茅絲以為索㉚。方世俗之幽昏兮，眩黑白之美惡。放㉛山淵之龜玉㉜兮，相與貴夫礫石㉝。梅伯數諫而至醢兮，來革㉞順志而用國。悲仁人之盡節兮，反為小人之所賊。比干忠諫而剖心兮，箕子被髮而佯狂。水背流而源竭兮，木去根而不長。非重軀以慮難㉟兮，惜傷身之無功。

已矣哉！獨不見夫鸞鳳之高翔兮，乃集大皇之壄㊱。循四極而回周㊲兮，見盛德而後下。彼聖人之神德兮，遠濁世而自藏。使麒麟可得羈而係兮，又何異虖犬羊！

【注，釋】❶惜，哀。❷高舉，猶輕舉。❸日遠，指去故鄉日遠。❹霑濡，皆為濕。❺北極，指北極星。一息，稍息。❻朱鳥，《淮南子》說：「左青龍，右白虎，前朱鳥，後玄武。」注：「角亢為青龍，參伐為白虎，星張為朱鳥，斗牛為玄武。」即以四禽獸代表東、西、南、北四方位。❼象輿，神象之車。❽蒼龍，即青龍。見前。蚴虯，即蚴蟉，龍行貌。❾白虎，見前。❿驂騑，皆旁馬。⓫玉女，仙女。《史記・司馬相如列傳》：「排閶闔而入帝宮兮，射玉女而與之歸。」⓬虖，同「乎」。⓭猒，同「厭」。足。⓮從容，遊戲。⓯丹水，赤水。出崑崙山。⓰駝騁，同「馳騁」。⓱大夏，外國名。《淮南子・墬形》：「九州之外有八殥，西北方曰大夏。」⓲尚羊，同「倘佯」。遊戲。⓳少原之野，仙人所居。⓴均，也調。《國語》說：「律者所以立均出度。」㉑稱，副。清商，歌曲。㉒眾氣，謂朝霞、正陽、淪陰、沆瀣諸氣。㉓後時，失時。㉔裁，制。㉕儃回，運轉。㉖稱所以知輕重；量所以別多少。㉗權，稱錘。槩，平斛木。衡，平。㉘迻，同「移」。㉙諤諤，直言爭辯。㉚單為繩，合為索。㉛放，棄。㉜黿玉，指大澤之黿，崑山之玉。㉝礫石，小石子。㉞來革，紂佞臣。㉟重軀以慮難，惜愛己軀，思慮危難。㊱大皇之壄，大荒之野。㊲四極，四方。回周，回旋周覽。

【語　譯】哀傷我已年老而健康日衰，歲月又忽忽而消逝不再返回。我欲升登蒼天而高高飛揚，經歷群山，而故鄉日以遠去。眼看腳下的江河紆曲，遭四海的風波霑濕了衣服。我想攀登北極星而稍息，呼吸著沆瀣之氣以充實我內心的空虛。令朱鳥飛翔而先驅，駕著太一神象的鑾輿。蒼龍翔舞為左驂，白虎馳騁當右騑。立日月以為車蓋，載玉女於車後侍宿。奔馳在幽杳昏冥之中，休息在神山崑崙之墟。雖已盡歡樂而心志猶不滿意，願能與神明一同遊戲。渡過了丹水而馳騁，右方已是大夏國的民風俗習。黃鵠之一飛沖天，就能見出山川的渺小紆曲，若再飛的高遠，更能看出了天地的方圓。俯臨中國的眾小貪佞之狀，不如寄託狂烈的旋風與俱遊戲。我又到了神仙所居，赤松、王子喬均伺在身旁；二人手撫著瑟而調和音律，我也陪著發出清商調的歌曲。恬淡的心境自得其樂，呼吸著眾氣而輕舉飛翔。想到我雖能長生而成仙，倒不如返回我的故鄉。

黃鵠失時而想寄居，鴟梟必群起而抵制；神龍失水而欲陸處，必為螻蟻所排斥。至夫黃鵠神龍尚被對待如此，更何況賢者之遭逢亂世！年壽已漸漸趨於老邁，楚國的群臣必然依舊諂媚不息。俗人皆順從諛媚而不可禁止，眾邪人聚集而反矯舉正直之士。或偷機取合以苟且仕進，或隱居得道而深山藏匿。患稱量的不能精審，用同一的權概衡量。或隨俗推移苟且取容，或直言忠諫態度不遜。悲傷誠信正直之不被省察，將茅、絲不分合而為繩索。方今之世俗正幽昏不明，眩昧於白黑之美惡。放棄深山邃淵的大龜美玉，相互共同去貴重礫石。梅伯屢次諍諫而至被剁成肉醢，來革承順佞諛反秉國權用事。悲憤仁人的竭盡志節，反為小人所傷害。比干忠君直諫而被剖心，箕子披髮佯狂以保身軀。水倒流而泉源枯竭，木離根而枝葉不長。並非我看重己身而顧慮禍難，惋惜毀傷了身體也無功於民。

算了吧！你沒看見鸞鳳在孤單地高翔，於是就棲息在大荒的蠻野。沿著四方而回旋周覽，見到了盛德之君而後下降。他有聖人之神明德智，遠離這混濁的世界而隱藏。倘使麒麟可以被拘繫，那又與犬羊何異！

【作　者】賈誼（漢高祖七年，即西元前二〇〇年生，文帝十二年，即西元前一六八年卒）洛陽人。年十八，以能誦詩屬文名於郡。年二十餘，孝文帝初立，召為博士，每詔令議下，諸老先生往往不能言，誼盡為之對，於是人人各如其意所出。諸生於是以為能。文帝悅之，一歲中超遷至大中大夫，更擬以為公卿。周勃灌嬰張相如等反對，忌而毀之：「洛陽之人，年少初學，專欲擅權，紛亂諸事。」於是疏之用為長沙王太傅，意不自得；及渡湘水，為賦以弔屈原。他為傅三年，有鵩鳥飛入舍，止於坐隅，以為不祥，且以適居長沙，長沙卑濕，誼自傷悼，恐為壽不長，乃又作〈鵩鳥賦〉，以自廣解。後歲餘，文帝復徵見，而終不能用，旋拜為梁懷王太傅，懷王為文帝少子，有寵好書，故令誼傅之。時匈奴侵邊，諸侯地過古制，故誼數上疏論政事，多所匡建。《新書》十卷即為其政論集。後梁懷王墮馬死，誼自傷為傅無狀，常哭泣，歲餘亦死，年三十三。《漢書・藝文志》載賈誼賦七篇，現存者有〈弔屈原賦〉及〈鵩鳥賦〉見《史》、《漢》本傳，《古文苑》收有〈旱雲賦〉，《全漢文》輯有殘缺不全的〈虡賦〉。《楚辭章句》有〈惜誓〉一篇，與〈弔屈原賦〉有句子語意相同處，必為出於一人之手無疑。《史記》卷八四；《漢書》卷四八有傳。

【研析】

〈惜誓〉的作者，王逸已經不能斷定，他先說「不知誰所作」，又說「或曰賈誼」。洪興祖以賈誼的作品〈弔屈原賦〉中的文字與此篇文字有頗多相同之處（見《補注》）定為賈誼之作。王夫之更補充說：「今按賈誼渡湘水，為文以弔屈原，其詞旨與此略同。誼書若陳政事疏，《新書》，出入互見，而辭有詳略，蓋誼所著不嫌複出類如此，則其為誼作審矣。」（《楚辭通釋》）近人游國恩更補充了三項理由：

①賈誼的環境與屈原很相似，而又謫居屈原自沉之鄉，至於數年之久，自然不無多少感慨。他剛渡湘水，便為文弔屈原，既至長沙以後，這數年中再作一篇來追悼他，是極可能的

事。

②從〈弔屈原賦〉本文看來，極與〈弔屈原賦〉用意一致。它們是哀悼屈原不能高舉遠引，有背全身遠害的道。故傳說把〈惜誓〉歸於賈誼是極合理的。

③篇中詞意明白暢曉，已經是藝術上的進步，而且有些句子如：「黃鵠之一舉兮，知山川之紆曲，再舉兮睹天地之圜方。」「乃至少原之野兮，赤松王喬皆在旁。」「夫黃鵠神龍猶如此兮，況賢者之逢亂世哉！」可與〈弔屈原賦〉的「謂隨夷溷兮，謂跖蹻廉；莫邪為鈍兮，鉛刀為銛」。及〈鵩鳥賦〉的「且夫天地為爐兮，造化為工；陰陽為炭兮，萬物為銅。」等句看，這顯然是把散文的形式融合在「騷體」裡面，賈誼是從「楚辭」到「漢賦」的過渡作品中頭一個作者，故他也極有作〈惜誓〉的資格。

從游氏的這些假設看，〈惜誓〉之為賈誼作，雖仍缺乏直接聽信的證據，但假設是可以成立的。

〈惜誓〉的題意據王逸說：「惜者，哀也。誓者，信也，約也。哀惜懷王與己信約而復背之也。……蓋刺懷王有始而無終也。」雖然〈離騷〉中曾提及「初既與余成言兮」的信誓，但是通觀〈惜誓〉，卻沒有提到誓約之事。所以王夫之說：「〈惜誓〉者，惜屈子之誓死而不知變計也。」的說法是較為可信的。〈惜誓〉一篇可分為三段，首段敘述詩人雖年老日衰，然秉賦與眾異，雖能離世成仙，猶以反乎故鄉為念。二段言己如欲反居故鄉必為小人所制，且今世方幽昏不明，非重軀以慮難，實惜傷身之無功。末段有勸詩人擇時而仕，遠濁世而自藏之意。

所謂首段的「念我長生而久僊兮，不如反余之故鄉」，正是屈原一生誓守之行。二段的「非重軀以慮難兮，惜傷身之無功」，正賈誼所以哀傷惋惜之處。末段「獨不見夫鸞鳳之高翔兮……見盛德而後下。彼聖人之神德兮，遠濁世而自藏」，正賈誼追勸屈原之意。

【韻譜】從〈惜誓〉以下諸篇韻部歸類依羅常培、周祖謨合著之《漢魏晉南北朝韻部演變研究「兩漢詩文韻譜」》。

①反（元）、遠（元）。②濡（魚）、虛（魚）、輿（魚）、（騑）、車（魚）、墟（魚）（按騑字在偶句，於例當押，然此字不韻，恐有譌誤）。③明（陽）、風（侵）、方（陽）、羊（陽）、旁（陽）、商（陽）、翔（陽）、鄉（陽）（此為陽侵合韻）。④之（之）、裁（之）、哉（之）。⑤息（職）、直（職）。⑥藏（陽）、衡（陽）。⑦諤（鐸）、索（鐸）、惡（鐸）、石（鐸）。⑧國（職）、賊（職）。⑨狂（陽）、長（陽）、功（東）（此為陽東合韻）。⑩壄（魚）、下（魚）。⑪藏（陽）、羊（陽）。

卷一二 招隱士

桂樹❶叢生兮山之幽，偃蹇連蜷兮枝相繚❷。山氣巃嵸❸兮石嵯峨❹，谿谷嶄巖❺兮水曾波。猨狖群嘯兮虎豹嗥，攀援桂枝兮聊淹留。王孫❻遊兮不歸，春草生兮萋萋❼。歲暮兮不自聊，蟪蛄❽鳴兮啾啾。坱兮軋❾，山曲岪❿，心淹留兮恫慌忽⓫。罔兮沕⓬，憭兮栗，虎豹穴⓭。叢薄深林兮，人上慄，嶔岑碕礒兮碅磳磈硊⓮，樹輪相糾兮林木茷骫⓯。青莎雜樹⓰兮薠草靃靡⓱，白鹿麏麚⓲兮或騰或倚⓳。狀皃崟崟兮峨峨⓴，凄凄兮漇漇㉑。獼㉒猴兮熊羆㉓，慕類兮以悲。攀援桂枝兮聊淹留。虎豹鬬兮熊羆咆，禽獸駭兮亡其曹㉔。王孫兮歸來，山中兮不可以久留。

【注釋】❶桂樹，芬香，冬天不謝。以喻高潔之士。❷繚，紐。❸巃嵸，雲氣貌。或山孤貌。❹嵯峨，

谷猨狖、春草、秋蟲、深林、叢藻、怪石、老樹，無不描摹盡致。

(3)極短篇中竟連用十餘雙聲疊韻及重言，音韻之美為辭賦中所罕見。（參《楚辭概論》）也無怪乎朱熹、王夫之編《楚辭》時仍不忍刪削。

【韻譜】

①幽（幽）、繚（宵）此幽宵合韻。②峨（歌）、波（歌）。③嗥（幽）、留（幽）。④歸（脂）、萋（脂）。⑤聊（幽）、啾（幽）。⑥軋（質）、岪（質）、忽（質）、沕（質）、栗（質）、穴（質）、慄（質）。⑦硊（歌）、骫（歌）、靡（歌）、倚（歌）、峨（歌）、漇（歌）、罷（歌）、悲（脂）此歌脂合韻。⑧留（幽）、咆（幽）、曹（幽）、留（幽）。

卷一三 七諫

初放

平[1]生於國兮，長於原壄。言語訥譅[2]兮，又無彊輔。淺智褊[3]能兮，聞見又寡。數言便事[4]兮，見怨門下[5]。王不察其長利兮，卒見棄乎原壄。伏念思過兮，無可改者。群眾成朋兮，上浸以惑[6]。巧佞在前兮，賢者滅息。堯舜聖[7]已沒兮，孰為忠直，高山崔巍兮，水流湯湯[8]。死日將至兮，與麋鹿同坑[9]。塊兮鞠[10]，當道宿。舉世皆然兮，余將誰告？斥逐鴻鵠兮，近習鴟梟。斬伐橘柚兮，列樹苦桃。便娟[11]之修竹兮，寄生乎江潭。上葳蕤[12]而防露兮，下泠泠而來風。孰知其不合兮，若竹柏之異心[13]。往者不可及兮，來者不可待。悠悠⑭蒼天兮，莫我振理⑮。竊怨君之不寤兮，吾獨死而後已。

【注釋】❶平，屈原名平。❷訥，鈍。詘，難。❸褊，狹。❹數言便事，謂屢進忠言陳便宜之事。❺門下，喻君所親近的人。❻上，指君。浸，漸。❼聖，一本無聖字，此蓋涉下章「堯舜聖而慈仁兮」而衍。《校補》說。❽湯湯，水流貌。❾坑，俗作坑。❿塊，獨處貌。鞠，匍匐。⓫便娟，好貌。⓬蓌，同「蕤」。葳蕤，草木下垂貌。⓭竹柏之異心，竹心空，喻屈原之通達。柏實心，喻君心之壅塞。⓮悠悠，憂思貌。⓯振，救。理，治；申辯。

【語譯】屈平生於朝廷而長於山野，言語木訥遲鈍又缺乏強有力的助輔。智識淺陋才能褊狹，聞見又寡少。屢次的直言便宜之事而被君王親近所怨恨。君王不省察他的長才遠能，終於被棄逐在荒野。他再三的反省深思，實在並沒犯了不可饒恕的過失。群小眾佞已結成朋黨，君上也漸漸為惑誤。偷巧佞言的小人圍繞君前，自然賢者就消聲匿跡。堯舜的聖世已逝，誰能再竭盡忠直。高山崔巍，水流湯湯；當死日來臨時與麋鹿同坑。我孤獨，我匍匐，夜晚時我就著馬路露宿。舉世之人皆行為如此，我的忠信之情將向誰告訴？斥逐了鴻、鵠，而親近了鴟、梟。砍伐了橘柚，而種植了一行行的苦桃。美好的修竹，卻寄生在江潭。本來上有茂盛的枝葉以防雨露，下有清涼的徐風可供歇足。誰知道君上和我是如此的難以周合，就如同竹柏的樹心般不同。往昔的一切已難挽回，未來的種種不可等待。悠悠的蒼天啊！普天下已沒人能為我救援申理。我私心對君王不知覺醒的怨忿，至死仍不能罷息。

沉江

惟往古之得失兮，覽私微❶之所傷。堯舜聖而慈仁兮，後世稱而弗忘。齊桓失於專任❷兮，夷吾忠而名彰。晉獻惑於孋姬兮，申生孝而被殃。偃王行其仁義兮，荊文寤而徐亡❸。紂暴虐以失位兮，周得佐乎呂望。修❹往古以行恩兮，封比干之丘壟❺。賢俊慕而自附兮，日浸淫❻而合同。明法令而修理❼兮，蘭芷幽而有芳。苦眾人之妒予兮，箕子寤而佯狂。不顧地以貪名兮，心怫鬱而內傷。聯蕙芷以為佩兮，過鮑肆❽而失香。正臣端其操行兮，反離謗而見攘❾。世俗更而變化兮，伯夷餓於首陽❿。獨廉潔而不容兮，叔齊久而逾明。浮雲陳而蔽晦兮，使日月乎無光。忠臣貞而欲諫兮，讒諛毀而在旁。秋草榮其將實兮，微霜下而夜降。商風肅⓫而害生兮，百草育⓬而不長。眾並諧以妒賢兮，孤聖特⓭而易傷。懷計謀而不見用兮，巖穴處而隱藏。成功隳⑭而不卒兮，子胥死而不葬。世從俗而變化兮，隨風靡而成行。信直退而毀敗兮，虛偽進而得當。追悔過之無及兮，豈盡忠而有功。廢制度而不用兮，務行私而去公。終不變而死節兮，惜年齒之未央。將方⑮舟而下流兮，冀幸君之發矇⑯。痛忠言之逆耳兮，恨申子之沉江⑰。願悉心⑱之所聞兮，遭值君之不聰。不開寤而難道兮，不別橫之與縱。聽奸⑲臣之浮說兮，絕國家之久長。滅規榘而不用兮，背繩墨之正方。離憂患而乃寤兮，若縱火於秋蓬⑳。業㉑失之而不救兮，尚何論乎禍凶。彼離畔㉒而朋黨兮，獨行之士其何望？日漸染而不自知兮，秋毫微哉而變容。眾輕積而折軸兮，原咎㉓雜而累重。赴湘沅㉔之流澌㉕兮，恐逐波而復東。懷沙礫而自沉兮，不忍見君之蔽壅。

【注釋】❶私微，私愛者之微言。❷專任，管夷吾將死，戒桓公不可用豎刁、易牙為輔，桓公用而亂國，故說「專任」。❸王逸：「徐偃王修行仁義，諸侯朝之三十餘國，而無武備。楚文王見諸侯朝徐者眾，心中覺悟，恐為所并，因興兵擊之而滅徐也。」按王逸訓覺悟，非是。寤，牾；逆。❹修，當為「循」字之誤。(近人《楚辭校補》說)❺丘壟，小曰丘，大曰壟。此指墳墓。❻浸淫，漸漬貌，一說多貌。❼當從一本作「法令修而循理兮」。❽鮑肆，鮑魚之肆。❾攘，排斥。❿首陽，山名，在洛陽東北。⓫商風，西風。肅，急貌。⓬育，當從一本作「墮」，為壞文而譌。⓭孤聖特，當從一本作「聖孤特」。⓮瘝，壞。⓯方，並舟。⓰矇，瞎。有眸子而無所見。⓱申子，伍子胥。吳封之於申，故號申子。申子諫吳王被殺沉江。⓲悉，盡。心，當從一本作「余」。⓳奸，一作姦。二字通。⓴蓬，蒿。秋時枯槁易燃，不可救制。㉑業，既。㉒離畔，猶離叛。脫離背叛。㉓原，當從一本作「厚」。咎，過。㉔湘沅，當為沅湘之誤。㉕流澌，流冰。

【語譯】我沉思著往古人君治國的得失，我又觀察了私愛佞讒微言所造成的禍傷。堯舜聖明而慈愛仁民，後世對他們的稱讚永古難忘。齊桓的失敗在於剛愎自任，夷吾由於忠直而名聲顯彰。晉獻公迷惑於孋姬的讒言，申生雖是孝子亦遭禍殃。徐偃王修行仁義，楚文王心中不悅而將之滅亡。紂由於暴虐而失去了王位，周之得天下功在輔佐之臣呂望。遵循往古之仁政以普施恩德，封比干之丘墓以資表揚。賢才俊傑仰慕而自求親附，日漸聚眾而四海志合心同。法令修明而制度順理。蘭、芷雖幽處而芬芳。患苦眾人的對我嫉妒，箕子省悟了此中道理而披髮佯狂。我也想不顧楚地，不計忠名而去，但是我的內心悒鬱而痛傷。聯綴蕙芷以為佩飾，當經過鮑魚之肆時它就失去了馨香。正直之臣端正他的操行，反遭到排斥而被毀謗。世俗之人皆改更潔行而變化成邪貪，像伯夷就餓死在首陽。一己的廉潔必不容於世，叔齊死後愈久則愈見榮光。浮雲陳列而掩蔽、晦暗，使日月也失去了光芒，忠臣盡貞而時欲進諫，讒諛小人時加毀謗而圍繞君旁。秋天的草木榮茂而就將結果，薄薄的嚴霜卻在夜晚下降。西風吹得急速而殘害生物，百草盡落而不得成長。眾小並肩攜手以妒害賢良，聖智孤單力薄而易遭害傷。滿懷計謀而不被採用，只得獨處巖穴之中而隱居深藏。功勞雖成卻被讒言所毀而不得有終，子胥被賜死而不得埋葬。世人皆順從流俗而變化常俗，隨風披靡而群聚成行。信直之臣被屏退而遭毀敗，虛偽小人被進用而得位顯彰。君上即欲追悔過失也已不及，難道此時盡忠直之節而能成功！廢棄了制度而不用，專一於行私而背公。始終不變，為貞節而死，惜痛我的年齒尚少。將並舟而順流下航，希望君上能撥開矇障。我悲痛忠言之逆耳，我忿恨子胥之沉江。願竭盡我的所聞，卻遭遇君上的耳目不聰。君上無法使之覺悟而也難以開導。他也不分明縱橫的所以不同，聽信姦臣的不實言語，使國家的命脈斷絕而不得久長。滅棄了規榘而不用，違背了繩墨的正直量方。當遭到了憂患方才覺悟，但已像縱火於枯槁的秋蓬。既已失道於不可挽救的地步，尚何論國家前途禍凶。世俗皆離經叛道而相為朋黨，耿介之士將有何指望？君上日漸被汙染而不自知，就像秋毫雖然微小，也改變了容狀。眾輕累積而折斷了車軸，層層的過咎相雜而聚積成重尤。欲赴沅湘的流冰之中，但又恐怕逐波而流回楚東。懷抱著沙礫自沉汨羅，實不忍君上之常被蔽壅。

怨世

世沉淖❶而難論兮，俗岭峨而嵾嵯❷。清泠泠而殲滅兮❸，溷湛湛❹

而日多。梟鴞既以成群兮，玄鶴弭翼而屏移❺。蓬艾親入御於牀笫兮，馬蘭踸踔而日加❻。棄捐藥芷與杜衡兮，余柰世之不知芳何？何周道之平易兮，然蕪穢而險戲❼。高陽無故而委塵❽兮，唐虞點灼❾而毀議。誰使正其真是兮，雖有八師❿而不可為。皇天保其高兮，后土持其久。服清白以逍遙兮，偏與乎玄英⓫異色。西施媞媞⓬而不得見兮，嫫母勃屑⓭而日侍。桂蠹⓮不知所淹留兮，蓼⓯蟲不知徙乎葵⓰菜。處涽涽⓱之濁世兮，安所達乎吾志。意有所載而遠逝兮，固非眾人之所識⓲。驥躊躇於弊輂⓳兮，遇孫陽⓴而得代。呂望窮困而不聊生兮，遭周文而舒志；甯戚飯牛而商歌兮，桓公聞而弗置㉑。路室女之方桑兮，孔子過之以自侍㉒。吾獨乖剌㉓而無當兮，心悼怵而耄思㉔。思比干之恲恲㉕兮，哀子胥之慎事㉖。悲楚人之和氏兮，獻寶玉以為石。遇厲武之不察兮，羌兩足以畢斮㉗。小人之居勢兮，視忠正之何若？改前聖之法度兮，喜囁嚅㉘而妄作。親讒諛而疏賢聖兮，訟㉙謂閭娵㉚為醜惡。愉近習而蔽遠兮，孰知察其黑白。卒不得效其心容兮，安眇眇㉛而無所歸薄㉜。專精爽㉝以自明兮，晦冥冥而壅蔽。年既已過太半兮，然埳軻㉞而留滯。欲高飛而遠集兮，恐離罔㉟而滅敗。獨冤抑而無極兮，傷精神而壽夭。皇天既不純命兮，余生終無所依㊱。願自沉於江流兮，絕橫流而徑㊲逝。寧為江海之泥塗兮，安能久見此濁世。

【注釋】❶沉，沒。淖，溺。❷岭峨嵾嵯，皆不齊貌。❸清泠泠，喻潔白。殲，盡。❹溷湛湛，喻貪濁。❺玄鶴，補引《山海經》說「雷山有玄鶴，粹黑如漆，其壽滿三百六十歲則色純黑。昔黃帝習樂于崑崙山，有玄鶴飛翔」。弭，止。屏，藏。❻馬蘭，惡草。踸踔，暴長貌。加，盛。❼險戲，猶言傾危。❽委塵，猶坋（ㄈㄣˋ）塵，被塵所翳。高陽委塵指顓頊與共工爭帝事。❾點，汙。灼，炙。❿八師，指禹、稷、卨、皋陶、伯夷、倕、益、夔。言堯舜有聖賢之臣八人以為師。⓫玄英，純黑。喻貪濁。⓬媞媞，好貌。⓭勃屑，媻姍（蹣跚），膝行貌。⓮桂蠹，喻食祿之臣。⓯蓼，辛菜。⓰葵，甘菜。⓱涽涽，溷亂。⓲識，知。⓳華，一作韡。⓴孫陽，伯樂姓名。㉑置，棄。㉒路室，客舍。桑，謂採桑。此句言孔子出遊，過於客舍，有女方采桑，一心不視，喜其貞信，故以自侍。㉓乖，差。剌，邪、戾。㉔悼怵，自傷怵惕。耄，亂。㉕怦怦，忠貞之貌。㉖子胥臨死說：抉吾兩目置吳東門以觀越兵之入也。死不忘國，故言慎事。《補注》：子胥慎事吳王而見殺，故哀之。㉗此四句謂荊人卞和得玉璞而獻之荊厲王，使王尹相之，曰：石也。王以和為謾而斷其左足。厲王薨，武王即位。和復奉玉璞而獻之武王，王使王尹相之。曰：石也。又以為謾，而斷其右足。武王薨，共王即位。和乃奉玉璞而哭於荊山中，三日三夜，泣盡而繼之以血。共王聞之，乃使人理其璞，而得寶焉。（劉向《新序》）斮，斷。㉘囁嚅，小語謀私貌。㉙訟，讙譁。㉚閭娵，好女。㉛

眇眇，無所歸附貌。㉜薄，附。㉝專，猶專一。精爽，精神爽明。又魂魄。㉞埳軻，猶坎坷。不平貌。㉟罔，同「網」。喻法。㊱以上四句當從一本刪除。㊲徑，一作遠。

【語　譯】世人都沉沒陷溺於財利而是非難論，風俗毀譽高下參差。清潔之士盡滅，貪濁之徒日多。梟鴞既已集聚成群，玄鶴只得止翼而藏移。蓬、艾被人用在床笫，馬蘭更是暴長而日加繁盛。捐棄了藥芷與杜衡，我對世人之不識芳草又能如何？何以周代的大道是坦途平易，然而現在都變成了蕪穢、險巇！高陽無故地被塵埃所蔽，唐虞猶被指責而遭毀議。誰能扶正真實與誠是，縱使有八師為輔也不能有所作為。皇天自保其高潔之姿，后土自持其久長之勢。我服膺清白以遊戲，卻偏與玄英俱有異樣的顏色。西施雖然姣好而不得謁見，嫫母蹣跚膝行而日日進侍。桂蠹不知所留止處的甘美，蓼蟲不知應徙居葵菜。處在混亂的汙濁之世，今將如何表達我的心志。我胸中秉持著忠正而遠逝，當然不是眾人所能識知。驥馬徘徊在破弊的車旁，遇到了孫陽才得善車替代。呂望窮困而難以維生，遭遇到周文王而大展心志；甯戚飼牛而悲歌，齊桓公聽了用之不棄。客舍女正在采桑，孔子路過見其貞信而想引為己侍。我獨與時違背而無一得當，內心怵惕而至惑亂了心思。思念比干的忠直，哀痛子胥的慎事。悲憤楚人卞和，獻上寶玉反被以為礫石。遭厲王的不知審察，結果兩隻腳都被砍斷。當小人得勢，把忠正之人看成什麼也不如。他們改變前聖的法度，喜歡竊竊私語而妄作虛偽。君上親近讒諛而疏遠賢聖，諠譁地指責閭娵為醜惡。君上歡悅近身的讒諛而掩蔽了遠者賢聖，誰能察知貪濁與清白。我始終不得表達內心的忠誠和外在的恭順，在迷惘的人世上我無所歸附。我竭誠專一精神而自求表明，卻被晦昧的佞人所壅蔽。我年歲已消逝大半，但是我的前途仍然坎坷而不順暢。我本想高飛而遠棲他方，又惟恐遭陷法網而滅喪。我願自沉於江流，超越橫流而遠逝。我寧成為江海的泥土，我又怎能久見這汙濁的人世。

怨思

賢士窮而隱處兮，廉方正而不容。子胥諫而靡軀兮，比干忠而剖心。子推自割而飤❶君兮，德日忘而怨深。行明白而曰黑兮，荊棘聚而成林。江離棄於窮巷兮，蒺藜蔓乎東廂。賢者蔽而不見兮，讒諛進而相朋❷。梟鴞並進而俱鳴兮，鳳皇飛而高翔。願壹往而徑逝兮，道壅絕而不通。

【注　釋】❶飤，飽；以食與人。❷相朋，當從一本作「相明」。明，猶宣揚。作朋則失韻。

【語　譯】賢士窮困而隱處，清廉方正不為世所見容。子胥因進諫而殺身，比干為忠直而剖心。子推自割股肉以飽君，他的恩德被漸忘而怨憤反日深。操行清白而被謾稱為汙黑，荊棘集聚而成樹林，江離被拋棄在窮巷，蒺藜蔓延到東廂。賢者被掩蔽而不得見，讒諛在位而互相宣揚。梟鴞並進而齊鳴，鳳凰飛舉而高翔。願再壹見君上就立刻遠逝，可是道路卻被壅阻斷絕而不能通暢。

自悲

居愁懃❶其誰告兮，獨永思而憂悲。內自省而不慙兮，操愈堅而不衰。隱三年而無決❷兮，歲忽忽其若頹。憐余身不足以卒意兮，冀一見而復歸。哀人事之不幸兮，屬天命而委之咸池。身被疾而不閒❸兮，心沸熱其若湯。冰炭不可以相並兮，吾固知乎命之不長。哀獨苦死之無樂兮，惜余年之未央。悲不反余之所居兮，恨離予之故鄉。鳥獸驚而失群兮，猶高飛而哀鳴。狐死必首丘兮，夫人孰能不反其真情？故人疏而日忘兮，新人近而俞❹好。莫能行於杳冥兮，孰能施於無報？苦眾人之皆然兮，乘回風而遠游。淩恆山其若陋❺兮，聊愉娛以忘憂。悲虛言之無實兮，苦眾口之鑠金。過故鄉而一顧兮，泣歔欷而霑衿。厭❻白玉以為面兮，懷琬琰以為心。邪氣入而感內兮，施玉色而外淫❼。何青雲之流瀾❽兮，微霜降之蒙蒙❾。

徐風至而徘徊兮，疾風過之湯湯⑩。聞南藩樂而欲往兮，至會稽⑪而且止。見韓眾而宿之兮，問天道之所在？借浮雲以送予兮，載雌霓而為旌。駕青雲以馳騖兮，班衍衍之冥冥⑫，忽容容⑬其安之兮，超慌忽其焉如？苦眾人之難信兮，願離群而遠舉。登巒山而遠望兮，好桂樹之冬榮。觀天火之炎煬⑭兮，聽大壑⑮之波聲。引八維⑯以自道兮，含沆瀣以長生。居不樂以時思兮，食草木之秋實。飲菌若⑰之朝露兮，構桂木而為室。雜橘柚以為囿⑱兮，列新夷與椒楨⑲。鵾鶴孤而夜號兮，哀居者之誠貞。

【注釋】❶懃，或作懄，與慬通，憂。❷隱三年，古者人臣三諫不從，待放三年，君命還則復，無則遂行也。（王逸）❸閒，瘳。❹俞，當從一本作「愈」。❺淩，乘。恆山，北嶽，在今河北舊保定（清苑）西至山西大同。陋，狹小。❻厭，著。❼按此二句「感內」二字當互易。「施」當移「玉色」下。「邪氣入而內感」、「玉色施而外淫」。（《校補》說）淫，潤。❽流瀾，猶流爛，布散。❾蒙，一作濛。濛濛，微雨貌。❿風，喻號令。湯湯，疾貌。⓫會稽，山名。⓬班，分。衍衍，行疾貌。冥冥，高遠貌。⓭容容，飛揚貌。⓮天火，凡非人為之火皆可叫天火，如雷電所引起的。煬，炙燥。⓯大壑，大海。⓰天有八維，以為綱紀。⓱菌，指菌桂。若，指杜若。⓲囿，當從一本作圃為是。⓳新夷，即辛夷。楨，《說文》說「剛木」。與「椒」並舉不類，當從《御覽》九七三作「檳」。檳，即「檳榔」，其實可以調味。（《校補》說）

【語　譯】處於愁憂之中當向誰傾訴，只有孤獨長思而自覺傷悲。我內心自省而並不覺得慚愧，我的操守愈形堅強而不減衰。我遭逐放山野已屆三年仍未裁決，歲月已匆匆然若墮。我悲傷有生之年已無法完成心意，企盼能再一見君上而得還歸。我悲哀遭逢人事之不幸，只得託付於天命，委囑於天神。身罹疾病而不得痊癒，我的心沸熱得像開水。冰和炭不可以相併，我本知我的生命已不得久長。我悲哀孤獨痛苦而死之毫無快樂，我更痛惜我的年歲尚是少壯。我悲傷不得返回故居，更痛恨遠離去我的故鄉。鳥獸驚慌而失去群類，猶且知高飛而哀鳴。狐狸死時必置首於小丘以嚮往舊居，何況人類，誰能不思念故鄉。故舊已疏遠而日益淡忘，新人卻時見親近而愈增好感。沒有人能行善而不為人知。誰又肯善施而不求善報。我憂苦眾人已皆如此，我想乘著旋風而遠航。我登上了北嶽恆山猶覺其陋小，但姑且歡愉以忘卻憂患。悲歎虛偽言語的不能證實，痛苦眾人的讒言可以銷鑠金鋼。當我路過故鄉而回頭張望，我泣下的淚水已霑濕了衣裳。我傅著上白玉以為顏面；我懷抱著琬琰作為心房。讒邪之氣雖然進入我內心引起悲感，但是我外在仍像玉色般澤潤。何以青雲要四處分散，薄薄的寒霜下降大地已一片迷茫。當徐風吹送時我歸心徬徨，當疾風迅急時我惶遽遠颺。聽說南邊的藩國歡樂而想前往，來到了會稽山暫且休息，見到了韓眾請他留住，就教天道究竟所在何方？借浮雲以送我上路，載著雌霓以為旌旗。駕著青雲縱奔直撞，我忽而疾飛上冥冥上蒼，忽然我飛揚得失去方向，我頓覺迷離而不知將投向何方！我痛苦眾人的難以信賴，我願離群而遠去，登上了山巒而遠望，我真羨慕桂樹的冬青不老。上觀天火的炎熱炙爆，下聽大海的波聲洶濤。我牽持天的八維以為引導，我口含沆瀣之氣以求長生不老。居處在失去歡樂的地方時時沉思，餐食著草木秋天成熟的果實。飲的是菌桂杜若上的朝露，構築桂木以為屋室。雜種橘柚以為園圃，列植辛夷與椒檳。鵾鶴孤獨而於夜中哀號，牠也在哀傷我的誠信貞操。

哀命

哀時命之不合兮，傷楚國之多憂。內懷情之潔白兮，遭亂世而離尤。惡耿介之直行兮，世溷濁而不知。何君臣之相失兮，上沉湘而分離。測汨羅之湘水❶兮，知時固❷而不反。傷離散之交亂兮，遂側身而既遠。處玄舍之幽門❸兮，穴巖石而窟伏。從水蛟而為徒兮，與神龍乎休息。何山石之嶄巖兮，靈魂屈而偃蹇❹。含素水而蒙深❺兮，日眇眇❻而既遠。哀形體之離解兮，神罔兩❼而無舍。惟椒蘭❽之不反兮，魂迷惑而不知路。願無過之設行❾兮，雖滅沒之自樂。痛楚國之流亡兮，哀靈修之過到❿。固時俗之溷濁兮，志瞀迷而不知路。念私門之正匠⓫兮，遙涉江而遠去。念女嬃之嬋媛兮，涕泣流乎於悒。我決死而不生兮，雖重⓬追吾何及。戲疾瀨之素水兮，望高山之蹇產⑬。哀高丘之赤岸⑭兮，遂沒身而不反。

【注釋】❶測，量度。全句意即謂沉汨羅之水。❷固，閉；陋。時固，謂時運蹇塞不通。❸玄，黑。幽，暗。❹偃蹇，屈曲貌。❺素水，白水。喻清白。蒙，蔽。❻眇眇，遠貌。❼罔兩，無所據依貌。罔，同「罔」。❽椒蘭，謂子椒、子蘭。按〈離騷〉文中椒、蘭本非指此二人。然漢人已習有此用法。❾設，陳。「無過之設行」意謂「陳述始終無過惡的潔行」。❿到，至。⓫私門，《淮南子・氾論》：「私門成黨。」私門，謂得以私行請託之權門。匠，教。⓬重，再；復。⓭蹇產，山形詰屈貌，或高大貌。⓮高丘，喻楚國。赤岸，其岸峻嶮赤而有光。（王逸）按赤岸，謂極南之地。《吳越春秋》：「南踰赤岸。」楚國在南，故說赤岸。

【語譯】我悲哀生時的祿命就不能與君上相合，更傷心楚國的多難多憂。我懷抱著高潔的心志，卻遭到亂世而罹患罪咎。世人都厭惡光明與具有正直行為的人，這種世俗真是汙濁而善惡不知。何以君臣之間相互的不信賴，被放逐到沅湘而彼此分離。我量度著汨羅與湘水，我早知時運蹇阻而不得還反。傷悲離散時的濁亂，於是避身離禍而遠揚。居住在暗舍的幽門之中，穴處於巖洞石窟中潛伏。跟從水蛟結為侶伴，與神龍同處休息。何以山石峻嶮異常，我的靈魂詰屈難止。我含著白水而被水的深度蔽障，太陽已眇眇然遠逝。我悲哀形體的離散，精神無依無靠的流蕩。子椒子蘭的不肯反悟，我的靈魂迷惑而不知所行道路。我願將始終沒有過錯的行為表露，縱然滅沒也自覺安樂。我悲痛楚國的危亡，我更哀傷靈修的罹禍。本來在時俗汙濁混亂時，志向就被煩惑而不知前途。想到眾人皆營私權門以正國事，我只得渡江遠去。想到女嬃的牽掛，我流下了淚水而憂鬱。我已下定決心一死而不苟生，縱使一再的挽救已不及。我遊戲在疾瀨的白水之上，舉頭望著高山的雄壯。我悲哀高山上皆是赤色的峭岸，於是我沉沒於湘流，而永遠不反。

謬諫

怨靈修之浩蕩兮，夫何執操之不固❶。悲太山之為隍❷兮，孰江河之可涸。願承閒而效志兮，恐犯忌而干諱。卒撫情以寂寞兮，然怊悵而自悲。玉與石其同匱❸兮，貫魚眼與珠璣。駑駿雜而不分兮，服罷牛而驂驥。年滔滔而自遠❹兮，壽冉冉而愈衰。心悇憛❺而煩冤兮，蹇超搖而無冀❻。固時俗之工巧兮，滅規榘而改錯。卻騏驥而不乘兮，策駑駘而取路。當世豈無騏驥兮，誠無王良❼之善馭。見執轡者非其人兮，故駒跳❽而遠去。不量鑿而正枘兮，恐榘矱之不同。不論世而高舉兮，恐操行之不調❾。弧弓弛而不張兮，孰云知其所至。無傾危之患難兮，焉知賢士之所死。俗推❿佞而進富兮，節行張而不著。賢良蔽而不群兮，朋曹比而黨譽。邪說飾而多曲兮，正法弧⑪而不公。直士隱而避匿兮，讒諛登乎明堂⑫。棄彭咸之娛樂兮，滅巧倕之繩墨。菎蕗雜於黀蒸⑬兮，機蓬矢以射革⑭。駕蹇驢而無策兮，又何路之能極？以直鍼而為釣兮，又何魚之能得？伯牙之絕弦兮，無鍾子期而聽之⑮。和抱璞而泣血兮，安得良工而剖⑯之。同音者相和兮，同類者相似⑰。飛鳥號其群兮，鹿鳴求其友。故叩宮而宮應兮，彈角而角動⑱；虎嘯而谷風至兮，龍舉而景雲往。音聲之相和兮，言物類之相感也⑲。夫方圜之異形兮，勢不可以相錯。列子⑳隱身而窮處兮，世莫可以寄託。眾鳥皆有行列兮，鳳獨翔翔而無所薄。經濁世而不得志兮，願側身巖穴而自託。欲闔口而無言兮，嘗被君之厚德。獨便悁而懷毒㉑兮，愁鬱鬱之焉極！念三年之積思兮，願壹見而陳辭。不及君而騁說兮，世孰可為明之。身寢疾而日愁兮，情沉抑而不揚。眾人莫可與論道兮，悲精神之不通。

【注　釋】❶操，志。固，堅。❷隍，城池有水叫池，無水叫隍。《說文》太山之為隍，喻君之失位。江河可涸，喻己之忠心不竭。❸匵，匣。❹滔滔，行貌。自遠，當為「日遠」，「日」與下句「愈」並用。《校補》說）❺悇憛，憂愁貌。❻蹇，同「謇」、「羌」。句首語氣詞。超搖，不安貌。冀，望。❼王良，晉大夫，御無恤子良，所謂御良也。一名孫無政，為趙簡子御，死而託精於天駟星。天文有王良星是（王逸）。❽見〈九辯〉。❾調，和。❿推，推舉。⓫弧，戾。⓬明堂，布政之宮。⓭菎蕗，香草。䕸，麻稭（藍）。蒸，竹炬。⓮機，主弓弩發放之樞機，此用為動詞，猶「發」。蓬矢，蓬蒿之箭。⓯《呂覽・本味》：「伯牙鼓琴，鍾子期聽之，方鼓琴而在太山，鍾子期曰：善哉乎鼓琴，巍巍乎若太山。少選之間而志在流水。鍾子期又曰：善哉乎鼓琴，湯湯乎若流水。鍾子期死，伯牙破琴絕弦，終身不復鼓琴，以為世無足復為鼓琴者。」⓰剖，當從一本作刑。與「聽」叶韻。《校補》說）⓱似，當為「仇」之誤。仇，匹也。⓲叩，擊。彈，楔。宮、角，皆五音之一。⓳按此二句原為注文。錯入正文，王逸前已然。且「感」字不入韻，今刪。《校補》說）⓴列子，古賢士。名禦寇。列子，容貌有飢色。居鄭國四十年，人無識者。㉑便悁，猶便娟，好貌。毒，恨。

【語　譯】怨歎靈修之胡塗，為何所執守的志意不夠堅固。悲哀太山將頹為城隍，但孰說江河會竭涸。願承君閒暇之時效忠心之志，又恐觸犯忌諱而遭刑誅。我始終按抑住內情而寂寞，但是我內心是惆悵而自悲。玉與石同置一個匣內，把魚目和珠璣同穿上一根繩索。駑馬良駿相雜不分，疲牛、騏驥並駕齊驅。歲月漸逝而日見疏遠，年壽將盡而日益衰老。內心是憂愁而煩惑，前途是不安而無望。本來時俗就工於取巧，滅棄了常規而任意改置，摒棄了騏驥不乘，卻鞭策著駑馬上路。當世豈是沒有騏驥，實在是缺乏王良般的善馭。眼看執轡的人不是善於駕馭，於是良駒都奔馳著遠去。不量度圓鑿的大小而要安置方枘，恐怕兩者的規格不同。不論世俗之貪濁而高舉潔行，恐怕與俗人的操守不能相容。弧弓鬆弛而張開，誰知它射程有幾尺？無傾危的患難，又如何能察知賢士的為節義而死。俗人皆推行諛佞而進求財富，您的節行再高也不會顯著。賢良被掩蔽而失去輔助，小人相朋黨比附而沽譽。邪說被隱飾而多邪曲事實，常法被乖戾而有欠公允。忠直之士隱身而避世，讒諛小人登上了布政的明堂。捐棄了彭咸潔行的歡娛，滅絕了巧倕制枉直的繩墨。菎蕗香草夾雜在麻稭的火炬之中，待發蓬蒿製的箭矢以射犀革。駕著跛足的驢子而又沒有鞭策；像這樣將有什麼路能走到終極？用直的針來釣魚；那又有什麼魚會上鉤？伯牙之斷絕琴絃，是失去了鍾子期這知音，卞和抱著璞玉而泣血，如何才能求得良工的琢磨。相同頻率的音聲能相共鳴，相同類型的人能結成伴侶。鳥的啼鳴在呼喚同伴，鹿的呼叫在尋求朋友，所以擊出宮聲宮聲就相應，彈出角聲角聲就震動；虎的長嘯，山谷隨之生風，龍的飛舉，景雲跟著飄動。至於方和圓是全然異形的東西，所以必然是不可以相互錯置。列子之所以隱身而不仕，是世上沒有人能寄託他的大志。眾鳥飛翔皆有行列，鳳凰孤獨的翱翔而無處棲止。歷經了濁世而不得一展鴻志，願側身避禍於巖穴之中以為寄託。想閉嘴而不說，但我又曾蒙受國君的厚德。我獨抱著美好的理想而飲恨終生，憂愁悒鬱將何時終極？我心念著三年來的憂心積慮，願能壹見君上而陳述言辭。不趕上向您暢懷訴說，世上將又有誰能明白我的忠君愛國。身體臥病而日益愁思，真情沉抑而不能表達，眾人皆無法談論忠君的道理，我悲哀精神上的苦悶，君上將永無省察。

亂曰

鸞皇孔鳳日以遠兮，畜鳧駕鵝❶。雞鶩滿堂壇❷兮，鼃黽游乎華池❸。要褭❹奔亡兮，騰駕橐駝。鉛刀進御兮，遙棄太阿❺。拔搴玄芝❻兮，列樹芋荷。橘柚萎枯兮，苦李旖旎❼。甂甌❽登於明堂兮，周鼎❾潛乎深淵。自古而固然兮，吾又何怨乎今之人。

【注釋】❶駕鵝，即鴚鵝，雁。或說野鵝。按此句從押韻現象看，或當為「△△△△兮，畜鳧駕鵝」，而在「鼃黽游乎華池」句上。❷由文例看此句或為「△△雞鶩滿堂壇兮」。高殿敞陽為堂。平場廣坦叫壇。❸此句依文例當為「△△△△兮鼃黽游乎華池」。鼃，蝦蟇。華池，芳華之池。❹要，通「騕」。騕褭，古之駿馬，赤喙玄身，日行五千里。❺太阿，利劍。❻玄芝，黑芝，神草。❼旖旎，盛貌。❽甂甌，瓦器。❾周鼎，夏禹所作鼎。

【語譯】尾聲：鸞皇孔鳳日益遠揚，雞鴨棲滿在廣場高堂（畜養著野鴨與野鵝。），蝦蟇游戲在芳華之池。騕褭奔馳失亡，反駕御著駱駝。鈍鉛的刀被進用，拋棄了利劍太阿。拔除了玄芝，而列植上芋、荷。橘、柚枯萎了，而苦味的李子生滿樹椏。瓦器登用在明堂，周鼎卻潛藏在深淵。自古以來世俗皆如此，我又何必怨恨今世之人。

【作　者】東方朔，字曼倩，平原厭次（山東省惠民縣東）人，好讀書，博覽經傳外家語，有口辨，善詼諧滑稽。武帝初即位，朔上書高自稱譽。自言年十三學書，十五擊劍，十六學詩書，十九學孫吳兵法，年二十二，長九尺三寸，目若懸珠，齒若編貝，勇若孟賁。帝偉之。徵為公車待詔，旋拜為常侍郎。建元三年（西元前一三八年）起上林苑，朔進諫，迺拜為大中大夫，給事中，復為中郎。帝置酒宣室，使謁者引內董偃，朔不可，詔止之。朔雖詼笑，然時觀察顏色，直言切諫。後上書陳農戰強國之計，不見用。因著論設〈客難〉，已而又設〈非有先生之論〉，作品甚多。而以此二篇最為有名。朔至老且死。諫說：「《詩》云：『營營青蠅止于蕃；愷悌君子，無信讒言，讒言罔極，交亂四國』。願陛下遠巧佞，退讒言。」帝怪其多善言。未幾果病卒。

《漢書・東方朔傳》載武帝初即位，朔上書，自記其時年二十二，照此推算，他當生於文帝後三年（西元前一六一年），又據褚先生補《史記・滑稽列傳》，記他認騶牙事，預言有遠方當來歸義；下又說：「後一歲所，匈奴混邪王果將十萬眾來降漢，乃賜東方生錢則甚多。」考《漢書・武帝紀》，匈奴混邪王降漢事在元狩二年（西元前一二一年），那時他才四十一歲，〈滑稽列傳〉說他老死，而又在武帝朝，那麼，他至少總在六十歲以上，死時約在太初以後。（西元前一〇〇年左右）

《楚辭章句》收〈七諫〉一篇，王逸以為東方朔作。《史記》卷一二六，《漢書》卷六五有傳。

【研　析】

王逸說：「諫者正也；謂陳法度以諫正君也。……東方朔追憫屈原故作此辭，以述其志。」所以這篇全然是代屈原為辭。起句就說：「平生於國兮長於原壄。」全文在結構上非常整齊，〈七諫〉共分七段各立子題，有〈初放〉、〈沉江〉、〈怨世〉、〈怨思〉、〈自悲〉、〈哀命〉、〈謬諫〉等七段，篇末尚有亂詞。但是內容多陳言腐語，無甚新意，在藝術上的成就不高。據游氏的看法，他的缺點有三：

①用典太多：尤以〈沉江〉一章為甚。例舉堯舜、齊桓、夷吾、晉獻、驪姬、申生、偃王、荊文、紂、呂望、比干、箕子、伯夷、叔齊等人的故實在屈原作品中已經數見不鮮，且一連用十幾句，更成濫調。②抄襲太多：篇中抄襲屈、宋文之處多至「更僕難數」。③重複太多：前後雖有七章而旨義多重複，可見詩人詩思窘狹。(參游氏《楚辭概論》)

今敘述其七章大意如下：

①〈初放〉：敘屈原生於國長於野，言語訥澀，又無強輔，終為讒小所怨，無以申忠信之志。

②〈沉江〉：列舉往古之得失，以見屈原被讒見放之痛，並表明屈原有赴沅湘沉江之志。

③〈怨世〉：怨恨世俗沉濁，美惡不分，處此濁世，必不能達志，故寧自沉江流也不願久見此濁世。

④〈怨思〉：言賢士窮處，讒佞日進，己願徑逝而不得。

⑤〈自悲〉：自歎己之遭遇不幸，欲有遠游之意。

⑥〈哀命〉：言己內懷潔白之質不遇於世，故哀時命之不合，並傷楚國之多憂。

⑦〈謬諫〉：怨君王執操不固，己願效志又恐犯忌，遂見時俗之不識人之害，己積思三年，亟欲陳辭以自明。

〈亂曰〉：聖賢被絀，小人見用乃自古然，對今人不必有所怨恨。

【韻譜】

（一）初放

①壄（魚）、輔（魚）、寡（魚）、下（魚）、壄（魚）、者（魚）。②惑（職）、息（職）、直（職）。③湯（陽）、坑（陽）。④宿（沃）、告（沃）。⑤梟（宵）、桃（宵）。⑥潭（侵）、風（侵）、心（侵）。⑦待（之）、理（之）、己（之）。

（二）沉江

①傷（陽）、忘（陽）、彰（陽）、殃（陽）、亡（陽）、望（陽）、壟（東）、同（東）、芳（陽）、狂（陽）、傷（陽）、香（陽）、攘（陽）、陽（陽）、明（陽）、光（陽）、旁（陽）、降（冬）、長（陽）、傷（陽）、藏（陽）、葬（陽）、行（陽）、當（陽）、功（東）、公（東）、央（陽）、矇（東）、江（東）、聰（東）、縱（東）、長（陽）、方（陽）、蓬（東）、凶（東）、望（陽）、容（東）、重（東）、東（東）、壅（東）此陽東冬合韻。

（三）怨世

①嵯（歌）、多（歌）、移（歌）、加（歌）、何（歌）、戲（歌）、議（歌）、為（歌）。②久（幽）、色（職）、侍（之）、菜（之）、志（之）、識（之）、代（之）、志（之）、置（之）、侍（之）、思（之）、事（之）。③石（鐸）、斮（鐸）、若（鐸）、作（鐸）、惡（鐸）、白（鐸）、薄（鐸）。④蔽（祭）、滯（祭）、敗（祭）、逝（祭）、世（祭）按逝韻上王逸本有四句今刪。

（四）怨思

卷一四 哀時命

哀時命之不及古人兮，夫何予生之不遘❶時。往者不可扳❷援兮，徠者不可與期。志憾恨而不逞❸兮，杼中情而屬❹詩。夜炯炯❺而不寐兮，懷隱憂而歷茲。心鬱鬱而無告兮，眾孰可與深謀。欿愁悴而委惰❻兮，老冉冉而逮之。居處愁以隱約兮，志沉抑而不揚。道壅塞而不通兮，江河廣而無梁。願至崑崙之懸圃兮，采鍾山之玉英❼。擥瑤木之橝枝❽兮，望閬風之板桐❾。弱水汩❿其為難兮，路中斷而不通。勢不能凌波以徑度兮，又無羽翼而高翔。然隱憫而不達兮，獨徙倚⓫而彷徉。悵惝罔⓬之永思兮，心紆軫⓭而增傷。倚躊躇以淹留兮，日饑饉而絕糧。廓⓮抱景而獨倚兮，超永思乎故鄉。廓落寂而無友兮，誰可與玩此遺芳。白日晼晚⓯其將入兮，哀余壽之弗將⑯。車既弊而馬罷兮，蹇邅徊⑰而不能行。身既不容於濁世兮，不知進退之宜當。冠崔嵬而切雲兮，劍淋離⑱而從橫。衣攝葉以儲與⑲兮，左袪挂於榑桑⑳。右衽拂於不周㉑兮，六合㉒不足以肆行。上同鑿枘於伏戲兮，下合矩矱於虞唐。願尊節而式高兮，志猶卑夫禹湯。雖知困其不改操兮，終不以邪枉害方。世並舉而好朋兮，壹斗斛而相量。眾比周㉓以肩迫兮，賢者遠而隱藏。為鳳皇作鶉籠兮，雖翕翅其不容。靈皇其不寤知兮，焉陳辭而効忠？俗嫉妬而蔽賢兮，孰知余之從容㉔。願舒志而抽馮㉕兮，庸詎知其吉凶。璋珪雜於甑窐㉖兮，隴廉與孟娵㉗同宮。舉世以為恆俗兮，固將愁苦而終窮。幽獨轉而不寐兮，惟煩懣而盈匈㉘。魂眇眇而馳騁兮，心煩冤之憛憛。志欲憾而不憺㉙兮，路幽昧而甚難。塊獨守此曲隅兮，然欿切而永歎。愁修夜而宛轉兮，氣涫瀋㉚其若波。握剞劂㉛而不用兮，操規榘而無所施。騁騏驥於中庭兮，焉能極夫遠道？置猨狖於櫺㉜檻兮，夫何以責其捷巧？駟跛鼈而上山兮，吾固知其不能陞。釋管晏而任臧獲[33]兮，何權衡之能稱。箟簬雜於廏蒸兮，機蓬矢以射革。負擔荷以丈尺[34]兮，欲伸要[35]而不可得。外迫脅於機臂兮[36]，上牽聯於矰隿。肩傾側而不容兮，固陿[37]腹而不得息。務光[38]自投於深淵兮，不獲世之塵垢[39]。孰魁摧[40]之可久兮，願退身而窮處。鑿山楹[41]而為室兮，下被衣於水渚。霧露濛濛其晨降兮，雲依斐[42]而承宇。虹霓紛其朝霞[43]兮，夕淫淫而淋雨。怊茫茫而無歸兮，悵遠望此曠野。下垂釣於谿谷兮，上要求[44]於僊者。與赤松而結友兮，比王僑而為耦。使梟楊[45]先導兮，白虎為之前後。浮雲霧而入冥兮，騎白鹿而容與。魂眐眐[46]以寄獨兮，汩徂往而不歸。處卓卓[47]而日遠兮，志浩蕩而傷懷。鸞鳳翔於蒼雲兮，故矰繳而不能加。蛟龍潛於旋淵兮，身不挂於罔[48]羅。知貪餌而近死兮，不如下游乎清波。寧幽隱以遠禍兮，孰侵辱之可為。子胥死而成義兮，屈原沉於汨羅。雖體解其不變兮，豈忠信之可化。志怦怦[49]而內直兮，履繩墨而不頗。執權衡而無私兮，稱輕重而不差。概[50]塵垢之枉攘[51]兮，除穢累而反真。形體白而質素兮，中皎潔而淑清。時猒飫52而不用兮，且隱伏而遠身。聊竄端53而匿迹兮，嘆唶默而無聲。獨便悁而煩毒兮，焉發憤而抒情？時曖曖其將罷兮，遂悶歎而無名。伯夷死於首陽兮，卒夭隱而不榮。太公不遇文王兮，身至死而不得逞。懷瑤象而佩瓊兮，願陳列而無正。生天墜之若過兮，忽爛漫54而無成。邪氣襲余之形體兮，疾憯怛而萌生。願壹見陽春之白日兮，恐不終乎永年。

【注釋】❶遘，遇。❷扳，一作攀，二字通，援引。❸憾，亦恨。逞，通。楚謂疾行叫逞。一說快。❹杼，通「抒」、「舒」。抒發。屬，續。❺炯炯，光明貌。❻欿，愁貌。委惰，懈倦。❼鍾山，在崑崙山西北。玉英，玉有英華之色。❽檡，木名。❾板桐，山名，在閬風之上。《博雅》說：「崑崙虛有三山，閬風、板桐、玄圃。」❿弱水，西域絕遠之水。汩，疾。⓫徙倚，猶低佪。⓬惝罔，猶惝惘，惝怳。驚貌，或心神不安貌。⓭軨，當作軫。⓮廓，空。⓯晼晚，日暮。⓰將，猶長。⓱邅佪，佪，一作迴。行不進貌。⓲淋離，長貌。⓳攝葉儲與，皆不舒展貌。⓴袪，袖。榑，同「扶」。榑桑，猶扶桑。㉑不周，山名。㉒六合，天地四方。㉓比，親。周，合。㉔從容，守道自得之貌。㉕馮，憑；憤懣。㉖璋珪，當從一本作珪璋。皆玉名。甑，瓦器，所以炊者。窐，甑上土孔。㉗隴廉，醜婦。孟娵，好女。㉘匈，同「胸」。㉙憺，安。㉚涫，沸。鬻，同「沸」。㉛剞劂，刻鏤刀。《說文》曰：曲刀。㉜檽，階際欄。㉝臧，為人所賤繫者。獲，為人所係得者。《方言》說：「臧獲，奴婢賤稱。」㉞背曰負，荷曰檐。(同擔)丈尺，言行於丈尺之下。㉟要，同「腰」。㊱迫，脅；近；附。機，機關。臂，同「辟」。也作繴。捕鳥工具。㊲陿，狹。㊳務光，古清白之士，見《莊子》。㊴塵垢，當從一本作埃。與前數句為韻。㊵魁摧，魁，《說文》段注：引申之，凡物大皆曰魁。摧，摧折。㊶楹，柱。㊷依斐，雲貌。斐，一作霏。㊸霞，無義。當從《藝文類聚》二引作覆為是。㊹求，當從一本作結。㊺梟楊，山神名。即狒狒。㊻踽踽，獨行貌。寄獨，疑或為「獨寄」，與下句「日遠」對舉。王逸說：「我魂神踽踽獨行寄居而處。」本不誤。㊼卓卓，高貌。㊽罔，同「網」。㊾怦怦，心不足貌，即心急貌。㊿概，滌。(51)枉攘，亂貌。(52)猒，同「饜」。飫，飽。(53)竄端，藏其端緒，不使人見。(54)爛漫，猶消散。

【語譯】我悲哀命運中註定不能與古聖賢並世，為什麼我生時偏不遇清明之時。過去的已無法攀援，未來的也不可約期。我的心志遺憾痛恨而不得舒解，只得抒發中情而藉以寫下這首長詩。——夜已達旦，我無法成眠，滿懷著隱憂而歷經年歲至此。心中有鬱結的愁思而無處告訴，芸芸眾生中有誰能與我深謀。憂愁令我憔悴而懈倦，老邁已漸漸地來到。居處在愁憂中隱伏窮約，志意沉抑而永難顯揚。道路壅阻而不通，江河廣闊，欲渡而無橋梁。我願到崑崙山的玄圃之上，採摘鍾山上的玉花。拿著瑤木的樹枝，望著閬風與板桐。弱水湍疾而難渡，道路中斷而不通。勢必不能超越波濤而直渡，又沒有羽翼藉以飛翔。但是我隱身自憫而不能表達我的志向，我獨自低佪而徬徨。我惆悵，驚慌而長想，我的心緒紆曲而積鬱著重重的痛傷。我久立躊躇而想永留在這地方，但饑餓日增即將面臨絕糧，我獨伴著形影而立，我的思想超然物外永思著故鄉。我空廓落寞而沒有朋友，誰能與我玩賞這被遺忘花朵的芬芳。白日已暮，即將落下西山，哀悲我的年壽也不得久長。車已破弊，馬已疲憊，我徘徊而不能前行，我身既不能容納於這混濁的世上，真不知如何進退，才是恰當。我戴著崔嵬冠上摩青雲，我佩著長劍氣勢縱橫。但是我的衣服長大而不得舒展，左袖掛著扶桑，右衽擦過了不周山，天地四方，也不足讓我暢行。我實當上輔伏羲與同制量，下佐堯舜共治虞唐。我一心想以高節為榜樣，心中還看不起禹湯。雖然明知已陷困境而不變操守，我始終不能以邪枉傷害正方。世人皆並相舉薦，好為朋黨，用同一的斗斛衡量貪佞賢善。眾佞都親附苟合而並肩相攜，賢者自然遠逝而隱藏。替鳳凰作了個畜鶉的籠子，就算牠合上翅膀也不能容身。君王之不知覺悟，我將如何陳詞而效忠？俗人皆嫉妒而掩蔽賢善，誰又能知道我的舉動。願能舒展抱負而發洩憤懣，又如何能判別這樣做是吉是凶？珪璋雜在瓦器的土孔之上，隴廉和孟娵同處一房。舉世之人都以為這是常俗，當然我就要終身愁苦而窮處。我幽愁孤獨而展轉不寐，只因為煩悶充滿在心胸。我的靈魂馳騁往遠方，我的心緒煩懣而憂心不安。我的心志愁痛而不安，道路又是幽昧而步履艱難。我塊然獨守在這山角的一旁，於是我內心痛切而長歎。我憂慮夜長而不能成眠，我的呼吸沸騰就像海浪。握著刻鏤的利劍而不用，拿著規榘而無處施展。騎著騏驥奔馳在狹隘的中庭，又如何能達到極遠的目標？把猿狖放在階前的檻欄，又如何能督促牠行動敏捷靈巧？乘著跛足的鱉而上山，我早知牠絕對上不了。棄置了管仲晏嬰而把責任交給奴婢俘虜，又如何能說權衡適當。把箟簬香草交雜在麻稭的火炬之中，待發蓬蒿製的箭矢以射犀革。負著擔荷步行在丈尺之下，就想伸個腰也不可。外邊接近於機關弩蘖，上面又牽聯於矰繳箭弋。我即使斜著肩也容納不下，我縱是縮起小腹也不得止息。務光自投於深淵，也不願被上塵世的汙穢。誰又能被長久的猛力摧折，我願退隱而窮處。鑿山柱作為屋室，下面是可以披衣沐浴的水渚。早晨霧水雨露濛濛然的下降，雲氣霏霏然上承棟宇。清晨虹霓紛然炫耀而覆蓋天際，傍晚又是下個不停的小雨。我愁思茫茫不知回到何方，我惆悵的遠望這一片曠闊的原野。在下是可以垂釣的谿谷，在上我交結了得道的仙者。與赤松結交成朋友，和王僑並肩為伴侶。使梟楊先導開道，使白虎為之前後馳驅。浮乘著雲霧飄入幽冥，騎著白鹿而遊戲。我的魂魄行止不息而孤獨如寄，疾迅的漂泊而永無歸期。居處在卓卓高處而日漸遠去，我的中心迷惘而傷懷。鸞鳥飛翔在青雲之上，所以矰繳已不能加以傷害。蛟龍潛藏入深淵，網羅也不能逮繫。牠們都了解貪食香餌將近於危死，不如下游在無人的清波。我也寧可幽藏隱居以遠離禍患，誰能再對我傷害汙辱。子胥雖死而成仁取義，屈原沉沒在汨羅。雖身腐肢解仍不變節，忠信豈能隨俗變化！我的志意進取而內心正直，我的步履皆合繩墨的法度。我能執權衡而無私心，我能稱輕重而不失偏差。洗滌塵垢的狂亂，排除穢累而反璞歸真。形體潔白而內質樸素，心中皎潔而淑善清明。時君皆滿於現狀而不用忠直，我且隱居伏匿而遠離。我姑且隱藏端緒而消聲匿跡，孤獨寂寞而無聲無息。我獨美好而遭煩怨愁苦，到何處去發洩憤懣抒散忠情？時光已漸暗而即將終極，於是我煩悶歎息我的名聲還沒建立。伯夷死在首陽山，終於滅沒了名聲與爵祿不得顯榮。太公如果不是遇到文王，他到死也不能一展抱負。我懷抱著瑤玉象牙而佩飾著瓊玉，願陳列展示，卻得不到人的賞識。人生在天地之間就像一陣輕煙掠過，倉促間就消散而不留下一點形跡。邪氣吹襲上我的身體，疾病隨著苦痛而萌生，我企盼能再一見春天的陽光，恐怕我的生命已沒有那麼久長。

【作　者】莊忌，會稽吳人（江蘇吳縣），時人尊稱為夫子，東漢時避明帝諱，改「莊」為「嚴」。《漢書．鄒陽傳》說：「吳王濞招致四方游士，陽與吳嚴忌、枚乘等俱事吳，皆以文辨名。久之，吳王以太子事怨望，稱疾不朝，陰有邪謀……是時景帝少弟梁孝王貴盛，亦待士，於是鄒陽、枚乘、嚴忌，知吳不可說，皆去之梁。」〈司馬相如傳〉云：「是時梁孝王來朝，從遊說之士齊人鄒陽，淮陰枚乘，吳嚴忌夫子之徒，相如見而說之。」事在景帝七年（西元前一五〇年）其後梁孝王與羊勝、公孫詭謀，使人刺殺袁盎。鄒陽以為不可，故被讒。枚乘及嚴忌都不敢諫。（亦見〈鄒陽傳〉）可見他是個依違取容之文人。《漢書．藝文志》載莊夫子賦二十四篇，今僅見〈哀時命〉一篇，載《楚辭章句》。

【研　析】

王逸說：「忌哀屈原受性忠貞，不遭明君而遇暗世，斐然作辭歎而述之，故曰〈哀時命〉也。」顯然是嚴忌哀屈原而作。所以篇中多以屈原的口氣抒情。如「哀時命之不及古人兮，夫何予生之不遘時。」正是本篇主旨，當然「予」為屈原無疑，下文即以屈原之生平遭遇為敘述，但文中卻又有「子胥死而成義兮，屈原沉於汨羅。雖體解其不變兮，豈忠信之可化。」又把屈子與子胥並舉用為故實，又似乎不是哀屈原而作。所以我以為這是嚴忌「借他人之酒杯澆胸中之塊壘」，雖假設屈原口氣為文，也用為失意者的自述。又不免為屈原沉汨羅事所感，故用為故實。這篇文章在藝術價值上，無甚可取，他的辭意大半是抄襲屈、宋陳言，敷衍成篇。

【韻　譜】

①時（之）、期（之）、詩（之）、茲（之）、謀（之）、之（之）。②揚（陽）、梁（陽）、英（陽）。③桐（東）、通（東）。④翔（陽）、徉（陽）、傷（陽）、糧（陽）、鄉（陽）、芳（陽）、將（陽）、行（陽）、當（陽）、橫（陽）、桑（陽）、行（陽）、唐（陽）、湯（陽）、方（陽）、量（陽）、藏（陽）。⑤容（東）、忠（冬）、容（東）、凶（東）、宮（冬）、窮（東）、匈（東）、𢥞（冬）按此為東冬合韻。⑥難（元）、歎（元）。⑦波（歌）、施（歌）。⑧道（幽）、巧（幽）。⑨陞（蒸）、稱（蒸）。⑩革（職）、得（職）、隿（職）、息（職）。⑪垢（魚）、處（魚）、渚（魚）、宇（魚）、雨（魚）、野（魚）、者（魚）、耦（魚）、後（魚）、與（魚）。⑫歸（脂）、懷（脂）。⑬加（歌）、羅（歌）、波（歌）、為（歌）、羅（歌）、化（歌）、頗（歌）、差（歌）。⑭真（真）、清（耕）、身（真）、聲（耕）、情（耕）、名（耕）、榮（耕）、逞（耕）、正（耕）、成（耕）、生（耕）、年（真）按此為真耕合韻。

卷一五 九懷

匡機

極運兮不中❶，來❷將屈兮困窮。余深愍兮慘怛，願一列❸兮無從。乘日月兮上征，顧游心兮鄗酆❹。彌覽兮九隅❺，彷徨兮蘭宮。芷閭兮藥房，奮❻搖兮眾芳。菌閣兮蕙樓，觀❼道兮從橫。寶金兮委積，美玉兮盈堂。桂水❽兮潺湲，揚流❾兮洋洋❿。蓍蔡⓫兮踴躍，孔鶴兮回翔。撫檻兮遠望，念君兮不忘。怫鬱兮莫陳，永懷兮內傷。

【注釋】❶極運，極，惡而困之。《孟子・離婁下》：「有故而去，則君搏執之，又極之於其所在。」極運，猶惡運，言身逢惡運不合於時。❷來，當從一本作「永」。(《校補》)❸列，陳。❹顧，當從一本作願。鄗，也作鎬，武王建都之地。今陝西省長安縣西。酆，同「灃」。文王建都之地。今陝西省鄠縣東三十五里，此鄗酆以代二聖君。❺彌，極。九隅，猶九州。❻奮，動。❼觀，臺榭。❽桂水，謂桂木植水旁，水含桂樹之芬芳。❾揚，當為楊。楊流，謂水旁植楊柳樹。❿洋洋，盛大貌。⓫著，當為耆，老。蔡，大龜。

【語譯】身逢惡運而不合於時俗，將永遠屈居而困窮。我深深的傷悲而痛心，想一述衷情而無門。乘駕著日月而上征，我願表露我的誠心在文、武的都城。遍覽了九州，彷徨在蘭飾的宮室，芷飾的門閭，白芷充塞在房室，眾盛的芳草在搖曳中散發出馨香。菌飾的內閣，蕙飾的樓房，臺榭的甬道交錯縱橫。珍寶黃金委積如山，美玉堆滿在廳堂。桂樹畔的溪水潺湲，楊柳岸的水勢洋洋。萬年的神龜在踊躍，孔雀白鶴在青雲迴翔，我撫著欄杆遠望，思念君王的憂心不忘，滿懷的悒鬱無法傾訴，只留下永恆的懷念和哀傷。

通路

天門兮墬戶，孰由兮賢者？無正兮溷廁❶，懷德兮何覩？假寐❷兮愍斯，誰可與兮寤語❸？痛鳳兮遠逝，畜鴳❹兮近處。鯨鱏❺兮幽潛，從蝦兮游陼❻。乘虯兮登陽，載象❼兮上行。朝發兮蔥嶺❽，夕至兮明光❾。

北飲兮飛泉⑩，南采兮芝英。宣游兮列宿⑪，順極⑫兮仿佯。紅采兮騂⑬衣，翠縹⑭兮為裳。舒佩兮緂纚⑮，竦余劍兮干將⑯。騰蛇兮後從⑰，飛駏⑱兮步旁。微⑲觀兮玄圃，覽察兮瑤光⑳。啟匱兮探筴㉑，悲命兮相當㉒。紉蕙兮永辭㉓，將離兮所思。浮雲兮容與，道余兮何之？遠望兮仟眠㉔，聞雷兮闐闐㉕。陰憂兮感余，惆悵兮自怜㉖。

【注釋】❶廁，雜。❷不脫冠帶而臥謂假寐。此有為國憂患，席不暇暖之意。❸寤語，寤，通「晤」。寤語，猶晤言。❹畜，養。鵕，同「鵔」。❺鱏，俗作鱘。魚名。❻從，當為蜙字之誤。蜙，蚣蜙，小蜂，生牛馬皮中。按「鯨鱏」與「從蝦」對文。蝦，蝦蟆。陼，同「渚」。小洲。❼象，神象，白身赤頭有翼能飛。❽葱嶺，山名。今新疆西南。疏勒、蒲犁等縣之西。古人以為西極之地。❾明光，東極之丹巒。（王逸說）❿飛泉，在崑崙西南。⓫宣，遍。列宿，眾星宿。⓬順，循。極，北極星。⓭紅，當從一本作「虹」。騂，赤色。⓮縹，帛青白色。⓯舒，布。緂纚，衣裳毛羽下垂貌。⓰干將，吳人干將，其妻莫邪，干將作劍，莫邪斷髮剪爪，投於爐中，金鐵乃濡，遂以成劍，陽曰干將，陰曰莫邪。（見《吳越春秋・闔閭內傳》）⓱騰，一作螣。螣蛇無足而飛。後從，當從一本作「從後」。⓲駏，駏驢。或作駏驉。獸名，為牝騾與牡馬交配所生。⓳微，與瞰通，伺探。⓴瑤光，北斗杓第七星。㉑匱，匣。筴，筮；謀。㉒相，當從一本作「所」。所當，猶所值。㉓永辭，猶永訣。㉔仟眠，猶阡瞑，闇，未明貌。㉕闐闐，雷聲。㉖陰憂，謂內心愁鬱。怜，與憐同。

【語譯】天門與地戶，誰能引導賢者進入？世上是邪佞混雜，懷德的忠信之士，又怎能被看得清楚？我不暇熟睡地為此憂歎，我能與誰商量言晤？傷痛鳳凰已遠去，畜養的鷃鶉卻就在近處。鯨、鱏已潛匿於深淵，蝓蟌、蝦蟆卻游戲在淺渚。我乘著虯龍登上九陽，騎著神象上行蒼天。清晨從葱嶺出發，傍晚就到了東邊的丹巒明光。北邊飲著飛泉的澄液，南方採擷下靈芝的玉英。遍遊了列星，沿循著北極星而遊戲。我穿著虹霓繪飾的深赤上衣，青翠色的下裳。繫著的玉佩長長的垂地，握著寶劍干將鋒芒銳利。螣蛇隨從在身後，駏驉飛奔在車旁。我上窺崑崙的玄圃，覽察北斗七星——瑤光。我啟開匱匣取筴筮卜，我悲哀命運的遭時不當。我貫穿蕙草立下誓言而想就此長辭，將遠離去我日夜思念的人。隨著浮雲從容遊戲，引導我不知飄向何地？遠望著前路是一片幽暝，耳中響著雷聲闐闐，內心的憂患令我感傷，悵然失去而自哀自憐。

危俊

林不容兮鳴蜩，余何留兮中州？陶嘉月兮總駕❶，搴玉英兮自脩❷。

結榮茝兮逶❸逝，將去烝❹兮遠游。徑岱土兮魏闕❺，歷九曲兮牽牛❻。

聊假日兮相佯，遺光燿兮周流❼。望太一兮淹息❽，紆❾余轡兮自休。晞❿

白日兮皎皎，彌遠路兮悠悠。顧列孛兮縹縹⓫，觀幽雲兮陳浮。鉅寶遷兮砏磤⓬，雉咸雊兮相求⓭。泱莽莽⓮兮究志，懼吾心兮懤懤⓯。步余馬兮飛柱⓰，覽可與兮匹儔⓱。卒莫有兮纖介⓲，永余思兮怞怞⓳。

【注釋】❶陶，與嗂通。喜。嘉月，猶吉時。總，當從一本作驅。❷脩，脩飾。❸透，一本作遠。❹烝，《爾雅》：「林、烝，君也。」❺「徑岱土兮魏闕」與「歷九曲兮牽牛」相對成文。岱土，即泰山。魏，同「巍」。魏闕，高大的門闕。此句猶云：「徑岱土之魏闕。」下句為「歷九曲之牽牛」。❻九曲，猶九天。牽牛，謂牽牛星。❼遺，留。光耀，指顯烈之事功。此句謂：垂留下顯烈之功而周遊天地。❽太一，天神之最尊貴者。〈九歌〉有〈東皇太一〉。淹，久留。❾紆，縈繞。❿晞，望。⓫列孛，彗星。縹縹，猶瞥瞥，閃爍不定貌。⓬鉅寶，即天寶、陳寶。神名。砏磤，謂天寶神所發之聲。⓭雊，雄雉鳴叫聲。相求，猶相應。以上二句謂天寶神從東方而遷於此，其聲砏磤，野雉皆鳴叫而相應之。（參見《補注》）⓮泱莽莽，猶泱莽，廣大貌。⓯懤懤，憂貌。⓰飛柱，神山名。⓱儔，匹。⓲纖介，喻微小。⓳怞怞，憂貌。

【語譯】樹林中既藏不住會叫的蟬，我又何須再停留在中州？我欣喜在吉日時驅駕而去，手擷瓊玉的英華善自修飾。結繫著一朵盛開的芳茝而遠逝，我即將離別君上而遠遊。直接地來到了泰山巍峨的門闕，我經過了九天上的星宿牽牛。姑且假借著時光以遊戲，遺留下顯烈的事蹟而去四處周遊。我望見了太一神而想就此久留止息，縈繞住我的轡繩而憩休。望著皎皎然的白日，要走盡的前路是遙遠漫長。回顧著彗星閃爍不定的光芒，觀望著烏雲的羅列浮沉。

尊嘉

季春兮陽陽❶，列草兮成行。余悲兮蘭生❷，委積兮從橫。江離兮遺捐，辛夷兮擠臧❸。伊❹思兮往古，亦多兮遭殃。伍胥兮浮江，屈子兮沉湘。運余兮念茲❺，心內兮懷傷。望淮兮沛沛❻，濱流兮則逝❼。榜❽舫兮下流，東注兮礚礚❾。蛟龍兮導引，文魚兮上瀨。抽蒲兮陳坐❿，援芙蕖兮為蓋。水躍兮余旌，繼以兮微蔡⓫。雲旗兮電騖，儵忽兮容裔⓬。河伯兮開門，迎余兮歡欣。顧念兮舊都，懷恨兮艱難。竊哀兮浮萍，汎淫⓭兮無根。

【注釋】❶季春，三月。陽陽，溫和清明貌。❷生，當從一本作萃。隕落。❸擠，排。臧，同「藏」。匿。❹伊，句首語氣詞，無義。❺余下疑脫「思」字。《校補》❻沛沛，水流盛大貌。❼濱，沿水。則，當為「側」字之誤。「側」有「隱」義。《校補》❽榜，進船。❾礚礚，水流擊石聲。❿抽，拔。陳坐，設坐。⓫蔡，草名。⓬容裔，水波高低貌。⓭汎淫，浮游。

【語　譯】季春三月，溫和清明，百卉垂條羅列成行。我獨悲哀幽蘭的隕落，委積遍地，枝條縱橫。江離被捐棄，辛夷被排擠。想起古代的前賢，亦多因此而遭禍殃。伍子胥浮屍江上，屈靈均沉骸湘底。運轉不息的思念常想著這些遭遇，內心滿懷著傷痛。看著淮水洶湧的水勢。我想沿著水流而隱逝。搖著槳乘舟順水而下，東流的江水發出礚礚的聲響。蛟龍在前導引，文魚帶我渡過了湍灘。拔下蒲草而布設成席，援引芙蕖結成車蓋。水浪搖動著我的旌旗，還漂進了一些輕細的水草。雲飾的采旗像閃電般的奔馳，儵忽間隨著水勢上下。河伯敞開了大門，歡欣的迎接我。但是我回頭望見了楚國的舊都，我懷著恚恨，欲還已覺艱難。我悲哀自己像無根的浮萍，隨波漂泊在無垠的海上。

蓄　英

秋風兮蕭蕭，舒❶芳兮振條。微霜兮眇眇❷，病殀兮鳴蜩。玄鳥兮辭歸，飛翔兮靈丘❸。望谿谷兮滃鬱，熊羆兮呴❹嗥。唐虞兮不存，何故兮久留？臨淵兮汪洋，顧林兮忽荒。修余兮袿衣❺，騎霓兮南上。乘雲兮回回❻，亹亹❼兮自強。將息兮蘭皋，失志兮悠悠❽。蒶蘊兮黴黧❾，思君兮無聊。身去兮意存，愴恨兮懷愁。

陶壅

覽杳杳兮世惟❶，余惆悵兮何歸？傷時俗兮溷亂，將奮翼兮高飛。駕八龍兮連蜷，建虹旌兮威夷❷。觀中宇兮浩浩❸，紛翼翼兮上躋❹。浮溺水兮舒光，淹低佪兮京沶❺。屯余車兮索友，覩皇公兮問師❻。道莫貴兮歸真，羨余術兮可夷❼。吾乃逝兮南娭❽，道幽路❾兮九疑。越炎火兮萬里，過萬首兮嶷嶷❿。濟江海兮蟬蛻⓫，絕北梁⓬兮永辭。浮雲鬱兮晝昏，霾土忽兮塺塺⓭。息陽城兮廣夏⓮，衰色罔兮中怠⓯。意曉陽兮燎寤⓰，乃自訹兮在茲⓱。思堯舜兮襲⓲興，幸咎繇兮獲謀。悲九州兮靡君，撫軾歎兮作詩。

【注釋】❶杳杳，泥濁愚蔽貌。惟，謀。❷威夷，猶委蛇。❸中宇，猶宇內。浩浩，廣大貌。❹翼翼，飛貌。躋，登。❺淹，久留。京，高。沶，小渚為沶。京沶，猶高洲。❻皇公，天帝。❼夷，喜。❽南娭，即九疑山。❾幽路，深山幽徑。❿萬首，海中山數萬頭。或說海中山名。嶷嶷，山高貌。⓫蟬蛻，形體化解。⑫北梁，梁，津渡。北梁不知所指。⑬霾土，大風揚塵土，從上而下。塺塺，塵濁貌。⑭陽城，炎野。廣夏，猶大廈。⑮衰，當為「哀」字之誤。色，顏氣。罔，與悵通，憂。此句謂哀顏色惘悵中心懈怠。⑯陽，當為暢。《校補》曉陽，猶曉暢，通達之意。燎，通「了」。明。⑰自訢，當從一本作「息軫」。《校補》息軫，猶停車。⑱襲，繼。

【語譯】看到楚國世俗想法的汙濁愚蔽，我惆悵失志而不知何處歸依？悲傷時俗的混亂，我將奮翼而高飛。駕著八龍翱翔，樹起了虹旗在空中搖曳。俯觀天下的廣大，乘著紛盛的大氣直上天際。渡過了溺水而散發神采，久留徘徊在高起的洲渚。停下了我的車駕且求友，謁見天帝而請教真理。天下的道理沒有能勝過無為修樸，欣悅於我的道藝而沾沾自喜。我於是遠去到九嶷，經過幽昧的山路去尋找舜的墓地。逾越了萬里的炎火漠地，經歷了海上萬座嶷嶷高山。渡過了江海而化解形體，超過了海洋而永別。浮雲鬱積使白晝為之昏暗，風揚塵土飄忽起汙濁黃泥。休息在陽城廣廈，我悲哀氣色憂傷而中心疲憊。我心中已通達而了悟，於是我就停車在此地。思慕著堯舜的相繼承襲，冀幸咎繇的得到議道的時機。我悲哀而今九州竟沒有聖君，撫按著車軾而寫下了這首悲詩。

株昭

悲哉于嗟❶兮，心內切磋❷。款❸冬而生兮，凋彼葉柯。瓦礫進寶兮，捐棄隨和❹。鉛刀厲御❺兮，頓棄太阿❻。驥垂兩耳兮，中坂蹉跎❼。蹇驢服駕兮，無用❽日多。修潔處幽兮，貴寵沙劘❾。鳳皇不翔兮，鶉鴳飛揚。乘虹驂蜺兮，載雲變化。鷦鵬❿開路兮，後屬青蛇。步驟桂林⓫兮，超驤卷阿⓬。丘陵翔儛兮，谿谷悲歌。神章靈篇⓭兮，赴曲相和⓮。余私娛茲兮，孰哉復加。還顧世俗兮，壞敗罔羅⓯，卷⓰佩將逝兮，涕流滂沲⓱。

【注釋】❶于嗟，歎詞。❷切磋，激感痛惻。❸款，叩，或款冬，花名。❹隨和，隨侯之珠，和氏之璧。❺厲，磨之使銳利。御，用。厲御，謂以為銳利而用之。❻頓，不利。頓棄，以為不利而棄之。太阿，寶劍名。❼坂，坡。中坂，猶坂中，即坡中。蹉跎，失足。❽無用，指僮蒙無用之人。❾沙，摩抄。（摩挲捫摸）劘，削。沙劘，猶摩削。今語抹殺。❿鷦鵬，鳳。⓫驟，馬疾步。步驟，猶馳逐。⓬驤，騰躍。超驤，猶騰越。卷，曲。阿，山隅。⓭章，同「彰」。顯。靈篇，指「河圖」、「洛書」。⓮赴，至。赴曲，謂宮商俱會。⓯罔羅，喻諂諛。⓰卷，同「捲」。收斂。⓱滂沲，猶滂沱。盛貌。

【語譯】悲哀啊！歎息啊！內心是激動而痛惻。只因適在冬時而生，就此凋謝了樹葉枝柯。瓦礫當作珍寶進獻，捐棄了隨侯之珠和氏之璧。以鈍刀為銳利而持用，認太阿為不利而丟棄。騏驥垂下了兩耳，在坡上失足倒地。跛驢用來駕車，僮蒙無用之人並進。我修飾清潔而處居幽隱，把貴寵一筆抹殺。鳳凰不再飛翔，鶉鴳高舉雙翼。騎著虹，駕著霓，乘著雲朵，變化形體。鷁鷳在前方開路，青蛇在後面衛護。馳逐在桂木的森林，騰躍在彎曲的山隅。丘陵像在翔飛，谿谷像在悲泣，神靈顯現了「河圖」、「洛書」，樂曲的宮商相應並會。我竊喜此中樂趣，有誰能復加歡娛。回顧世俗，皆是廢棄仁義看重諂諛。我收起佩飾即將離去，淚水滂沱霑濕了衣衿。

亂曰

皇門開兮照下土，株穢❶除兮蘭芷覩，四佞放兮後得禹❷，聖舜攝兮昭堯緒❸。孰能若❹兮願為輔。

【注釋】❶株，樹根。穢，腐草。❷四佞，謂堯時四惡，共工、驩兜、三苗、鯀。此句謂四佞被放逐而後始得禹治河。❸攝，執政。昭，著明。緒，事業。❹若，在。此指如堯舜之知人。

【語譯】尾聲：皇門敞開，臨照下土，清除了樹根腐草就能看見幽蘭白芷，四佞被放逐後就得到了禹的治河，聖哲的虞舜秉執國政顯耀了唐堯的事業。誰能像堯舜般知人，我就願為他的臣輔。

【作者】王褒字子淵，蜀郡資中（四川省資中縣）人。生年不詳，卒於漢宣帝神爵元年（西元前六一年）。宣帝時益州刺史王襄薦舉褒有逸才，上乃徵褒為〈聖主得賢臣頌〉。待詔金馬門，帝所幸宮館，褒常作歌頌。議者多以為淫靡。後擢諫議大夫。皇太子疾，詔使褒等至太子宮中與之娛樂，褒乃朝夕誦讀奇文及己所作賦篇，至疾愈始歸。太子喜其〈甘泉宮頌〉及〈洞簫賦〉，令後宮貴人左右皆誦讀。後方士言益州有金馬碧雞之寶，可以祭祀而得，是年三月，詔遣王褒往求之。病死道中，《漢書．藝文志》載作賦十六篇。現僅存〈聖主得賢臣頌〉，見《文選》及《漢書》本傳，〈九懷〉見《楚辭》，〈四子講德論〉、〈洞簫賦〉見《文選》。僮約見《藝文類聚》及《古文苑》。《全漢文》復輯得〈甘泉宮頌〉及〈碧雞頌〉殘篇，《漢書》卷六四有傳。

【研　析】

王逸說：「懷者思也。言屈原雖見放逐，猶思念其君，憂國傾危，而不能忘也。褒讀屈原之文，嘉其溫雅，藻采敷衍，執握金玉，委之汙瀆，遭世溷濁，莫之能識，追而愍之，故作〈九懷〉。」然則〈九懷〉是王褒哀憫屈原而作。但是他跟〈哀時命〉一樣，有以屈原口氣為文處，也有用屈原為故實。如「伍胥兮浮江、屈原兮沉湘」（〈尊嘉〉）即是。而且通篇看來追憫屈原處不多，而〈遠游〉遁世思想甚盛，這些話凡方士神仙家及失意者皆可以說。所以王褒只是利用了《楚辭》體的筆調，藉以抒懷。所謂「懷思屈原」僅及於有感於屈原的身世而藉《楚辭》體為賦而已。〈九懷〉文分九章，各題為：〈匡機〉、〈通路〉、〈危俊〉、〈昭世〉、〈尊嘉〉、〈蓄英〉、〈思忠〉、〈陶壅〉、〈株昭〉。而題目與內容是不太有關係的。今分敘各章大意如下：

①〈匡機〉：言身逢惡運而困窮，而有遠仙之志，盛言芳草宮室之美，但己之憂君之心不忘，故滿懷邑鬱與永恆哀傷。

回顧舊邦而懷恚恨。

②〈通路〉：言天門與地戶都不得通路，故己欲盛飾遠舉，但以前途迷茫為憂。

③〈危俊〉：言世俗不能容己之直諫，故欲遠遊，然世無匹儔，故永思而傷愁。

④〈昭世〉：言世混濁，而己則去君飾真，然忽反顧舊邦，涕垂流而傷懷。

⑤〈尊嘉〉：言季春之時百卉垂條，獨幽蘭隕落，故以屈子沉江為痛，則己欲遠去，然回顧舊邦而懷恚恨。

⑥〈蓄英〉：言秋時本花草茂盛而微霜下降使大地為之沉寂，故己欲離此遠去，然思及君王，身雖去而意猶傷。

⑦〈思忠〉：言己本已登九天以舒散精神，忽以草木枯槁為悲，故欲遠遊以抒情，但內心仍傷痛不已。

⑧〈陶壅〉：言覽世俗之汙濁，故己欲遠去，然又以九州無君為悲，故而作詩以抒志。

⑨〈株昭〉：言在冬時見枝葉凋謝而興悲，知世俗之不用美善，故欲遠舉，然當欲去之時，涕下滂沱。

〈亂曰〉：勸君王如能去穢則必能得助輔。

從九章的大意上看是九篇一律的，套個公式。先說世俗的善惡不分，己之遭讒，次言欲遠舉有遠遊之志，末以忽睹舊邦，不忍遽去，思君憂國而愴然淚下作結。從內容上看〈九懷〉是沒有多大的價值的作品。

【韻　譜】

（一）匡機

①中（冬）、窮（冬）、從（東）、豐（東）、宮（冬）按此東冬合韻。②房（陽）、芳（陽）、橫（陽）、堂（陽）、洋（陽）、翔（陽）、忘（陽）、傷（陽）按上段叶韻，奇數句有「撫檻兮遠望」一句，其「望」字也屬「陽」部。〈聖主得賢臣頌〉中即與「章」叶。此非韻字。

（二）通路

①戶（魚）、者（魚）、覩（魚）、語（魚）、處（魚）、陼（魚）。②陽（陽）、行（陽）、光（陽）、英（陽）、徉（陽）、裳（陽）、將（陽）、旁（陽）、光（陽）、當（陽）。③辭（之）、思（之）、之（之）。④眠（真）、闐（真）、怜（真）。

（三）危俊

①蜩（幽）、州（幽）、脩（幽）、游（幽）、牛（幽）、流（幽）、休（幽）、悠（幽）、浮（幽）、求（幽）、懤（幽）、儔（幽）、怞（幽）。

（四）昭世

①昏（真）、真（真）、臻（真）、芬（文）按此真文合韻。②輿（魚）、娛（魚）、胥（魚）、墟（魚）、居（魚）、躇（魚）、竽（魚）、紆（魚）按此段押韻中，奇數句末字「雨」亦入魚部當非韻腳字。③紛（真）、憐（真）、門（真）。④征（耕）、冥（耕）、生（耕）、傾（耕）、靈（耕）。

（五）尊嘉

①陽（陽）、行（陽）、橫（陽）、臧（陽）、殃（陽）、湘（陽）、傷（陽）。②沛（祭）、逝（祭）、礚（祭）、瀨（祭）、蓋（祭）、蔡（祭）、裔（祭）。③門（真）、欣（真）、難（元）、根（真）

按此為真元合韻。

（六）蓄英

①蕭（幽）、條（幽）、蜩（幽）、丘（幽）、皞（幽）、留（幽）。②洋（陽）、荒（陽）、上（陽）、強（陽）。③皋（幽）、悠（幽）、聊（幽）、愁（幽）。

（七）思忠

①神（真）、晨（真）、紛（真）、雲（真）、憐（真）。②征（耕）、嶺（耕）、旌（耕）、冥（耕）、榮（耕）。③陽（陽）、光（陽）、糧（陽）、行（陽）、方（陽）、傷（陽）。

（八）陶壅

①惟（脂）、歸（脂）、飛（脂）、夷（脂）、躋（脂）、泝（脂）、師（脂）、夷（脂）。②娭（之）、疑（之）、嶷（之）、辭（之）、塵（之）、怠（之）、茲（之）、謀（之）、詩（之）按此段中奇數句有句尾「里」字亦之部，但非韻腳字。

（九）株昭

①嗟（歌）、磋（歌）、柯（歌）、和（歌）、阿（歌）、跎（歌）、多（歌）、劘（歌）。②翔（陽）、揚（陽）。③化（歌）、蛇（歌）、阿（歌）、歌（歌）、和（歌）、加（歌）、羅（歌）、沲（歌）。

亂曰

①土（魚）、覩（魚）、禹（魚）、緒（魚）、輔（魚）。

卷一六 九歎

逢紛

伊伯庸之末冑[1]兮，諒皇直[2]之屈原。云余肇祖于高陽兮，惟楚懷之嬋連[3]。原生受命于貞節兮，鴻永路[4]有嘉名。齊名字於天地[5]兮，並光明於列星。吸精粹而吐氛濁兮，橫邪世而不取容。行叩誠[6]而不阿兮，遂見排而逢讒。后聽虛而黜實兮，不吾理而順情[7]。腸憤悁[8]而含怒兮，志遷蹇而左傾[9]。心儻慌[10]其不我與兮，躬速速[11]其不吾親。辭靈修而隕[12]志兮，吟澤畔之江濱。椒桂羅以顛覆[13]兮，有竭信而歸誠[14]。讒夫藹藹而漫著[15]兮，曷[16]其不舒予情？始結言於廟堂[17]兮，信[18]中塗而叛之。懷蘭蕙與衡芷兮，行中壄而散之。聲哀哀而懷高丘兮，心愁愁而思舊邦。願承閒而自恃兮，徑淫曀而道壅⑲。顏黴黧以沮敗兮，精越裂⑳而衰耄。裳襜襜㉑而含風兮，衣納納㉒而掩露。赴江湘之湍流兮，順波湊㉓而下降。徐徘徊於山阿兮，飄風來之洶洶㉔。馳余車兮玄石㉕，步余馬兮洞庭。平明發兮蒼梧，夕投宿兮石城㉖。芙蓉蓋而蔆華㉗車兮，紫貝闕而玉堂。薜荔飾而陸離薦㉘兮，魚鱗衣而白蜺裳。登逢龍㉙而下隕兮，違故鄉之漫漫㉚。思南郢之舊俗兮，腸一夕而九運㉛。揚流波之潢潢㉜兮，體溶溶㉝而東回。心怊悵以永思兮，意晻晻㉞而日頹。白露紛以塗塗㉟兮，秋風瀏㊱以蕭蕭。身永流而不還兮，魂長逝而常愁。歎曰：譬彼流水紛揚磕㊲兮，波逢洶涌濆滂沛㊳兮，揄揚滌盪漂流隕往觸崟石㊴兮，龍卬脟圈繚戾宛轉阻相薄㊵兮。遭紛逢凶蹇㊶離尤兮，垂文揚采遺將來兮。

【注釋】❶冑，後。末冑，猶後代。❷諒，誠。皇，美。❸嬋連，牽連。❹鴻，大。永，長。路，道。鴻永路，言屈原體合大道。❺齊名字於天地，謂名平，字原。❻叩，擊。叩誠，言扣於誠信。❼不吾理，謂不理我言。順情，謂順邪偽之情。❽悁，忿。❾遷，移徙。蹇，不順。左傾，側傾。❿懭慌，無思慮貌；失意貌。⓫速速，不親附貌。⓬隕，墜。⓭椒桂，喻賢士。羅，同「罹」。遭禍。顛，頓。覆，仆。⓮有，又。歸誠，以誠信待人。⓯藹藹，盛多貌。漫，汙。漫著，汙以自著。⓰曷，何。⓱廟，宗廟；先祖之所居。堂，明堂；議事之所在。此句謂人君嘗與己結識於廟堂。⓲信，信諾。⓳淫曀，闇昧。壅，塞。⓴越，去。裂，分。㉑襜襜，搖貌；衣動貌。㉒納納，濡濕貌。㉓湊，聚。㉔洶洶，本言水勢，此指風聲。㉕玄石，山名。㉖石城，山名。㉗淩，同「蔆」。花呈黃白色。㉘陸離，美玉。薦，臥席。㉙逢龍，山名。㉚漫漫，遼遠貌。㉛運，轉。㉜潰潰，水深廣貌。㉝溶溶，水波翻滾貌。㉞晻晻，昏昧不明貌。㉟塗塗，厚貌。㊱瀏，風疾貌。㊲磕，石聲。㊳潰，涌。滂沛，水多貌；水流廣遠貌。㊴揄揚滌盪漂流隕往觸崟石，揄揚滌盪、漂流、隕往，皆訓水勢動盪。與滌盪同。崟石，銳利之岩石。㊵龍邛、脟圈、繚戾、宛轉，俱訓水勢詰曲。阻，險阻。㊶蹇，不順。

【語譯】屈原是伯庸的後代，實在有忠直的美德。他說：「我的始祖是高陽，與楚懷王有同族的親情。」屈原生而秉受了貞節的德性，他的所作所為更合乎大道而享有美名。他的名字與天地等齊，他的行為像列星般的光明。吸收了天地之精粹而吐出了塵濁。能超越邪惡的俗世不見容於時人，行為切合於誠正而不偏私，於是被排斥而遭人讒言。君王只聽信虛言而黜貶誠實，他不理會屈原的申辯而依順邪偽之情。他的肝腸憤忿不平而激怒，他的志意遷移不順而側傾。他恨，君王不關心而不與他謀議，更把他疏遠而不跟他親近。終於他辭別了君王而失去了志向，行吟在澤畔在江濱。雖然椒、桂都已遭禍而顛仆，但他仍然竭盡忠信而坦誠待人。讒佞的人眾多以汙漫他人顯耀自己，他想：為什麼君上不伸展我的中情？當初在廟堂上已說定，到了中途就把信諾違背。他懷抱著蘭、蕙與蘅、芷，走到了野外芬香就散失，一聲聲哀怨中懷念高丘故鄉，一陣陣悲愁裡思念祖國舊邦。願趁著君王閒暇時表現忠誠，但道路是闇昧而壅塞，容顏變得憔悴而沮喪，精神潰散而氣力衰老。下裳在寒風中飄盪，上衣被露水沾濡上微寒。他要走向江湘的湍流，順著波浪的會聚而下降。徐步的徘徊在山的曲隅，狂飆的谷風氣勢洶洶。奔馳我的車來到玄石，駕御我的馬來到洞庭；清晨從蒼梧出發，傍晚就到了石城山。芙蓉的車蓋蔆花的車身，紫貝殼的門闕玉砌的廳堂，薜荔裝飾，陸離編織的臥席。魚鱗文彩的上衣塗繪白蜺的下裳。誰知登上了逢龍山而忽然下墜，遠離了遼遠的故鄉。思念起南郢的舊俗，衷腸一夕間九轉。波浪高揚深廣，流水滾滾東航。內心惆悵而思緒不斷，意志昏昧而日墜。濃密的白露紛紛下降，秋風迅疾而難當。身體隨水長流一去不返，魂魄雖永逝卻常懷愁傷。

【慨　歎】屈原的貞潔就像那平靜的流水，不斷地沖擊著石岸發出規律的聲響，忽然一陣狂風激起波濤洶涌，水勢萬丈；動盪，沖擊，漂流，奔瀉，抵觸住尖銳的石巒。盤曲，糾詰，繚戾，宛轉的水勢與險阻相伴。他遭逢紛亂、群凶，皆因命運的不順而罹罪殃，垂範典文，揚露采藻留下將來的賢君瞻仰。

離世

靈懷❶其不吾知兮，靈懷其不吾聞。就靈懷之皇祖❷兮，愬靈懷之鬼神。靈懷曾不吾與兮，即聽夫❸人之諛辭。余辭上參於天墜兮，旁引之於四時❹。指日月使延照❺兮，撫招搖❻以質正。立師曠俾端辭❼兮，命咎繇使並聽。兆出名曰正則兮，卦發字曰靈均❽。余幼既有此鴻節兮，長愈固而彌純。不從容而詖❾行兮，直躬指❿而信志。不枉繩以追曲兮，屈情素以從事。端余行其如玉兮，述皇輿之踵跡。群阿容以晦光⓫兮，皇輿覆以幽辟⓬。輿中塗以回畔兮，駟馬驚而橫犇⓭。執組者⓮不能制兮，必折軛而摧轅⓯。斷鑣銜⓰㠯馳騖兮，暮去次而敢止⓱。路蕩蕩⓲其無人兮，遂不禦⓳乎千里。身衡⓴陷而下沉兮，不可獲而復登。不顧身之卑賤兮，惜皇輿之不興。出國門而端指㉑兮，冀壹寤而錫㉒還。哀僕夫之坎毒㉓兮，屢離憂而逢患。九年之中不吾反兮，思彭咸之水游。惜師延之浮渚兮㉔，赴汨羅之長流。遵江曲之逶移㉕兮，觸石碕而衡游㉖。波澧澧而揚澆㉗兮，順長瀨之濁流。淩黃沱㉘而下低兮，思還流而復反。玄㉙輿馳而並集兮，身容與而日遠。櫂舟杭以橫濿㉚兮，濟㉛湘流而南極。立江界而長吟兮，愁哀哀而累息。情慌忽以忘歸兮，神浮游以高厲。心蛩蛩㉜而懷顧兮，魂眷眷㉝而獨逝。歎曰：余思舊邦心依違㉞兮，日暮黃昏羌幽悲兮，去郢東遷余誰慕兮，讒夫黨旅㉟其以茲故兮。河水淫淫㊱情所願兮，顧瞻郢路終不返兮。

【注釋】❶靈懷，靈修與懷王之合稱。〈離騷〉以「靈修」稱懷王，故此云靈懷。❷皇，美。祖，先祖。❸即，就。夫，當從一本作「讒」，王逸注即作此。❹此句謂旁引四時之神以為符驗。❺延，長。照，知。❻招搖，北斗杓星。❼師曠，晉平公時聖人，字子壄，生無目而善聽。俾，使。端，正。❽兆，龜甲受灼所生的裂痕。卦，易之六十四卦。❾詖，傾。❿躬，身。指，理。⓫晦，冥。光，明。⓬幽辟，闇昧。⓭犇，同「奔」。⓮組，綬屬。執組，猶織組。織組者動之於此，而成文於彼。善御者亦動之於手而盡馬力。故執組猶執轡。⓯軏，同「軛」。轅前以扼牛馬之頸者。轅，用以駕馬之左右兩木。⓰鑣，勒。銜，飾口鐵。⓱

按：暮當為莫。去為著之壞文。著，附；近。《校補》次，舍。止，制。暮去次而敢止，謂銜絕馬逸，附近舍次之人莫敢制止。⑱蕩蕩，平易貌。⑲禦，禁。⑳衡，橫。㉑端指，正心直指。㉒錫，同「賜」。㉓坎，恨。毒，恚。㉔師延，殷紂之臣，為紂作「新聲」、「北里」之樂。紂失天下，師延抱其樂器自投濮水而死。㉕透移，同「委蛇」。長貌。㉖碕，曲岸。衡，同「橫」。衡游，猶橫流。㉗澧澧，波聲。澆，湍。㉘黃沱，江別名。㉙玄，水。㉚濿，渡。㉛淦，渡。㉜蛩蛩，懷憂貌。㉝眷眷，顧貌。㉞依違，不專決。㉟旅，眾。㊱淫淫，流貌。

【語　譯】懷王他不了解我的清白，懷王他不聽信我的忠言。我願向懷王的先祖鋪陳，向懷王的鬼神申訴。懷王卻依然不與我親近，而去聽信讒人的諛媚言辭。我的剖白可以上參合於天，下符驗於地，旁引四時之神以聽直。直指日月以長照我的心志，撫持北斗以參驗我的正直。請師曠來判斷我言辭的端正，命咎繇一起來旁聽。龜兆卜灼出我的名叫正則，八卦占筮得我的字叫靈均。我幼年時已具有這偉大的貞節，年長後更加的堅固而純潔，不順從俗人的邪行，正直己身而誠信己志；不違背原則去隨俗，也不委屈本性去從事。端正我的操守像玉般的明淨，承述先王車轍的踵跡。群臣皆阿諛周容以掩蔽光明，君王的車駕就覆敗於闇昧幽辟。君王的車駕走到了半途而回轉，遂使馬匹驚恐而奔亡。駕御者既不能操縱，一定會折斷了車軛與車轅。斷絕了韁繩與銜轡而馳騁，就到了舍次也沒人敢制止。路途是平坦而無人協助，於是不加禁止，良駒就遠去千里。結果橫奔失陷而沉溺，已無法再登引而駕馭，我並不顧念己身的卑賤，而惋惜君王車駕的不能再行馳。當我步出國門時就正心履直，希望君王能覺悟而令我回去。我悲哀的是隨行僕夫的忿恨，他也隨我屢次遭罹憂愁而蒙受禍患。九年了還不肯

與六神❻。指列宿以白情兮，訴五帝❼以置辭。北斗為我折中兮，太一為余聽之。云服陰陽之正道兮，御后土之中和。佩蒼龍之蚴虯❽兮，帶隱❾虹之逶蛇。曳彗星之皓旰❿兮，撫朱爵與鵕鸃⓫。游清靈之颯戾⓬兮，服雲衣之披披⓭。杖玉華⓮與朱旗兮，垂明月之玄珠。舉霓旌之墆翳⓯兮，建黃纁之總旄⓰。躬純粹而罔愆兮，承皇考之妙儀⓱。惜往事之不合兮，橫汨羅而下濿。乘隆波而南渡兮，逐江湘之順流。赴陽侯之潢洋⓲兮，下石瀨而登洲。陵魁堆⓳以蔽視兮，雲冥冥而闇前。山峻高以無垠兮，遂曾閎⓴而迫身。雪雰雰㉑而薄木兮，雲霏霏而隕集㉒。阜隘狹而幽險兮，石嵾嵯以翳日。悲故鄉而發忿兮，去余邦之彌久。背龍門而入河兮，登大墳而望夏首。橫舟航而濟湘兮，耳聊啾而戃慌㉓。波淫淫而周流兮，鴻溶溢而滔蕩㉔。路曼曼其無端兮，周容容而無識。引日月以指極㉕兮，少須臾而釋㉖思。水波遠以冥冥兮，眇不睹其東西。順風波以南北兮，霧宵㉗晦以紛紛。日杳杳以西頹兮，路長遠而窘迫。欲酌醴以娛憂兮，蹇騷騷㉘

而不釋。歎曰：飄風蓬龍埃坲坲㉙兮，屮木搖落時槁悴兮。遭傾遇禍不可救兮，長吟永欷涕究究㉚兮。舒情訴詩冀以自免兮，頹流下隕身日遠兮。

【注釋】❶隱隱，憂。❷漸漸，泣流貌。屑，碎末。❸慨慨，歎息貌。❹信，伸。上皇，上帝。❺五嶽與八靈兮，五嶽，五方之山，東為泰山，西為華山，南為衡山，北為恆山，中央為嵩山。八靈，八方之神。❻訊，問。九魁，北斗九星。六神，六宗之神。❼五帝，五方之帝。❽蚴虬，龍貌。❾隱，大。❿曳，引。晧旰，光彩貌。⓫朱爵與鵕鸃，皆神俊之鳥。⓬靈，當從一本作霧。颯戾，清涼貌。⓭披披，長貌。⓮華，當從一本作策。⓯坲翳，蔽隱貌。⓰黃纁，赤黃。總，合。⓱儀，法。⓲潢洋，水深貌。⓳陵，大阜。魁堆，高貌。⓴曾，重。閎，大。㉑雰雰，雪貌。㉒隕，下。集，會。㉓聊啾，耳鳴。懭慌，憂愁。㉔鴻，鴻水。溶，水盛。滔蕩，廣大貌。㉕極，中，謂北辰星。㉖釋，解。㉗宵，夜。㉘蹇，語詞。騷騷，憂貌。㉙蓬龍，猶蓬轉風貌。坲坲，塵埃貌。㉚究究，不止貌。

【語譯】心志隱憂而鬱悒，愁思獨悲而冤屈纏結，衷腸雜亂而繚繞，泣涕不斷地流下有如屑末。內心慨歎而長久的思慮，申訴己意於上帝請求判斷我的貞直。會合五嶽與八方的神靈，上問於北斗九星與六宗神祇。直指列星以暴白我的真情，告訴五帝以評理我的辯辭。北斗為我主持公正，太一替我聽斷善惡。他們都說：我秉持陰陽的正道，御用了后土的精氣中和，佩飾上蚴虬的蒼龍，繫帶上逶虵的大虹，曳引彗星的光彩，撫持著神俊之鳥——朱爵與鵕鸃。暢游在清涼的寒霧上，被服著長垂的雲衣。手上杖著玉策與朱旗，胸前垂掛著明月般的玄珠。高舉著霓旌蔽隱著白日，立起了赤黃色的五彩旄旗。形體純粹而無罪過，秉承了先父高妙的法儀。哀惜往事之不能與君王心志相合，橫渡了汨羅而下沉。乘著大波而南渡，追逐著江湘的流波。登上了深廣的陽侯大波，下浮過石瀨之湍流而登上洲渚。巍峨的高山掩蔽了視線，烏雲密布而籠罩在前。山峻高而沒有岸涯，重纍地大山迫附在我的身邊。雰雰然的白雪密遮著林間，霏霏然的輕霧下降聚集。山阜狹隘而幽險，山石嵾嵯而蔽日。悲思故鄉而發出憤怒，離開我的舊邦已太過久長。背去龍門而下航大河，攀登上高墳而遙望夏首。橫駕著輕舟而渡過湘水，耳中啾然而鳴，心志不解憂愁。水波不停地周流，水浪盛大而廣闊。前途是漫長而無端緒，四周是變動而無從認知。援引日月用北極星為指示，須臾之間我就能抒解憂思。水波流向了冥冥的遠方，幽眇中已看不清它流向西東，順著風波而吹向南北，紛紛的雲霧使白晝也成了晦暗。太陽已暗淡而落下西方，前路卻依然是長遠而窘迫。本想酌杯醴酒來解憂娛樂，但是內心的憂愁則始終不得開釋。

【概　歎】飄風飆疾運轉塵埃風揚，草木搖落已至枯萎凋病之時。遭逢傾危亂世，身罹禍患，已至不可挽救的地步，長聲悲吟不停欷歔，淚水也流個不息。發抒真情陳訴詩篇希望能自求免禍，但是健康已衰頹，時光已流逝，形體被疏放的更為遠去。

惜賢

覽屈氏之〈離騷〉兮，心哀哀而怫鬱。聲嗷嗷以寂寥❶兮，顧僕夫之憔悴。撥諂諛而匡邪[2]兮，切淟涊[3]之流俗。盪渨涹之姦咎[4]兮，夷蠢蠢[5]之溷濁。懷芬香而挾蕙兮，佩江蘺之婓婓[6]。握申椒與杜若兮，冠浮雲之峨峨[7]。登長陵而四望兮，覽芷圃之蠡蠡[8]。游蘭皋與蕙林兮，睨玉石之嵾嵯[9]。揚精華以眩燿[10]兮，芳鬱渥[11]而純美。結桂樹之旖旎[12]兮，紉荃蕙與辛夷。芳若茲而不御兮，捐林薄而菀[13]死。驅子僑[14]之犇走兮，申徒狄之赴淵[15]。若由夷[16]之純美兮，介子推之隱山。晉申生之離殃兮，荊和氏之泣血。吳申胥之抉眼兮，王子比干之橫廢。欲卑身而下體兮，心隱惻而不置。方圜殊而不合兮，鉤繩用而異態。欲俟時於須臾兮，日陰曀其將暮。時遲遲[17]其日進兮，年忽忽[18]而日度。妄周容而入世兮，內距閉[19]而不開。俟時風之清激[20]兮，愈氛霧其如塺[21]。進雄鳩之耿耿[22]兮，讒介介[23]而蔽之。默順風以偃仰兮，尚由由[24]而進之。心懭悢[25]以冤結兮，情舛錯以曼憂。搴薜荔於山野兮，采撚支[26]於中洲。望高丘而歎涕兮，悲吸吸[27]而長懷。孰契契而委棟[28]兮，日晻晻[29]而下頹。歎曰：江湘油油[30]長流汩兮，挑揄揚汰㉛盪迅疾兮。憂心展轉㉜愁怫鬱兮，寃結未舒長隱忿兮。丁時逢殃可奈何兮，勞心悁悁㉝涕滂沱兮。

【注釋】❶嗷嗷，呼聲。寂寥，空無人民貌。❷撥，治。匡，正。❸切，猶概，平也。淟涊，垢濁。❹盪，滌。溷滓，汙穢。姦咎，惡也。❺夷，滅。蠢蠢，無禮義貌。❻斐斐，猶菲菲。❼峨峨，高貌。❽蠡蠡，猶歷歷，行列貌。❾睨，顧視。嵾嵯，不齊貌。❿眩耀，光貌。⓫渥，厚。⓬旖旎，盛貌。⓭菀，積。⓮驅，馳。子僑，即王子僑。⓯申徒狄，賢者，避世不仕，自沉赴河。⓰由，許由。夷，伯夷。⓱遲遲，行貌。⓲忽忽，去疾貌。⓳距閉，即拒閉。⓴清激，清明。㉑塺，塵。㉒耿耿，小節貌。㉓介介，分隔貌。㉔由由，猶豫。㉕懭悢，失志貌。㉖撚支，香草。㉗吸吸，悲傷貌。㉘契契，憂貌。委棟，委其棟梁之謀。㉙晻晻，日無光。㉚油油，流貌。㉛挑，撓。揄，動。汰，波。㉜展轉，不昧貌。㉝悁悁，憂心。

【語譯】我翻閱著屈氏的〈離騷〉，內心為之興悲而悒鬱。他聲聲的喊寃申辯，可惜山野寂寞無人。回頭望著僕御也面帶憔悴憂容。他想撥治諂諛而匡正邪偽，剷平垢濁的流俗。滌除汙穢的奸惡，夷滅無禮無義的混濁。懷藏著芬香，挾持著蕙草，佩帶著茂盛的江蘺。握持著申椒和杜若，戴了頂高聳浮雲的帽子。攀登上高山四望，下覽芷圃的香草成列成行。遊戲在遍地蘭草的山皋與蕙草的森林，睨視著玉石的參差不齊。高舉起精美的花朵眩耀，芳香濃郁而純一美好。結繫上茂盛的桂樹，貫穿了荃蕙與辛夷。如此的芬芳竟被擱置不用，捐棄在林間委積而死。想追隨在子僑的左右奔走，想學申徒狄的自沉深淵。像許由伯夷般的專一美好，似介子推的隱居深山。晉國申生的遭遇禍殃，荊國和氏的獻璧泣血。吳國申包胥的挖去雙眼。王子、比干的橫死廢置。也想卑身下體以順風俗，但是內心隱痛而不能把中正棄置。方圓形殊而不能相合，曲鉤直繩的功用也相異。本想等待須臾之盛世，但陽光已陰暗而將日暮。時光在不停的運轉，年歲在忽忽地消逝。妄想周比苟容而擠入俗世，可是內心卻抗拒關閉而不能開釋。想等待世風的清明，氛霧之氣卻愈聚集像籠罩著塵土。想進獻出像雄鳩所能為的誠信小節，仍遭讒佞的阻隔掩蔽。想默默地順著風俗而高低，內心尚且猶豫不進。心胸失志而為冤屈纏結，情意舛錯而長久憂苦。摘取薜荔在山野，採擷撚支於洲渚。遙望著楚國的高丘而歎息流涕，悲傷鬱結而長久愁思。誰能憂慮國事而委託棟樑之謀，但是日光已暗晦而就要西墜。

【慨歎】江湘的長流永不休止，挑動起的波濤流勢迅疾。我的中心憂愁怫鬱而不能成眠。冤屈未曾舒解，內心的憂忿永無已時。生下就遭逢禍殃又能奈何！勞心憂鬱，涕泣滂沱。

憂苦

悲余心之悁悁兮，哀故邦之逢殃。辭九年而不復兮，獨煢煢而南行。

思余俗之流風兮，心紛錯❶而不受。遵壄莽❷以呼風兮，步從容於山廋❸。

生遭亂世心無歡樂，憂愁困苦在山陸。清晨徘徊在長坡，傍晚彷徨而獨宿山谷。頭髮披散零亂，形體劬勞而疲病。魂魄惶遽地南行，泣涕霑濕了衣襟濡濕了衣袖。內心的牽掛無所告訴，嘴巴閉緊而不發言，離開了郢都的舊里，經過沅湘而遠去。想到我的國家將遭橫陷，宗族的先祖鬼神也會失次。憂憫先人繼嗣的中絕，內心是惶恐迷惑而自悲。姑且遊戲在山側，徐步周遊在江畔。面臨著深水而長嘯，且徘徊而博觀。作〈離騷〉這篇隱喻的文章，希望國君能覺悟。還返我的車駕到南郢，恢復往日古始的軌跡。道路長遠而難於遷徙，哀傷我內心的思念卻不能自已。違背了三皇五帝的典常刑法，杜絕了〈洪範〉的法紀。拋棄規榘而違背法度，廢置權衡而一任己意。操持繩墨法度而被放棄，傾頭容身讒諛之人反得侍於近側。甘棠枯死在豐草之間，藜棘栽植在庭中。西施被斥逐到後宮，仳倠卻倚立在兩楹之間。烏獲被親近而同乘，燕公卻操轡轡於馬圈。蒯聵登於清廟以執綱紀，咎繇卻被棄逐在外野。當見到了這種現象而長歎，本想要登階竭盡忠貞但又狐疑。想乘著白水而高馳，因此我退卻了仕途而與之永訣。

【慨　歎】倘佯山的山坡玄黃，池沼的水勢深峻而宜於隱身，欲游戲在漢水之渚，哀愁使涕泣淫淫下流不斷。鍾子期伯牙已死，誰能再彈奏知音？纖阿已不執轡御，將向誰抒發中情？聲聲的哀歎悲欷，心肺像已經剖裂，回顧楚國的高丘，泣涕像水珠如雨。

遠游

悲余性之不可改兮，屢懲艾而不迻❶。服覺晧❷以殊俗兮，貌揭揭以巍巍❸。譬若王僑之乘雲兮，載赤霄而淩太清❹。欲與天地參壽兮，與日月而比榮。登崑崙而北首❺兮，悉靈圉❻而來謁。選鬼神於太陰❼兮，登閶闔於玄闕。回朕車俾西引兮，褰虹旗於玉門❽。馳六龍於三危兮，朝西靈於九濱❾。結❿余軫於西山兮，橫飛谷⓫以南征。絕都廣⓬以直指兮，歷祝融於朱冥⓭。枉⓮玉衡於炎火兮，委兩館于咸唐⓯。貫澒濛以東朅⓰兮，維六龍於扶桑。周流覽於四海兮，志升降以高馳。徵九神於回極⓱兮，建虹采以招指⓲。駕鸞鳳以上游兮，從玄鶴與鷦明⓳。孔鳥飛而送迎兮，騰群鶴於瑤光⓴。排帝宮與羅囿㉑兮，升縣圃以眩滅㉒。結瓊枝以雜佩兮，立長庚㉓以繼日。淩驚靁以軼駭電兮，綴鬼谷於北辰㉔。鞭風伯使先驅兮，因靈玄於虞淵㉕。遡㉖高風以低佪兮，覽周流於朔方㉗。就顓頊而陳辭兮，考玄冥於空桑㉘。旋車逝於崇山㉙兮，奏虞舜於蒼梧。濟楊舟於會稽㉚兮，就申胥㉛於五湖。見南郢之流風兮，殞余躬於沅湘。望舊邦之黯黮㉜兮，時溷濁其猶未央。懷蘭茝之芬芳兮，妒被離而折之。張絳帷以襜襜㉝兮，風邑邑㉞而蔽之。日暾暾㉟其西舍兮，陽焱焱㊱而復顧。聊假日以須臾兮，何騷騷而自故㊲。歎曰：譬彼蛟龍乘雲浮兮，汎淫澒溶紛若霧兮。潺湲轇轕雷動電發馺㊳高舉兮，升虛淩冥沛㊴濁浮清入帝宮兮。搖翹奮羽馳風騁雨游無窮兮。

【注釋】❶懲艾，猶懲創。迻，通「移」。❷覺，明。晧，明；白。❸揭揭，高貌。巍巍，大貌。❹赤霄，赤色雲霄。太清，即天。❺首，鄉。❻悉，盡。靈圉，眾神。或說仙人名。❼太陰，謂北方。❽褰，提取。玉門，山名。❾朝，召。西，當從一本作四。九濱，大海九曲之涯。❿結，旋。⓫飛谷，日所行道。⓬咸都廣，野名。⓭歷，過。祝融，南海之神。朱，赤。朱冥，朱冥之野。⓮枉，屈。⓯委，曲。館，舍。咸唐，咸池。⓰貫，穿。澒濛，氣也。或說，大水。揭，去。⓱徽，召。九神，九天之神。回，旋。極，中。⓲虹采，當從一本作「采虹」。招指，指麾。⓳鶌明，俊鳥。⓴瑤光，北斗杓星。㉑排，排開。羅囿，天苑。㉒

眩，指目為眩熠。滅，謂精明消滅。㉓長庚，星名。㉔綴，係。鬼谷，當從一本作百鬼。北辰，北極星。㉕靈玄，當作「玄靈」，玄帝之神。虞淵，日所入。㉖遡，同「泝」。向；逆流而上。㉗朔方，北方。㉘考，考問。玄冥，太陰之神，主刑殺。空桑，山名。㉙崇山，驩兜所放之山。㉚楊舟，楊木之舟。會稽，山名。㉛申胥，申包胥，一說是伍子胥。㉜黯黮，不明貌。㉝襘襘，鮮明貌。㉞邑邑，微弱貌。㉟暾暾，日西下貌。㊱焱焱，火盛貌。㊲故，當從一本作苦。騷騷，愁思貌。㊳馺，疾貌。㊴沛，當從一本作「棄」。

【語譯】悲哀我本性的不可改易，雖然屢遭懲創也不遷移。明淨的服裝與俗相殊，形貌高大與人相異。我的志意譬如王子僑的乘雲，載赤色雲霄而上淩太清。想與天地並壽，與日月爭榮。登上了崑崙山而北嚮，盡請眾神來見謁。選擇鬼神在北方太陰，登上閶闔進入玄闕。回轉我的車子使它西行，高揚虹旗在玉門之山。馳騁六龍穿過三危之山，召請四方的神靈到大海九曲之涯。旋轉我的車軫在西山，橫渡過飛谷而南征。超絕了都廣之野而直指，路過了祝融之神到了朱冥之野。枉駕玉車到炎火的南方，委曲志意而再宿止在咸唐。貫穿了大水而東去，維繫了六龍在扶桑。周遊遍覽四海，意欲升降而高馳。徵召九天之神於天之中央，舉起采虹之旗以指麾四方。駕著鸞鳳而上遊，跟從著玄鶴與鷦明。孔鳥飛翔著迎送，騰駕群鶴到了北斗杓星——瑤光。排開帝宮與天苑，升登玄圃而目為眩燿，精明滅喪。結繫上瓊玉之枝糅合佩飾，高舉起長庚之星以繼續日光。淩駕驚雷追逐駭電，綴係住百鬼在北辰之上。鞭斥著風伯使先驅，囚拘住玄靈於虞淵。朝著高風而徘徊，周遍遊行於北方。就近顓頊同陳訴冤辭，考問玄冥之神於空桑。回轉車子去向崇山，奏告虞舜在蒼梧。渡濟楊木之舟到了會稽山，接近申包胥在五湖。還見南郢的遺風流俗，殞沉我的身體在沅湘之中。遙望舊邦君闇不明，時俗的混濁也還未盡。我懷著蘭茝的芬芳，被嫉妒而摧折拋棄。張設起鮮明的絳帷，卻被微弱的風所掩蔽。太陽已漸漸的西沉，陽光尚光華回照。姑且假借時日於須臾之間，何必愁憂而自苦！

【概　歎】就像是蛟龍乘著雲浮游，汎濫淫遊，水勢盛大紛紜，就像籠罩著霧氣，水流潺湲，縱橫，雷動，電發，疾迅的高舉。升登玄虛，淩超清冥，棄去汙濁，浮游清虛，升入天帝之宮廷。搖動著翅膀，奮舉起羽翼，馳騁著風，駕御著雨，暢遊在無窮無盡。

【作　者】劉向字子政，本名更生。漢楚元王交四世孫，歷仕宣元成三朝。通達能文，淵懿純粹，為人簡易而無威儀，專積思於經術，晝誦讀書傳，夜則觀星宿，常達旦不寐。宣帝時為諫大夫，累遷給事中，坐事免。後復起更名向。拜郎中，遷光祿大夫。數上封事，以陰陽休咎論時政得失，語甚切直。元帝時為中壘校尉。成帝時外戚王氏專權，向以為必危劉氏，屢上書切諫，帝雖知其忠誠，而始終不能用。哀帝建平元年（西元前六年）卒。年七十二。他集一生精力於整理和編纂古籍，與其子歆所撰之《七錄》，雖今已亡佚，然班固《漢書・藝文志》卻全抄襲《七錄》，實而未亡。所著有《洪範五行傳》，《列女傳》，《列仙傳》，《新序》，《說苑》等書。又追念屈原忠信之節而作〈九歎〉。《漢書・藝文志》載劉向賦三十三篇。《漢書》卷三十六有傳。

【研　析】

王逸說：「(劉向) 追念屈原忠信之節，故作〈九歎〉。歎者傷也，息也。言屈原放在山澤，猶傷念君歎息無已。所謂讚賢以輔志；騁辭以曜德者也。」所以〈九歎〉是劉向傷念屈原的作品。我們從本文看：「伊伯庸之末胄兮，諒皇直之屈原。云余肇祖于高陽兮，惟楚懷之嬋連……」（〈逢紛〉）又如〈惜賢〉說：「覽屈氏之〈離騷〉兮，心哀哀而怫鬱。」完全是在為屈原追敘身世，所以這篇文章是為傷歎屈原而作當無疑問。本篇的結構也是非常整齊的，共分九章，而每章末均有「歎曰」以敘詩人之意。九章各為：〈逢紛〉、〈離世〉、〈怨思〉、〈遠逝〉、〈惜賢〉、〈憂苦〉、〈愍命〉、〈思古〉、〈遠游〉。今分敘其各章大意如下：

①〈逢紛〉：首敘屈原的先世，再敘遭讒見斥，末敘對故國的懷思痛傷。

②〈離世〉：首敘靈懷的不己知，再敘己之盛德而遭放於是遠去，末以己之愁思作結。

③〈怨思〉：反覆哀怨志向之不達，故願順江湘波水而去。

④〈遠逝〉：首敘志意邑鬱，願請神明為鑑。再敘遠逝欲解憂，末以不得釋憂作結。

⑤〈惜賢〉：首以讀屈子〈離騷〉，惜賢人之遭時不當而興悲，雖欲仍有所為，但為時已晚。

⑥〈憂苦〉：言己放逐九年不復，憂心憔悴，欲歸不得，涕泣交集。

⑦〈愍命〉：追敘往昔賢君之知能善任，而俯念今之暗昧，愍己生之不當。

⑧〈思古〉：言己處冥冥深林，復思初古，但今之世又不容賢直，故以為歎。

⑨〈遠游〉：言己性不改，屢遭黴艾，故欲遠遊。

〈九歎〉雖然也是藉屈子抒懷之作，但較之〈九懷〉、〈九思〉兩篇是比較具有文學價值的。如〈離世〉篇：「靈懷其不吾知兮，靈懷其不吾聞。就靈懷之皇祖兮，愬靈懷之鬼神。靈懷曾不吾與兮，即聽夫人之諛辭。」他連接使用五個「靈懷」，的確能表現一種很深的悲痛。又如〈思古〉篇說：「冥冥深林兮樹木鬱鬱。山參差以嶄巖兮，阜杳杳以蔽日。悲余心之悁悁兮，目眇眇而遺泣。風騷屑以搖木兮，雲吸吸以湫戾。悲余生之無歡兮，愁倥傯於山陸。旦徘徊於長阪兮，夕彷徨而獨宿。髮披披以鬤鬤兮，躬劬勞而瘏悴。魂俇俇而南行兮，泣霑襟而濡袂。」在這段文字中描寫與音節上俱屬上乘。尤以連用十五個雙聲、疊韻及重言字，在〈九懷〉、〈九思〉中所罕見。（參《楚辭概論》）

【韻譜】

（一）逢紛

①原（元）、連（元）。②名（耕）、星（耕）。③容（東）、讒（談）按此東談合韻。④情（耕）、傾（耕）。
⑤親（真）、濱（真）。⑥誠（耕）、情（耕）。⑦叛之（元）、散之（元）。⑧邦（東）、壥（東）。
⑨耄（宵）、露（魚）按此宵魚合韻。⑩降（冬）、洶（東）按此冬東合韻。⑪庭（耕）、城（耕）。⑫堂（陽）、裳（陽）。⑬漫（元）、運（真）按此元真合韻。⑭回（脂）、頹（脂）。⑮蕭（幽）、愁（幽）。
⑯礚（祭）、沛（祭）。⑰石（鐸）、薄（鐸）。⑱尤（之）、來（之）按此段中「揄揚滌盪漂流隕往觸崟石兮」句中「盪」、「往」字又同屬「陽」部。「龍卬脟圈繚戾宛轉阻相薄兮」中，「圈」、「轉」二字又同屬「元」部或以為句中押韻亦可。

（二）離世

①聞（真）、神（真）。②辭（之）、時（之）。③正（耕）、聽（耕）。④均（真）、純（真）。
⑤志（之）、事（之）。⑥跡（錫）、辟（錫）。⑦犇（真）、轅（元）按此真元合韻。⑧止（之）、里（之）。
⑨登（蒸）、興（蒸）。⑩還（元）、患（元）。⑪游（幽）、流（幽）、游（幽）、流（幽）。⑫反（元）、遠（元）。⑬極（職）、息（職）。⑭厲（祭）、逝（祭）。⑮違（脂）、悲（脂）。⑯

慕（魚）、故（魚）。⑰願（元）、返（元）。

（三）怨思

①違（脂）、悲（脂）。②鴽（魚）、榆（魚）。③放（陽）、望（陽）。④帛（鐸）、石（鐸）。⑤揚（陽）、彰（陽）。⑥詬（魚）、醢（之）。⑦怨（元）、難（元）。⑧情（耕）、庭（耕）。⑨治（之）、疑（之）。⑩瀆（屋）、簏（屋）。⑪肉（沃）、築（沃）。⑫察（祭）、晏（元）按此二字《兩漢詩文韻譜》不收，他文亦無合韻例。⑬夷（脂）、迴（脂）。⑭懷（脂）、依（脂）。⑮冥（耕）、情（耕）。⑯語（魚）、去（魚）。

（四）遠逝

①結（質）、屑（質）。②正（耕）、神（真）按此真耕合韻。③辭（之）、之（之）。④和（歌）、虵（歌）、鵝（歌）。⑤珠（魚）、旄（宵）按此魚宵合韻。⑥儀（歌）、濿（祭）按此歌祭合韻。⑦流（幽）、洲（幽）。⑧前（元）、身（真）按此真元合韻。⑨集（緝）、日（質）按此緝質合韻。⑩久（幽）、首（幽）。⑪慌（陽）、蕩（陽）。⑫識（之）、思（之）。⑬西（真）、紛（真）。⑭迫（鐸）、釋（鐸）。⑮坲（質）、悴（質）。⑯救（幽）、究（幽）。⑰免（元）、遠（元）。

（五）惜賢

①鬱（質）、悴（質）。②俗（屋）、濁（屋）。③斐（脂）、峨（歌）、蠡（歌）、嵯（歌）。④美（脂）、夷（脂）、死（脂）。⑤淵（真）、山（元）。⑥血（質）、廢（祭）按此質祭合韻。⑦置（之）、態（之）。⑧暮（魚）、度（魚）。⑨開（脂）、壓（之）按此脂之合韻。⑩蔽之△（之）、進之△（之）。按此二句《兩漢詩文韻譜》不收考凡句末為「之」字者，韻字

本當在前一字，然此處「蔽」入「祭」韻，「進」入「真」韻，兩漢無祭真合韻例，姑以二之字押韻。⑪憂（幽）、洲（幽）。⑫懷（脂）、頹（脂）。⑬汨（質）、疾（質）。⑭鬱（質）、忿（真）按此質真合韻。⑮何（歌）、沱（歌）。

（六）憂苦

①殃（陽）、行（陽）。②受（幽）、廋（幽）。③寞（鐸）、樂（藥）按此鐸藥合韻。④之（之）、時（之）。⑤峨（歌）、歌（歌）。⑥北（職）、得（職）。⑦離（歌）、哀（脂）按此歌脂合韻。⑧錯（鐸）、釋（鐸）。⑨章（陽）、行（陽）、藏（陽）、茸（東）按此陽東合韻。⑩蘭（元）、間（元）。⑪楚（魚）、宇（魚）。⑫長（陽）、行（陽）。⑬睠（元）、漣（元）。⑭悲（脂）、頹（脂）。⑮漸（談）、濫（談）。⑯求（幽）、流（幽）。

（七）愍命

①賢（真）、愆（元）。②嬖（支）、智（支）。③淵（真）、遷（元）按此真元合韻。④雒（鐸）、薄（鐸）。⑤夫（魚）、廬（魚）。⑥衣（脂）、夷（脂）。⑦逐（沃）、服（職）按此沃職合韻。⑧圍（脂）、緯（脂）。⑨庭（耕）、城（耕）。⑩簏（屋）、囿（職）按此屋職合韻。⑪柴（支）、荷（歌）按此支歌合韻。⑫同（東）、通（東）。⑬尤（之）、之（之）。⑭腐△也（魚）、詬△也（魚）。⑮返（元）、遠（元）。⑯愬（魚）、語（魚）。⑰喟（脂）、傺（祭）按此脂祭合韻。

（八）思古

①鬱（質）、日（質）。②泣（脂）、戾（脂）。③陸（沃）、宿（沃）。④悴（質）、袂（祭）按《兩漢詩文韻譜》不收此二字，而後漢有質、祭二部合韻例。⑤言（元）、遷（元）。⑥次（脂）、悲（脂）。⑦畔（元）、觀（元）。

⑧悟（魚）、古（魚）。⑨已（之）、紀（之）。⑩意（職）、側（職）。⑪庭（耕）、楹（耕）。⑫圉（魚）、壄（魚）。⑬疑（之）、辭（之）。⑭深（侵）、淫（侵）。⑮聲（耕）、情（耕）。⑯離（歌）、灑（歌）。

（九）遠游

①迻（歌）、巍（脂）按此歌脂合韻。②清（耕）、榮（耕）。③謁（月）、闕（月）。④門（真）、濱（真）。⑤征（耕）、冥（耕）。⑥唐（陽）、桑（陽）。⑦馳（歌）、指（脂）按此歌脂合韻。⑧明（陽）、光（陽）。⑨滅（月）、日（質）按此月質合韻。⑩辰（真）、淵（真）。⑪方（陽）、桑（陽）。⑫梧（魚）、湖（魚）。⑬湘（陽）、央（陽）。⑭折之（月）、蔽之（祭）按此月祭合韻。⑮顧（魚）、故（魚）。⑯浮（幽）、霧（幽）、舉（魚）按此幽魚合韻，又前二句中「龍」與「溶」二字又同屬東部押韻。末句中「鞨」、「發」同屬月部押韻。⑰宮（冬）、窮（冬）按此二句前句中「冥」、「清」二字同屬「耕」部押韻。後句中「羽」、「雨」二字同屬「魚」部押韻。

卷一七 九思

逢尤

悲兮愁，哀兮憂，天生我兮當闇時，被諑譖兮虛獲尤❶。心煩憒兮意無聊❷，嚴載駕兮出戲游❸。周八極兮歷九州，求軒轅兮索重華。世既卓❹兮遠眇眇，握佩玖❺兮中路躇。羨咎繇兮建典謨❻，懿風后兮受瑞圖❼。愍余命兮遭六極❽，委玉質兮於泥塗。遽傽遑❾兮驅林澤，步屏營❿兮行丘阿。車軏折兮馬虺頹⓫，惷⓬悵立兮涕滂沲。思丁文⓭兮聖明哲，哀平差兮迷謬愚⓮。呂傅⓯舉兮殷周興，忌嚭專兮郢吳虛⓰。仰長歎兮氣𩚰⓱結，悒殟絕兮咶復蘇⓲。虎兕爭兮於廷中，豺狼鬭兮我之隅⓳。雲霧會兮日冥晦，飄風起兮揚塵埃。走罔罔⑳兮乍東西，欲竄伏兮其焉如。念靈閨㉑兮隩重深，願竭節兮隔無由。望舊邦兮路逶隨㉒，憂心悄兮志勤劬㉓。寃煢煢兮不遑寐，目眽眽㉔兮寤終朝。

【注釋】❶詠，毀。尤，過。❷憒，亂。聊，樂。❸嚴，為裝避諱改。❹卓，遠。❺佩玖，佩帶飾用之美玉。❻《尚書》有〈皋陶謨〉，述皋陶等謀議之言。❼懿，美。風后，黃帝之師，嘗受天瑞。❽六極，猶六合，謂上下四方。❾偉遑，行不正。❿屏營，猶彷徨，驚惶失據之貌。⓫軏，車轅專持衡者。胣頹，與胣膭、胣隤、胣積同，病也。⓬春，視不明。⓭丁，武丁。文，文王。（俞樾說）⓮平，楚平王。差，吳王夫差。迷謬愚，指平王殺伍奢，夫差不用子胥事。⓯呂，呂尚，太公望。傅，傅說。呂傅，當為「傅呂」。（《校補》）⓰忌，楚大夫費無忌。嚭，吳大夫宰嚭。虛，空。忌，嚭佞偽誤國故說郢吳虛。⓱餉，結。⓲殛，極。咶，息。⓳隅，傍。⓴罔罔，詒毀。㉑靈，謂懷王。閨，闥。㉒逶隨，迂遠。㉓悄，猶慘。劬，勞。㉔眽眽，視貌。

【語譯】悲愁！哀憂！老天生下我就不遇明君聖時，被讒人毀謗無罪而遭罪尤。內心煩亂，志意寡歡，準備了車駕出門遊戲。周遊上下四方遍歷九州，求見黃帝與帝舜。前代聖世既已遠去眇眇，手中握著佩飾的美玉在中途躊躇。羨慕皋陶的建立典謨，贊美風后的天受瑞圖。憐憫我的命運，被放逐在六極，像委棄玉質在泥塗。我突然步履不正而驅馳在林澤，驚惶失據而行走在丘阿。車轅已折斷，馬也生病。視線模糊地惆悵久立，涕泣流個不停。想到武丁、文王的聖明賢哲。哀傷楚平王、夫差的迷糊昧愚。呂望、傅說被薦舉而殷周盛興，費無忌、宰嚭的專佞使楚、吳空虛。仰天長歎，氣息鬱結，憤忿而為之氣絕，休息後才蘇醒。虎兕爭鬥在朝廷之中，豺狼毆鬥在我的身旁。雲霧聚集把太陽掩遮得晦暗，飄風遽起把塵埃高揚。動觸諂毀而奔走東西，想竄匿潛伏但不知逃向何處。想到懷王門閭的重閉邃深，願竭誠盡節但被阻隔而無從進入！遙望著舊邦的路途迂遠，憂心慘怛而心志劬勞。魂魄孤獨而不能成寐，目光遙視而終朝不眠。

怨上

令尹兮謷謷[1]，群司兮譨譨[2]。哀哉兮淈淈[3]，上下兮同流。菽藟兮蔓衍[4]，芳虈兮挫枯[5]。朱紫兮雜亂，曾莫兮別諸。倚此兮巖穴，永思兮窈悠[6]。嗟懷兮眩惑，用志兮不昭。將喪兮玉斗[7]，遺失兮鈕樞[8]。我心兮煎熬，惟是兮用憂。進惡兮九旬[9]，復顧兮彭務[10]。擬[11]斯兮二蹤，未知兮所投。謠吟兮中壄，上察兮璇璣[12]。大火兮西睨，攝提兮運低[13]。雷霆兮硠礚[14]，雹霰兮霏霏[15]。奔電兮光晃，涼風兮愴悽。鳥獸兮驚駭，相從兮宿棲。鴛鴦兮噰噰⑯，狐狸兮徽徽⑰。哀吾兮介特⑱，獨處兮罔依。螻蛄⑲兮鳴東，蟊蠽⑳兮號西。蛓㉑緣兮我裳，蠋㉒入兮我懷。蟲豸㉓兮夾余，惆悵兮自悲。佇立兮忉怛㉔，心結縎㉕兮折摧。

【注釋】❶令尹，楚官名，掌政事。謷謷，不聽話言而妄語。❷群司，眾僚。讒讒，猶偬偬。競於佞言。多言。❸漏，亂。❹菽藟，小草。蔓衍，廣延。❺虈，《說文》：「楚謂之離，晉謂之虈，齊謂之茝。」香草名。挫枯，棄而不用。❻窈悠，指路途長遠。❼玉斗，玉製的汲酒器。❽鈕樞，寶器。❾進惡兮九旬，當從一本作「進思兮仇荀」。仇荀，為仇牧、荀息。《校補》❿復，當從一本作退。彭，指彭咸。務，指務光。⓫擬，則。⓬璇璣，北斗魁四星為璇璣。⓭大火，房、心二星宿之尾星。此二句指夜分之候。⓮磑磕，雷聲。⓯霏霏，集貌。⓰噰噰，和鳴貌。⓱徽徽，相隨貌。⓲介特，獨。⓳螻蛄，昆蟲，俗名土狗子。⓴蟊蠽，蟲食草根者曰蟊。小蟬蜩曰蠽。㉑蛓，毛蟲。㉒蠋，蛾蝶類之幼蟲。㉓蟲豸，蟲有足謂之蟲，無足謂之豸。㉔忉，憂勞。㉕縎，結。

【語譯】令尹不聽話言而妄語，眾僚皆競於佞讒而多言。悲哀世俗的濁亂，上下君臣都同流合汙。小草蔓衍而生，芳茝棄置而萎枯。朱紫二色已雜亂相混，沒有人能分別清楚。我獨倚著這巖穴，永思著長遠的前路。我嗟歎懷王的被讒佞眩耀迷惑，使我用世的志向不得顯昭。即將喪亡玉斗，又要遺失鈕樞。我的心像煎熬般的痛苦，只因為此而傷憂。進而思念仇牧和荀息，退而顧懷彭咸與務光。欲效法此二人的蹤跡，但又不知何所沉流。且歌吟在原野，上察琁璣北斗。正當大火西流、攝提低低運轉的夜分，雷霆隆隆大作，雹霰紛紛聚落。閃電奔馳，閃光晃動，涼風中帶著悲愴悽慘。鳥獸驚駭，相聚而宿棲。鴛鴦和鳴，狐狸相隨，只悲哀我的孤獨，獨處無依。螻蛄在東邊鳴叫，蟊蠽在西邊啼號。毛蟲爬在我的衣裳上，蛾蝶的幼蟲進入了我的懷抱。蟲豸夾在我的四周，惆悵而自感悲愁。佇立著憂傷，心鬱結而折摧。

疾世

周徘徊兮漢渚，求水神兮靈女。嗟此國兮無良，媒女詘兮謰謱❶。鴳雀列兮譁讙，鴝鵒鳴兮聒余❷。抱昭華兮寶璋❸，欲衒鬻❹兮莫取，言旋❺邁兮北徂，叫我友兮配耦。日陰曀兮未光，闃睄窕❻兮靡睹。紛載驅兮高馳，將諮詢兮皇羲❼。遵河皋兮周流，路變易兮時乖。濿滄海兮東游，沐盥浴兮天池。訪太昊兮道要❽，云靡貴兮仁義。志欣樂兮反❾征，就周文兮邠岐❿。秉玉英兮結誓，日欲暮兮心悲。惟天祿兮不再，背我信兮自違。踰隴堆兮渡漠⓫，過桂車兮合黎⓬。赴崑山兮馬騄⓭，從卬遨⓮兮棲遲。

吮玉液兮止渴，齧芝華兮療飢。居嵺廓兮尠疇⑮，遠梁昌⑯兮幾迷。望江漢兮濩渃⑰，心緊絭⑱兮傷懷。時昢昢兮旦旦⑲，塵莫莫兮未晞⑳，憂不暇兮寢食，吒㉑增歎兮如雷。

【注　釋】❶詘，訥。謰謱，不正貌。或說語亂貌。❷鴝鵒，鴳雀類。聒，多聲亂耳。❸昭華，玉名。璋，玉。❹行賣曰衒。鬻，賣。❺言，語詞，無義。旋，一作逝。❻闃，窺。睄，同「宵」。睄窕，幽冥。❼皇羲，即羲皇。❽太昊，東方青帝。道要，天道之要務。❾反，同「返」。❿邠岐，邠，同「豳」。邠岐，周先代之地，今陝西省邠縣與岐山縣。⓫隴堆，山名。漠，沙漠。⓬桂車合黎，皆西方山名。⓭驆騄，猶涿鹿，疊韻連語，行遲也。《校補》或說驆，絆馬。騄，駿馬名。⓮印遨，當從一本作「盧敖」，古方士之神仙者（見《淮南子‧道應》，《校補》說）。⓯嵺廓，空洞。尠，少。疇，匹。⓰梁昌，陷據失所。⓱濩渃，大水貌。⓲緊絭，糾繚。⓳昢，一本作朏。昢昢，日、月始出光明未盛。⓴莫莫，合。晞，消。㉑吒，吐怒。

【語　譯】我周行徘徊在漢水的涯渚，追求水中的神女。歎息此國沒有姣美的女子，媒人的口才詘訥又胡言亂語。鴳雀成列地喧譁，鴝鵒鳴叫而聒噪。抱持著美玉珪璋，想行賣卻沒人撿取。想行邁而北去，呼喚我的友伴以結配偶。太陽陰闇而無光，視界幽冥而無睹。紛然滾著車駕而高馳，將諮問羲皇指明我的去處。沿著河澤而周遊，前途是時常變化而乖錯。渡過了滄海而東遊，沐洗盥浴在天池。探訪太昊請教天道的要務，他說：惟有仁義最為珍貴。於是我心志歡欣愉悅而返行，去邠岐親近周文王。秉持著玉英以結繫誓言，但是日已欲暮而心悲。天降的福祿一逝則不再，欲背棄我的信諾又是違背本性。越過了隴堆山，渡過了沙漠，經歷了兩座桂車和合黎。前赴崑崙而徐行，追隨盧敖而止息。吮吸玉液以止渴，齧食芝華以療飢。居處空闊而少伴侶，遼遠失據而幾令人途迷。遙望著江漢之廣大，心糾繚而傷懷。白日即將曙明而光亮，霧氣卻依舊聚合而未散。憂愁使我不暇寢食，憤怒的歎息聲像雷鳴。

憫上

哀世兮睩睩❶，諓諓兮嗌喔❷。眾多兮阿媚，骫靡❸兮成俗。貪枉兮黨比，貞良兮煢獨。鵠竄兮枳棘，鵜集兮帷幄。罽蒘❹兮青蔥，槀本兮萎落。覩斯兮偽惑，心為兮隔錯。逡巡兮圃藪，率彼兮畛陌。川谷兮淵淵❺，山峊兮峉峉❻。叢林兮崟崟❼，株榛兮岳岳❽。霜雪兮漼溰❾，冰凍兮洛澤❿。東西兮南北，罔所兮歸薄。庇廕兮枯樹，匍匐兮巖石。踡跼兮寒局數，獨處兮志不申⓫。年齒盡兮命迫促，魁壘擠摧⓬兮常困辱。含憂強⓭老兮愁不樂。鬚髮薴顇兮顠⓮鬢白，思靈澤⓯兮一膏沐。懷蘭英兮把瓊若，待天明兮立躑躅。雲蒙蒙兮電儵爍⑯，孤雌驚兮鳴呴呴。思怫鬱兮肝切剝，忿悁悒兮孰訴告？

【注釋】❶睩睩，注視而又謹畏貌。❷諓諓，竊言。嗌喔，容媚之聲。❸骫靡，骫，一作委。委靡，面柔也（和顏悅色以誘人）。❹蔮蘔，草名，似芹可食。❺淵淵，深貌。❻皀，一作阜。客客，山高大貌。❼崄崄，眾饒貌。❽榛，木叢生。岳岳，眾木植。❾漼溰，霜雪積聚貌。❿洛澤，當作「洛澤」。（《校補》）冰貌。⓫按「踡跼兮寒局數」與「獨處兮志不申」二句當互易。（《校補》）踡跼，同「蜷局」。詰屈不行貌；傴僂不伸貌。局數，猶局促。狹隘；志不申之貌。⓬魁壘，促迫盤結。擠摧，折屈。此句上恐脫一句。（《校補》說）⓭強，早老曰強。⓮䔿，亂。顇，同「悴」。憔悴。顠，髮亂貌。疑當作「鬢顠白」。（《校補》）⓯靈澤，天之膏潤。⓰儵爍，疾。

【語譯】我悲哀世人的謹畏盼顧，小人皆竊聲交談而諛語不絕。世上實在有太多的阿曲諛媚，委靡不振悅顏取容已成風俗。貪贓枉法之人結成黨羽，忠貞賢良之輩反而孤獨。鵠鳥竄伏在枳棘之上，鵜鴂卻棲集在帷幄之中。蔮蘔茂盛青蔥，槀本反萎黃凋落。目睹此種現象真令人困惑，心意為之阻隔乖錯。我徘徊在野圃林藪，遵循在田畛埂陌。川谷淵深，山阜高峻。叢林富饒眾多，株榛遍野羅列。霜雪積聚，冰凍凝結。東西南北，已沒有一個地方可以歸依宿息。庇蔭在枯樹之下，匍匐在巖石之顛。孤獨的幽處而志向不得申張，詰屈在一隅而為寒風拘束。年華已盡生命已迫近死亡，外力的壓迫摧折使我常困厄在窮辱。飽嘗憂患，及早衰老，悲愁而無歡樂。鬚髮蓬亂憔悴，亂鬢已泛白，時時想得到神奇的膏油以為潤澤洗沐。懷抱著蘭花把持瓊玉的花朵，等待著天明而久立踟躕。雲氣迷蒙，閃電疾倏，失群的雌鳥在响响的悲鳴。我的思念怫鬱，肝肺剝裂，忿怒和鬱悒將向誰傾吐？

遭厄

悼屈子兮遭厄，沉王躬❶兮湘汨。何楚國兮難化，迄于今兮不易。士莫志兮羔裘❷，競佞諛兮讒闃❸。指正義兮為曲，訿❹玉璧兮為石。殤鵰❺遊兮華屋，鵕鸃棲兮柴蔟❻。起奮迅兮奔走，違群小兮謑詢❼。載青雲兮上昇，適昭明❽兮所處。躡天衢❾兮長驅，踵九陽兮戲蕩❿。越雲漢兮南濟，秣余馬兮河鼓⓫。雲霓紛兮晻翳，參辰⓬回兮顛倒。逢流星兮問路，顧我指兮從左。俓娵觜⓭兮直馳，御者迷兮失軌。遂踢達⓮兮邪造，與日月兮殊道。志閼絕兮安如，哀所求兮不耦。攀天階兮下視，見鄢郢兮舊宇。意逍遙兮欲歸，眾穢盛兮沓沓。思哽饐⓯兮詰詘，涕流瀾兮如雨。

【注　釋】❶王躬，屈原賢者，故以王者美之，稱「王躬」。❷羔裘，大夫之服。猶素絲之志。❸閱，不相聽。❹詆，同「訾」。詆毀。❺殦鵰，殦，當從一本作鶻。鶻鵰，即鳴鳩。❻鵕鸃，神鳥名，似鳳。蔟，聚。❼謑詬，恥辱垢陋之言。即詈辱。❽昭明，日暉。❾衢，路。❿九陽，日。戲蕩，遊戲放蕩。⓫河鼓，牽牛星別名。⓬參辰，皆星名。⓭俓，同「徑」。經。娵觜，星次名。⓮踢達，行不正貌。⓯哽饐，猶哽咽。

【語　譯】悼傷屈原的遭罹危厄，沉沒了身體在湘水、汨羅。為什麼楚俗是如此地難以變化，到如今仍不能有所改易。士人沒有一個肯立下治國的大志，競爭著佞諛而讒言相拒。指斥正義為邪曲，詆毀玉璧為廢石。鶻鵰遊戲在華美的房舍，鵕鸃棲息在堆木的柴屋。想奮舉起羽翼或奔走，欲違背了群小而遭詈辱。乘青雲而上昇，前往陽光的居處。踏上了天路而長驅直入，跟著九陽而遊戲蕩志。飛越了雲漢而南渡，餵食我的馬在河鼓。雲霓紛盛而掩蔽，參辰回旋而顛倒。遇上了流星向他問路，回視著我並指示我從左。經過了娵觜而前馳，駕御者迷失了軌道。於是邪行而步入歧路，與日月已經違背了道途。志意被隔絕而不知所如，悲哀我的所求不被回覆。攀緣著天階而下視，看見了鄢郢的舊都。心意動搖而想回去，可是眾佞勢盛而敝明。我的思緒哽咽而詰屈，泣涕不斷的流下像雨滴。

悼亂

嗟嗟兮悲夫，殽亂兮紛挐。茅絲兮同綜❶，冠屨兮共絇❷。督萬❸兮侍宴，周邵兮負芻❹。白龍❺兮見射，靈龜❻兮執拘。仲尼兮困厄，鄒衍❼兮幽囚。伊余兮念茲❽，奔遁兮隱居。將升兮高山，上有兮猴猿。欲入兮深谷，下有兮虺蛇。左見兮鳴鵙❾，右睹兮呼梟。惶悸兮失氣❿，踊躍兮距跳⓫。便旋⓬兮中原，仰天兮增歎。菅蒯兮壄莽⓭，雚葦兮仟眠⓮。鹿蹊兮躖躖⓯，貒貉兮蟫蟫⓰。鸇鷂兮軒軒⓱，鶉鵪兮甄甄⓲，哀我兮寡獨，靡有兮齊⓳倫。意欲兮沉吟，迫日兮黃昏。玄鶴兮高飛，曾逝兮青冥⓴。鶬鶊㉑兮喈喈，山鵲兮嚶嚶。鴻鸕㉒兮振翅，歸鴈兮于征。吾志兮覺悟，懷我兮聖京㉓。垂屣兮將起㉔，跓俟兮碩明㉕。

【注釋】❶綜，機縷。❷絇，屨頭飾。❸督，指華督。萬，指宋萬。二人皆宋大夫弒其君者。❹周，指周公。邵，指邵公。薅，刈草。❺白龍，川神。❻靈龜，天瑞。❼鄒衍，賢人為佞邪所讒齊遂執之。❽伊，惟。茲，此。❾鵙，伯勞，鳥名。❿悸，懼。失氣，晻然將絕。⓫距跳，猶跳躍。⓬便旋，猶徘徊。⓭菅，茅。蒯也菅屬。壄，為「楙」之誤。壄莽，草豐盛貌。(《校補》)⓮仟眠，草盛貌。⓯蹊，徑。躖躖，禽獸所踐處。⓰貒，貛。貉，似貍。蟫蟫，相隨之貌。⓱軒軒，將止之貌。⓲甄甄，小鳥飛貌。⓳齊，偶。⓴青冥，太清。㉑鶬鶊，鸝黃。㉒鴻，雁之大者。鸕，鸕鷀。㉓聖京，指郢都。㉔垂，當從一本作函。即臿字。與插同。插屣，猶扱屣。(《校補》)㉕跓，停足。碩，大也。或說碩，當從一本作須。待也。(《校補》)

【語譯】我嗟歎傷悲，政治是混濁而紛擾。把茅和絲同視為機縷，將冠履同飾以履絇。華督、宋萬承歡侍宴，周公邵公反負鋤刈草。白龍被射殺，靈龜被執拘。仲尼遭到窮困迫厄，鄒衍被幽禁囚拘。當我想起了這種政局，於是奔走避世而隱居。將攀升上高山，上已為猴猿佔據，想步下深谷，下已有虺蛇密布。左邊看到了鳴叫的鴂鳥，右邊看到了啼呼的梟鳥。於是我惶懼而不得平心靜氣，我踴躍、跳躍以發洩忿憤的鬱積。我徘徊在原野，仰天而一再歎息。菅蒯豐盛，雚葦繁茂。鹿徑上留下許多禽獸的足跡，貒和貉相隨遍地。鸇鷂將要止息，鶉鵪飛翔天際。悲哀只有我是孤獨，而沒有伴侶偶匹。我心想已經太遲，時光也已迫近黃昏。玄鶴振翅高飛，遠逝在青冥的太清。鶬鶊喈喈和鳴，山鵲嚶嚶清音。大雁鸕鷀振翅將飛，歸鴈已正在飛行。我內心已覺悟，懷念著楚都。提屣而站起，跓足等待天色的大明。

傷時

惟昊天兮昭靈[1]，陽氣發兮清明。風習習兮和煖，百草萌兮華榮。堇荼[2]茂兮扶疏，蘅芷彫兮瑩嫇[3]。愍貞良兮遇害，將夭折兮碎糜[4]。時混混兮澆饡[5]，哀當世兮莫知。覽往昔兮俊彥，亦詘辱兮係纍。管[6]束縛兮桎梏，百貿易兮傳賣[7]，遭桓繆兮識舉，才德用兮列施[8]。且從容兮自慰，玩琴書兮遊戲。迫中國兮迮陿[9]，吾欲之兮九夷。超五嶺兮嵯峨，觀浮石[10]兮崔嵬。陟丹山兮炎野[11]，屯余車兮黃支[12]。就祝融[13]兮稽疑，嘉己行兮無為。乃回朅兮北逝，遇神孋兮宴娭[14]。欲靜居兮自娛，心愁慼兮不能。放余轡兮策駟，忽飆騰兮浮雲[15]。蹠[16]飛杭兮越海，從安期兮蓬萊[17]。緣天梯兮北上，登太一[18]兮玉臺。使素女[19]兮鼓簧，乘弋[20]和兮謳謠。聲噭誂[21]兮清和，音晏衍兮要婬[22]。咸欣欣兮酣樂，余眷眷兮獨悲。顧章華[23]

兮太息，志戀戀兮依依。

【注　釋】❶昊天，夏天。昭，明。靈，神。❷堇，毒草名，亦稱烏頭。荼，苦菜。❸瑩嫇，蕭瑟貌。❹碎糜，碎，散、壞。糜，碎爛。❺混混，濁也。饡，餐。澆饡，以羹澆飯。❻管，管仲，為魯所囚，齊桓釋而任之。❼百，百里奚。貿，貿俗字。傅，當從一本作「傳」，讀為轉。《淮南子》云：伯里奚轉鬻。注：伯里奚知虞公不可諫，轉行自賣於秦為穆公相。❽德，讀為得。列，讀為烈。言賢才得用而功烈施於後世。❾迮陋，猶窄狹。❿浮石，山名，在東海。⓫丹山炎野，皆在南方。⓬黃支，南極國名。⓭祝融，赤帝之神。⓮孅，北方之神。⓯浮雲，當從一本作「雲浮」。（《校補》）⓰蹠，足。⓱安期，安期生，仙人名。蓬萊，海中山名。⓲太一，天帝所在。⓳素女，女神名。⓴乘弋，仙人。㉑嗷誂，清暢兒。㉒晏衍，淫邪之樂聲。要姪，舞容。《說文》，姪，曲肩貌。㉓章華，楚臺名。

【語　譯】當夏天時太陽閃耀著光靈，陽氣奮發，爽朗清明。風聲習習而和暖，百草萌生而萬花繁榮。毒堇和苦荼茂盛而枝葉扶疏，杜蘅芳芷卻凋謝而萎枯。傷悼貞良之士的遇害，就將被天折而碎散。時勢的混濁就像以羹澆上的米飯，悲哀當世卻沒有人知曉。看著往昔的俊彥，亦個個遭罷斥困辱而係累。管仲為桎梏所束縛，百里奚以貿易而自賣，當遇到齊桓與秦繆立即被賞識薦舉，才能得以見用而功烈施行於後世。姑且從容遊戲以自尋慰藉，把玩琴書而逍遙遊戲。拘束於中國的窄狹，我將前往九夷。超越了高峻的五嶺，看著東海外浮石山的崔嵬高大。渡涉了丹山與炎野，將我的車騎屯集在黃支。向祝融請教稽問懸疑，他嘉美我無為的行跡。於是回轉而北去，遇到北方之神而歡樂嬉戲。正想靜居在此以自娛，內心又開始愁慼而不能抑止。放鬆了馬轡而鞭策著駟馬，忽然牠像疾風似的奔騰。雲朵似浮馳，足履高飛而越過了大海，跟從安期生到蓬萊。沿著天梯北上，登上了天帝的玉臺。使神女鼓奏笙簧，使乘弋和聲歌唱。歌聲清暢而悠揚，樂音淫邪而舞容奔放。眾人皆欣喜而陶醉在歡樂之中，只有我眷念著祖國而獨自悲傷。回顧著楚國的章華高臺而歎息，內心是充滿依戀與難捨的情懷。

哀歲

旻天[1]兮清涼，玄氣[2]兮高朗；北風兮潦洌[3]，草木兮蒼唐[4]。蛜蚨兮噍噍[5]，蝍蛆兮穰穰[6]。歲忽忽兮惟暮，余感時兮悽愴。傷俗兮泥濁，曚蔽兮不章。寶彼兮沙礫，捐此兮夜光。椒瑛兮湟汙[7]，葈耳[8]兮充房。攝衣兮緩帶[9]，操我兮墨陽[10]。昇車兮命僕，將馳兮四荒。下堂兮見蠆[11]。出門兮觸蠭。巷有兮蚰蜒[12]，邑多兮螳螂。睹斯兮嫉賊，心為兮切傷。俛念兮子胥，仰憐兮比干。投劍兮脫冕，龍屈兮蜿蟤[13]。潛藏兮山澤，匍匐兮叢攢[14]。窺見兮溪澗，流水兮沄沄[15]。黿鼉兮欣欣[16]，鱣鮎兮延延[17]。

群行兮上下，駢羅兮列陳。自恨兮無友，特處兮煢煢。冬夜兮陶陶⑱，雨雪兮冥冥。神光兮熲熲⑲，鬼火兮熒熒⑳。修德兮困控㉑，愁不聊兮遑㉒生。憂紆兮鬱鬱，惡㉓所兮寫情？

【注釋】❶旻天，秋天。❷玄氣，玄，謂天。玄氣，猶天氣。❸潦洌，寒氣。❹蒼唐，疑即摧頹。《校補》❺蛜蚨，蛜，同「蛜」。蛜蚨，蟬之一種。噍噍，鳴聲。❻蝍蛆，蟲名，即蟋蟀。穰穰，眾多貌。❼椒瑛，椒，大椒。瑛，玉。湟，猶湟潦，低下積水之處。汙，低窪。❽葈耳，惡草。❾緩帶，寬帶。❿墨陽，劍名。⓫蠆，蠍的一種。⓬蚰蜒，蟲名，多足似蜈蚣。⓭蜿蟤，自迫促貌。⓮叢，灌木。攢，簇聚。⓯沄沄，大水貌。⓰欣欣，喜樂貌；自得貌。⓱延延，行貌。⓲陶陶，長貌。⓳神光，山川之精能為光。熲熲，猶炯炯，光明貌。⓴熒熒，小火貌。㉑困控，困，窮。控，引。困控，窮於無人引己。㉒遑，暇。㉓惡，何。

【語譯】當秋天時清朗而涼爽，天氣高闊開朗；突然北風帶著寒氣襲來，使草木隨之頹黃。蛜蚨噍噍鳴叫，蟋蟀盛多紛擾。時日已匆匆消逝而至歲暮，我為時光的消逝而感慨悽愴。悲傷世俗的泥濁，被矇蔽而不得顯彰。把沙礫當寶貝，卻拋棄了明珠夜光。大椒玉瑛被置於汙窪之地，惡草葈耳卻充滿在內房。提起衣裳放寬衣帶，且持著我的寶劍墨陽。命僕人昇起我的車駕，將馳往四荒。下了廳堂就見到毒蠍，出了大門就碰上巨蜂。巷子裡有蚰蜒，城市中多螳螂。我看到了這些害蟲，內心為之悲切傷痛。俯念子胥，仰憐比干。投下了寶劍脫去了冕冠，飛龍詰屈而迫促難伸。潛藏在山澤之中，匍匐在簇聚的灌木之顛。我窺見了溪流澗水，流水盛大而長遠。鼋鼍欣喜，鱣鮎征行。成群地游行而上下，並排的羅布成列。我自恨沒有朋友，孤單獨處而行。在漫長的冬夜，雨雪籠罩了大地。山川之神的靈光閃爍，亂墳裡的鬼火熒熒。我修養了盛德卻困於無人援引，憂愁已迫使我不暇生存。憂愁紆結而鬱積，我當到何處去舒散我的衷情？

守志

陟玉巒[1]兮逍遙，覽高岡兮嶢嶢[2]。桂樹列兮紛敷[3]，吐紫華兮布條[4]。實孔鸞兮所居，今其集兮惟鴞[5]。烏鵲驚兮啞啞，余顧兮怊怊[6]，彼日月兮闇昧，障覆天兮祲[7]氛。伊我后[8]兮不聰，焉陳誠兮効忠。攄[9]羽翮兮超俗，游陶遨[10]兮養神。乘六蛟兮蜿蟬[11]，遂馳騁兮陞雲。揚彗光[12]兮為旗，秉電策[13]兮為鞭。朝晨發兮鄢郢，食時至兮增泉[14]。繞曲阿兮北次[15]，造我車兮南端[16]。謁玄黃[17]兮納贄，崇忠貞兮彌堅。歷九宮[18]兮徧觀，睹祕藏兮寶珍。就傅說兮騎龍，與織女兮合婚。舉天罼[19]兮掩邪，彀天弧[20]

兮射姦。隨真人㉑兮翱翔，食元氣㉒兮長存。望太微兮穆穆㉓，睨三階兮炳分㉔。相輔政兮成化，建烈業兮垂勳。目瞥瞥兮西沒㉕，道遐迥兮阻歎㉖。志稸積㉗兮未通，悵敞罔㉘兮自憐。

亂曰：天庭明兮雲霓藏，三光㉙朗兮鏡㉚萬方。斥蜥蜴兮進龜龍，策謀從兮翼機衡㉛。配稷契兮恢唐功㉜，嗟英俊兮未為雙。

【注釋】❶巒，山脊。玉巒，崑崙山。❷嶢嶢，特高貌。❸紛敷，紛錯敷衍。❹紫華，紫花。布條，布敷條枝。❺鴟，鳥名。猛禽類。❻慆慆，四遠貌。❼祲，妖氣。或說日旁之雲氣。❽后，君。❾攄，布。❿陶遨，心無所繫。⓫蜿蟬，群蛟之形。⓬彗光，彗星之光芒。⓭電策，謂電光。⓮增泉，天漢。⓯次，舍。⓰南端，謂南方。⓱玄黃，中央之帝。⓲九宮，九宮天之宮。⓳罼，捕鳥長柄之小網。天罼，為星宿名。⓴彀，張弩。弧，弓。天弧，星宿名。㉑真人，仙人。㉒元氣，天氣。㉓太微，天之中宮。穆穆，和順貌。㉔三階，太微之階。炳，明。㉕目，當為「日」字之誤。瞥瞥，形容日銜山欲墜之狀。(《校補》)㉖歎，當為「艱」字之誤。(《校補》)㉗稸積，稸亦積。㉘敞罔，失志貌。㉙三光，日、月、星。㉚鏡，照。㉛翼，輔。機衡，璇璣玉衡，喻機務之意。㉜稷契，堯佐。恢，大。唐，唐堯。

【語譯】我攀登上崑崙山而遊戲，觀覽著高崗的特立聳峻。桂樹羅生枝葉紛盛繁茂，萌吐出紫色的花朵散布出長垂的枝條。此地實在應是孔雀鸞鳥的居處，而今卻只棲集了鴟鴞。烏鵲驚擾而啞啞啼嗚，我回顧四方是曠遠無極。闇昧掩蔽了日月的光輝，祲氛雲氣障覆著大地。然而我的君上並不能明察，我將到那裡去陳述我的誠信與效忠。我展開羽翮超脫塵俗，遊心在無所牽繫之處以怡養精神。乘著六匹蛟龍飛騰，於是馳騁著而陞上了雲層。揚舉彗星的光芒作為旌旗，秉持著雷光以為馬鞭。清晨從鄢郢出發，中午就到達了增泉。繞過了曲阿而宿於北方，駕著我的馬車又到了南端。我晉謁了天帝玄黃而呈上禮物，而我的忠誠卻愈崇高而堅貞。歷經了九宮而遍觀天庭，看到了祕藏與珍寶。我要親近騎龍成仙的傳說，我要與織女成婚。高舉起天罼星以掩取邪佞，張滿了天弧星以射殺姦宄。隨著仙人而翱翔，食天地的始氣而長生。仰望穆穆和順的太微中宮，睨視宮中三階的炳耀分明。當與眾仙同輔國政達成化育，建立彪炳的事業而留垂勳功。太陽已漸漸地銜山欲墮，道路卻遐遠而阻礙多艱。我的志意鬱積而無法暢通，惆悵失意而自傷憐。

尾聲：天庭清明，雲霓潛藏，日、月、星辰更是明朗而照耀萬方。排斥了蜥蜴而進用龜龍，策劃謀略均被採信而輔翼以璇璣玉衡的重任。本能上配稷契而光大唐堯的豐功，可惜英俊的賢才卻不能適逢明君的重用。

【作　者】王逸字叔師，南郡宜城（今湖北省襄陽縣南）人。後漢順帝時為侍中，著《楚辭章句》一書行於世。逸以為，與屈原同土，作〈九思〉一篇以附於章句之末，其他賦、誄、書、論及雜文凡二十一篇，又作漢詩百二十三篇。其子延壽字文考，一字子山。有儁才，少時與其父往泰山向鮑子真學筭，往遊魯國作〈靈光殿賦〉。後蔡邕亦欲造此賦，未成，及見延壽所作，甚為歎奇，於是輟筆不書。後渡湘水溺死，時年二十餘。今《昭明文選》有載，張載為之注。而王逸之文除〈九思〉

外，尚有〈機賦〉及〈荔支賦〉等。《後漢書．文苑傳》七十有傳。

【研析】

〈九思〉是王逸自認與屈原同土，於作《楚辭章句》之後，附以己作，以哀悼追思屈子之志的作品。全篇共分九章，為〈逢尤〉、〈怨上〉、〈疾世〉、〈憫上〉、〈遭厄〉、〈悼亂〉、〈傷時〉、〈哀歲〉、〈守志〉等。完全是仿傚〈九懷〉、〈九歎〉的方式，在藝術上並無多大價值。今敘其大意於下：

①〈逢尤〉：敘己天不當時，被譖獲尤，欲遠去不得，欲親君又不能，故憂心終朝。
②〈怨上〉：楚國上下同流，己獨永思不昭，惆悵自悲。
③〈疾世〉：周遊徘徊欲求明主而不得，故欲高馳而去，然日暮而增歎。
④〈憫上〉：哀世之昏昧阿媚成俗，貞良煢獨，己雖處艱困，欲申怨訴苦。
⑤〈遭厄〉：悼屈子遭厄，楚國難化，以此為悲。
⑥〈悼亂〉：悲悼世俗之昏亂，己之寡獨，欲俟明者。
⑦〈傷時〉：當陽氣奮發之時思貞良之遇害，故欲遠舉，然己仍眷顧獨懷。
⑧〈哀歲〉：歲末興哀，見萬物之惟暮，己之無友而憂鬱。
⑨〈守志〉：言己見時俗之不能察，故極有一番作為，然睹時方難，失意而自憐。

【韻譜】

（一）逢尤

①愁（幽）、憂（幽）、時（之）、尤（之）、聊（幽）、游（幽）、州（幽）按《兩漢詩文韻譜》收「愁」、「憂」、「尤」、「聊」、「游」、「州」及下句之「眇」為「幽宵之」合韻。恐非是。余以為「時」字若以奇數句不入韻，則「聊」字句亦當不入韻。而收「眇」（宵部）字以入韻則為三部合韻恐亦非是。此段為逐句皆押韻，為之幽合韻。或為「愁」、「憂」押韻，「時」、「尤」押韻，「聊」、「游」、「州」押韻亦可。「眇」字當屬下段押韻。②華（魚）、眇（宵）、躇（魚）、謨（魚）、圖（魚）、塗（魚）按此為魚宵合韻。③阿（歌）、沲（歌）。④愚（魚）、虛（魚）、蘇（魚）、隅（魚）。⑤埃（之）、如（魚）、由（幽）、劬（幽）、朝（宵）按此之魚幽宵合韻。

（二）怨　上

①謷（宵）、譊（宵）、流（幽）按此宵幽合韻。②枯（魚）、諸（魚）。③悠（幽）、昭（宵）、樞（魚）、憂（幽）按此幽宵魚合韻。④務（幽）、投（幽）。⑤璣（脂）、低（脂）、霏（脂）、悽（脂）、棲（脂）、徽（脂）、依（脂）、西（脂）、懷（脂）、悲（脂）、摧（脂）。

（三）疾　世

①渚（魚）、女（魚）、謱（魚）、余（魚）、取（魚）、耦（魚）、睹（魚）。②馳（支）、羲（支）、乖（支）、池（支）、義（支）、岐（支）。③悲（脂）、違（脂）、黎（脂）、遲（脂）、飢（脂）、迷（脂）、懷（脂）、晞（脂）、雷（脂）。

（四）憫　上

①睩（屋）、喔（屋）、俗（屋）、獨（屋）、幄（屋）。②落（鐸）、錯（鐸）、陌（鐸）、峉（鐸）、岳（屋）、澤（鐸）、薄（鐸）、石（鐸）按此鐸屋合韻。③局（屋）、促（屋）、辱（屋）、樂（藥）、白（鐸）、沐（屋）、若（鐸）、躅（屋）、爍（藥）、呴（魚）、告（沃）按此《兩漢詩文韻譜》以為「屋、藥、鐸、魚、沃」五韻合韻。按其說恐非是。「蹝踽兮寒局數」句近人《校補》以為

當與下句「獨處兮志不申」互易，則韻腳明為「數」字而非「局」字。「數」亦「屋」部。《校補》又以本篇獨為三十七句與他篇偶數句不類。疑於「年齒盡兮命迫促」下脫去一句。然以韻求之，「促」為「屋」部與上句「數」字押韻，則脫句當在其上，為「△△△兮△△△，年齒盡兮命迫促」始合偶句押韻文例。而「魁壘擠摧兮常困辱」句之「辱」字屬「屋」部，而下句「含憂強老兮愁不樂」句之「樂」字屬「藥」部，恐亦互易，「辱」與上句「數」、「促」押韻。其下「沐」、「躅」，俱為「屋」部相叶，而「白」、「若」二字雖同屬「鐸」部，但均居奇數句，恐非韻腳。「爍」屬「藥」部亦居奇數句，恐亦非韻腳。「呴」字屬「魚」部，「告」字屬「沃」部。則此段為「數、促、辱、沐、躅、呴、告」等七字為韻屬「屋、魚、沃」合韻。或云：「數、促、辱、沐、躅」屋部押韻，「呴」、「告」魚沃合韻也可。

（五）遭厄

①厄（錫）、汨（錫）、易（錫）、閱（錫）、石（鐸）按此錫鐸合韻。②屋（屋）、族（屋）。③走（魚）、詢（魚）。④處（魚）、蕩（陽）、鼓（魚）、倒（宵）、左（歌）、軌（之）、道（幽）按此《兩漢詩文韻譜》以為魚陽幽宵歌之合韻。⑤耦（魚）、宇（魚）、杳（宵）、雨（魚）按此魚宵合韻。

（六）悼亂

①夫（魚）、拏（魚）、絇（魚）、蒭（魚）、拘（魚）、囚（幽）、居（魚）按此魚幽合韻。②山（元）、猿（元）、蛇（歌）按《兩漢詩文韻譜》以「山」、「猿」押「元」部。又以「猿」、「蛇」為元歌合韻，恐非是，此為三字為韻，乃元歌合韻。③梟（宵）、跳（宵）。④原（元）、歎（元）。⑤眠（真）、蟫（侵）、甄（真）、倫（真）、昏（真）按此真侵合韻。⑥冥（耕）、嚶（耕）、征（耕）、京（耕）、明（耕）。

（七）傷時

①靈（耕）、明（耕）、榮（耕）、嫇（耕）。②糜（支）、知（支）。③纍（脂）、賣（支）按此脂支合韻。④施（支）、戲（支）。⑤夷（脂）、嵬（脂）。⑥支（支）、為（支）。⑦娭（之）、能（之）、浮（幽）、萊（之）、臺（之）按「浮」本作「雲」，今從一本改此為之幽合韻。⑧謠（宵）、娙（宵）。⑨悲（脂）、依（脂）。

（八）哀歲

①涼（陽）、朗（陽）、唐（陽）、穰（陽）、愴（陽）、章（陽）、光（陽）、房（陽）、陽（陽）、荒（陽）、螽（東）、螂（陽）、傷（陽）按此東陽合韻。②干（元）、蟤（元）、攢（元）、沄（真）、延（元）、陳（真）按此元真合韻。③煢（耕）、冥（耕）、熒（耕）、生（耕）、情（耕）。

（九）守志

①遙（宵）、嶢（宵）、條（幽）、鴞（宵）、怊（宵）按此幽宵合韻。②氛（真）、神（真）、雲（真）、鞭（元）、泉（元）、端（元）、堅（真）、珍（真）、婚（真）、姦（元）、存（真）、分（真）、勳（真）、歎（元）、憐（真）按此真元合韻。

又此段中「伊我后兮不聰，焉陳誠兮効忠」二句《兩漢詩文韻譜》不入韻，我以為此二句恐為錯簡，因「彼日月兮闇昧，障覆天兮祲氛」二句與下文「攄羽翮兮超俗，游陶遨兮養神」意義正相連貫。而「伊我后兮不聰，焉陳誠兮効忠」當提前，以「聰」（東部）、「忠」（冬部）相叶。

亂曰

①藏（陽）、方（陽）。②龍（東）、衡（東）、功（東）、雙（東）。

◎新譯周禮讀本

賀友齡／注譯

《周禮》為十三經之一，記述周代的官制，描繪出古代儒家的理想政治制度與百官職守，與《儀禮》、《禮記》合稱「三禮」。本書以嘉慶二十年江西南昌府學雕本《十三經注疏．重刊宋本周禮注疏附校勘記》為底本，參校多種善本，誤字逕改，考證詳實。每官前冠以「題解」，說明題意及全篇大旨。注釋詳盡明確，語譯通順流暢。每官之後並附「研析」一篇，分析六官主要職責，幫助讀者閱讀理解，是研讀《周禮》的最佳讀本。

◎新譯爾雅讀本

陳建初、胡世文、徐朝紅／注譯

《爾雅》是中國第一部按義類編排的綜合性辭書，具備語文辭典的功效，又有百科全書的雛形。由於廣泛採輯《詩》、《書》、《易》、《禮》、諸子百家經典著作中的古詞古義，分門別類加以解釋，成為士人研讀經典、進身入仕的津梁，自古以來即受到格外的重視，到唐代已成為「十三經」之一。《爾雅》除了是訓詁學的開山之作，在古代文化、歷史、社會、動植物學等方面的研究，都有重要的參考價值。本書參酌前賢時哲諸多《爾雅》研究的成果，詳為導讀、注譯和解說，為現代讀者提供一普及性、通俗性的《爾雅》讀本。

◎新譯說苑讀本

左松超／注譯

《說苑》是一部富有文學意味的歷史著作，乃西漢經學家、文學家與目錄學家劉向在校理國家藏書與民間祕籍時，分類編撰的先秦至西漢的一些歷史故事和傳說，並雜以自己的議論，藉以發揮儒家的政治思想和道德觀念。書中取材廣泛，保存大量的、甚至已散佚的歷史資料，彌足珍貴。內容闡述治國修身之道，富含哲理深刻的格言警句。全書以人物對話為主體，有故事情節，敘事生動，文字雋永，可謂介於歷史與小說之間，讀來輕鬆而不枯燥。

◎新譯樂府詩選

溫洪隆、溫強／注譯

「樂府詩」最初指的是由樂府採集、可以配樂演唱的詩歌，主政者可以藉此觀風俗，知民情。由於它來自民間，語言大都生動形象，樸素自然，為古典詩歌注入一股清涼活水，啟發、滋養無數詩人效法創作。宋朝郭茂倩所編的《樂府詩集》，收錄上起陶唐，下至五代的樂府歌辭，內容徵引浩博，被譽為「樂府中第一善本」。本書依其分類，選錄其中二一二首樂府詩精華加以注譯研析，引領讀者進入樂府詩歌的無邪世界中盡情遨遊。

國家圖書館出版品預行編目資料

新譯楚辭讀本／傅錫王注譯; 張孝裕注音.——三版八刷.——臺北市：三民，2023
面； 公分.——(古籍今注新譯叢書)

ISBN 978-957-14-0739-5 （平裝）
1.楚辭—注釋

832.1

古籍今注新譯叢書

新譯楚辭讀本

注譯者 傅錫王
注音者 張孝裕

發行人 劉振強
出版者 三民書局股份有限公司
地　址 臺北市復興北路 386 號 (復北門市)
臺北市重慶南路一段 61 號 (重南門市)
電　話 (02)25006600
網　址 三民網路書店 https://www.sanmin.com.tw

出版日期 初版一刷 1974 年 7 月
重印二版二刷 2005 年 10 月
三版一刷 2007 年 10 月
三版八刷 2023 年 10 月
書籍編號 S030260
ISBN 978-957-14-0739-5